JESSICA WISMAR

Love me snowly

DRACHENMOND VERLAG

Drachenmond Verlag GmbH
Auf der Weide 6
50354 Hürth
http: www.drachenmond.de
E-Mail: info@drachenmond.de

Lektorat: Mira Manger – Herzgestein Lektorat
Korrektorat: Michaela Retetzki
Satz & Layout: Anika Ackermann & Astrid Behrendt

Umschlagdesign: Schattmaier Design
Bildmaterial: Shutterstock
Charakterillustrationen: Ann-Marie Rechter

Druck: Booksfactory

978-3-95991-712-4

WARNHINWEIS

In diesem Buch sind Szenen mit Drogenkonsum (Cannabis) vorhanden. Weiterhin enthält dieses Buch Szenen zum Thema Belästigung. Dabei hat die Protagonistin anfangs teils relativierende Gedanken, die übergriffiges Verhalten verharmlosen. Im Laufe der Geschichte kommt es zu einer konkreten Belästigungsszene, die Trigger für betroffene Personen enthalten kann. In der anschließenden Aufarbeitung werden Victim Blaming und Female Empowerment thematisiert. Der beschriebene Umgang damit möchte ein realistisches Bild schaffen und dient nicht als idealisierter Ratschlag, wie man im Fall einer Belästigung richtig handelt oder denkt. Elinas Handeln sowie ihre Gedanken basieren dabei auf Berichten betroffener Personen.

Ich widme dieses Buch meiner großen Kleinen, weil ich ohne dich diesen Traum jetzt nicht leben könnte.

Einen Menschen nicht trotz, sondern
wegen seiner Ecken und Kanten zu
achten, bedeutet grenzenlos zu lieben.

– Jessica Wismar

Kapitel 1

– 09.12. –

»Darling!«

Der Ruf schallte durch das Treppenhaus bis hinauf in mein Zimmer unter dem Dach. Augenrollend sah ich über meine Schulter zur offenen Tür.

»Das macht sie echt jedes Mal, oder?« Lisa klang amüsiert.

Ich drehte mich wieder zu dem kleinen Laptop auf meinem Schreibtisch um und grinste entschuldigend in die Kamera. »Da schlagen eben ihre britischen Wurzeln durch.«

»Ach, komm schon, das ist komplett lächerlich. Sie klingt, als wäre sie sechzig. Ben ist auch Brite, und der sagt nie …«

Das Bild fror ein. Lisas Gesicht starrte mich regungslos vom Bildschirm an. Eine Augenbraue gehoben, ihr Mundwinkel abwertend heruntergezogen. Ich brauchte keine Worte, um ihre Meinung zu meiner Mutter herauszufinden. Schlimm genug, dass ich dieser Lästertante anvertraut hatte, dass Marion meine Stiefmutter war. Ich liebte sie wie meine leibliche Mutter.

Ein vernehmliches Räuspern aus Richtung meiner Couch ließ mich innerlich aufseufzen. »Du solltest wirklich schon rübergehen. Ich komme nach, sobald ich mit Lisa fertig bin«, schlug ich Rivera zum gefühlt hundertsten Mal vor.

»Nein, nein. Ich warte.« Meine Schwester blätterte in einem dieser dicken Hochzeitsmagazine. Sie würdigte mich keines Blickes, als sie ihre Beine überschlug und einmal theatralisch seufzte.

»Hallo? Antwortest du auch mal?«, beschwerte sich meine Studienkollegin, als die Übertragung wieder einsetzte.

»Entschuldige, du hast gehangen.«

»Du meinst wohl, du hast gehangen!«, korrigierte Lisa mit eingeschnapptem Unterton. Ich sparte es mir, ihr zu sagen, dass man das bei einem Zweierstream nicht beurteilen konnte. In Gruppen war das leicht. Wenn alle Bilder hingen, war man es selbst, ansonsten der andere.

»Jedenfalls sollten wir die PowerPoint noch dieses Wochenende fertig machen«, wechselte ich das Thema. »Am Ende hat die Frau mit ihrer Planung mal wieder den Flip, sie könnte das Referat doch vorziehen, und dann sind wir diese statt nächste Woche dran.« Ich musste nicht unbedingt wissen, wie Lisa in der Zeit der Übertragungslücke über meine Mutter vom Leder gezogen hatte. Ich mochte Marion. Ich hätte Lisa meine Lebensgeschichte nie so offen erzählen sollen. Seither hatte sie zu wirklich allem etwas zu sagen, Raphael fand sie grob, Sophia kindisch und Rivera eingebildet. Ich wurde es nie müde, meine Geschwister zu verteidigen, auch wenn sie mit Raphael und Rivera durchaus einen Punkt hatte. Aber Sophia war erst neun, die durfte kindisch sein.

»Pff. Ist doch nicht unser Problem, wenn die Schreckschraube von Anatomiedozentin keine Organisationskompetenzen hat«, hielt Lisa dagegen. »Außerdem habe ich morgen ein Hockeyturnier.«

»Jetzt noch? Ist das nicht viel zu kalt?«

»Doch nicht draußen, du Dummerchen! In der Halle. Ist so ein Benefizding für irgendeine Kinderkrebsstiftung.«

Ich schürzte meine Lippen. Das war natürlich ein guter Grund. Nur hasste ich es, unvorbereitet zu sein und meine Aufgaben auf den letzten Drücker zu erledigen. Nicht dass ich das nicht quasi immer tun würde. Aber es machte mein Leben so viel schwerer, alles bis zum letzten Moment aufzuschieben; deshalb hatte ich mir fest vorgenommen, das zu ändern.

»Vorschlag: Ich mache eine erste Version morgen und du schaust Montag drüber. Dann haben wir notfalls für Dienstag etwas vorzuweisen.«

Lisa runzelte die Stirn. »Wie willst du denn die Folien zu meinem Teil machen?«

Nichtssagend zuckte ich mit den Schultern. Ich war kein Fan von Arbeitsteilung. Am Ende musste ich sowieso auch Fragen zu Lisas

Teil beantworten können, daher würde ich die Inhalte so oder so lesen. »Nur ein paar Stichworte. Ein bisschen was hatten wir ja schon in der Vorlesung.«

»Na, wenn du dir unbedingt unnötig Arbeit machen willst.«

Ich sah ihr an der Nasenspitze an, dass sie sich ins Fäustchen lachte, dass ich ihre Arbeit auch noch freiwillig übernahm. Die Wahrheit war, ich hasste Gruppenarbeiten mit zugeteilten Partnern. Da machte ich die ganze Arbeit lieber selbst, dann wusste ich wenigstens, dass es gut war und erledigt wurde.

»In Ordnung, dann machen wir das so. Ich muss jetzt. Tschüssi.« Noch bevor ich geantwortet hatte, verließ Lisa die Facetime-Übertragung. Ich starrte auf den Bildschirm, auf dem mich jetzt nur noch mein eigenes Gesicht anblickte. Wundervoll.

»Da hast du dich ja mal wieder sauber ausnutzen lassen.«

Ich holte tief und beruhigend Luft. Einundzwanzig, zweiundzwanzig. »Wieso ausnutzen? Mir ist es so doch lieber.«

»Wenn du dir immer noch mehr Arbeit freiwillig selbst aufládst, kommen wir nie dazu, meine Hochzeit zu planen!«

»Das ist keine Zusatzarbeit, die hätte ich sowieso machen müssen. Das Referat macht fünfzig Prozent der Note für das Anatomiemodul. Das muss perfekt werden.« Ich gab mir die größte Mühe, ihr zu erklären, wie es an der Uni lief. Rivera hatte sich von Anfang an gegen das Studieren entschieden, sie konnte nicht wissen, was ich fachlich alles in mich reintrichtern musste.

»Ich habe noch nie verstanden, warum du in der Uni immer alles perfekt machen musst. Hier zu Hause bist du die größte Faulenzerin.«

»Bin ich doch gar nicht.«

»Klar. Du lässt dich bekochen, wohnst kostenlos hier und diese Frau wäscht sogar deine Wäsche.«

Das alles traf auch auf sie zu, nur das mit der Wäsche nicht. Aber nicht weil Rivera bemüht wäre, sie selbst zu waschen, sondern weil sie Marion so sehr hasste, dass sie unsere Mutter nicht an ihre Wäsche heranließ.

»Außerdem dachte ich, du studierst Chemie. Wieso hast du überhaupt Anatomie?«, beschwerte meine Schwester sich weiter.

»Ich studiere Biomedizinische Chemie. Da haben wir natürlich auch Biomodule.«

Rivera winkte ab. »Chemie, Biodingsda, das macht doch keinen Unterschied. Du warst doch mal so interessiert an Philosophie, das solltest du studieren.«

Ich seufzte innerlich auf. Natürlich hätte ich gern studiert, wofür ich am meisten brannte. Den Mut wie Rivera, ihrer Leidenschaft zu folgen und einen Weg einzuschlagen, mit dem ich am Ende vielleicht niemals meine Miete würde zahlen können, hatte ich allerdings nicht.

»Elina!«, klang es keuchend hinter mir und ersparte mir die müßige Diskussion über Jobchancen und die Notwendigkeit finanzieller Sicherheit. Ich wirbelte herum und sah meine schwer schnaufende Mutter im Türrahmen stehen, José auf ihrer Hüfte balancierend. »Süße, hast du mich nicht gehört?«, fragte sie sanft.

Entsetzt riss ich meine Augen auf. »Entschuldige, Marion.« Ich hatte ihr einfach nicht geantwortet, ich Esel. Jetzt war sie die kompletten drei Stockwerke zu mir hochgestiefelt.

»Es gibt Essen«, informierte sie mich und wuchtete den kleinen Faulpelz auf die andere Seite ihrer Hüfte. José hielt seine Trinkflasche in der Hand und kaute auf dem Sauger herum. Den anderen Arm hatte er um seine Mutter geschlungen. »Mach bitte Schluss für heute und komm dann runter. Du auch, Rivera.«

»Ja, klar. Wir kommen.« Mit einem durch und durch schlechten Gewissen steckte ich noch schnell das Ladekabel ein, damit mein Laptop nicht ausging, immerhin lud ich seit gefühlt einer halben Ewigkeit das neueste Add-on für PowerPoint herunter. Dann wollte ich Marion hinterhereilen, doch sie stand noch im Türrahmen und machte eine nachdenkliche Miene.

»Es war keine Absicht, meine Studienkollegin hat mich abgelenkt«, versprach ich mit eingezogenem Kopf.

Rivera schnaubte. »War es bestimmt nicht. Bloß taucht die kleine Streberin komplett ab, wenn es um ihr komisches Studium geht. Mich lasst sie auch schon ewig warten.«

Ich zuckte zusammen, überging Riveras sicher nicht so harsch gemeinte Spitze und sah Marion entschuldigend an. Sie war ganz umsonst die vielen Stufen hinaufgekommen. Alles nur, weil ich nicht das kleine Wörtchen *Ja* herausgebracht hatte. Dabei hatte ich sie wirklich lieb.

»Das weiß ich doch, Darling«, versicherte sie mir. Ihr Blick huschte zu meiner Schwester. »Rivera, Schatz, sei so gut und bring José schon mal runter.« Damit lud sie den kleinen Wonneproppen auf den Arm meiner Schwester, die das Magazin gerade noch rechtzeitig auf meinen Schreibtisch warf und nach einem vernichtenden Blick in Marions Richtung mit unserem Halbbruder hinausging. Marion wartete, bis Rivera mein Zimmer verlassen hatte, ehe sie sich mir wieder zuwandte. »Ich habe mir gedacht, vielleicht solltest du doch auf diese Freizeit gehen.«

Ich presste die Lippen zusammen. Langsam wusste ich nicht mehr, wie ich dieses Thema freundlich beenden sollte. Ich war es leid, immer und immer wieder *Nein* zu sagen. Und wieso hatte sie dafür bitte Rivera subtil hinausgeworfen?

»Ich wäre Weihnachten nicht da«, brachte ich das zwingendste Argument, das einer familienliebenden Mutter wie ihr den Wind aus den Segeln nehmen sollte.

»Ich weiß, mein Schatz. Ich dachte nur, du könntest Abstand gebrauchen. Es wird sowieso schon so voll. Raphael kommt ja dieses Jahr mit Neele und ihrem kleinen Raoul. Und Rivera hat vorhin erzählt, dass Sam auch da sein wird.«

Sie wusste es! Irgendwoher wusste sie es. Ich sah es in ihren Augen. Dieser traurige, mitleidige Blick, der mich durchbohrte und mir gerade durch die Blume sagte, dass ich sicher nicht dabei sein wollte. Und sie hatte recht.

»Ich überleg es mir noch mal«, lenkte ich ein und ebnete den Weg für meine Flucht. Nun gut, dann würde ich dieses Jahr Weihnachten eben nicht im Kreis der Familie verbringen. Wer wollte das auch schon?

Ich schluckte die bittere Galle hinunter, zog noch eine weitere schützende Mauer um mein Herz hoch und legte das perfekte Lächeln der letzten Wochen auf mein Gesicht.

»Mach das, mein Schatz. Isabelle wird sich sicher freuen. Ihre Mutter hat mich immer wieder gefragt, ob du nicht doch fahren willst.«

Kapitel 2

– 21.12. –

Isabelle freute sich überhaupt nicht. Die gesamte Zugfahrt von Stuttgart nach Lindau nörgelte sie mir die Ohren voll. Ich nahm mir vor, mich in der Bimmelbahn von Lindau ins Montafon bis nach Schruns weit weg von dieser Ziege zu setzen.

»… und überhaupt, was willst du hier? Du bist doch sonst nie auf Party aus«, schnaubte die Zimtzicke mir gegenüber. Isabelle war eines der schönsten Mädchen, das ich je gesehen hatte. Ihre blonden Haare fielen in Wellen über ihre Schultern und ihren Rücken, sie sahen aus wie fließendes Gold. Ihr Körper war schlank und wohlproportioniert. Ihre Beine waren verboten lang und ihr Hintern war der einzige, den ich kannte, der sogar in einem engen Kleid perfekt aussah. Dort wackelte nichts, und dennoch war er rund und weiblich. Ich seufzte innerlich jedes Mal sehnsüchtig auf, wenn ich sie musterte. Ach, und ihr Gesicht war schlicht engelsgleich. Sie war einfach perfekt … äußerlich.

»Hallo? Erde an Trotteline! Was willst du hier?«, fragte sie giftig. »Du versaust mir meinen ganzen Spaß.« Mürrisch verschränkte sie die Arme vor ihrer Brust. »Dass ich dein Händchen halte und dir alles zeige, kannst du vergessen. Am besten, du redest gar nicht mit mir. Wenn die Jungs denken, wir kennen uns, kann ich gleich wieder einpacken. Keiner will mit einer Betrügerin befreundet sein.«

Okay, das war jetzt unfair. Ich war keine Betrügerin. Ich schlief nicht einmal mit vielen Kerlen, und niemals mit vergebenen. Außerdem war das ja wohl meine Sache. Und der Partymuffel, das war Vergangenheit. Dennoch, ich war verletzt … und wütend. Aus dem Fenster sehend zog ich meine Augenbrauen hoch und zickte zurück:

»Prima. Dann rede am besten gar nicht mehr mit mir, ich werd's genauso machen.«

Pah, perfekte Diva! Ich verkniff mir nur gerade so ein Siegesgrinsen. Diese blöde Schnepfe. Den restlichen Weg bis nach Schruns herrschte eisiges Schweigen zwischen uns.

***

Schnaufend stellte ich meinen Koffer zwischen meinen Beinen ab, wobei ich darauf achtete, dass der Schnee am oberen Rand meiner Socken nicht den Stoff des Koffers berührte. Schlimm genug, dass meine Füße pitschnass und eisig kalt waren.

Mein Rücken ächzte, als ich mich aufrichtete. Dieses alte Gepäckstück die fünfhundert Meter von der Mittelstation bis hier hinauf zum Haus *Sarazena* zu schleppen, ließ meine Rückenmuskeln immer noch brennen. Warum noch mal hatte ich mich nicht dazu durchringen können, Rivera um ihren Koffer mit Rollen zu bitten? Tja, mein Stolz bescherte mir jetzt mindestens drei verkantete Wirbel und höllische Rückenschmerzen. Wenn ich erst in meinem Zimmer war, würde ich dafür sorgen, dass alle Wirbel wieder richtig saßen. Das laute Knacken hatte schon häufig für seltsame Reaktionen gesorgt, und ich hatte wenig Lust, dass das mein erster Eindruck in dieser Gruppe sein würde.

Statt etwas gegen meinen zwickenden Rücken zu tun, ließ ich meinen Blick durch den urigen Raum schweifen. Es war nur der Flur mit einem großzügigen Treppenhaus, doch alles hier schrie nach Skihütte. Die Garderobe, die ein Hängegestell für Skischuhe beinhaltete, der Fliesenboden, der angenehm warm unter meinen Socken war, die Balken mitten im Raum und unter der Decke und natürlich der wundervolle Geruch nach Bergluft und Holz. Ich liebte diesen Ort jetzt schon.

Fünf junge Männer und Frauen standen hier im Halbkreis vor den beiden Skilehrern, alle etwa Anfang zwanzig, soweit ich das in der E-Mail, die ich von Isabells Mutter weitergeleitet bekommen hatte, richtig verstanden hatte. Die beiden vor uns mussten die erwähnte

Betreuerin und der Skilehrer für die kommenden drei Wochen sein. Der Mann, Daniel, wenn die Mail stimmte, ließ gerade seinem Frust freien Lauf: »Ich weiß gar nicht, warum ich mir das hier antue. Drei Monate im Verleih sind besser, als hier drei Wochen Babysitter für euch zu spielen. Also reißt euch zusammen. Die Regeln sind klar: kein Alkohol, Musik nicht zu laut, um Mitternacht zu Hause sein. Ich schließe um eine Minute nach zwölf ab, wer dann nicht drin ist, hat Pech gehabt, und ich bin sicher, Herr Minnard setzt euch sofort in den nächsten Zug nach Hause. Morgen gehen wir gemeinsam auf die Piste und ich werde euch kategorisieren. Falls ihr alle fahren könnt, dürft ihr in kleineren Gruppen, mindestens zu dritt, die Pisten selbstständig unsicher machen. Sollte einer verloren gehen, werdet ihr alle dafür zur Rechenschaft gezogen, egal ob derjenige Teil eurer Gruppe war oder nicht. Ihr seid von heute an eine Einheit. Ihr esst, schlaft und fahrt zusammen Ski.«

Dafür, dass der Typ eigentlich kaum älter wirkte als ich und ich bei einem Skilehrer irgendwie automatisch eine coole Socke erwartet hatte, war er ganz schön … bieder. Und überhaupt, was hatte er für ein Problem? Wir waren hier auf Freizeit und nicht in irgendeinem Trainingslager!

Die große Frau an seiner Seite mit den beiden geflochtenen Zöpfen und dem Dauergrinsen wirkte in ihrer sportlichen Skihose mehr nach meinem Geschmack, schwieg allerdings bei dieser Begrüßungsrede. Sie verlor nur ihr Lächeln.

»Dann kommen wir jetzt zur Zimmereinteilung. Es sind fünf Mädchen und fünf Jungs hier. Die Zimmer sind Dreierzimmer und ihr könnt selbst zählen, es wird also zwei Mädchen- und zwei Jungenzimmer geben. Denkt gar nicht erst daran zu mischen«, knurrte er.

Das würde er kaum verhindern können, wenn er nicht die ganze Nacht Wache hielt.

»Äh, Daniel? Könnte ich bitte in ein anderes Zimmer als Elina kommen?«, fragte Isabelle zuckersüß lächelnd. Na, danke.

Ein Raunen ging durch die Gruppe und alle Blicke schwenkten zu mir, manche auffälliger als andere.

»Und du bist?«

»Isabelle, aber man nennt mich Belle«, säuselte sie. Ich konnte mir ein Schnauben nicht verkneifen.

Daniel zog eine Augenbraue hoch, ehe er auf seine Notizen sah. »Ihr seid sowieso in zwei verschiedene Zimmer eingeteilt. Hättest du gewartet, bis ich die Einteilung vorgelesen habe, wäre deine Bitte unnötig gewesen.«

Das wiederum ließ mich doch noch mit ihm sympathisieren.

Schadenfroh blickte ich die blonde Zimtzicke an. Belles verschlagener Gesichtsausdruck überraschte mich allerdings. Sie nahm sich die Rüge kein bisschen zu Herzen. Dieses Biest hatte es nur darauf angelegt, mich vor der Gruppe zu demütigen!

»Also, Dina und Isabelle sind in Zimmer eins, Elina, Nell und Ann-Josefine in Zimmer vier. Noah und Kai in Zimmer drei und Felix, Alexander und Lysander in Zimmer zwei. Bezieht eure Betten, packt aus und macht euch fertig. Um sieben Uhr gibt es Abendessen, wie jeden Abend. Danach werden Alice und ich euch alles zeigen und erklären.« Kaum, dass er seine Predigt runtergerattert hatte, wandte er sich ab und marschierte mit dem Klemmbrett unterm Arm davon, Alice folgte ihm nach einem unsicheren Blick zu uns. Na, das konnte ja heiter werden.

Sofort setzten die Gespräche ein, während wir unser Gepäck nahmen und uns auf den Weg zu unseren Zimmern machten. Irgendwie verpasste ich den Moment, jemanden zu fragen, wo Zimmer vier lag. Isabelle und ein weiteres Mädchen waren bereits dabei, den Flur entlangzugehen und dort hinten nach links in ein Zimmer abzubiegen. Die anderen beiden Mädchen unterhielten sich angeregt mit zwei der Jungs. Da zu unterbrechen war irgendwie unangebracht.

Kurz entschlossen wuchtete ich meinen Koffer die Treppen hinauf. Wenn Zimmer eins hier im Erdgeschoss lag, wäre es doch logisch, dass Zimmer vier weiter oben zu finden war. Bevor ich vollkommen allein und hilflos auf diesem Flur stehen blieb, lief ich lieber ein paar Meter umsonst.

Im ersten Stock lag der identische Flur wie unten, nur anstelle der ausladenden Garderobe stand hier ein riesiger Weinkühlschrank. Sofort musste ich an reiche Pinkel denken, die hier abends am Kaminfeuer ihren Wein schlürften.

Schmunzelnd richtete ich mich zuerst nach rechts. Doch ich kam kaum zwei Schritte weit.

»Wo willst du denn hin?«, erklang eine amüsierte Stimme hinter mir.

Ich wirbelte herum und sah eines der Mädchen auf dem Treppenabsatz hinter mir stehen. Sie war eher klein und etwas stämmiger. Ihr rundes Gesicht wirkte unfassbar freundlich und hübsch.

»Ich suche mein Zimmer«, gestand ich.

»Sicher nicht auf dieser Etage. Das ist das Männerreich.« Sie deutete die Stufen hinauf. »Komm mit.«

Die hölzernen Stufen knarzten bei jedem ihrer Schritte eine Etage weiter hinauf ins Dachgeschoss. Mit beiden Händen umfasste ich den Griff meines schweren Koffers und folgte ihr. Der Duft nach altem Holz stieg mir erneut in die Nase. Sofort fühlte ich mich wohl.

Hinter uns kam ein weiteres Mädchen die Treppe hinauf. Sie trug statt eines Koffers zwei Taschen, einen Rucksack und ihr Handy an einer Wollkordel wie eine Schärpe über ihrer Brust. Das gesamte Set war schwarz-weiß gemustert und perfekt aufeinander abgestimmt, sogar die Handyhülle.

Das Mädchen vor mir meinte über ihre Schulter: »Ich bin Nell und das da ist AJ.«

Ich sah über meine eigene Schulter in ein lächelndes Gesicht. »Hi.«

»Hi, ich bin Elina.«

»Wissen wir«, entgegnete AJ schmunzelnd.

Klar, Isabelle hatte dafür gesorgt, dass das jetzt jeder hier wusste. Mürrisch stapfte ich weiter hinauf und schnaufte angestrengt. Nur noch vier Stufen, dann konnte ich dieses Mistding von Koffer endlich abstellen.

Oben mündete die Treppe in einen vergleichsweise kleinen Flur. Nell zog gerade ihre Skijacke aus und hängte sie an einen der drei schwarzen Haken, die links an der Wand in verspielten Schnörkeln angebracht waren. Dann drückte sie die Türklinke herunter und gab den Blick auf ein absolut cooles Zimmer frei. Vollkommen abgelenkt blieb ich, kaum angekommen, einfach auf dem Treppenabsatz stehen. AJ rannte prompt in mich hinein. Ich stolperte nach vorn und hörte gleichzeitig so einiges hinter mir die Treppe hinunterfallen.

»O Gott, entschuldige!« Ich wirbelte herum und eilte AJ hinterher, um ihre Taschen aufzusammeln. Sie selbst hatte sich wohl gerade noch so am Geländer festhalten können. Ihr erst sehr wütender Gesichtsausdruck wurde sofort sanfter.

»Schon gut. Ich bin ja in dich hineingelaufen. Wieso bist du stehen geblieben?«

»Ich war so abgelenkt von dem Zimmer.«

AJs Mundwinkel verzogen sich zu einem amüsierten Schmunzeln. »Kann ich verstehen. Das erste Mal, als ich es gesehen habe, kam ich auch aus dem Staunen nicht mehr heraus.«

Erleichtert lächelte ich sie an und reichte ihr ihre Taschen. Gemeinsam erklommen wir die letzten Stufen und betraten dann unser Zimmer.

Kapitel 3

Kaum über der Schwelle, erkannte ich, dass das Zimmer noch viel größer war, als mein erster Blick offenbart hatte. Es nahm beinahe das komplette Dachgeschoss ein. Nell lief gerade in die hintere rechte Ecke, wo ein wirklich bequem aussehendes Einzelbett unter einer Regalwand voller Bücher stand. »Badezimmer«, sie zeigte auf eine offen stehende Holztür rechts von sich, »begehbarer Kleiderschrank«, kurzer Wink nach links, »und dahinten die Küchenzeile mit Minibar.«

Mir klappte sprichwörtlich die Kinnlade herunter.

»Richtig nice, oder?« AJ grinste mich an, als sie an mir vorbeiging und geradeaus auf das riesige Doppelbett zusteuerte. Damit hatten die Mädels dann auch entschieden, wer wo schlafen würde. Da es mir komplett egal war, zuckte ich mit den Schultern und lief AJ hinterher. Wobei ich mich wunderte, dass die beiden sich nicht das Doppelbett teilten. Sowohl AJ als auch Nell wirkten, als wären sie nicht zum ersten Mal hier.

AJ ließ ihre Taschen vor dem Schrank auf ihrer Bettseite auf den Boden plumpsen und band ihre schwarzen Haare mit geübten Griffen zu einem lockeren Dutt zusammen. Sie schälte sich aus der schwarzen Lederjacke, stemmte tatkräftig ihre Hände in die Seiten und hob dann den Blick. »Auspacken oder erst einkaufen?«

»Erst auspacken«, entschied Nell und wuchtete ihren Koffer auf ihr Bett. Sie öffnete den Reißverschluss ihres Rollis und begann, ihre Kleidung in die Kommode neben dem Bett einzuräumen. Was für mich die Frage aufwarf, wozu es einen begehbaren Kleiderschrank gab.

»Was hast du Belle denn getan?«, fragte AJ und hielt ihr Handy für ein Selfie vor sich hoch. Sie bewegte ihren Kopf zur Seite und zwinkerte in die Kamera, vermutlich machte sie ein Boomerang für Instagram. Ich war gerade in die Hocke gegangen, um meinen eigenen Koffer zu öffnen. Nun verharrte ich mitten in der Bewegung und sah zu AJ hinauf, die mich über das Bett hinweg aus ihrem sonnengeküssten Gesicht feixend anstrahlte.

Ihre Formulierung wunderte mich etwas, und so stellte ich intuitiv die Gegenfrage. »Kennst du sie?« Ich war eine Fettnäpfchenqueen und witterte eine neue Falle.

»Klar. Wir vier anderen Mädchen waren letztes Jahr schon zusammen hier.«

Na, das erklärte, warum sich alle hier so gut auskannten. Alle außer mir.

»Isabelle hat uns von dir erzählt. Sie sagte, ihre Mutter habe dich aufgetrieben. Uns sind zwei Mädels abgesprungen und es dürfen nur ebenso viele Männer wie Frauen mit, deshalb brauchten wir dringend Ersatz«, offenbarte AJ.

Oh, na super. Ernsthaft? Ich kam hier in eine eingeschworene Clique und alle liebten meine Feindin. Yippie! Ich wollte gar nicht wissen, was Belle ihnen über mich erzählt hatte. Das hier hätte meine Flucht sein sollen. Hätte ich eine persönliche Hölle haben wollen, wäre ich zu Hause geblieben.

»Charmant«, murrte ich und wandte mich ab, um einen Stapel Longsleeves ins oberste Fach im Kleiderschrank zu legen. Als ich die leise quietschende Tür öffnete, wehte mir ein urig holziger Geruch entgegen, der mich an Urlaub und Österreich erinnerte. Ich atmete ihn so tief ich konnte ein und entspannte mich wieder.

Hinter meinem Rücken kommunizierten die zwei bestimmt still miteinander. Na und? Sollten sie doch.

»Entschuldige«, sagte AJ. Verwirrt lugte ich um meine Schranktür und musterte sie. Sie entschuldigte sich? Wieso das denn?

AJ setzte sich im Schneidersitz auf ihre Bettseite. »Ich bin manchmal ein wenig taktlos, ohne dass ich das merke. Ja, wir kennen uns schon alle. Das heißt natürlich nicht, dass du automatisch an eurem Streit schuld sein musst, und es heißt auch nicht, dass wir dich jetzt ausgrenzen oder so«, erklärte sie ganz direkt.

Perplex starrte ich sie an. »Alles klar.«

Nell grinste aus ihrer Ecke rüber. »Daran gewöhnst du dich«, versprach sie und zwinkerte mir zu.

Das brachte mich zum Schmunzeln, ich mochte die beiden auf Anhieb. Kurz entschlossen streifte ich meine Schuhe ab, hüpfte auf mein Bett und machte es mir mit einem Bein angezogen und dem anderen aufgestellt auf der Decke bequem. »Dann klärt mich mal über alles auf, was ich wissen sollte«, forderte ich die beiden auf, die einen feixenden Blick tauschten und dann zu mir kamen. AJ lümmelte sich ans Fußende meiner Bettseite, Nell dagegen nahm auf AJs Seite Platz. Sie saß auf ihrer linken Pobacke und hatte ihre Beine seitlich angewinkelt. Irgendwie schaffte sie es, mit der gepufften Daunenbettwäsche um sich herum dabei würdevoll auszusehen. Ich selbst lehnte mich mit einem Kopfkissen im Rücken an mein Kopfteil.

AJ kuschelte sich mit funkelndem Blick auf die Decke, die sie als Stütze unter sich zusammendrückte. »Schieß los, Nell.«

Nell schien einen Moment nachzudenken, dann erzählte sie: »Also, unsere AJ hier ist ein regelrechtes Schandmaul. Sie benimmt sich wie eine raue Draufgängerin, aber Hunde, die bellen, beißen nicht. Die Kleine sucht sich immer einen Kerl aus und bleibt die komplette Zeit bei ihm. Letztes Jahr war es Florian, der Skilehrer.«

Ich fühlte mich für einen Moment unwohl, doch als ich AJs breites Grinsen sah, entspannte ich mich und musste über die offene verspielte Art der beiden lächeln.

»Ah ja, hoffe, er ist wieder da. Dieser Daniel ist nicht gerade mein Typ. Und Flos bestes Stück war yummie!«, schnurrte sie und wir prusteten los.

»Ich selbst bin keine Konkurrenz, was die Männer angeht. Ich bin lesbisch«, erklärte Nell mit scheinbar keckem Blick. Die Röte auf ihren Wangen verriet sie allerdings.

»Also zweimal keine wirkliche Konkurrenz.« Ich hakte eine imaginäre Liste ab und streckte AJ, die empört aufgeschrien hatte, die Zunge raus. Gerade so wehrte ich die Packung Taschentücher ab, die sie nach mir warf. »Hey!«, beschwerte ich mich ausgelassen.

Nell, die herzhaft über uns lachte, holte tief Luft, um fortzufahren. »Dina und AJ waren letztes Jahr ein Kopf und ein Arsch. Wie mir scheint, haben sich die beiden Hübschen inzwischen in unterschiedliche Richtungen entwickelt.«

»Sie«, schnaubte AJ.

»Auf jeden Fall sind sie zwar noch befreundet, aber nicht mehr unzertrennlich. Dina ist … *freizügig*«, formulierte Nell es bedacht und kassierte einen *Das-ist-voll-untertrieben*-Blick von AJ.

»Also Konkurrenz.« Ich nickte mit bemüht ernster Miene und Nell stutzte. Dann verzog sie schmunzelnd ihre Lippen und erhob tadelnd ihren Zeigefinger. »Ein kleiner Teufel, was?«

»Gut, auf wem war sie schon alles drauf? Will ja nichts Ausgelutschtes«, verkündete ich, um derb zu sein, schüttelte aber schon im nächsten Moment über mich selbst schockiert meinen Kopf. »Entschuldigt, das geht mich nichts an!« Ich war entsetzt. Das war so typisch. Immer redete ich erst und dachte dann nach. Scham brannte in meinen Wangen und in meiner Brust.

AJ runzelte mit wachsamem Blick die Stirn. »Bist du 'ne Anständige in der Hinsicht?«

Ich zögerte. »Das war ich mal.« So lautete wohl inzwischen die korrekte Antwort.

»Gebrochenes Herz, mhm?«, meinte AJ in einem wissenden, fast schon melancholischen Tonfall.

Ich stutzte, dann lachte ich, allerdings nur, damit ich nicht weinte, und die zwei merkten das sofort.

»Belle«, erinnerte AJ Nell. Dankbar für den Themenwechsel schob ich all die hochkochenden Erinnerungen zurück in ihre winzige Schublade ganz hinten in meinem Gedächtnis.

Nell nickte eifrig, und ihre kinnlangen roten Locken wippten dabei richtig süß. Schnell fuhr sie fort: »Also, Isabelle ist dezent, aber kein Kind von Traurigkeit. Sie ist letztes Jahr mit Felix zusammengekommen. Nun haben die zwei eine Art Fernbeziehung geführt, bis Isabelle angefangen hat, in Frankfurt zu studieren. Jetzt sehen sie sich während des Semesters, und zwischendrin führen sie weiterhin eine Fernbeziehung«, erzählte Nell.

Das hatte ich gar nicht gewusst. Ich kannte Isabelle auch nur oberflächlich und wusste immerhin, dass sie während ihres Semesters inzwischen in Frankfurt wohnte, sonst war mir kaum etwas über meine Nachbarin bekannt.

»Okay, also ist Felix von den Jungs raus.« Ich nahm meinen alten Faden wieder auf. Nell lächelte sanft, als ich so auf ihren Themenwechsel einging.

AJ wiegte abschätzend den Kopf. »Sollte man meinen, aber der Kerl baggert alles an, was nicht bei drei auf den Bäumen ist. Ich glaube, er liebt Isabelle zwar, nur liebt er eben auch 'ne Menge anderer Frauen, wenn du weißt, was ich meine.«

»Denkst du, er ist untreu?« Es überraschte mich, dass Isabelle das mitmachte.

»Nein«, wehrte Nell entschieden ab. »Ich glaube, er reizt die Grenze aus, soweit er kann.«

Okay, also flirten, aber nicht anfassen, speicherte ich ab. Die Grenzen dessen, was man durfte und was nicht, hatten sich in den letzten Monaten für mich verschoben. Jeder Mensch war selbst verantwortlich für seine Entscheidungen, und ich hatte entschieden, niemals die andere Frau zu werden. Das hinderte mich allerdings nicht daran, den Nervenkitzel eines guten Flirts zu genießen, egal ob mein Flirtpartner vergeben war oder nicht.

»Du wirst es schon noch selbst merken. Felix ist rau und hat einen unbezwingbaren Charme.« AJ lächelte leicht verträumt. »Jetzt Kai«, forderte sie wie ein Kind, das einem Märchen lauschte. Sie lümmelte sich noch etwas tiefer in die Decke und linste hinauf zu Nell.

»Kai ist ein Skater. Ein herzensguter und verdammt sexy Skater. Er hat blaue Augen und schwarze, kurze Haare. Sein schlanker Körper ist voller filigraner Muskeln und seine Hände sind rau und männlich«, seufzte Nell.

Ich runzelte die Stirn. »Ich dachte, du stehst auf Frauen«, rutschte es mir heraus.

»Ich schon.« Nell grinste verspielt. »Aber AJ hat eine Schwäche für ihn. Nur will Miss Flirty das nicht zugeben.« Nell zwinkerte mir verschwörerisch zu. Ihre Augen funkelten wie bei einer liebevollen großen Schwester, wenn sie die kleine neckte.

»Also, Finger weg von Kai«, zog ich meinen Schluss.

»Nein, nein. Nell übertreibt«, meinte AJ. Doch ich sah in ihrem Blick, dass *Finger weg* genau das war, was sie von mir wollte.

»Weiter.« Bisher hatte mir Nell nur Jungs vorgestellt, von denen ich mich fernhalten sollte … und auch würde.

»Die drei anderen sind sehr unterschiedlich. Sonny, also Alexander, ist ein grundanständiger Kerl, dem man das wegen seiner Kifferei gar nicht zutraut. Er hat die richtigen Ansichten, ist allerdings auch ein Chaot durch und durch. Er feiert gern und hart und ist oft betrunken und beziehungsweise oder stoned. Trotzdem weiß er, was sich gehört.«

»Klingt komisch, ist aber so«, pflichtete AJ ihr auf meinen zweifelnden Blick hin bei.

»Lysander ist groß, kräftig, blond und stark.«

»Wie ein Wikinger«, rief AJ euphorisch.

»Ja, stimmt. Und irgendwie auch wie ein riesiger Teddybär«, ergänzte Nell. »Er und Sonny kicken zusammen in derselben Fußballmannschaft, und ich find sie beide echt toll. So anständige Kerle, das gibt es heutzutage nicht mehr oft. Würden Männer mich interessieren, die beiden wären welche fürs Leben und nicht nur für eine schnelle Nummer.«

»Beruhigt mich zu hören«, brummte ein Hüne von einem Mann, der plötzlich in unserem Türrahmen lehnte. Ich zog betreten meinen Kopf ein, immerhin hatte er uns gerade beim Tratschen erwischt. Wie hatten wir nur die knarzenden Stufen hier herauf überhören können?

Seine schmunzelnden Züge nahmen mir allerdings die aufkeimende Scham sofort wieder. Zum Glück hatte Nell nichts Schlimmes gesagt.

»Ups, hab wohl vergessen, die Tür zuzumachen«, meinte AJ mit gespielter Betroffenheit.

»Na klar«, schnaubte ein schlaksiger Mann mit blauen Augen und schwarzem Haar … äh, Kai? Das musste Kai sein. Ich blickte zu AJ und sah, was Nell meinte. Japp, eindeutig interessiert.

Kai ging durch den Raum und auf uns zu. Er setzte sich ans Fußende des Bettes, wo AJ ihm Platz machte, und tauschte einen Blick mit ihr, der mir das Gefühl gab, in eine intime Szene einzubrechen. Schnell sah ich zu den anderen zwei Männern, die ihm ins Zimmer gefolgt waren. Der Hüne war an der Tür stehen geblieben.

Einer der beiden Eintretenden, ein dünner Mann mit schmalem Gesicht und leichten O-Beinen, lehnte sich neben der Badezimmertür an die Wand und verschränkte seine Arme vor der Brust. »Erklärst also der Neuen, was hier so abgeht, Nellilein?«

Nell streckte ihm die Zunge raus und meinte: »Ist nur fair, wenn sie ein bisschen was erfährt, so als einzige Neue.« Damit wandte sie sich an mich. »Das ist Sonny.«

»Der anständige Kicker, wenn ich es richtig mitbekommen habe«, ergänzte er selbst mit verspielt verzogenen Mundwinkeln.

AJ lachte und der große Mann in der Tür gluckste leise.

»Also, den Wikinger und die anständigen Kerle fürs Leben, das haben wir gehört. Was sagt Nell so über uns zwei?«, fragte der vierte im Bunde, der sich am Fußende auf seine Unterarme gestützt über meinen Bettrahmen lehnte. Das war … äh, verdammt.

»Kai ist ein sexy Skater und du wurdest noch nicht erwähnt«, antwortete ich keck.

»Uh, ich bin sexy«, freute Kai sich.

Der Kerl an meinem Kopfende runzelte die Stirn. Er starrte mir direkt in die Augen. Für einen kurzen Moment fühlte ich mich seltsam nackt. Das Vibrieren meines Smartphones in meiner Hosentasche rettete mich. Ich fummelte es schnell heraus. Eine Nachricht von Rivera. Schon die drei Zeilen, die mir angezeigt wurden, ließen bittere Galle meinen Hals hinaufkriechen.

Du hast immer noch nicht geantwortet,
ob du dich an Sams Geschenk beteiligen
willst. Es ist kurz vor …

Schnell stopfte ich das Handy wieder in meine Tasche und hob meinen Blick, der auf blaugrüne Augen traf.

»Los, beeindruck mich. Wer ist wer?«, forderte er.

Ich zog meine Augenbrauen zusammen und legte meinen Kopf schief. »Beeindruck mich? Ernsthaft?«, fragte ich pikiert. Was bildete der Kerl sich bitte ein? Ich sah durchaus den Schalk in seinem Blick, trotzdem war das absolut chauvinistisch.

»Tja, Casanova, Elina ist zu heiß für dich«, neckte AJ. »Sie hängt nicht sabbernd an deinen Lippen.«

Der Kerl wandte sich AJ zu und ich entdeckte eine Narbe an seinem Hals. Das dunkelblonde Haar verdeckte zwar ihren Ansatz, aber da sie bis zur Mitte seines Halses hinunterreichte, sah ich sie trotzdem sehr deutlich.

»Und keiner sabbert so gut wie Dina«, ätzte er.

»Pfui. Also wirklich. Das wollen wir gar nicht wissen!«, schimpfte Nell wie eine Mutter.

Der Kerl mit der Narbe drehte sich in ihre Richtung und seine Augen blitzten regelrecht auf. »Ach nein?« Er wirkte künstlich schockiert. Seine Stimme hatte einen bitterkalten Ton. »Wo wir hier doch gerade alle in Schubladen packen: Welche hattest du für mich, Nell?«, fragte er in so ruhigem Ton, dass ich mir nicht sicher war, ob er in Zorn schwelte oder nur desinteressiert am Gespräch teilnahm. Ich tippte intuitiv auf Ersteres, aber das war reines Bauchgefühl.

»Mh, Nell … Casanova? … Arschloch? … Sexbesessen?«, schlug AJ mürrisch vor.

»AJ«, rügte ich sie impulsiv. Eigentlich sollte ich mich nicht einmischen, nur war die Stimmung plötzlich so bitter geworden. War das nur neckend oder so ernst, wie es sich für mich anfühlte? Anhand der anderen versuchte ich die Situation einzuschätzen, aber Kai war damit beschäftigt, AJ anzuschmachten, und Sonny betrachtete geflissentlich seine Füße. Nur der Kerl im Türrahmen lächelte. Keine Ahnung, was das bedeutete. Es konnte sein, dass er sich darüber amüsierte, wie der Narbenmann die Weiber auseinandernahm. Es konnte aber genauso gut sein, dass der Typ mit der Narbe uns aufzog und Lysander sich das Grinsen nicht verkneifen konnte.

»Also schön, Grummel«, schnaubte ich. »Bis du reingeplatzt bist, hatten wir 'ne Menge Spaß. Menschen stecken alles in Schubladen. Schluck es und leb damit.«

Der Kerl sah mich direkt an. Sein dunkler Blick fuhr durch alle meine Schutzschichten. Das unangenehme Gefühl, entblößt zu sein, jagte einen Schauer durch meinen Körper. Schnell platzte ich mit dem Ersten heraus, was mir in den Sinn kam: »Also, zu deiner Frage:

Lysander ist der Wikinger im Türrahmen, Sonny der Schuhstarrer am Schrank und Kai der blauäugige Skater neben dir. Da Nell zu dir noch nichts gesagt hat, habe ich nur den Eindruck eines Stimmungskillers«, ratterte ich meinen Bericht tonlos herunter. »So, ich hoffe, die Antwort war befriedigend. Und jetzt raus, damit wir wieder lachen können.« Mit meinen Händen wedelte ich in seine Richtung, als wollte ich eine lästige Fliege verscheuchen, und ehrlich gesagt war der Vergleich gar nicht so weit hergeholt. Ich wollte diese durchdringenden Augen wirklich dringend loswerden.

Stille.

Er starrte mich fest an, mir direkt in die Augen.

Ich hielt seinen Blick. Entschlossen, ja nicht zurückzuweichen, blinzelte ich nicht einmal. Es wurde ein regelrechter Wettkampf daraus.

Bis mich ein Kissen von der Seite traf und alle laut loslachten.

Überrumpelt sah ich mich nach dem Werfer um und erfasste ein Bild, das mich selbst zum Schmunzeln brachte. AJ hatte mich attackiert und der Wikinger zeitgleich den Narbenmann. Ich hatte bei meiner Starrerei nicht einmal bemerkt, dass Lysander sich bewegt hatte. Himmel, musste ich gebannt gewesen sein.

Noch bevor einer von uns jedoch etwas sagen konnte, kamen Isabelle und der fünfte Mann ins Zimmer, das hieß, sie blieben dort stehen, wo Lysander zuvor gestanden hatte, händchenhaltend und lächelnd. »Was ist denn hier los?« Isabelle sah sich strahlend im Zimmer um. Ich könnte wetten, dass sie unbedingt teilhaben wollte.

Ich zog meinen Kopf ein wenig ein und hielt geflissentlich die Klappe. Alle hier schienen sie leiden zu können.

»Die Neue schröpft Noah«, berichtete Sonny mit amüsiertem Ton.

Isabelles Blick traf mich und mir wurde kalt. Sie sagte nichts, sondern lächelte nur. Und das gekonnt. Wäre ich mir nicht hundertprozentig sicher gewesen, dass sie mich hasste, hätte ich das nicht im Geringsten an ihrem Lächeln erkennen können, nur an ihren Augen.

»Die Neue … Elina, richtig?«, mischte sich Felix ein. Sein süffisantes Lächeln hatte durchaus was für sich. Und sein Körper … wow! Er wirkte wie die Sorte Mann, denen die Frauen einfach zuflogen.

Klar, dass er Isabelle bekommen hatte. So eine Schönheit konnte jeden haben, den sie wollte, und Felix schien ihrer würdig. Er hatte dieses Lächeln, das einen schwindeln ließ. Dazu den perfekten Sonnyboylook, und der krasse Kontrast zwischen dunklen Haaren und hellen Augen … tja, er war jedoch mit Isabelle zusammen.

»Richtig«, bestätigte ich freundlich. »Und du musst dann Felix sein.«

»Oh!«, grölte Sonny. »Jeden Namen kennt sie, nur deinen nicht!« Er feixte in Noahs Richtung, der sich an den Tisch direkt unterm Fenster zurückgezogen hatte.

Ich errötete. »Nur weil Nell noch nichts über ihn erzählt hatte«, verteidigte ich mich leise. Ich wollte hier niemanden herabwürdigen. Es war reiner Zufall gewesen, dass ich seinen Namen als einzigen noch nicht kannte, und vielleicht war ich ein wenig garstig gewesen wegen dieser verdammten Nachricht meiner Schwester. Dass sie mich das überhaupt fragte … ich könnte immer noch schreien vor Wut.

»Ha! Da zieht die Katze plötzlich ihre Krallen wieder ein«, kommentierte Lysander und musterte mich nach vorn gelehnt auf das Fußende gestützt wie Noah zuvor.

Ich sackte etwas in mich zusammen und spürte das heiße Glühen in meinen Wangen. Hervorragend, ich hatte es irgendwie geschafft, zum Mittelpunkt des Geschehens zu werden. Ein mieses Gefühl, wenn man keine Ahnung hatte, was die anderen von einem hielten.

»Sie wird ja richtig rot«, stichelte Noah, der hinüber zum Fenster geschlendert war und sich dort auf einen der Stühle gesetzt hatte.

»Rot wie die untergehende Sonne«, stimmte Kai lachend zu.

»Tz«, schnaubte ich trotzig. »Untergehende Sonne. Schwimmst du am anderen Ufer, oder kommen die romantischen Vergleiche durch das Kiffen?«, frotzelte ich bissig. »Man sagt: rot wie eine Tomate oder meinetwegen noch wie die Tapete, oder was sonst gerade rot im Zimmer ist, aber die *untergehende Sonne*? Schlimmer wäre nur noch wie eine Rose gewesen.« Mit gespielt lieblicher Stimme faltete ich meine Hände in dahinschmelzender Theatralik.

Es herrschte einen kurzen Moment lang Stille. Lange genug, um zu begreifen, dass der Kommentar zum anderen Ufer in Anwesenheit einer

Lesbe wirklich unangebracht und auch absolut diskriminierend war. So auf Kai herumzuhacken … verdammt, was war nur in mich gefahren?

»Tada, da sind die Krallen wieder«, kommentierte Felix.

»Und die Röte ist weg«, murmelte Lysander, der mich so intensiv beobachtete, als wäre ich ein spannendes Experiment.

»Ich würde auch beißen, wenn jeder mich anstarrt«, meinte AJ schnippisch und streckte Lysander die Zunge raus. »Und du, Noah, hast das voll provoziert.«

Ich sah unweigerlich zu dem Kerl mit der Narbe. Ein Bein übergeschlagen, saß er lässig auf dem Stuhl und lächelte verschmitzt. »Hab ich wohl.« Wenig reumütig zuckte er mit den Schultern.

Jetzt im Ernst?

»So, Elina, da du sie nun alle kennengelernt hast, was hältst du von Nells Urteil?«, fragte AJ neugierig.

»AJ!«, rügte diesmal Nell sie mit umherhuschendem Blick, nur war ich überhaupt nicht mehr in Spielstimmung. Mir hing mein fieser Kommentar Kai gegenüber noch schwer im Magen. Ich nahm mir vor, mich später zu entschuldigen, wenn wir mal unter uns waren.

»Das würde mich jetzt auch interessieren«, meinte ausgerechnet Kai. Aus dem Bedürfnis heraus, ihn nicht noch einmal vor den Kopf zu stoßen, versuchte ich nun doch mitzuspielen.

»Mh … « Ich tippte mit meinem Zeigefinger auf meine Lippen. »Felix kann ich noch nicht einschätzen. Lysander: stimmt, denke ich, aber ich glaube, wir müssen *Stille Wasser sind tief* hinzufügen. Sonny und Kai würde ich so unterschreiben.« Noch ehe jemand darauf antworten konnte, blickte ich dem Narbenmann wieder fest in die Augen. »Und Noah ist nicht einschätzbar«, schloss ich.

Noahs Augen blitzten, während die anderen im Raum erheitert lachten.

»Soll ich das als Kompliment oder Beleidigung verstehen?«

Ich legte eine teilnahmslose Miene auf. »Ganz wie du willst.« Damit wandte ich mich wieder an Nell und fragte: »Und der Kerl, der vorhin auf dem Flur diese emotionale Rede geschwungen hat?«

Sie zuckte mit den Schultern, wobei ihre kinnlangen roten Locken wieder so knuffig wippten. »Den kennen wir noch nicht. Er heißt

Daniel und ist wohl auch Teil des Alpinlagers.« Also stimmte die Info in der Mail und das war Daniel, unser Skilehrer, gewesen.

»Daniel?«, fragte Noah nach und sah dann Felix vielsagend an.

»Du meinst, *der* Daniel?«, überlegte Felix laut.

Noah legte unschlüssig den Kopf zur Seite.

»Hallo! Aufklärung bitte!«, forderte AJ.

»Also, das geht so mit den Bienchen und den Blümchen …«, begann ich mit belehrend erhobenem Finger und alle grinsten oder lachten. Alle, bis auf Isabelle. AJ lachte erst mit, ehe sie ein halbwegs empörtes »Hey!« von sich gab und mich gegen die Schulter schubste.

»Daniel ist in Sachen Casanova noch schlimmer als Noah«, meinte Isabelle grinsend, und sie alle sprangen sofort darauf an.

»Das geht?«, fragte AJ.

Noah legte ein genießendes Lächeln auf, während Lysander meinte: »Ihr wärt überrascht.«

»Darüber, wie wenig Casanova Noah in Wirklichkeit ist, oder darüber, dass es tatsächlich schlimmer geht?«, stichelte AJ.

»Beides.«

Kapitel 4

NOAH

»Ich kann es kaum erwarten!« AJ hüpfte voller Vorfreude über den Flur. »Endlich wieder Après-Ski und Party. Keine Eltern, die einem die Stimmung verhageln. Freiheit!« Es war inzwischen Tradition, dass sie alle am ersten Abend ins *Santinos* gingen.

»Wir führen dich heute gleich richtig ein«, entschied Sonny und knuffte dieser Elina gegen die Schulter. Noah wartete gespannt auf ihre Reaktion. Sonnys Art kam definitiv nicht bei jeder gut an. Doch die sportlich-tough wirkende junge Frau mit ockerfarbenem Hautton und vollen Lippen streckte dem Fußballer verspielt die Zunge raus.

»Und in was?«, wollte Elina von Sonny wissen.

»In die Regeln des Hauses!«

Elina zog eine Augenbraue hoch. »Es gibt Regeln?«

»Klar, um Spaßbremsen loszuwerden«, meinte Belle lächelnd. Noah sah Elina zusammenzucken, als hätte Belle etwas Angreifendes gesagt.

»Wer will schon Spaßbremsen dabeihaben?«, feixte Felix mit einem Zwinkern in Lysanders Richtung. Dieser schenkte ihm nur einen vernichtenden Blick. Noah würde seinen besten Freund ja in Schutz nehmen, aber das hatte Lysander gegen diesen Aufschneider nicht nötig.

»Niemand hier ist eine Spaßbremse«, entschied Nell kategorisch. Wie immer erstickte sie den aufkommenden Streit im Keim. »Los geht's.«

Noah schmunzelte. Nell hatte mal wieder alles im Griff.

»Wohin?«, wollte Elina nun wissen. Sie warf Belle einen unsicheren Blick zu.

»Ins *Santinos* natürlich. Die Bar ist der einzige akzeptable Ort in diesem verschneiten kleinen Nest«, mischte Sonny sich ein und legte

Elina einen Arm um die Schultern. Noah fielen da noch ein paar gemütliche Schlafzimmer im Ort ein, die durchaus mit der Bar mithalten konnten.

Sonny lehnte seinen Kopf seitlich an Elinas und beschrieb mit seiner zweiten Hand einen Bogen in der Luft, als würde er ihr den Ort wirklich zeigen. »Du wirst schon sehen: urig, es stinkt nach schalem Bier, überall Schnee auf dem Boden und Splitt, damit keiner ausrutscht, und alles aus abgewetztem Holz.«

»Genau nach meinem Geschmack!«, tönte Lysander und grinste Felix an. Dieser rollte nur mit den Augen und schlüpfte in seine eigenen Schuhe.

»Hey, Elina!«, rief es plötzlich hinter ihnen, als Belle schon die Haustür aufzog.

Die Neue fuhr herum wie alle anderen auch. Da stand Daniel. Was wollte der denn hier? Noah verabscheute Männer wie ihn zutiefst. Immerhin war er frischgebackener Vater, wenn die Gerüchte stimmten. Zum Glück würde niemand ihn brauchen, alle wussten schon, wie der Hase lief, kannten die Pisten und die Regeln, sie brauchten keinen Skilehrer mehr. Und so wie Noah seine eifrige Cousine kannte, würde Nell die Neue an die Hand nehmen, sodass nicht einmal Elina ihn brauchen würde.

Der schmierige Typ mit den nach hinten gegelten Haaren kam zu ihnen herüber und trat näher an Elina heran. »Ich dachte, ich führ dich mal rum. Inzwischen weiß ich, dass die anderen ja alle schon zwei- bis dreimal hier waren.«

Noah unterdrückte ein demonstratives Würgegeräusch. Ging es noch offensichtlicher? Erwartungsvoll sah er zu der Neuen und erwischte sie dabei, wie sie einen zögernden Blick in Belles Richtung warf. Wenn er sich nicht irrte, funkelte die Eiskönigin herablassend zurück. Der vernichtende Blick verschwand allerdings so schnell aus ihren Zügen, dass er sich nicht sicher war.

»Klar, warum nicht?«, lenkte Elina ein. Mit einem koketten Lächeln strich sie sich eine Strähne ihres hellbraunen welligen Haars hinter das Ohr und schenkte Daniel dann einen flirty Blick.

Noah starrte sie überrascht an. Wieso?

»Geht ihr schon vor, ich komme gleich nach«, trällerte Elina.

AJ zog eine enttäuschte Schnute. »Meinetwegen. Aber lass mich nicht so lange warten. Ich will dir doch das Sahneschnittchen zeigen.«

Noah fragte sich gerade, wen AJ damit meinen konnte, da setzte die Gruppe sich auch schon in Bewegung und machte sich auf den Weg ins *Santinos*, während Elina zurückblieb und Daniel entgegentrat.

»Ich habe mehr von ihr gehalten«, entfuhr es ihm leise.

»Ich auch«, gestand Lysander niedergeschlagen und sah Elina nach. Gemeinsam folgten sie den anderen. Noah dachte daran, wie sie vorhin im Zimmer gewesen war, diese zwei Seiten: mal richtig fies kratzbürstig und dann verspielt und beinahe unbedarft. Wieso nur ging sie auf so eine plumpe Einladung ein? Die Wege im Dorf waren zum Glück sehr kurz. Er war nicht hier, um über eine Frau nachzudenken, sicher nicht. Es dauerte nur wenige Minuten, bis Belle auch schon die Bartür vom *Santinos* aufzog und der warme Schein der Dorfbar, gepaart mit den wummernden Klängen von *Cordula Grün* jeden Gedanken an die Frau mit den vollen Lippen verdrängte.

Nell steuerte den großen Tisch in der Ecke an, der im letzten Jahr zu ihrem Stammplatz geworden war. »Wisst ihr schon, was ihr wollt?«, fragte Nell bereits beim Hinsetzen.

»Klar, ruf die Kellnerin!«, bekräftigte Felix sofort. Noah ließ seinen Blick schweifen, als er sich neben seine Cousine setzte. Kai und Sonny hatten noch nicht einmal einen Platz gefunden. Kai trat auf den nächstbesten freien Stuhl zu, den Sonny ihm total dreist vor der Nase wegschnappte.

»Sorry, Kumpel, das ist meiner.«

Noah schmunzelte über diesen offensichtlichen Kuppelversuch. Der Fußballer war ein verkappter Romantiker und vertrieb Kai so zu dem letzten noch freien Stuhl am Tisch … neben AJ. Als Kai das auch begriff, wandelte sich die empörte Wut in seinen Zügen zu regelrechter Dankbarkeit, ehe er sich neben die Frau setzte, die er ganz offensichtlich anhimmelte. So ein Träumer. Keine Frau der Welt verdiente so bedingungslose Hingabe, keine!

»Denkst du, Daniel will mit Elina schlafen?«, fragte Dina gerade Felix links von ihm.

»Würde mich nicht wundern, wenn er nichts anbrennen lässt«, schnaubte Noah.

»Ja, *er*. Ich wette mit dir, *sie* taucht gleich hier auf.« Lysander wirkte vollkommen überzeugt.

»Redet ihr schon wieder über Elina?«, mischte AJ sich genervt ein.

Noah schnaubte nur, wieso denn *schon wieder*? Doch Lysander ging auf sie ein. »Es wundert mich einfach, dass sie dageblieben ist.«

»Wieso?« AJ lehnte sich zurück, als würde sie einen Streit erwarten.

»Na, er will sie doch nur zu seinen Eroberungen hinzufügen. Dass so 'ne billige Anmache funktioniert, finde ich traurig. Und da ich eigentlich mehr von ihr halte, wette ich, dass sie bald hier auftaucht. So bald, dass sie nicht mit ihm geschlafen haben kann.«

AJ funkelte seinen besten Freund an. »Ihr seid solche Chauvinisten.«

»Wie bitte?« Lysander glaubte eindeutig nicht richtig zu hören, und ehrlich gesagt verstand Noah AJs Angriff auch nicht. »Ich habe gerade gesagt, ich halte mehr von ihr!«

»Was genau das Problem ist! Selbst wenn sie dageblieben wäre, um mit Daniel zu vögeln, was dann? Es ist doch verdammt noch mal ihre Sache. Ganz ehrlich, wäre sie ein Mann, würdet ihr sie feiern, dass sie, kaum angekommen, schon die Erste klarmacht. So ist sie natürlich 'ne Schlampe oder leicht zu haben oder was auch immer. Und du bildest dir auch noch ein, du würdest ihr großzügig einen Gefallen tun, weil du *mehr von ihr hältst.*«

Die anderen hatten ihre Gespräche inzwischen eingestellt. Jeder war von der hitzig starrenden AJ gebannt. Noah wusste nicht, ob er ihr zustimmen sollte oder doch anderer Meinung war. Allerdings musste er zugeben, dass er Casanova genannt wurde und nicht männliche Schlampe. Vielleicht hatte sie wirklich einen Punkt.

Nell durchbrach als Erste das aufgeladene Schweigen. »Jedenfalls hat Lysander recht.«

»Wie bitte?«, zischte AJ.

Nell nickte hinter sie in Richtung Tür. »Ich meine damit, dass sie bald hier auftaucht, nämlich jetzt. Das ist wirklich zu bald, um mit ihm geschlafen haben zu können.«

Noah schnaubte amüsiert auf. »Man kann verdammt schnell Sex haben.«

AJ verzog die Lippen. Ihr Blick strafte seine Worte ab, ehe sie Elina winkte, die sich im vollen Raum umsah. Elina hatte ihr langes gewelltes Haar zu einem Pferdeschwanz gebunden, der hinter ihr wippte, als sie AJ zurückwinkte. Dann kam sie flink zu ihnen rüber. Ihre Bewegungen, mit denen sie sich durch den vollen Raum schlängelte, waren überraschend geschmeidig. Er wusste nicht, wann er das letzte Mal eine Frau hatte subtil ihre Hüften schwingen sehen. Es gab viele, die es bewusst einsetzten, und noch mehr, die es nicht konnten. Elinas Hüftschwung dagegen war dezent und anmutig zugleich.

»Na, kennst du jetzt das Haus?«, fragte AJ und zwinkerte Elina zu. Noah schüttelte den Kopf und starrte auf den Tisch vor sich. Hatte er gerade ernsthaft der Neuen dabei zugesehen, wie sie *schön gegangen* war? Das musste daran liegen, dass sie ihm vorhin so über den Mund gefahren war. Herausforderungen hatte er noch nie widerstehen können.

»Gab ja nicht mehr viel zu sehen, was ich noch nicht kannte«, entgegnete sie. Was denn nun? War sie auf Daniel eingegangen oder nicht? Niemand glaubte ja wohl, dass der Typ sich wirklich dazu herabgelassen hatte, ihr das Haus zu zeigen.

»Stimmt.«

»Aber dass ihr mir verschwiegen habt, dass wir im Keller eine Sauna und einen Whirlpool haben, nehme ich euch übel. Das wären mal entscheidende Infos gewesen!« Neckend stupste sie AJ gegen die Schulter, die sofort einen Stuhl herangezogen hatte und ihn zwischen sich und Nell platzierte. Auf diese Weise saß sie immer noch neben Kai. Die beiden sollten zusehen, dass sie zusammenkamen, so viel sinnlose Zurückhaltung ging Noah auf die Nerven.

»Ach ja?«

»Klar! Ein Haus voller junger Erwachsener um die Zwanzig und so viel Gelegenheit … « Elina provozierte offensichtlich.

»Ich weiß nicht, was du meinst.« AJ grinste.

»Bitte!«, erklang es vom anderen Tischende. Dina stand mit entschlossener Miene auf. »Statt es nur anzudeuten, werde ich heute

Abend tatsächlich noch in andere Sphären abheben. Also entschuldigt mich.« Damit griff sie nach ihrer Handtasche und stolzierte davon, direkt auf eine Gruppe Kerle am Tresen zu.

Noah schmunzelte. Auch wenn es kaum eine Frau gab, der er vertraute, Dina war ihm sympathisch. Sie spielte jedenfalls niemandem etwas vor.

Plötzlich prusteten AJ und Elina los, was die entstandene überraschte Stille effektiv beendete.

»Da habe ich wohl was verpasst«, meinte Elina schließlich.

»Nichts Wichtiges«, wehrte AJ ab.

»Wie du meinst. Jetzt musst du mir das Sahneschnittchen zeigen.«

Noah, der gerade von der Kellnerin sein Bier vor die Nase gestellt bekam, spitzte die Ohren.

AJ lehnte sich zu Elina hin und sah zielstrebig zur Bar. »Da vorn an der Theke. Sieht er nicht heiß aus?«

»Wer?«

»Na, der Typ im Hemd mit dem Kaschmirschal.«

»Dieser Schönling?« Elina sah überrascht zu AJ.

»Ich weiß. Aber mit ihm kann man wirklich Spaß haben.«

Elina runzelte die Stirn. »Puh, nee, der ist so gar nicht nach meinem Geschmack.«

»Echt nicht?«

»Blond, schlank, gut gekleidet, sportlich. Sorry, so gar nicht.«

Noah blickte an sich herab und musste zynisch lächeln. Sie hätte auch gerade einfach ihn beschreiben können. Spannend.

AJ blinzelte irritiert. »Verarschst du mich?«

»Nein, ehrlich. Ich dachte, du meinst den Barmann. Der sieht heiß aus«, bekräftigte Elina.

»Santino? Dein Ernst?«

»Heißt er so?«

»Ah, Elina weiß eben, was gut ist, dunkle Haare, verrucht, Tattoos und eher der Einzelgängertyp«, mischte Sonny sich ein, lehnte sich über den Tisch Elina entgegen und raunte dann mit tiefer Stimme: »Ich habe übrigens auch ein Tattoo. Wenn du magst, zeig ich es dir.«

Noah rollte mit den Augen. Die Mädels lachten und Elina schlug Sonny verspielt auf die Finger. Als sie endlich jeder ein Getränk hatten, stießen sie gemeinsam auf die kommenden drei Wochen an.

Noah nahm den ersten Schluck seines Weizens und hatte das Gefühl, dass diese Skifreizeit vollkommen anders werden würde als die letzten drei.

Kapitel 5

Lauschst du?« Ich musste bei dem Gedanken schmunzeln. Da stand er, der unnahbare Casanova, mit einem Ohr an die Badezimmertür im Erdgeschoss gepresst.

Noah fuhr derartig zusammen, dass ich mir ein Lachen nur mit Müh und Not verkneifen konnte. Er starrte mich für einige Herzschläge an, als wäre ich ein Geist. Dann huschte sein Blick zurück zur Tür und im nächsten Moment schon wieder zu mir. Jetzt ahnte ich, was ihn so verwirrte. Nur um mich zu vergewissern, schlich ich in meinen flauschigen Hausschuhen zu ihm und legte mucksmäuschenstill mein Ohr an die Tür. Aus dem Augenwinkel sah ich, wie genau Noah mich betrachtete.

»*Zieh dich an*«, klang es gedämpft durch das Holz, das war unverkennbar Daniels Stimme.

Gut, dann also nicht einmal für eine schnelle Nummer. Was von den Damen hier schon vernascht wurde, wollte ich nicht haben. Ich zuckte meine Schultern, um das endgültig abzuhaken, und löste mich von der Tür. Noah ignorierend überquerte ich den breiten Flur hinüber zur Küche und lauschte dennoch angestrengt, ob er mir folgte oder nicht. Sosehr ich auch die Ohren spitzte, meine eigenen Schritte und mein Atem waren zu laut. Entweder war er sehr leise oder er war stehen geblieben.

Ich betrat eine urige Küche mit Schränken aus Echtholz in Landstiloptik, weiß gestrichen und mit gusseisernen Griffen. Die Arbeitsfläche bildete den gleichen Kontrast wie alles in diesem Haus. Hier traf urig-holzig auf modern und schnieke. Sie bestand aus einem Stück Baumstamm, dessen Rillen und Riefen mit rot meliertem Harz aufgegossen waren. Ich musste diese Oberfläche einfach berühren.

Das Material fühlte sich glatt und unerwartet warm unter meinen Fingern an. Das Gefühl beruhigte mein aufgewühltes Inneres. Nicht genug, dass ich mich jetzt tatsächlich an einem Geschenk für Sam beteiligte, Rivera hatte mir gleich danach noch aufgetragen, sportliche Aktivitäten für Sams Junggesellenabschied herauszusuchen, damit sein bester Freund ihn nicht in ein Bordell schleifte. Ich war mit den Nerven langsam wirklich am Ende.

Aus dem Kühlschrank holte ich mir die Milch heraus, wegen der ich hergekommen war. Ich brauchte jetzt Nahrung für die Seele. Möglichst leise öffnete ich einige der Hängeschränke auf der Suche nach einer Tasse. Im Eckschrank fand ich sowohl ein Sammelsurium aus bunt zusammengewürfelten Kaffeebechern als auch ein piekfeines Service. Wer hatte dieses Haus nur eingerichtet?

Gerade als ich mir Milch einschenkte, knarrte eine Diele. Ich hob meinen Blick und sah Noah mit verschränkten Armen vor der Brust im Türrahmen stehen. Das war hier irgendwie so Sitte. Erst vorhin Lysander, dann Felix, jetzt Noah. Er musterte mich mit leicht gerunzelter Stirn, sein dunkles Hemd spannte an den breiten Schultern. Er sah immer noch sehr chic aus, obwohl wir schon vor zwei Stunden aus dem *Santinos* zurückgekommen waren.

»Auch einen?« fragte ich und hielt die Milch hoch.

»Einen Becher Milch?«

»Viel besser.« Ich grinste, als spräche ich über das achte Weltwunder. »Warme Milch mit Honig.«

Noah verharrte bewegungslos. Er schien auf eine Erklärung meinerseits zu warten, aber das war's schon. Ich zuckte mit den Schultern, stellte die Milch zurück in den Kühlschrank und bekam von seinem Schweigen ein beklemmendes Gefühl. »Der Honig macht die Milch schön süß und er beruhigt. Ich kann dann besser schlafen.« Die Worte entschlüpften mir, ehe ich darüber nachdenken konnte, wie viel ich hier einem wildfremden, abweisenden Mann preisgab. Ich presste meine Lippen zusammen. Warum nur konnte ich nicht einfach auch schweigen?

Noah kam über die Schwelle. Ich bemühte mich, nicht jeder seiner Bewegungen mit meinen Blicken zu folgen, und suchte in den

Schubladen nach einem Löffel zum Umrühren. Dennoch wusste ich genau, wann er sich an den Küchentisch setzte. Die gesamte Zeit über spürte ich seinen unverwandten Blick auf meinem Rücken kribbeln. Langsam machte mich das nervös. Also wandte ich mich ab, stellte den Becher in die Mikrowelle und lehnte mich, mit dem Löffel immer noch in der Hand, dort an die Arbeitsfläche. Auf halbem Weg, meine Arme vor der Brust zu verschränken, brach ich ab und ließ sie locker neben meinem Körper hängen. Das war eine für mich so unnatürliche Haltung, dass ich sie schon aufgab, ehe der Countdown im Display der Mikrowelle bei dreißig Sekunden angekommen war. Ich ärgerte mich über mich selbst. Warum machte der Typ mich so nervös? Unnötig fokussiert, umklammerte ich die Kante der Arbeitsfläche in meinem Rücken, wobei der Löffel nur störte. Schnell legte ich ihn auf die Arbeitsfläche und beobachtete meine Milch. Der Kaffeebecher mit den stilisierten Bergen und dem Banner *Voralberg* drauf drehte sich monoton im warmen Licht. Das rhythmische Surren half. Ich atme tief aus, meine Schultern entspannten sich und die Vorfreude auf den süßen Nektar kehrte zurück. Jetzt endlich sprach ich aus, was ich intuitiv wusste.

»Du wunderst dich, dass nicht ich es war, die dort drin bei Daniel gewesen ist.« Kurz wartete ich, ob er etwas dazu sagen würde. Ich warf einen schnellen Blick über meine Schulter und traf auf Noahs blaugrüne Augen, die mich mit festem Blick musterten. Schnell wandte ich mich wieder meiner Milch zu und beobachtete, wie die letzten fünfzehn Sekunden im Display herunterzählten. »Mir ist egal, warum du gedacht hast, ich sei da drin bei ihm. Was ich mich frage, ist, wieso es dich wundert, dass ich nicht die Frau dort drinnen bin?« Nun sah ich ihn wieder an. Diesmal entschlossen und ganz ohne Scham.

Stumm musterten wir einander, nicht starrend, sondern forschend, abwägend. Wie viel wollte man preisgeben? Wie viel *durfte* man preisgeben?

Das *Bing* der Mikrowelle ließ mich zusammenzucken. Ich musste über mich selbst schmunzeln. Kopfschüttelnd widmete ich mich wieder meiner Milch. Irgendwie bannte er mich. Es war das Rätsel seines Charakters, das mich so vollends faszinierte. Ich war in jeder Hinsicht ein sensibler Mensch, zumindest glaubte ich das von mir, und die meisten um mich herum waren ein offenes Buch für mich. Ich wusste längst, dass Daniel einfach Sex brauchte, egal mit wem, egal wann. Felix war genau so, wie Nell ihn beschrieben hatte, nur war ich mir sicher, dass er auch fremdgehen würde, würde er nur genug gereizt werden. Er liebte Isabelle zwar, aber ihre passiv-aggressive Art würde irgendwann mit seinem Wunsch nach Herausforderungen kollidieren. Und so konnte ich das mit jedem von ihnen machen. Sicher wusste ich nicht alles von ihnen, dazu musste man einen Menschen länger als vierundzwanzig Stunden kennen, und natürlich würden mich manche ihrer Wesenszüge überraschen. Doch einiges wusste ich eben schon nach so kurzer Zeit. Sie alle waren durchschaubar, zumindest für mich. Nur Noah nicht. Er war mir ein Rätsel, und das beunruhigte mich. Der letzte Mann, der mir ein Rätsel gewesen war, heiratete jetzt meine Schwester.

Ich stellte den Becher auf einen Topfhandschuh, damit die heiße Keramik keinen Abdruck auf der Arbeitsplatte hinterließ. Dann machte ich mich auf die Suche nach dem Honig.

»Der Schrank oben links«, erklang plötzlich Noahs Stimme.

Ich blickte über meine Schulter und sah einen entspannt zurückgelehnten Mann, einen Unterarm auf der Tischplatte abgelegt, der andere ruhte auf der Stuhllehne. Interessant, wie gut er aufgepasst hatte, dass er sofort begriff, wonach ich suchte. Ich zeigte mit fragendem Gesicht auf den vermeintlichen Schrank und er nickte. Mit einem leisen Quietschen öffnete ich die Tür des Hängeschranks direkt neben dem Kühlschrank und seufzte. Natürlich stand der Honig ganz oben.

Wie zu Hause stemmte ich mich auf meine Hände, schwang mich geübt auf die Platte, kniete mich dann hin und richtete meinen Oberkörper auf. Endlich lang genug, griff ich nach dem Honig im oberen Fach. Sanft federnd und so leise, wie ich konnte, glitt ich von der Arbeitsfläche und schloss den Schrank wieder. Mit Honig, Löffel, Becher und Topfhandschuh setzte ich mich zu Noah an den Tisch und verkniff mir ein Quietschen, als meine nackten Schenkel auf die kalte Sitzfläche des Stuhls trafen. Ein kleines bisschen bereute ich jetzt, nichts über meine kurze Pyjamashorts drübergezogen zu haben. Bemüht, mir nichts anmerken zu lassen, rührte ich langsam die zähflüssige goldene Masse in die Milch.

»Denkst du nicht, ein Stuhl hätte es auch getan?« fragte er.

Ich zuckte mit den Schultern. »Macht der Gewohnheit.«

Noah hob eine Augenbraue.

Bei der Erinnerung selig lächelnd begann ich meinen Kommentar zu erklären: »Weißt du, unser Haus ist kleiner. Und das Zimmer meiner Eltern ist direkt neben der Küche, und wegen José, meinem zweijährigen Bruder, ist Marions Schlaf so leicht. Das ist meine Stiefmutter.« Warum sagte ich ihm das? Es war so zur Routine für mich geworden, die Erklärung für den enormen Altersunterschied zwischen José und mir vorwegzugreifen, dass ich gerade Noah gegenüber ein falsches Bild malte. Ich liebte Marion. Schnell fuhr ich fort und versuchte meinen Fehler zu übergehen. »Seit sie schwanger war, musste ich sehr leise sein, wenn ich sie nicht wecken wollte. Unsere Stühle haben Metallbeine, keinen Filz an den Füßen und stehen auf Kachelboden. Du siehst, es wäre zu laut, einen Stuhl zu bewegen.« Bei meinen Worten war ich fast wieder in unserer heimischen Küche. Ich vermisste den Duft nach Rosmarin und Basilikum. Marion züchtete dort ohne Ende Kräuter. Jedes Mal glaubte ich, in einen mediterranen Urlaubsort einzutauchen, wenn ich unsere kleine vollgestopfte Küche betrat.

»Also springst du wie eine Katze auf die Arbeitsfläche«, stellte er fest. Das holte mich zurück in die Chalet-Küche. Schnell hob ich den Becher an meine Lippen und pustete in das warme Getränk. Ich spürte mich leicht erröten und nickte einfach.

»Okay, bleibt nur noch zu klären, warum du einen Becher Milch mit Honig brauchst, um zu schlafen.«.

»Macht der Gewohnheit.« Dieselbe Antwort, und doch würde ich diesmal nichts erklären. »Und ich trinke gern eine, wenn ich nicht schlafen kann, ich *brauche* sie nicht, um zu schlafen.«

Noah zog wieder fragend seine Augenbraue nach oben. Ich müsste zu weit ausholen, zu viel preisgeben. »Denk dir die Erklärung selbst aus.«

Ich spürte, wie er jede meiner Bewegungen beobachtete. Merkwürdigerweise war es gar nicht mehr unangenehm, dass er mich so fest im Blick behielt. Vorsichtig schlürfte ich ein wenig Milch. »Mhhh«, brummte ich. Perfekt. Also nahm ich einen kräftigen Schluck und machte dann das berühmte »Ahhh!« aus der Coca-Cola-Werbung.

Noah lachte leise.

Ich konnte zusehen, wie sein Gesicht sich veränderte. Ein Lächeln breitete sich von seinen Mundwinkeln bis hinauf zu seinen Augen aus, die kleine Fältchen warfen. Sein Gesicht wurde weich und hell. Es hatte eine Art verhärmten Zug gegeben, der nun wie weggewischt war. So genau hatte ich ihn noch gar nicht betrachtet, doch gerade jetzt sah er ziemlich gut aus.

Wortlos hielt ich ihm den Becher hin. Zögernd nahm er ihn entgegen und führte ihn langsam an seine Lippen. Schon das Neigen des Bechers ließ mich schmunzeln, aber der fast selige Ausdruck in seinen Augen, als er die süße Köstlichkeit schmeckte, ließ es mir warm ums Herz werden. »Als wäre man noch mal Kind, nicht wahr?«, meinte ich sanft. Ich spürte es gar nicht, doch ich war so entspannt wie seit … tja, seit zu langer Zeit nicht mehr.

»Ja«, sagte er schlicht und reichte mir den Becher über den Tisch.

»Behalt sie.« Statt meine Milch zurückzunehmen, stand ich auf und machte mir eine neue. »Ist Skifahren eigentlich dein einziges Hobby?«, fragte ich etwas Unverfängliches. Ich konnte ihn nicht einschätzen und brauchte dringend mehr Informationen, um diesen rätselhaften Mann zu entmystifizieren. Sonst würde er mich bis in meine Träume verfolgen, da war ich mir sicher.

»Ich bouldere.«

»Bouldern?« Irritiert sah ich auf zu ihm, der gemütlich am Tisch saß und mich ruhig betrachtete.

»Klettern ohne Seil.«

»Das klingt gefährlich.«

»Die Touren sind nicht so hoch und man legt Matten unter. Natürlich gibt es immer mal wieder Verletzungen«, erklärte er. »Aber es hält sich in Grenzen. Der Sport ist auch nicht gefährlicher als Fußball.«

Das Bing der Mikrowelle beendete unser Gespräch wieder.

Schließlich saßen wir beide stumm am Küchentisch und tranken unsere warme Milch mit Honig. Jeder von uns hing seinen eigenen Gedanken nach. Ich tauchte in eine Kindheitserinnerung ein, die von meiner leiblichen Mutter handelte. Die erste Windhose unseres Lebens war meinen Geschwistern und mir begegnet, als wir mit den Hunden im Feld spazieren gewesen waren. Wir waren mit einem heftigen Schock davongekommen. Danach waren wir alle in der Küche zusammengekommen und Mama hatte uns warme Milch mit Honig gemacht. So nah waren wir uns kaum je wieder gewesen.

»Ich habe zufällig mitbekommen, wie ihr euch heute geküsst habt, als wir aus dem *Santinos* zurückgekommen sind. Deshalb dachte ich, du wärst das da drin«, erklärte er plötzlich aus heiterem Himmel und ich brauchte einen langen Moment, bis ich von der familiären Küche in die Gegenwart kam und begriff, was er gesagt hatte. Also hatte er mich gesehen. Daniel hatte beim Rundgang schon einen eher plumpen Versuch gestartet, und weil ich im Moment vor allem das Spiel genoss, hatte ich ihn auffahren lassen, aber nicht, ohne ihm Hoffnung zu machen. Wie ich es beabsichtigt hatte, war er tatsächlich nach unserer Rückkehr aus dem *Santinos* noch mal in die Offensive gegangen und hatte mir in der Nische im ersten Stock einen heißen Kuss geraubt. Nur war er dabei viel zu sehr auf sein Vergnügen konzentriert gewesen. Mir war der Spaß an dem Spiel vergangen, und nachdem ich ihn nun mit einer anderen in diesem Badezimmer gehört hatte, war der Typ für mich gestorben.

Ich sagte lange nichts, so lange, bis ich dachte, jetzt müsste ich ihm keine Antwort mehr geben.

»Du hast recht. Ich habe mich gewundert. Nicht dass du nicht die Frau bei Daniel warst. Das hat mich … nicht gewundert.«

Sein Stocken machte mich hellhörig. Da hatte er doch gerade etwas anderes sagen wollen.

»Nein, mich hat gewundert, dass ich gelauscht habe. Dass ich … Na ja, ich lausche nicht«, schloss er grummelnd und stellte seinen Becher ab. Noah starrte hinab auf das Getränk zwischen seinen Händen.

Ich überlegte, was er alles nicht gesagt hatte.

»Du lauschst nicht? Du meinst sonst, wenn du mitbekommst, dass zwei Menschen gerade Sex haben?«, präzisierte ich mit belustigtem Unterton. Wie oft konnte das schon passieren?

Noah antwortete nicht.

»Ich würde lauschen«, gestand ich schulterzuckend. Es schien, dass ihm das ganze Thema unangenehm war, und ich wollte herausfinden, was genau ihm so unangenehm war. Ging es darum, mit einer Frau über Sex zu sprechen, oder ging es hier gerade um mich?

Noah sah mich verwundert an.

»Ich würde wissen wollen, wer es da gerade tut«, erklärte ich meine Aussage.

»Aber es geht dich nichts an.«

»Sicher«, stimmte ich zu. »Trotzdem bin ich neugierig.« Verschlagen zog ich meinen linken Mundwinkel hoch. »Und je nachdem, vielleicht erregt es mich sogar.« Holla, was ging denn mit mir ab? So offen? So ehrlich? Noch konnte ich es als Scherz hinstellen. Ich sollte es als Scherz hinstellen! Wieso wollte mir die Notlüge nicht über die Lippen kommen?

»Du bist also eine Lauscherin?«, provozierte er mit spielerischem Unterton. Mich erleichterte der vollkommene Mangel an Verurteilung in seinen Zügen.

»Nah.« Ich wiegte meinen Kopf hin und her. »Eher eine Macherin. Allerdings kann Lauschen den Appetit anregen.« Unbesonnen und impulsiv. Das war ich!

»Und?« Noah grinste. »Hat es deinen Appetit angeregt?«

»Nein!«, sagte ich fester, als ich wollte.

Noah fixierte mich, und es war klar, dass er das erklärt haben wollte. Ich seufzte resigniert auf. »Na schön. Wie du richtig festgestellt hast, hat er mich vorhin geküsst, und ich muss sagen, ich wollte mir die Option offenhalten«, gestand ich nüchtern. »Es hat sich daher angefühlt wie eine ganz schwache Version des Gefühls, betrogen worden zu sein«, erklärte ich offener als jemals zuvor in meinem Leben. Und das ausgerechnet einem Wildfremden gegenüber, der mir als Einziger ganz und gar uneinschätzbar erschien. Ich war ganz sicher gutgläubig und leichtsinnig. Ich wollte so sehr daran glauben, dass es Männer gab, denen man vertrauen konnte, dass ich einfach dem nächstbesten blind vertraute. Naiv. Absolut hirnlos. Eine durch und durch emotionale Kurzschlussreaktion. Trotzdem machte es mich irgendwie gerade auch ein kleines bisschen stolz, dass ich meinen Glauben an das Gute im Menschen noch nicht vollends eingebüßt hatte.

Noah saß zurückgelehnt auf seinem Stuhl und fuhr den Rand seines Bechers mit dem Zeigefinger nach. Wieder einmal konnte ich nicht sagen, was in ihm vorging. »Ich lausche normalerweise nicht, weil ich jedem einen guten, also *guten* Sex gönne. Ich habe beide stöhnen gehört und wusste, es war Daniel. Es ist nicht das erste Mal, dass ich ihn dabei höre. Letztes Jahr bin ich bei einer Party im Dorf auch schon auf ihn gestoßen. Nur gehe ich normalerweise einfach weiter, sobald ich weiß, dass sie es auch will.« Seine Stimme blieb bei diesen Worten ganz ruhig, doch die Bewegung seines Zeigefingers geriet ins Stocken.

»Aber diesmal nicht.«

»Nein, diesmal nicht.«

»Weil du dachtest, ich sei die Frau?«, fragte ich so leise nach, dass er vorgeben konnte, es nicht gehört zu haben.

»Nach heute Mittag hielt ich dich für schlauer. Doch die Szene mit dem Kuss ließ mich zweifeln. Als ich dann Daniel hier im Haus hörte, dachte ich, ich hätte mich in dir getäuscht.«

Kurz ließ ich seine Worte auf mich wirken. Dann ging mir ein Licht auf. Sollte ich ihn das fragen? Damit stieß ich seine Nase womöglich auf etwas, das ihm noch gar nicht aufgefallen war.

»Das erklärt nur nicht, warum du weiterhin zugehört hast.« Mit aufgeregt flatterndem Puls formulierte ich meine Interpretation als Denkanstoß. Die Aussicht, der unnahbare Noah könnte durch mich aus dem Tritt gekommen sein, schmeichelte mir ungemein. Aufgeregt wartete ich auf seine Antwort.

Noahs Kopf ruckte hoch. Er starrte mich mit geweiteten Augen an. Dann trat Wut in seinen Blick. »Interpretier nicht mehr rein, als es ist. Ich bin ein Mann, und wie AJ richtig bemerkt hat, habe ich auch oft Sex. Ich muss nicht für alles einen Grund haben.«

»Das habe ich auch nie behauptet.« Das aufgeregte Flattern legte sich wieder, doch ein Hauch davon blieb zurück. Meiner Erfahrung nach war plötzlich aufkeimende Wut bei Männern häufig bloß ein Abwehrmechanismus. Wie oft ich schon erlebt hatte, dass ein Mann alle möglichen Gefühle in das Gewand von Wut gestopft hatte. Daher ließ ich mich jetzt auch nicht von seiner abschrecken. »Du hast dich so sehr gewundert, und das anscheinend über dich, wie du sagst, dass du dich heute eindeutig anders als sonst verhalten hast. Und wenn du meinst, du hast Daniel schon beim Sex erwischt, bleibt als Grund nur deine Annahme, ich sei in dem Raum gewesen. Das ist alles, was ich gesagt habe. Ob und wenn ja, was das bedeutet, musst du ganz allein herausfinden. Vielleicht hattest du ja auch lange keinen Sex mehr, und die Vorstellung von Daniel und mir hat dich angeturnt. Was weiß ich.« Ich blieb bewusst ganz ruhig und sprach schonungslos aus, was ich dachte. Ich hasste Unausgesprochenes. Es bot so viel Raum für Interpretation, und diese gelang mir im Grunde nie.

»Der Kerl hat eine Frau und ein Kind. Keiner seiner Sexexzesse turnt mich an«, stellte Noah angewidert klar.

Ich stutzte. »Woher weißt du das?«

»Die Skilehrer reden übereinander. Florian hat es letztes Jahr erwähnt.«

»Ein Grund mehr, ihn nie wieder auch nur anzurühren.«

Damit griff ich nach unseren inzwischen leeren Bechern und stand auf. Ich räumte das Geschirr in die Spülmaschine und öffnete den Schrank, in den der Honig gehörte. Plötzlich stand Noah neben mir und griff das Glas mit der goldenen Masse. Ich war ihm im Weg, aber ich konnte ihn einfach nur anstarren. Er war so nah, dass ich seine Wärme auf meinen ausgekühlten Armen spürte.

»Ich dachte, weil ich doch größer bin … « Er ließ den Satz unvollendet.

»Ja«, hauchte ich und spürte es unter meinem Brustbein stark kribbeln.

Mit seinem Körper schob er mich langsam beiseite und ich wich ganz automatisch. Die Berührung sandte leichte Schauer durch meinen Körper. Er musste sich ziemlich strecken, doch er kam dran.

»Schade«, entschlüpfte es mir.

Noah stellte den Honig ab und sah mich dann verdutzt an.

Ich lächelte. »Ich steig so gern auf die Arbeitsplatte.«

Sein durchdringender Blick ließ mir den Atem stocken. Die Wärme in seinem Blick streichelte über meinen Körper. Plötzlich packte Noah mich an der Taille und hob mich auf die Arbeitsfläche. Ich quietschte lachend auf, hielt mich intuitiv an seinen Schultern fest und Noah schmunzelte mich verwegen an. Für einen Moment sahen wir einander nur in die Augen. Meine Finger prickelten auf seinen unerwartet definierten Muskeln unter dem dunkelblauen Hemd. Seine heißen Hände spürte ich durch den dünnen Stoff meines T-Shirts an meinen Seiten. Die Luft knisterte zwischen uns. Dann schob er mit seinem Körper meine Beine auseinander und zog mich an sich heran. Ich keuchte auf und sah ihm tief in die blaugrünen Augen. Das Kribbeln war unerträglich und doch schön, meine Zungenspitze schoss zwischen meinen Lippen hervor, um sie zu befeuchten. Ich sehnte mich nach einem Kuss.

Noahs Blick huschte zu meinen Lippen, und ich hätte schwören können, dass seine Augen sich verdunkelten. Seine Nähe war so intensiv und das Prickeln in meiner Brust so sehnsuchtsvoll. Alles zog mich vorwärts, ihm entgegen. Schließlich hielt ich es nicht mehr aus. Ich legte meine Hände an seine Wangen, schloss meine Augen und küsste ihn zärtlich auf die Lippen. Erst einmal, zögernd. Dann noch mal. Er öffnete leicht seine Lippen und erwiderte vorsichtig meinen Kuss. Noah legte seine Arme um meinen Körper, zog mich näher an seinen, während er sich weiter vorlehnte und den Kuss vertiefte.

Die Welt um mich versank in einem Rausch aus Lust und Sehnsucht. Er brachte mich mit seinen zarten und doch hungrigen Küssen um den Verstand. Seine Lippen ließen mich alles vergessen. Nichts existierte mehr außer Noah und ich. Federleichte Berührungen und dann ein hungriges Zupacken. Ich wusste gar nicht, wie mir geschah. Sein heißer Atem kitzelte in den winzigen Pausen über meine erhitzte Haut. Es war, als knipste er ein helles Licht in mir an. Ich spürte jedes winzigste Detail: Seine Hände lagen auf meiner Hüfte, er strich zärtlich auf und ab, den Oberschenkel außen entlang und wieder zurück. Seine Brust war nah an meiner und seine Lippen liebkosten meine. Seine Zunge brachte mich um den Verstand. Mal strich er mit ihr sanft über meine Lippen, mal tanzte sie mit meiner. Ich atmete bereits wild keuchend. Dann plötzlich biss er mir leicht in die Unterlippe. Das war eine so neue, so unerwartete Erfahrung, dass ich zurückwich und ihn ansah. Noah schien ob des abrupten Endes leicht verwirrt.

Ich griff mir an die Lippe und versuchte einzuordnen, ob ich das neue Gefühl mochte. Noah hob seinen Daumen und strich sanft über die gereizte Stelle. Instinktiv schloss ich meine Augen und schmiegte mich in seine starke raue Hand. Schwer atmend empfing ich erneut seine Lippen. Seine sanfte Zärtlichkeit ließ mich aufstöhnen, und dann war er wieder weg. Diesmal hatte *er* den Kuss beendet. Und zwar endgültiger als ich. Seine Körperwärme war verschwunden, und ich wusste, wenn ich jetzt die Augen aufschlug, war ich allein in der Küche.

Kapitel 6

– 22.12. –

Nach einem noahlosen Frühstück zogen wir uns alle an und eine halbe Stunde später startete Alice mit uns zur Gondelbahn. Die ganze Zeit über hing ich in Gedanken bei unserem Kuss. Es war aufregend gewesen und schön. Die Szene in der Küche war intimer geworden, als ich es normalerweise mit Kerlen werden ließ. Ich war in meiner Phase des Austobens, ich wollte nichts Intimes. Jedenfalls nicht auf emotionaler Ebene. Warum traf es mich dann, dass er so abrupt verschwunden und erst jetzt zum Abmarsch Richtung Piste aufgetaucht war?

Die frische Winterluft kühlte angenehm meine erhitzten Wangen. Ich atmete tief ein und wieder aus. Die klare Kälte half mir, loszulassen. Jetzt ging es erst mal auf die Piste. Die Vorfreude vertrieb auch meine letzten unsicheren Gedanken. Wir liefen mit offenen Skischuhen, den Skiern über den Schultern und den Stöcken in der Hand die Straße entlang zur Mittelstation. Der dunkle Splitt knirschte unter unseren Schuhen, wann immer mal ein Fleck Boden nicht von Schnee bedeckt war. Der Bürgersteig war immerhin breit genug, dass man zu zweit nebeneinander gehen konnte und wir nicht im Entenmarsch laufen mussten.

»Wie weit ist es bis oben?«, fragte ich AJ, die an meiner Seite durch den platt getrampelten Schnee stapfte. Die weiße Masse zwischen Eis und Matsch war gespickt mit zahllosen schwarzen Splittkörnern.

»So etwa 'ne Viertelstunde. Unser Ort liegt auf halber Höhe. Wenn wir also richtig Party machen wollen, müssen wir entweder hoch zum Après-Ski oder runter ins Tal. Wobei im *Santinos* auch häufig gute Stimmung ist. Nur eben keine echte Party. Und die kleine Hütte hier am Ende der Talabfahrt lohnt sich nur für'n schnellen flying Hirsch auf die Hand.«

»Flying was?«

»Flying Hirsch! Red Bull mit Jägermeister.«

Skeptisch sah ich sie von der Seite an.

»Ich weiß, es klingt eklig. Aber nach so 'ner Abfahrt find ich's mega.«

Mit hochgezogenen Augenbrauen versprach ich: »Dann probiere ich später mal einen.«

»Sehr gut.« AJ grinste breit und vollführte sogar einen kleinen Freudenhüpfer.

»Verführt die kleine Schnapsdrossel hier dich so früh am Tag schon zu Alkohol?«, fragte Sonny, der vor uns lief, über seine Schulter.

»Hey, wie stellst du mich hier hin?«

»Ich stell niemanden irgendwie hin. Ich sag nur, wie's ist.«

»Oh, na warte!« AJ beschleunigte ihre Schritte und eilte in ihren Skischuhen Sonny hinterher, der in den Snowboardboots viel besser rennen konnte. AJ hatte keine Chance. Dennoch jagte sie ihn durch die Gruppe und dann weiter über die Straße, bis ein hupender SUV das Geplänkel beendete.

Mein leises Lachen erstarb, als Daniel plötzlich den Platz neben mir einnahm. Er hatte an der Straßenecke zu unserem Haus auf uns gewartet, offenbar verbrachte er die Nächte zu Hause … sofern er nicht gerade fremdging.

»Also, Elina«, begann er. »Wenn wir gleich an den Lift kommen, musst du deine Skier außen in die dafür vorgesehene Halterung stellen und dann zügig einsteigen. Pass auf deine Stöcke auf und mach den anderen Platz«, belehrte er mich.

Mit gerunzelter Stirn schielte ich ihn von der Seite her an. War ich fünf, oder was? »Ich weiß. Ich war schon oft Skifahren«, bügelte ich ihn ab, beschleunigte meine Schritte und sah zu, dass ich in der Mitte des Bürgersteigs lief. Wie hatte ich den nur heiß finden können? Das musste die Machtposition sein, die er innehatte.

»Wirklich? Das ist ja super. Seit wann fährst du Ski?«, fragte er von schräg hinter mir. Der Typ ließ nicht locker.

»Seit ich fünfzehn bin«, erwiderte ich knapp. Marion hatte die Skiurlaube als Familientradition eingeführt, schon direkt in dem Jahr, in dem mein Vater sie kennengelernt hatte, und ich hatte mich selbst damit überrascht, wie sehr mir Skifahren lag. Am liebsten hatte ich die Pisten steil oder mit kleinen Sprungschanzen.

Daniel nutzte eine Kurve, um sich wieder geschickt an meine Seite zu schieben, und begann von den Pisten zu erzählen. Der Typ war hartnäckig. Ich brummte nur immer mal wieder ein *Mhm* oder ein *Aha*. Ich verabscheute Fremdgänger abgrundtief. In Gedanken driftete ich zu unseren Familienurlauben ab und dachte an die abendlichen philosophischen Diskussionen mit meiner Tante Mia. Solche anregenden Gespräche würde ich diesen Skiurlaub sicher nicht führen.

Endlich kamen wir an der Station an und reihten uns in die recht kurze Schlange ein. Zum Glück verließ Daniel jetzt meine Seite wieder und lief zu Alice, um etwas mit ihr zu klären.

»Jetzt heißt es warten.« Sonny stellte schnaufend sein Board neben mir ab und lehnte sich auf sein Brett gestützt zur Seite.

»Die Schlange ist doch kurz, das geht schon.«

»Jah … nur sind wir an der Mittelstation, Kätzchen.«

»Na und?« Ich ignorierte den Kosenamen. Darüber würden wir noch reden, wenn er den häufiger nutzen wollte.

»Unten an der Talstation sind die Gondeln leer, da geht es schnell. Hier an der Mittelstation können immer nur einzelne dazusteigen.«

»Oh.« Mist, daran hatte ich gar nicht gedacht. Und Sonny behielt recht. Es ging schleppend voran. Das machte aber überhaupt nichts, denn er war ein angenehmer Gesprächspartner. Wir plauderten über Fußball und seine derzeitige Arbeitslosigkeit, die ihm nichts ausmachte. Er war der entspannteste Typ, den ich je kennengelernt hatte. Ohne echten Abschluss und ohne Ausbildung hätte ich an seiner Stelle echte Zukunftsängste. Ich hatte zwar keine Ahnung, wie er ohne Einkommen in einer WG in Mainz leben konnte, irgendwie schien es jedoch zu funktionieren. Ich nahm an, das lief über *sponsored by Papa*.

Endlich waren wir an der Reihe. Vor mir stiegen gerade Felix und Belle zu einer Gruppe in eine Gondel. Die danach war leer. Was für ein Glück! Ich war die Erste, die ihre Skier außen in die Haltevorrichtung steckte und dann in die Sechser-Gondel stieg. Mir folgten Nell, AJ, Daniel und Sonny. Dann wäre Noah dran gewesen. Doch er sah mir mit bereits erhobenen Skiern in die Augen und schien sich in dem Moment dagegen zu entscheiden. Demonstrativ trat er einen Schritt zurück und stellte seine Skier wieder ab. Die Gondel ruckelte weiter und die Türen schlossen sich.

Perplex starrte ich ihn durch die geschlossenen Türen an. Damit hätte ich rechnen können. Mein Worst-Case-Gehirn hatte bereits sein Fehlen beim Frühstück so interpretiert, dass er mich nicht sehen wollte. Dieses aktive Meiden jetzt bestärkte diese Annahme. Überrascht musste ich feststellen, dass mir diese Ablehnung einen fiesen Stich versetzte.

Ich fing einen fragenden Blick von AJ auf und zuckte nur mit den Schultern. Klar hatte ich eine Ahnung, warum er sich so verhielt, dennoch wunderte es mich, dass er mich mied. Seine überstürzte Flucht aus der Küche war seltsam gewesen. Nell hatte ihn Casanova genannt. Doch Casanova ließ sich von warmer Milch mit Honig und einem Kuss doch nicht aus der Bahn werfen. Jetzt, hier in der Gondel, würde ich allerdings nicht darüber sprechen, auch wenn mir so einige Fragen an Nell auf der Zunge lagen.

Wahrscheinlich sollte ich mit keinem von ihnen darüber reden. Ich kannte sie alle nicht und wusste nicht, wie gesprächig sie waren. Ich hatte keine Lust, dass sie sich mit Belle darüber ausließen, wie schlecht ich küsste, oder dass Noah mich jetzt ganz und gar mied.

Seufzend ließ ich meine Schultern sinken und lehnte meinen Kopf an die Gondelscheibe. Mein Blick schweifte hinaus in den schneeüberzogenen Wald. Im Grunde war mir klar, dass es nichts damit zu tun haben konnte, wie gut oder schlecht ich küsste. Seine Flucht hatte einen anderen Grund. Ich hatte keine Ahnung welchen, aber sie musste einen anderen Grund haben.

»Na, freust du dich auf das Skifahren?«, erklang Daniels Stimme. Ich sah schon eine Weile nicht mehr in die Runde, mein Blick glitt über das wundervolle, schneebedeckte Land. Die ebenmäßige weiße Decke verbarg alles, Schönes wie Hässliches. Ich wusste, dass Verdrängung keine Lösung war, theoretisch. Alles unter einer dicken Decke zu vergraben funktionierte für Mutter Natur ganz gut, zumindest eine Zeit lang. Ich spielte mit dem Gedanken, mein Handy in den Schnee fallen zu lassen. Dann könnte ich diesen Urlaub noch besser genießen. Bisher war es einfach toll hier. Die dunkelgrünen Tannenwipfel, an denen wir vorbeizogen, bogen sich unter der Last des Schnees zur Seite. Die Vorfreude auf die Piste verdrängte jeden trüben Gedanken.

»Elina?« Wieder Daniel.

Huch, er hatte mich angesprochen? Und in dem Moment, in dem ich das begriff, stieß Nell mich in die Seite. Überrascht fuhr ich zu Daniel herum, der mir schräg gegenübersaß. AJ schenkte mir einen amüsierten Blick, den ich mal schnell ignorierte. Ehrlich oder abbügelnd? Hm … ehrlich.

»Ich weiß nicht. Ich kenne die Truppe noch nicht, und ich habe einen etwas eigenwilligen Stil. Also keine Ahnung, ob ich mich darauf freue. Auf jeden Fall freue ich mich auf den glitzernden Schnee und die Sonne, das Geräusch, wenn meine Skier durch den Schnee gleiten und die oberste Schicht abschaben, wenn ich eine Kurve fahre, und den tosenden Wind, wenn ich richtig Gas gebe. Ich freue mich auf das Gefühl, das meinen Körper durchströmt, wenn ich wedel, oder das Adrenalin, das durch meine Adern pumpt, wenn ich eine Abfahrt runterrase.« Mit einem seligen Seufzen schweifte mein Blick wieder hinaus zu der dicken Schneeschicht, die die Welt in Watte hüllte.

»Äh, wow«, kommentierte AJ nach einem kurzen Moment der Stille.

Ich sah sie überrascht an.

»Blumig, Schätzchen.«

»Und sehr bildhaft.« Nell nickte mit unterdrücktem Schmunzeln.

»Ist unser Kätzchen etwa eine verloren gegangene Autorin?« Sonny wackelte mit den Augenbrauen und wir vier lachten los. Daniel allerdings sah mich an, als wüsste er nicht, ob ich die Pest hatte oder eine Sirene war.

In diesem Moment ruckelte die Gondel in die Bergstation und wir stiegen aus. Ich war die Letzte und sah hinter mich, ob alle Handschuhe, Stöcke, Mützen und Brillen mitgenommen worden waren. Tatsächlich entdeckte ich eine Tube Sonnencreme und eine Skibrille unter einer der Bänke. Ich packte sie schnell und verließ dann auch die Gondel. Draußen wandte ich mich zu den Skihalterungen um, doch die Körbe waren leer. Für einen kurzen Moment malte mein Worst-Case-Gehirn das Bild von Skiern, die irgendwo am Hang im Schnee steckten, für mich verloren.

»Hab sie schon, Elina«, rief Sonny hinter mir. Oh, cool, wie nett. Erleichtert eilte ich zu ihm.

»Danke.« Ich nahm meine Skier entgegen und fragte dann, meinen Fund in die Höhe haltend, in die Gruppe: »Gehört das einem von euch?«

»Oh. Ja, das ist meins.« Ausgerechnet Daniel nahm sich die Sachen. Wie ironisch. Mr Skilehrer persönlich. Da hatte er mir erklären wollen, wie es ging, und verbockte es selbst. Ich empfand einen Hauch gehässige Genugtuung und schämte mich prompt im nächsten Moment dafür.

Aus der nächsten Gondel stiegen Noah und Lysander, die mich beide zu ignorieren schienen, und dahinter kamen Dina und Alice an, jetzt waren wir komplett. Gemeinsam gingen wir hinaus in die Sonne und warteten, bis alle beieinander waren. Da noch keiner von den anderen Anstalten machte, sich die Bretter an die Füße zu schnallen, rammte ich meine Skier in den Schnee neben mir, hob mein Gesicht mit geschlossenen Augen der Sonne entgegen und genoss die wohlige Wärme.

Knirschende Schritte erklangen, und ein schneller Blick zeigte: Daniel lief an mir vorbei und musterte mich abschätzend. Schnell schloss ich meine Augen wieder und reckte mich noch etwas mehr der Sonne entgegen. Was hatte der Kerl nur mit mir? Ich fand ihn inzwischen richtig eklig und schmierig. Ich hasste Betrüger … so sehr! Der Gedanke allein machte mich so wütend, dass ich keine Lust mehr hatte, die Sonne auf meiner Haut zu genießen. Stattdessen begann ich mürrisch mit meinem Skischuh den Schnee unter mir zu bearbeiten.

»Musst du uns echt bewerten?«, fragte Dina den Kerl, der Anlass für meinen miese Laune war, kaum dass er sich vor der Gruppe aufgebaut hatte. Ihr leicht süßlicher Tonfall weckte eine Vermutung, wer Daniel gestern Nacht im Bad Gesellschaft geleistet hatte. Pure Spekulation, die ich besser für mich behielt. Am Ende setzte ich noch ungewollt ein Gerücht in die Welt.

»Ja, muss ich«, brummte er. »Und zwar jetzt gleich.«

Mann, bei so viel Freundlichkeit hatte ich ja riesige Lust, seinem Befehl Folge zu leisten. Alle anderen schnallten die Skier an die Schuhe. Widerwillig machte auch ich meine fest, klickte die Verschlüsse zu und folgte ihm. Der erste Moment, den ich auf den Brettern durch den strahlend weißen Schnee glitt, war eine Mischung aus Aufregung und ungewohnter Motorik. Doch mein Körper erinnerte sich schnell an die Bewegung. Ich lehnte mich vor und glitt mühelos und vollkommen entspannt der Gruppe hinterher. Daniel führte uns auf eine blaue Piste, die stark nach Anfängerhügel aussah, und ließ uns dann einzeln runterfahren.

»Jetzt kannst du die ganze Pracht unseres Könnens bewundern«, feixte Sonny, der neben mich gefahren war und mit mir am oberen Ende der Kuppe wartete.

Felix und Belle fuhren aufrecht und mit geschniegelter Haltung als Erste den Hügel hinab. »Denen fehlt nur noch der Dom Perignon in der Hand«, schnaubte ich.

Sonny neben mir lachte. »Mag da jemand keine High Society?«

Ich biss mir sofort auf die Lippe. »Eigentlich ist es mir egal, wer wie viel verdient, und erst recht, wer wie Ski fährt.«

»Aber?«, hakte Sonny berechtigt nach. Ich war ziemlich schnippisch gewesen.

Ich zog meinen Kopf etwas ein. »Belle trifft irgendwie einen Nerv bei mir«, gestand ich. Schon heute Morgen beim Frühstück hatte sie jede Bitte, mir irgendwas zu reichen, einfach ignoriert. Diese Frau war die Herrscherin von Passiv-Aggressivistan. Dann immer mal wieder eine kleine Spitze, sie machte mich mürbe.

»Ignorier die Eiskönigin.«

»Wie denn bitte?«

»Frag dich, wie ihr Leben sein muss, dass sie so geworden ist.«

Ich presste meine Lippen aufeinander. Eine Woge des Mitleids keimte in mir auf, als ich mir das Bild einer lieblosen Kindheit malte. Sonny hatte recht, es gab immer einen Grund.

Nell, Lysander, Noah und AJ fuhren, als wären sie schon auf Skiern zur Welt gekommen. Normalerweise würde mich so eine

Demonstration von Können unsicher machen. Außer beim Skifahren. Das war einer der wenigen Skills, bei denen ich sicher war, dass ich wenigstens gut war. Jedenfalls gut genug, um Selbstvertrauen zu haben.

Dina fuhr direkt vor mir die Piste hinunter. Sie fuhr die Kurven sehr abgehackt, wechselte teilweise in den Pflug und verlor einmal fast das Gleichgewicht. Kai machte neben ihr eine richtig gute Figur, auch wenn er sichtlich konzentriert die Kurven nahm. Auf roten oder gar schwarzen Pisten bekam er sicher Probleme.

Als Letztes nahmen Sonny und ich die Abfahrt. Es fühlte sich ungewohnt und gleichzeitig vertraut an. Ich brauchte ein paar Meter, um mich wieder an das Gefühl zu gewöhnen, dann ging ich ins Wedeln über und hätte fast vor Freude aufgeschrien. Die Euphorie rauschte durch meine Adern. Die kühle Luft, die auf meine Wangen traf, nahm jede Last von meinen Schultern. Ich flog über die glitzernde Fläche und stieß ein »Juhu!« aus. Mit einer scharfen Bewegung meiner Hüfte stellte ich die Skier quer und warf Schnee bei der harten Bremsung auf.

»Alles klar. Kai und Dina, nur rote und blaue Pisten. Der Rest darf alles fahren«, meinte Daniel, meinen etwas theatralischen Auftritt ignorierend. »Mittagessen steht euch frei. Treff ist um vier Uhr wieder hier. Alice wird in der Hütte sein; falls mit einem von euch was ist, fragt nach ihr. Wenn sie gerade auf der Piste ist, kann sie innerhalb von fünf Minuten hier sein«, erklärte er, während er die Pistenkarten austeilte. »Denkt dran, nicht weniger als drei zusammen.« Er warf mir noch einen flüchtigen Blick zu, dann fuhr er einfach los, auf das Skilager zu, das hier direkt an der Piste lag. Wenn die Skilehrer nichts mit uns veranstalteten, warum gab es sie dann überhaupt? Mal im Ernst, wir waren alle erwachsen. Das wollte ich gerade Sonny fragen, doch Belle kam mir zuvor.

»Und wie wollen wir es machen? Alle zusammen?«, schlug sie an die Gruppe gewandt vor.

Noahs Blick fand meinen, Noahs eiskalter, fast mörderischer Blick. »Kannste vergessen!«, knurrte er und fuhr los.

»Äh, Kai?« Lysander nickte Noah hinterher und dann folgten die beiden Mr Griesgram.

»Holla, welche Laus ist dem denn über die Leber gelaufen?«, fragte AJ.

»Na, also dann«, meinte Isabelle und wandte sich uns zu. »Ich glaube, wir fahren auch lieber nur zu dritt«, erklärte sie nach einem Blick mit hochgezogener Augenbraue zu mir. Damit setzten sich auch Dina, Felix und Belle ab.

Ich fühlte mich hundeelend. Ich spaltete die Gruppe, und das nur durch meine bloße Anwesenheit. Feinde machte ich mir ja schnell.

»Okay, dann zu viert«, beschloss Nell und lächelte in die Runde, als wäre gerade nichts Ungewöhnliches passiert.

»Allein mit drei Mädels. Schaffst du das, Sonny?«, neckte AJ.

Sonny streckte ihr die Zunge raus und lachte. »Was will man mehr, als mit drei hübschen Damen allein zu sein?«, antwortete er süffisant und wackelte wieder einmal mit seinen Augenbrauen. Wir lachten, auch wenn meines hohl und aufgesetzt war. Mir tat es weh, wie Noah und Belle sich verhielten. Die drei hier schafften es wenigstens, mir meine Schuldgefühle zu nehmen.

Um zu dem Lift zu kommen, den Nell für uns ausgesucht hatte, mussten wir eine kurze Piste hinab. Als wir dort ankamen, stellten wir uns zu viert nebeneinander an und Nell, die neben mir in der Mitte unserer Gruppe stand, fragte Sonny: »Was ist denn mit Noah los?«

»Na ja, wenn ich alles richtig mitbekommen habe, hat er wohl Daniel und Dina gestern beim Sex erwischt. Isabelle hat uns gesagt, dass es Dina sein müsste, denn ihr Bett war zur entsprechenden Uhrzeit leer. Belle schließt aus seinem Verhalten, dass er an Dina interessiert war. Wenn du mich fragst, ist das Quatsch. Vor zwei Jahren gab es auch zwischen dem Skilehrer und Noah einen Wettstreit um ein Mädchen. Als Noah den verloren hatte, war er nicht annähernd so drauf wie jetzt.«

Wir bewegten uns ein Stück vorwärts. »Wie ist er denn drauf?«, erkundigte AJ sich, während sie mithilfe ihrer Stöcke anhielt.

»Erinnert ihr euch an Silvester letztes Jahr? In etwa so.«

Nell und AJ sogen beide scharf die Luft ein. Offenbar hieß das richtig mies. Vielleicht war ich ja gar nicht der Grund für sein Verhalten. Es konnte etwas passiert sein, von dem ich nichts wusste. Immerhin hatte ich im Grunde nichts getan.

»Oh, entschuldige, Kätzchen. Das sagt dir natürlich nichts.« Sonny lehnte sich an Nell vorbei und sah mich an. »Hab vergessen, dass du letztes Jahr nicht dabei warst. Irgendwas ist an Silvester passiert, was Noah voll aus der Bahn geworfen hat. Wie sich herausstellte, so zumindest der Bericht von Felix, der Lysander und Noah belauscht hat, hat ein Feuerwerkskörper Noahs Schwester getroffen und sie musste ins Krankenhaus, mit OP und allem Drum und Dran. Zwischen dem Unfall und der Nachricht, dass es ihr wieder gut geht, war Noah der Teufel in Person.«

Ich brauchte nicht nachzufragen, was genau das hieß. Es war nicht wichtig. »Jeder Mensch reagiert anders auf Angst und Trauer.«

AJ sah mich irritiert an. »Wie meinst du das?«

»Na, man verdrängt den Schmerz, die Trauer oder die Angst. Man will sich noch nicht mit der Bedeutung auseinandersetzen. Ich persönlich werde zur Furie, zumindest so lange, bis ich gebraucht werde.« Ich dachte an meine eigenen Momente dieser Art, und alle Freude von der ersten Abfahrt verpuffte restlos.

»Wen hast du verloren?«, fragte Nell sanft.

Ich holte tief Luft. »Meine Mutter.«

AJ senkte betroffen ihren Blick. »Das tut mir sehr leid.«

Ich wurde mir der drückenden Stille unserer Gruppe bewusst. »Das ist schon sehr lange her. Anderes Thema: Wie kommt Isabelle darauf, dass Noah etwas von Dina will?«

AJ fing sich als Erste. »Sie denkt, gleich und gleich gesellt sich gern.«

Ich runzelte die Stirn.

»Na, beide jagen das andere Geschlecht und zerren in ihr Bett, was nicht bei drei auf den Bäumen ist«, erklärte Sonny.

Mein Stirnrunzeln vertiefte sich noch. »So hätte ich Noah gar nicht eingeschätzt«, gestand ich. Nicht nach dieser warmen, erschreckend intimen Kussszene gestern Nacht.

»Ja, das liegt daran, dass er ein Gentleman ist, er schweigt und genießt«, erklärte Nell.

»Und Dina nicht?«, wunderte ich mich.

»Dina ist zu laut, um irgendetwas zu vertuschen«, schnaubte AJ und brachte uns damit alle zum Schmunzeln.

***

Der Tag verlief rundum schön. Ich stellte fest, dass Sonny, ganz ähnlich wie ich, den Highspeed suchte. Wir ließen AJ und Nell vorfahren und pesten dann an ihnen vorbei, um unten wieder auf sie zu warten. Auf der Buckelpiste hängte Nell uns alle ab, weil sie den perfekten Rhythmus hatte, und in den Liften lachten und scherzten wir viel. Ich erfuhr ein bisschen über jeden von ihnen, zum Beispiel, dass Nell als Erste in ihrer Familie Abitur gemacht hatte und jetzt Publizistik studierte, oder dass AJ eine so heiß begehrte Friseurin war, dass die Salons sich bei ihr bewarben und nicht umgekehrt. Außerdem wurde mir langsam klar, dass sie fast alle aus Frankfurt oder Mainz kamen, alle bis auf Belle und Dina. Ich fühlte mich pudelwohl in ihrer Gruppe.

Zum Mittagessen führte Nell uns in eine der großen Hütten an den Pisten, wo wir auf die anderen trafen. Ich freute mich schon riesig auf eine Dampfnudel mit Vanillesoße und Mohnstreuseln. Wir vier stapften in Reih und Glied an der Essensausgabe vorbei, gönnten uns, worauf wir Lust hatten, und setzten uns dann zu den anderen draußen an eine der österreichischen Variante einer Bierzeltgarnitur aus massivem dunklem Holz. Noah und Belle schnitten mich komplett. Er stand einfach ruckartig auf, kaum dass ich mich hingesetzt hatte, und brachte sein noch halb volles Tablett weg. Sie wählte einen subtileren Weg und ignorierte mich, stets mit einem Lächeln im Gesicht. Mir verging der Appetit so richtig. Meine Dampfnudel aß ich nicht einmal zur Hälfte auf.

Als Sonny, AJ, Nell und ich wieder in einem Lift hoch zur nächsten Piste saßen, sprach Sonny es schließlich an: »Hatten du und Noah irgendwie Zoff?«

Ich zuckte mit den Schultern. »Nicht dass ich wüsste.«

»Aber er schneidet dich richtig«, bekräftigte AJ.

»Ist mir aufgefallen.«

»Ich würde es ja seiner Stimmung zuordnen. Allerdings hat er es dafür heute zu oft gemacht«, sagte Sonny nachdenklich.

»Wann denn noch?« fragte AJ.

»Süße, dir fällt so was nicht auf. Lass dir gesagt sein, es ist heute nicht das erste Mal«, bügelte er AJ ab und sah vielsagend zu mir. Er wollte anscheinend nicht meine Gefühle verletzen.

»Und was heißt das jetzt, *Süßer*?« AJ ließ sich nicht abwimmeln.

»Keine Ahnung.« Sonny zog seine Augenbrauen zusammen.

»Vielleicht heißt das nur, er kann mich nicht leiden«, schlug ich vor.

»Nein, Noah kann Daniel nicht leiden, und den behandelt er nicht so wie dich«, wehrte Sonny sofort ab.

Mir fiel auf, wie still Nell war. Plötzlich sah sie mich an, wissend und auch ein wenig abwertend. Was dachte sie denn bitte? Ich hatte doch gar nichts verbrochen.

»Sag mal, bist du sauer, dass ich dich Süße genannt habe?«, fragte Sonny, nachdem das Gespräch zum Erliegen gekommen war.

»Nee, ich war sauer, dass du mir unterstellst, ich wäre nicht feinfühlig«, entgegnete AJ ganz direkt.

»Das habe ich nie gesagt!«

»Klar hast du das.«

»Wann denn?«

»Als du meintest, mir würde so etwas nicht auffallen. Als wäre ich gar nicht in der Lage, solche feinen Nuancen von Verhalten zu erkennen.« AJ verschränkte die Arme vor der Brust. Ihre Kiefer waren fest aufeinandergebissen und ihre Augenbrauen eng zusammengezogen. Doch ich sah auch einen Hauch Schmerz in ihrem Blick lauern. Der Lift ruckelte über die Rollen an einem der Seilträger und AJ wandte ihren Blick wieder nach vorn.

Sonny verzog betreten seine Mundwinkel. »Das sollte keine Beleidigung sein.«

»So hat es sich aber angefühlt.«

Ich war schwer beeindruckt, wie ehrlich AJ hier gerade war. Und genauso, dass Sonny es vorhin bemerkt hatte und jetzt die Größe besaß, es anzusprechen.

»Das tut mir leid. Das war nicht meine Absicht.«

AJ schürzte die Lippen. »Denkst du es trotzdem?«

»Ich glaube, du kannst sehr feinfühlig sein. Die meiste Zeit bist du aber gut gelaunt und draufgängerisch unterwegs. Da entgehen dir eben Dinge, die im Stillen passieren. So meinte ich es.«

»Also soll ich jetzt auf Zehenspitzen durchs Leben gehen?«

»Nein, AJ. Du bist wundervoll, so wie du bist. Du bist die Gute-Laune-Queen und alle haben Spaß mit dir und mögen dich. Ist das nicht genug? Wir können nicht alles haben und sein.«

AJ zog ihre Wangen nach innen zwischen die Zähne und musterte Sonny abwägend. Es arbeitete ordentlich in ihr. Und, ehrlich gesagt, arbeiteten seine Worte auch in mir. Ich würde ihnen sofort brüllend zustimmen. Kein Mensch konnte alle guten Eigenschaften dieser Welt in sich vereinen. AJ demonstrierte sehr schön, dass manche tollen Eigenschaften einander quasi ausschlossen. Diese Erkenntnis half, Teile von mir besser anzunehmen. Ich atmete tief aus und ließ einen Brocken Unzufriedenheit einfach fallen. Es war okay, nicht alle guten Eigenschaften zu besitzen. Es reichte, ein paar zu haben.

***

»Vier Uhr. Punktlandung«, verkündete Nell und rammte ihre Stöcke in den Schnee. Ich hielt neben ihr an und sah mich um. Allesamt waren wir pünktlich. Daniel ließ seinen Blick schweifen und nickte einmal.

»Sollen wir die Talabfahrt nehmen statt der Gondel?«, schlug sie vor. O ja, was für eine gute Idee. Voller Hoffnung sah ich in Richtung der Abfahrt und freute mich jetzt schon darauf. So lange Pisten gab es nirgendwo. Das war für einen Highspeedsuchti wie mich die Krönung eines tollen Tages.

»Von mir aus«, stimmte Daniel zu und packte seine eigenen Stöcke, um sich in Richtung Talabfahrt zu bewegen, als Noahs Blick mich traf, und zum ersten Mal war ich schlichtweg feige.

»Fahrt ihr ruhig. Ich bin vorhin blöd gefallen und hab einen Bluterguss im Oberschenkel. Es ist besser, ich nehme die Gondel.«

Daniel fuhr eine Kurve und kam wieder zum Stehen. »Das geht nicht. Keiner geht allein.«

»Ach, komm schon! In die Gondel und wieder raus werde ich schon schaffen, und die anderen sind zu neunt. Verbiete doch meinetwegen niemandem, mitzufahren.«

Daniel zögerte kurz. Sein Blick schweifte sehnsüchtig in Richtung Talabfahrt, dann nickte er ab und ich entfernte mich von der Gruppe.

»Warte, Elina«, erklang Nells Stimme.

Ich drehte mich um und lächelte sie an. »Du musst mich wirklich nicht begleiten.«

Nell verzog ihr Gesicht. »Das habe ich nicht vor.«

Ich zuckte zurück, als hätte sie mich geschlagen. Ihre Worte fühlten sich auch fast so an. Was hatte ich jetzt schon wieder verbrochen?

Nell kam näher und hielt quer gestellt vor mir an. Sie lehnte sich zu mir und stieß aufgebracht hervor: »Es mag zwar nicht so aussehen, aber Noah und ich sind seit Kindertagen sehr eng miteinander befreundet. Leider macht er sich angreifbar, weil er ein lieber, guter Kerl ist.«

Okay, was wollte sie mir damit sagen? Ich begriff kein Wort. Nell starrte mich fest an, dann setzte sie leise knurrend nach: »Ich weiß, dass Dina nicht die Einzige war, die gestern Nacht nicht in ihrem Bett lag.«

Ich runzelte die Stirn. »Ehrlich, Nell, ich verstehe nicht, was du von mir willst.«

»Solltest du ihn erpressen oder etwas in der Richtung, dreh ich dir den Hals um«, drohte sie nun ganz direkt.

»Erpressen? Wie kommst du denn …« Ich brach ab. Einen kurzen Moment musste ich sie anstarren.

»Du denkst, ich hätte mit Noah geschlafen?«, fragte ich ungläubig.

Nell gab einen Teil ihrer Angriffshaltung auf und lehnte sich wieder zurück. »Hast du nicht?«

»Nein!«

Sie kniff ihre Augen zusammen und musterte mich eindringlich. »*Etwas* ist gestern Nacht vorgefallen«, beharrte sie.

Ich seufzte. »Den Eindruck hatte ich auch. Aber sicher nicht meinetwegen. Ich hab ihn zwar getroffen, und ja, als er Daniel mit einer Frau erwischt hat. Danach sind wir nur zusammen in die Küche, haben eine warme Milch mit Honig getrunken und …« Verdammt, wie war ich denn jetzt in dieses Geständnis hineingeschlittert? »Na ja, ich hab ihn geküsst.« Ich spürte meine Wangen warm werden und senkte den Blick.

»*Du* hast *ihn* geküsst?«

»Ich dachte, er wollte es auch, und er hat den Kuss auch erwidert«, versicherte ich schnell. »Dann ist er ganz plötzlich weg.« Ich hörte selbst, wie niedergeschlagen ich klang. Schnell überging ich diese Erkenntnis. »Vielleicht hab ich ihn unbewusst an irgendetwas erinnert. Das ist die einzige Erklärung für mich, die Sinn ergibt. Ein Casanova lässt sich wohl kaum von einer warmen Milch mit Honig und einem Kuss aus der Bahn werfen«, stellte ich fest und erhoffte mir eine Bestätigung von ihr.

»Nein … wohl nicht«, murmelte Nell mit abwesendem Blick.

Ich hatte das Gefühl, noch etwas klarstellen zu müssen. »Ehrlich gesagt, Nell, wenn ich mit ihm geschlafen hätte, dann ginge dich das verdammt noch mal nichts an. Freundin seit Kindertagen hin oder her. Ich … also, wenn ich mich austobe, ist das meine Sache, und dasselbe gilt für Noah!«

Nells starrender Blick wurde weich. »Wie du meinst«, zwitscherte sie fröhlich, und mit einem »Wir sehen uns unten« fuhr sie davon.

Na, das sollte mal einer verstehen. Ich kam eindeutig nicht mehr mit.

Kapitel 7

NOAH

So kräftig er konnte, klopfte er die Hacke seines rechten Schuhs gegen seinen linken. Haufenweise Schnee fiel auf das Metallgitter vor dem Eingang. Nachdem Noah auch mit dem zweiten Schuh so verfahren war, betrat er den Skikeller, in dem Lysander schon auf den schmalen Holzbänken saß und sich auszog. In dem spartanisch eingerichteten Keller waren Heizstäbe an den Wänden angebracht, die hakenartig in den Raum ragten. Auf einen davon hängte Noah seine nasse Mütze und Handschuhe. Er prüfte gerade, ob er die Jacke auch über so einen Heizstab hängen sollte, als Lysander ihn aus heiterem Himmel anfuhr. »Also, jetzt mal im Ernst. Was ist los?«

Noah zuckte ertappt zusammen. »Nichts«, brummte er und öffnete die Schnallen an seinen Skischuhen. Eigentlich hatte er schon den ganzen Tag damit gerechnet, dass sein Freund fragen würde. Er wusste selbst, dass er schlecht drauf war.

»Belle behauptet, du stehst auf Dina und rastest aus, weil sie gestern Nacht mit Daniel gevögelt hat«, bemerkte Lysander.

»So ein Blödsinn.«

»Ja, das dachte ich auch. Schließlich scheinst du Elina zu hassen und nicht Dina.«

Noah fuhr entsetzt hoch. War es so offensichtlich gewesen? Er brauchte schnell einen uten Grund, nur fiel ihm absolut keiner ein, der nicht fadenscheinig klang. Wie sollte er seinem besten Freund auch erklären, dass sie böse war?

»War es am Ende Elina, die Daniel rangelassen hat?«, fragte Lysander.

Noah dachte an ihre Aussagen in der Küche. »Nein, sicher nicht!« Damit drehte er sich um und stellte seine Schuhe fester als nötig auf die wärmenden Halterungen. Er war so unfassbar wütend, und ja, auf sie. Einen Grund dafür könnte er Lysander nicht nennen.

»Hätte mich auch gewundert, denn ehrlich gesagt kann ich sie gut leiden«, meinte Lysander und schlüpfte aus seinen Snowboardstiefeln. Er zog seine Birkenstocks an und stand auf. »Ehrlich, Noah, zum allerersten Mal versteh ich dich einfach nicht.«

»Verräter«, murmelte Noah mehr zu sich, und sein Freund war so nett, es zu überhören. Lysander sollte auf seiner Seite stehen!

»Hast du eigentlich bemerkt, dass sie dir schon aus dem Weg geht?« fragte er mit vorwurfsvollem Unterton und verschränkte die Arme vor der Brust.

Nein, hatte er nicht. »Gut so.«

Lysander rollte mit den Augen. »Sie sah nicht aus, als hätte sie sich verletzt, und Sonny hat es mir bestätigt, er war den ganzen Tag an ihrer Seite. Er meinte, sie fährt wie eine Göttin und hat den Schnee nicht ein einziges Mal geküsst. Sie ist dir also aus dem Weg gegangen.«

Noah spürte eine neue Nuance der schwelenden Wut in sich. Sie rammte ihre Krallen in seine Magengrube und Zorn auf Sonny erwachte. »Schön für Sonny, dass der Versager auch mal eine Freundin findet!«

»Heilige Scheiße, Noah. Was hat sie dir denn getan?«, rief Lysander jetzt ganz direkt. Er ging nicht auf den Seitenhieb gegen Sonny ein. Noah wusste gar nicht, wo der auf einmal hergekommen war, er hatte bisher nie etwas gegen Sonny gehabt. Das war *sie*. Sie machte alles kaputt.

Stille herrschte im Skikeller. Lysander durchbohrte ihn regelrecht mit seinem Blick. Er kam um eine Antwort nicht drum herum. Zum ersten Mal setzte er sich wirklich mit dieser Frage auseinander. Was genau hatte sie verbrochen, das seine Wut rechtfertigte? Als Noah begriff, wohin seine Gedanken ihn lenkten, vertiefte sich die Wut nur weiter. »Sie hat mich geküsst«, stieß er gepresst aus, als würde das alles erklären. Und das tat es irgendwie auch.

»Das war's? Sie hat dich geküsst? Das ist alles? War es denn so schrecklich, dass sie deinen Hass verdient?«

Ja, verdammt. Es war furchtbar schrecklich … so schrecklich. Noah spürte bei der Erinnerung ein ganz anderes Feuer an seinen Gedanken lecken. Schnell schürte er die Wut.

»Mann, Noah, kann es sein, dass du dich …«

»Halt dein Maul!«, brüllte Noah auf einmal seinen besten Freund an, der mit einem sanften Blick auf ihn zugetreten war. Noahs Atem ging stoßweise. Durch die verschleiernde Finsternis seines verzehrenden Zorns sickerte die Erkenntnis, dass er vollkommen die Kontrolle über seine Gefühle verloren hatte. Noah wandte seinen Blick ab, stand auf und rauschte aus dem Raum. Was er gerade getan hatte, war auf allen Ebenen falsch.

Kapitel 8

– 23.12. –

Alice und Daniel empfingen uns am nächsten Morgen im großen Gemeinschaftsraum im Erdgeschoss. Mein Magen knurrte bei all diesen appetitlichen Gerüchen. Die Frühstückstafel war schon mit allen möglichen Leckereien gedeckt. Von Eiern und Speck über Pancakes bis hin zu verschiedenen Müslis gab es einfach alles. Lecker duftende Brötchen standen auf der langen Tafel in niedlichen Brotkörben. Mir lief das Wasser im Mund zusammen.

Ich suchte mir einen Platz weit weg von Noah und verließ dafür sogar AJ und Nell, die sich zu Lysander ans Kopfende setzten, neben dem Noah saß. Als ich mir jedoch den Stuhl an der weich gepolsterten Lehne zurückzog, setze Belle sich gerade auf den Platz direkt daneben. So ein Mist.

Mürrisch plumpste ich auf meinen Stuhl. Das würde ein einsames Frühstück werden.

»Morgen, Kätzchen.« Sonny setzte sich schwungvoll ans Kopfende neben mich und griff sich ein Brötchen aus dem Rattankorb vor seinem Teller.

Ich blinzelte ihn kurz irritiert an. Dann breitete sich ein Strahlen über mein gesamtes Gesicht aus. Ich war gerettet.

»Schön, dass du dich so freust, mich zu sehen.« Er lachte überrascht auf.

»Klar, die Sonne geht auf, wenn du den Raum betrittst.« Ich spielte einfach mit. Schließlich konnte ich ihm ja schlecht erklären, warum ich so übertrieben auf sein Erscheinen reagierte.

»Genau deshalb nennt man mich Sonny.«

»Unsinn.«

Er griff sich an die Brust. »Ah. Das tut weh.«

»Was jetzt genau?«

»Dass du mir nicht glaubst.«

»Du heißt Sonny. Nicht Sunny.«

»Deshalb ja. Sonne, Sonny. Verstehst du?« Wie so oft wackelte er mit seinen Augenbrauen und brachte mich mit all der Albernheit zum Schmunzeln. Ich knuffte ihn gegen die Schulter.

»So ist es gleich viel besser, Kätzchen.«

»Über diesen Spitznamen müssen wir noch mal reden«, beschwerte ich mich und griff nach dem Teller Pancakes.

»Gefällt er dir nicht?«

»Unklar.«

Sonny lehnte sich zu mir herüber, stützte sein Kinn auf seiner Hand ab und blinzelte mich übertrieben an. »Und was könnte dir Klarheit verschaffen?«

Ich schubste ihn zurück. »Lass das.«

»Im Ernst, der Spitzname passt wie die Faust aufs Auge«, tönte er und nahm sich Wurst und Käse von der Platte vor sich. »Reichst du mir bitte mal die Butter, Belle?«

Die Eiskönigin reagierte sofort, hob den kleinen Porzellanteller an und streckte ihn unter meiner Nase hindurch Sonny entgegen.

»Danke.«

»Gern.« Sie schenkte ihm ein liebliches Lächeln, das ihr Engelsgesicht erstrahlen ließ.

»Zurück zum Spitznamen«, verlangte ich, als er begann, seelenruhig sein Brötchen zu bestreichen und Belle sich schon längst wieder Felix zugewandt hatte.

»Was? Ach ja. Krallen, die man ein- und ausfahren kann. Klingelt da was?«

Ich presste die Lippen zusammen und senkte den Kopf. Meine Wangen fühlten sich plötzlich verräterisch heiß an. Vorgestern in unserem Zimmer, direkt nach der Ankunft, da hatten sie alle es *Krallen ausfahren* genannt, als ich ausgeteilt hatte. Dabei kannte ich mich gar nicht so biestig. Das war neu, und ich war mir auch noch nicht sicher, ob ich das an mir mochte. Allerdings mochte ich das Bild von Worten, die scharf wie Krallen waren.

»Meinetwegen.« Ich hatte wirklich nicht mit dieser Erklärung gerechnet. Automatisch war ich von was Süßem, Niedlichem ausgegangen.

Ich suchte den Tisch nach der Erdbeermarmelade ab und entdeckte sie genau neben Belles Teller … außerhalb meiner Reichweite.

»Könntest du mir mal bitte die Marmelade reichen?«

Belle bestrich ihre zweite Brötchenhälfte gerade mit Hummus und ignorierte mich. *Sag ich doch, passiv-aggressiv bis ins letzte Härchen.*

Ich holte tief Luft, schluckte meinen Stolz hinunter und hob meine Stimme etwas an, obwohl die Pute direkt neben mir saß. »Belle, könntest du mir bitte die Marmelade reichen?« So direkt angesprochen konnte sie es nicht mehr ignorieren, gehört hatte sie mich auf jeden Fall.

»Hm? Meinst du mich?« Sie legte gekünstelt ihre Hand an die Brust und heuchelte Überraschung. Kurz blitzten ihre Augen auf. Dann fragte sie: »Was wolltest du?«

Ich biss meine Zähne fest aufeinander. »Die Erdbeermarmelade *bitte.*«

Belle konnte sich ein gehässiges Grinsen kaum verkneifen. »Die hier?«, fragte sie und hob das Glas hoch.

Welche denn sonst?

»Bitte schön«, säuselte sie mit ihrem perfekt kaschierenden Lächeln, das ihr bildhübsches Gesicht erstrahlen ließ.

»Danke«, presste ich abgehackt hervor, griff nach dem Glas und rammte mein Messer in die rote glibberige Masse.

Ich bemerkte Sonnys Blick. Eine Augenbraue hochgezogen, schenkte er der Eiskönigin einen vernichtenden Blick. Das freute mich unsagbar. Immerhin gab es keine Beweise dafür, dass Belle mich absichtlich schnitt. Aber ich war nicht dumm. Da schwang eine Menge Verachtung mit, wann immer Belle mich auch nur ansah. Zu gern wüsste ich, was ich ihr angetan hatte. Gerade deshalb tat es so gut, dass Sonny einfach auf meiner Seite stand und mir den Rücken stärkte.

Daniel erhob das Wort, kaum dass er den Raum betreten hatte. »Alice geht heute mit euch auf die Piste, sie will ein Spiel mit euch spielen.«

Mein Blick huschte hinüber zu Alice, die in der Mitte der Tafel saß. Sie war groß und hatte breite Schultern. Ihr dunkelblondes Haar trug sie zu zwei langen Zöpfen geflochten. Ihr braun gebranntes Gesicht mit den Lachfältchen um die Augen wirkte ausnehmend freundlich. In diesem Moment stand die Alpenschönheit auf und lächelte uns alle breit wie die Grinsekatze aus *Alice im Wunderland* an. *Alice und Alice. Ach herrje, bist du heute wieder selten albern, Elina!*

»Also, ich will eine Art Schnitzeljagd mit euch machen und habe euch dazu in fünf Zweierteams eingeteilt. Ich hab immer einen Mann und eine Frau zusammengelost. Ihr startet auf verschiedenen Pisten und müsst Rätsel lösen, um weiterzukommen. Wer zuerst beim Mittagessen ist, hat gewonnen«, verkündete sie strahlend. Ihre Vorfreude steckte mich direkt an. Das klang spaßig. Und ich konnte nicht mit Isabelle in ein Team.

Alice hob ein Klemmbrett an und las dann die Kombinationen vor: »Die gelosten Paare sind: Nell mit Lysander. Isabelle mit Kai, AJ mit Sonny, Felix mit Dina und Noah mit Elina.« Mir drehte sich der Magen um. Noahs und mein Blick trafen sich über den Orangensaft hinweg und ich schluckte schwer. Fast wäre ich unter seinem vor Abscheu triefenden Blick zusammengezuckt. Also war ich erneut feige.

»Äh, Alice, ich hab vergessen, dir das zu sagen. Ich wollte heute einen Tag Pause machen. Ich hab mir gestern so ’ne Art Pferdekuss geholt. Entschuldige, dass ich das vergessen hatte. Ich werde heute einfach ein wenig lesen und Bummeln gehen, ja?«, flehte ich beinahe. Herrje, das musste langsam ein Ende haben. So ging das nicht weiter.

»Dann wärst du ganz allein hier.« Mit heruntergesunkenen Schultern und einem Schmollmund sah sie aus, als würde sie das wirklich traurig stimmen.

»Ich bleib bei ihr«, bot sich Kai an. »Dann geht Noah mit Isabelle.«

»Das brauchst du nicht«, meinte Noah sofort. »Ich häng mich einfach an eine Gruppe dran. Ich fahr mit Lysander und Nell.« Er grinste. Dabei müsste er wirklich nicht ganz so deutlich zeigen, dass ihn die Aussicht, mich loszuwerden, so glücklich stimmte.

»Das geht, dann bleibe ich mit Elina hier«, verkündete jetzt ausgerechnet Daniel.

»Vielleicht fahr ich doch mit«, grummelte ich leise vor mich hin, und Sonny neben mir lachte. Er warf mir einen hilfsbereiten Blick zu, dann sah er über den Tisch zu unserer Skilehrerin.

»Hey, Alice, Kai wollte noch Geschenke besorgen für seine Familie daheim. Außerdem wäre ein Dreierteam doch unfair«, gab er zu bedenken und rettete mir damit den Hintern.

»Danke«, flüsterte ich und Sonny zwinkerte mir zu.

Alice wägte kurz ab, dann stimmte sie zu. »Also schön. Noah fährt mit Isabelle, und Kai und Elina bleiben hier. Aber Elina, wenn du morgen nicht wieder fährst, schlepp ich dich zu einem Arzt«, drohte sie, offenbar weil sie sich tatsächlich um mich sorgte.

Verdammt, diese Ausrede zog also nicht mehr.

Kapitel 9

NOAH

Mit der Packung kandierten Ingwer und den Tickets für den Heidepark in der Hand querte Noah den Flur hinüber zur Kammer, in der Nells Etikettiergerät und das Geschenkpapier, das Lysanders Vater jedes Jahr stiftete, bereitlagen. Auf diese Weise konnten sie im Hause die beschenken, die sie gern beschenken wollten, ohne dass sie gezwungen waren, für jeden etwas haben zu müssen.

Als er die Tür öffnete, wehte ihm der Duft heißer Maronen entgegen und Elinas glockenhelles Lachen erklang. Ein geknülltes Geschenkpapier flog durch die Luft und Kai lehnte sich im Schneidersitz zur Seite, um dem Geschoss auszuweichen. »Daneben«, rief er und streckte ihr die Zunge heraus. Dann entdeckte er über Elina hinweg ihn und das Lächeln erstarb. Das brachte auch sie dazu, sich nach dem Eindringling umzusehen.

Elina linste über ihre Schulter zu ihm hoch, das nächste Stück zerknülltes Geschenkpapier schon wurfbereit in der Hand. Umgeben von kleinen Paketen, roter Schnur und jeder Menge Geschenkpapierfetzen zog sie ertappt ihren Kopf ein.

»Wir sind noch nicht fertig«, meinte Kai schnell und zog eine Tüte über einen noch nicht eingepackten Gegenstand vor sich. Direkt daneben entdeckte Noah eine halb volle Tüte heißer Maronen und jede Menge Schalenstücke.

»Offensichtlich.« Er ließ seinen Blick schweifen. Zwischen den beiden lagen ein Dutzend eingepackte Geschenke. Wieso so viele?

»Na, geh schon raus. Ich sage dir Bescheid, wenn wir fertig sind.«

Noah runzelte die Stirn. »Schenkst du dieses Jahr etwa jedem etwas?«

»Sehe ich so aus?«, pampte Kai direkt zurück. »Du solltest mich inzwischen besser kennen!«

Da hatte er natürlich recht. Kai hatte gar nicht die finanziellen Mittel, jedem hier etwas zu schenken. Das bedeutete dann wohl, Elina hatte für jeden etwas besorgt … beinahe jeden. Sie konnte ihm unmöglich etwas schenken. Wenn Lysander recht hatte, verhielt er sich ihr gegenüber unmöglich. Noah bemühte sich, nicht all die kochende Wut in seinem Innern in seine Züge zu lassen, als er zu ihr hinuntersah. »Hat Kai dir nicht erklärt, wie es bei uns läuft?«

»Doch, klar«, beschwerte Kai sich und zauberte ihr damit ein sanftes Lächeln auf die Lippen.

»Es geht dich zwar nichts an, was ich tue, aber ja, ich weiß, dass niemand wissen wird, von wem welches Geschenk ist. Das hatte ich vorhin schon mit Kai. Und nein, ich versuche mich nicht mit lauter Geschenken in die Gemeinschaft einzukaufen.« Sie zuckte mit den Schultern. »Es ist Weihnachten, und jeder verdient eine Freude. Durch euer System ist sie nicht getrübt durch die Verpflichtung, dem Schenkenden zu danken, egal ob man dankbar ist oder nicht. Es geht um die reine Freude, und das finde ich schön. Das ist alles.«

Noah starrte sie einfach nur an. Keine Krallen und auch keine Unsicherheit. So hatte er Elina noch nicht erlebt. Kai grinste ihn triumphierend an, als genösse er, wie Elina gerade war.

»Wenn du meinst«, brummte Noah und wollte sich zurückziehen. Mit dieser Elina wusste er noch weniger umzugehen als mit der, die austeilte, oder der, die so kleidsam errötete, wenn sie über die Stränge geschlagen hatte. Diese Elina war wie die Frau in der Küche, die ihn in seinen Grundfesten erschüttert hatte. Diese hier war die gefährliche Elina, die er unbedingt meiden musste.

Ein Glockengeräusch, begleitet von einem Vibrieren erklang in der entstandenen Stille. Elina zückte ihr Handy und las die Nachricht. Da sie schräg vor ihm saß, konnte er auf den Bildschirm sehen. Noah erkannte den Namen Rivera mit einem Herz und einem Ring dahinter. Elina drückte auf die Nachricht und Telegram öffnete sich.

Während sie las, sackte sie ein wenig in sich zusammen. Ein tiefer Seufzer stahl sich auf ihre Lippen. Er wettete, dass das nicht beabsichtigt war.

»Keine guten Nachrichten?«, fragte Kai.

»Was? O nein. Alles gut.«

Noah erhaschte noch einen Blick auf die ersten Zeilen, ehe sie den Chat schloss und das Handy wieder wegsteckte.

Geschenk für Sam ist angekommen.
Ich hab dich jetzt mal nicht mit auf die
Karte geschrieben, das wäre seltsam.
Wegen Sophia …

Elina sah über ihre Schulter wieder ihn an. Sie kniff die Augen zusammen. »Wolltest du nicht verschwinden?«

Das war ja interessant. Weg war ihre für ihn so bedrohliche Seite und die Krallen waren wieder da. »Bin quasi schon verschwunden.«

»Verschwinde schneller!«

Noah zog sich zurück und schloss die Tür hinter sich. Dieser heftige Kontrast ihrer Person vor und nach dieser Nachricht, das wollte ihm nicht aus dem Kopf gehen. Aus der Nachricht selbst konnte er wenig Rückschlüsse ziehen. Sie könnte alles bedeuten.

»Warte mal, Noah«, rief Kai hinter ihm. Der Skater schlüpfte aus der Kammer und zog die Tür schnell hinter sich zu.

»Was denn?«, fragte Noah und ging weiter auf sein Zimmer zu. Natürlich traf er dort auf Lysander. Schnell versteckte er das Geschenk hinter seinem Rücken und wollte zu seinem Schrank, um es außer Sichtweite seines besten Freundes zu schaffen.

Lysander war schon umgezogen, während Noah noch in seiner Skimontur war. Er hatte sich beeilen und das Geschenk verpacken wollen, bevor es nicht mehr ging. Am Schrank schob er den kandierten Ingwer und die Tickets unter seine T-Shirts, dann streifte er die langen Unterzieher ab und eine gemütliche Jogginghose über.

»Du warst doch heute mit Elina shoppen, oder?«, fragte Lysander plötzlich aus heiterem Himmel, Kai. Mist, den hatte er ganz vergessen.

»Jupp.«

»Und? Wie war's?«, wollte sein bester Freund wissen.

»Bestimmt furchtbar«, ätzte Noah impulsiv, als er gerade sein T-Shirt über den Kopf zog und es in den Schrank pfefferte. Er musste diese Wut dringend in den Griff bekommen. Lysander hatte recht, er benahm sich unmöglich.

»Was denkst du, Kai, hat sie einen Freund?«, fragte Lysander mit lauernder Stimme. Noah fuhr herum und starrte in funkelnde Augen. Lysander legte es darauf an, ihn zu reizen.

»Ähm, darüber ha…«

»Pff. Bitte! Keiner würde die auch nur mit einer Kneifzange anfassen«, unterbrach Noah ihn. Das wollte er gar nicht wissen!

»Ich weiß nicht. Sie ist hübsch. Sie ist pfiffig und versteht es durchaus, Paroli zu bieten, ohne zickig zu sein«, zählte Lysander auf. Dabei ließ sein Freund ihn keine Sekunde aus den Augen. Noah umklammerte seine Schranktür so fest, dass es wehtat. Er durfte jetzt nicht wieder so überreagieren wie gestern. Dafür müsste er sich eigentlich noch bei seinem Freund entschuldigen. Nur wie, wenn der ihn so erbarmungslos provozierte?

»Dann geh sie doch vögeln, wenn du sie so toll findest«, spie Noah über seine Schulter aus, während er sich zum Schrank zurückdrehte. Er donnerte seine Schranktür fester zu als nötig. Das hatte ein wenig geholfen, aber nicht genug.

»Denkst du, sie ist gut im Bett?«, fragte Lysander nun Kai. Noah hielt die Luft an.

»Spinnst du?«

Noah fuhr herum und sah einen zornigen Kai. Lysander hatte offensichtlich heute auch eine Grenze überschritten. Kai schenkte Lysander einen vernichtenden Blick, ehe er sich an Noah richtete: »Also, mir ist scheißegal, was dein Problem mit ihr ist. Sie ist nett und ehrlich und einfach toll. Ich habe alle heute Abend auf unser Zimmer eingeladen, und sie wird auch kommen. Wenn du sie nicht sehen willst, wirst *du* diesmal gehen müssen. Heute Abend vertreibst du sie nicht! Es reicht mir. Ich habe eine halbe Stunde gebraucht, um sie zum Kommen zu bewegen. Und du schlägst sie nicht in die Flucht, damit das klar ist!« Kai brüllte regelrecht. Dann sah er zu Lysander. »Und du solltest dich schämen! So redet man nicht über Frauen!«

Lysander schmunzelte nur, neigte aber seinen Kopf in Kais Richtung, als würde er ihm zustimmen. Doch dann verschränkte er die Arme vor der Brust und sah Noah triumphierend an. »Der Nächste, der dir seine Meinung geigt«, stellte er fest.

»Alles Verräter«, knurrte Noah.

Lysander schnaubte. »Wenn du nicht rausrückst, was sie getan hat, was dein Verhalten rechtfertigt, werden nach mir und Kai noch weitere Verräter hinzukommen. Wobei, ich persönlich denke ja, dass Sonny auch schon die Seiten gewechselt hat, es nur stiller getan hat als wir beide.«

»Sag ich doch, Verräter!«

Lysander lachte. »Ja, ganz schreckliche Verräter. Na, kriegst du das heute Abend hin?«

Noah plumpste auf sein Bett und sah zu ihnen beiden auf. Er zögerte. »So schlimm bin ich doch gar nicht.«

Kai lachte laut. »Du schlägst sie immer wieder in die Flucht. Du *bist* schlimm! Jeder hat das inzwischen bemerkt.«

»Ja«, knurrte Lysander. »Weshalb sie plötzlich fürchterlich interessant für Daniel geworden ist. Nur gut, dass Sonny sie heute Morgen gerettet hat.«

Also war das nicht nur ihm aufgefallen. Allerdings machte Noah sich da wenig Sorgen. »Na, dass sie *ihn* ranlässt, darauf kann er lange warten.«

Kai und Lysander wechselten einen erstaunten Blick. »Ich weiß wirklich nicht, ob es Daniel interessiert, was die Frau will«, meinte Kai. »Als Betreuer und Skilehrer hat er eine gewisse Macht.«

»Das wagt er nicht«, knurrte Noah drohend. Mit geballten Fäusten sprang er auf und war kurz davor, Daniel einzubläuen, das ja nicht zu versuchen.

Lysander, der Kai entsetzt angesehen hatte, schnellte zu ihm herum. »Oh, ich weiß nicht. Daniel liebt es, sich Frauen zu angeln, bevor andere es tun. Elina passt perfekt in sein Beuteschema, und du machst sie mit deinem Verhalten unglaublich interessant für ihn.«

Lysander runzelte die Stirn. »So gesehen hat schon Belle sie interessant gemacht mit ihrer Bemerkung bezüglich der Zimmer.« Nun wurde Lysander leiser, als würde er gerade etwas begreifen. »Scheiße, das ergibt Sinn«, brummte er und fuhr sich durch sein Haar. Dann sah er Kai an. »Wir sollten ein Auge auf ihn haben. Ich glaube, sie erscheint ihm so interessant wie kaum eine vor ihr.«

Kai nickte leicht benommen.

»Ich muss mit Nell reden.« Jetzt war aller Spott aus seinen Zügen gewichen. Er rauschte einfach davon.

»Äh, was war das denn?«, fragte Kai verwirrt und sah ihm nach.

»Er will sie beschützen«, seufzte Noah und setzte sich zurück auf sein Bett.

»Elina? Wieso?«

Noah runzelte die Stirn. »Er mag sie. Ich glaube sogar, dass er sie so sehr mag wie Nell.«

»Er steht auf sie?«, wunderte Kai sich.

»Was? Nein, er mag sie wie eine Schwester.«

»Lysander mag doch Nell nicht wie eine Schwester. Er steht total auf sie«, widersprach Kai, und Noah sah ihn verwundert an. Wusste Kai denn nicht, dass Nell lesbisch war?

Kai sah hinter sich durch die Tür hinüber in Richtung Kammer. »So mag ich sie auch, also wie eine Schwester. Sie ist ein toller Mensch.«

Kapitel 10

Mit ordentlich Bass wummerte Linkin Park aus der Bluetooth-Box, laute Stimmen versuchten die Musik zu übertönen, und zwischendrin erschallte immer wieder das Gelächter einer Gruppe. Bis auf Belle und Dina, die gerade das Zimmer verlassen hatten, hatten sich alle anderen in dem Dreibettzimmer von Noah und Kai versammelt. AJ und Nell saßen auf Noahs Bett und unterhielten sich, während Noah und Lysander an der Wand vor seinem Schrank saßen und auf ein Tablet sahen.

Ich saß mit Felix, Kai und Sonny an dem Tisch in der Zimmermitte und lauschte ihrer Debatte: »'ne Bong haut viel mehr rein!«, meinte Sonny gerade.

»Mein Favorit ist *Hotboxing*«, verkündete Felix.

»Ach, komm schon!«, tönte Sonny, und auch Kai stöhnte laut, als wäre das ein Anfängerfehler. Ich hatte bisher keinerlei Erfahrung mit dem Konsum von Gras, Weed oder wie auch immer sie das Zeug nannten. Überhaupt hatte ich große Mühe, an ihrem Gespräch teilzunehmen.

»Ich gebe zu, 'ne Bong ist schon gut, aber nichts geht über eine türkische Runde«, meinte Kai jetzt. Ich hatte den Eindruck, er war am versiertesten in der Gruppe, wobei Sonny wohl im Gegensatz zu den anderen beiden regelmäßig konsumierte.

Sonny wiegte zustimmend den Kopf.

»Was ist 'ne türkische Runde?«, fragte ich.

Felix lehnte sich näher zu mir. »Der Joint geht reihum und du behältst den Rauch in deiner Lunge, bis du wieder dran bist«, erklärte er mir bereitwillig mit tiefer Stimme.

»Und das steigert die Wirkung?«

»Auf jeden Fall.«

»Auch bei Leuten, bei denen es nicht funktioniert?«, hakte ich nach.

»Was soll nicht funktionieren?«, fragte Kai verwirrt.

»Die Wirkung von Gras. Ich habe gehört, es gibt Leute, bei denen es einfach nicht wirkt.«

»Na ja, Gras ist keine harte Droge. Es kommt auch sehr auf dein Mindset an. Du musst dich quasi auf den Rauschzustand einlassen«, erklärte Sonny mir.

»Außer du hast richtig heißen Shit. Der knallt, auch wenn du nicht willst«, behauptete Felix.

»Davon würde ich die Finger lassen. Ich hatte durch so'n Zeug mal einen richtig miesen Trip.« Kai schüttelte sich bei der Erinnerung.

»Das geht?«, fragte ich überrascht.

»Klar. Das ist total krass. Ich war übel paranoid. Das ist in einer kompletten Panikattacke gegipfelt. Nicht schön, echt nicht schön!«

»Puh, so was ist mir noch nie passiert«, seufzte Sonny.

»Dein Glück, Mann!«

»Kann so 'ne türkische Runde das auch auslösen?«, fragte ich.

»Ne, ach Quatsch. So ein Horrortrip passiert mit Cannabis eigentlich nur, wenn du eh mies drauf bist oder in einer gefährlichen Situation.«

»Okay, dann will ich das versuchen!« Kaum ausgesprochen, fragte ich mich auch schon, ob das nicht zu dreist war. Die Droge kostete sicher ordentlich Geld, und dann danach zu verlangen war echt übergriffig.

»Alles klar.« Felix warf mir einen glühenden Blick zu. Er wirkte nicht gerade, als hätte er meine Forderung dreist gefunden, was mich erleichterte.

Kai zückte ein kleines Täschchen und holte Tabak, Papes und eine Tüte mit grünem Zeug drin heraus. Es sah fast wie getrocknete Kräuter aus. Mein Blick huschte hinüber zu Nell. Offenbar war in dieser Gruppe der Konsum von Gras geduldet. Jedenfalls hielt Kai sich kein bisschen zurück, und von den anderen reagierte auch niemand.

»Uh, netter Grinder!«, meinte Sonny und griff nach einem runden hölzernen Kästchen. Er machte es auf und offenbarte ein ausgehöhltes Inneres mit kleinen Metallspikes in regelmäßigen Abständen. Ich beobachtete gespannt, wie Kai damit das grüne Zeug fein mahlte und es dann in den Tabak mischte. Mir war nicht klar gewesen, wie viel Tabak in so einem Joint war. Am liebsten würde ich jetzt einen Rückzieher machen. Tabak war scheißgefährlich für die Gesundheit. Ich hatte immer nur gehört, dass Cannabis das eben nicht war. Dass es sogar weniger Suchtpotenzial hatte als das Nikotin in Zigaretten. Nur verschwiegen dabei alle, dass ein Joint im Grunde eine aufgepimpte Zigarette war. Ich hatte aufgehört zu rauchen, kaum dass wir in einer Vorlesung in meinem ersten Semester genau besprochen hatten, was Nikotin anrichtete. Als Gelegenheitsraucherin war mir das nicht besonders schwergefallen, aber dennoch hatte ich immer mal wieder den Wunsch nach einer Zigarette verspürt. Deshalb wollte ich eigentlich jetzt nicht wieder damit anfangen.

»Bereit?«, raunte Felix laut in mein Ohr. Er war so nah und musste trotzdem seine Stimme heben, damit ich ihn hörte.

»Und du bist dir sicher, dass du direkt eine türkische Runde starten willst?«, fragte Kai mit einem Unterton, der mir deutlich sagte, dass das eher unüblich war.

»Wieso nicht?« Ich ignorierte das kleine Stimmchen, das mich fragte, was genau ich hier gerade trieb. War ich nicht über die dummen Entscheidungen hinaus, die ich nur traf, um dazuzugehören? Anscheinend nicht. Automatisch sah ich zu Noah, der in der anderen Ecke des Zimmers saß. Belle und er schafften es effektiv, dass ich mich fühlte, als müsste ich so handeln. Es war, als wäre ich wieder vierzehn und zurück in der Schule. Damals hatte ich zum ersten Mal eine Zigarette geraucht, um dazuzugehören.

Ich sah Sonny dabei zu, wie er den Joint anrauchte, und dann wurde die Tüte reihum weitergegeben. Als ich dran war, nahm ich sie so schnell wie möglich von Felix entgehen, zog tief dran und hustete direkt los.

Die drei lachten und stießen dabei ihre Rauchwolken aus. Ich wäre verlegen gewesen, wenn ich nicht so heftig husten müsste. Vor meinem inneren Auge sah ich all den Teer und Ruß sich über meine Alveolen legen. Meine Lunge weinte. Ich klopfte mir mit der flachen Hand auf meine Brust und bemühte mich, den Hustenreiz loszuwerden.

»Sorry.«

»Ach Quatsch. Das passiert allen beim ersten Mal«, beruhigte Sonny mich und nahm mir den Joint ab. »Neuer Versuch?«

Ich nickte, entschlossen, mich nicht noch mal so zu blamieren.

Wieder begann Sonny. Der Joint wanderte reihum, und diesmal achtete ich darauf, ruhig und kontrolliert daran zu ziehen. Der Hustenreiz hielt sich in Grenzen und der Joint wanderte weiter, während ich den Rauch in der Lunge behielt. Es schmeckte widerlich. Bitter lag der Tabakgeschmack auf meiner Zunge. Mein Rachen brannte und meine Lunge meldete das Gefühl von unangenehmem Druck. Dann war ich wieder an der Reihe, stieß meinen Rauch aus und spürte den heftigen Widerwillen in mir aufkeimen, noch einmal dran zu ziehen. Dennoch sog ich erneut an dem kleinen Glimmstängel und inhalierte den Rauch. Als ich das Stummelchen weitergab, war ich mir sicher, dass ich das heute noch bereuen würde.

»Fertig«, verkündete Kai, der den letzten Zug des Joints nahm, und dann atmeten Felix und Sonny aus und ich machte es ihnen schnell nach.

»Ich spüre gar nichts!«, stieß ich hervor und erntete allgemeines Gelächter.

»So schnell geht das nicht, Kätzchen.«

»Ich wüsste was, das dir helfen könnte«, bot Felix mit aufreizendem Tonfall an. Ein Prickeln meldete sich in meiner Magengegend und ich musterte ihn genauer. Schmale Lippen, scharfe Wangenknochen und dunkle Haare zu graublauen Augen. Er war durchaus heiß.

»Und was?«, fragte ich mit rauchiger Stimme.

»Ich zeig's dir«, bot er mit gesenkten Lidern an. Kurzerhand nahm er Kai den nächsten Joint ab, den dieser gerade erst fertig gebaut hatte, und reichte ihn mir. »Du ziehst ganz normal.«

»Okay.« Ich steckte den Joint zwischen meine Lippen, senkte meinen Kopf leicht, bis die Spitze in das Feuer reichte, das Felix mir hinhielt, und zog dann vorsichtig an dem selbst gebauten Filter. Überrascht riss ich meine Augen auf, als Felix plötzlich näher kam.

»Ganz stillhalten«, raunte er und schloss dann seinen Mund um die glimmende Spitze des Joints. Ich zog erneut und sah, wie Felix gleichzeitig blies. Mir wurde heiß, als ich begriff, wie nah unsere Lippen einander waren. Dann nahm ich den Joint aus dem Mund und stieß den Rauch aus. Felix' glühender Blick jagte ein angenehmes Kribbeln über meine Haut.

»Immer noch nichts«, verkündete ich spielerisch und brachte die drei Jungs damit wieder zum Lachen. Grinsend wandte ich meinen Blick von Felix ab und begegnete zufällig Noahs. Er bohrte sich regelrecht in meinen. Ich sah Wut in seinen Augen aufblitzen.

Langsam spürte ich die Wirkung des Joints doch, und ich brauchte dringend frische Luft. Kai lachte und schickte mich auf den Balkon, auf den Felix mich begleitete, um eine Zigarette zu rauchen.

Wir traten ans Ende des breiten Balkons, wo ein Aschenbecher bereitstand. Auf diese Weise konnte man uns im Zimmer nicht mehr sehen. Das bedeutete, ich war auch endlich Noahs durchdringende Blicke los. Befreit von allen trüben Gedanken über Belle und Noah, lehnte ich mich gegen die Hauswand und schloss die Augen. Tief sog ich die kalte klare Winterluft in die Lunge und ließ mich einfach treiben.

»Du bist schon 'ne Wucht«, sagte Felix rau. Er stellte einen Fuß lässig an die Holzlatten in seinem Rücken. Die Spitze der Zigarette glomm in der Dunkelheit auf, als er daran zog.

Völlig im Spielmodus und befreit von jedweden Hemmungen schielte ich ihn an. »Ja, und am wuchtigsten sind meine Möpse.« Demonstrativ wog ich meine Brüste in meinen Händen. Ich sah hinab und betrachtete meine fülligen Rundungen. Vielleicht wirkte das Zeug ja doch.

»Du machst einen Mann wahnsinnig mit solchen Sprüchen«, knurrte er und beugte sich zu mir herab.

»Ich mache dich wahnsinnig?« fragte ich keck und reckte mich ihm entgegen.

Felix kam näher, dabei strich er scheinbar zufällig über meine Brust. Ein raues Brummen vibrierte in seiner Kehle. Kurz flackerte ein mulmiges Gefühl in mir auf, weil er mich einfach an meinen Brüsten berührt hatte, aber dann sah ich die Lust in seinem Gesicht und ließ meine Angst einfach fallen. Als ich mich ihm entgegenbewegte, legte er seine Hände an meine Hüfte und zog mich an seinen steifen Schwanz. Ein Schauer jagte durch meinen Körper.

»Es kann jederzeit jemand vorbeikommen«, hauchte ich und konnte meinen Blick kaum von seinen Lippen nehmen. Mein ganzer Körper kribbelte. Oh, ich wollte so sehr, dass er mich küsste. Der Reiz des Verbotenen lockte mich ungemein. Doch ich hatte Prinzipien.

»Das macht es so reizvoll.«

Ich hob mein Kinn, bis meine Lippen ganz nah an seinen waren, dann verharrte ich einen winzigen Augenblick. Felix wartete, dass ich die letzten Zentimeter überbrückte. Das würde nur nie passieren, nicht solange er vergeben war. Ich strich mit meiner Wange an seiner entlang, bis meine Lippen an seinem Ohr waren, und lehnte mich dabei ganz gegen ihn. Zärtlich sog ich sein Ohrläppchen zwischen die Zähne und knabberte sachte daran. Er stöhnte unterdrückt und packte mich fester. Genießend schmeckte ich für einen Moment einfach dem Rausch aus Lust und Verlangen nach, der in mir tobte.

»Wir können das nicht tun«, flüsterte ich dann schwer atmend in sein Ohr.

»Aber ich will«, raunte er und biss mir leicht in die empfindliche Haut an meinem Hals. Verlangen pflügte wild durch meine Adern. Oh, ich wollte auch, und wie!

»Denk an deine Freundin und sei für sie stark«, flüsterte ich, küsste ihn zärtlich auf die Wange und drückte ihn mit meinen Händen an seiner starken Brust von mir. Ich schenkte ihm noch ein kleines Lächeln, dann sah ich zu, dass ich aus dieser Situation herauskam und verließ den Balkon wieder.

Ich musste völlig von Sinnen sein! Na ja, nicht völlig, sonst hätte ich an Ort und Stelle weit mehr gemacht, als er geahnt hätte. Die Lust dazu prickelte immer noch in meinem Bauch und ließ meine Schamlippen sehnsuchtsvoll pulsieren. Scham und Hemmungen hatte ich in diesem einen Bereich meines Lebens vor fünf Monaten einfach abgelegt.

Kaum zurück im Zimmer, suchte ich jemanden, zu dem ich gehen und mich ablenken lassen konnte. Leider gestaltete sich das schwieriger als gedacht. Kai und AJ saßen inzwischen auf seinem Bett und waren einander so liebevoll zugeneigt, dass ich dort auf keinen Fall hinkonnte. Lysander und Nell saßen auf dem unbenutzten Bett, auch da wollte ich nicht einbrechen. Sonny allerdings war auch keine echte Option. Er saß auf dem Boden neben der Tür und starrte die am Türrahmen befestigte Trainingsstange an, als würde sie die gesamte Weisheit der Welt enthalten. Der war doch komplett ausgekachelt. In diesem Moment kam Felix rein, und ein kurzer Blick offenbarte den wilden Hunger, der noch in ihm tobte, ebenso wie die verräterische Beule in seinem Schritt. Ohne mir Zeit für Ausreden einzuräumen, eilte ich zu Noah und setzte mich zu ihm aufs Bett. Sicher hatte das komplette Fehlen aller Hemmungen was mit dem Joint zu tun, für den Moment war mir das vollkommen egal.

»Hi«, sagte ich leise.

Noah sah mich überrascht an.

»Ich muss Felix vor Untreue bewahren, und will weder AJ und Kai noch Lysander und Nell stören, und Sonny ist so mit den bunten Vögelchen in seinem Kopf beschäftigt, dass er mir keine große Hilfe wäre«, erklärte ich mein Verhalten.

»Also kommst du zu mir?«

»Ja?« Alle Zweifel konnte der Rausch dann doch nicht tilgen. Was hatte ich mir nur gedacht? Noah hasste mich. Wieso sollte er mir helfen?

Wortlos reichte er mir das Bier, das er sich gerade aufgemacht hatte, und nahm sich selbst ein neues.

Erleichtert trank ich einen kräftigen Schluck und musterte ihn dann. »Wieso hast du nicht mitgeraucht?«

Von der einen Sekunde auf die nächste überkam mich tiefe Müdigkeit. Mit einem herzhaften Gähnen ergab ich mich der plötzlichen Schwere meiner Augenlider und lehnte mich an ihn. Seine spitzen Schulterknochen stießen unangenehm in meine Wange, also sank ich tiefer und machte es mir auf der Seite liegend mit meinem Kopf auf seinem Schoß gemütlich. Ich stellte das Bier vor mir aufs Bett und umklammerte es fest, damit es nicht umfiel. Seufzend schmiegte ich mich an seinen kräftigen Schenkel und zog meine Beine in eine gemütliche Position in Richtung Bauch.

Einen seligen Moment lang herrschte Stille und ich genoss die Nähe eines Körpers. Doch dann erinnerte er mich daran, an wen ich mich hier gerade ankuschelte. »Kiffen verstärkt die Stimmung und senkt die Hemmschwelle. Ich bin gerade nicht so gut drauf. Es wäre also keine gute Idee zu kiffen«, sagte er und ich meinte, ein kleines Lachen aus seiner Stimme herauszuhören. Jedenfalls gab er mir nicht den geringsten Grund, mein Verhalten infrage zu stellen, also genoss ich schamlos seine mollige Wärme.

»Ach Quatsch. Jeder weiß, dass du mich nicht leiden kannst«, murmelte ich und spürte die bleierne Müdigkeit in meinen Knochen.

»Seltsam. Ich hätte gewettet, du wirst aufgedreht und hungrig vom Kiffen.«

Ich grinste mit immer noch geschlossenen Augen. »Hab alles Adrenalin gerade auf dem Balkon verbraucht.« Ich kicherte und ärgerte mich noch darüber, dass ich heute zum ersten Mal Drogen konsumiert hatte, nur weil ich nicht nachdenken und einfach dazugehören wollte. Doch ehe ich daraus eine Konsequenz hätte ziehen können, glitt ich ins Reich der Träume.

Kapitel 11

– 24.12. –

Drei Uhr nachts. Wie war ich nur hier gelandet? AJ und Kai vergnügten sich gerade hinter mir in der Sauna. Das warf für mich schon die Frage auf, wieso ich unbedingt hatte mitkommen sollen. Wir waren keine zwei Minuten in der Sauna gewesen, da hatten die beiden sich schon geküsst. So schnell ich konnte war ich stiften gegangen und hatte die beiden sich selbst überlassen. Blöd für mich, schön für die beiden, und den Whirlpool so ganz für mich allein zu haben war auch nicht schlecht.

Ich fühlte mich mutig, so splitterfasernackt im Wasser. Von dem Mangel an Badekleidung hatte ich mich nicht abhalten wollen, diesen Ausflug hinunter in den Wellnesskeller doch noch sinnvoll für mich zu gestalten. Entspannt lümmelte ich auf der Sitzfläche im Wasser, angelehnt an die Poolwand, und ließ das Blubbern meine Muskeln erweichen.

Nachdem ich herausgefunden hatte, wie die Blubberblasen angingen, hatte ich das Handtuch abgestreift und war einfach ins Wasser gestiegen. Jetzt saß ich hier, genoss die sprudelnde Wärme auf meiner Haut und fühlte mich kühn, bis ich Schritte hörte.

Schleichend, fast lauernd kamen sie die Treppe hinunter. Sofort drehte ich mich nach dem Handtuch um, aber ich Trottel hatte es bei den Knöpfen der Schaltfläche drüben an der Wand liegen gelassen. Gerade noch rechtzeitig ging ich bis zum Kinn unter Wasser, presste sicherheitshalber meine Beine zusammen und schob meine Hände vor meine Brüste. In dem Moment betrat Daniel den Keller.

Er marschierte schnurstracks auf die Sauna zu und sah nicht einmal zu mir hinab. Erleichterung durchflutete mich, dicht gefolgt von einem Hauch Panik. Er würde gleich Kai und AJ erwischen, was immer sie da drinnen gerade trieben. Ich wusste nicht, ob ich *Halt!* rufen oder hoffen sollte, dass er mich nicht entdeckte und die beiden da drinnen nichts taten, was gegen die Hausregeln war. Gerade als er seine Hand auf die Türklinke zur Sauna legte, ertönten wieder Schritte. Daniel blickte über seine Schulter zur Quelle der Geräusche und dann wieder auf die Saunatür direkt vor sich. Er sah eindeutig durch das Fenster in die Sauna, zögerte jedoch einzutreten.

Viel schneller als zuvor Daniel, tauchte Noah auf. Er sah mich sofort und dann erst den Skilehrer. »Was machst du denn hier unten?«, fragte Noah ihn.

»Keiner ist in seinen Betten, und ich muss wissen, wer wo ist«, verteidigte sich Daniel, der heute offensichtlich Nachtdienst hatte. Bisher war nachts immer Alice hiergeblieben.

»Easy, Isabelle ist bei Felix im Zimmer und der Rest ist bei Nell oben.«

»Bis auf dich, Kai, AJ und Elina«, knurrte er.

»Tja, und Lysander hat dir sicher gesagt, dass ich auf Toilette war und die anderen in der Sauna sind.«

»Ja, aber Elina ist nicht in der Sauna«, beschwerte sich Daniel. Huch? Was war denn mit dem los? Inzwischen hatte Daniel sich so bewegt, dass er mit dem Rücken zu mir stand.

»Ist das ein schlechter Scherz? Elina ist doch …«

Ich hob den Finger an die Lippen und wedelte mit den Händen, schüttelte den Kopf, tat alles, damit er mich nicht verriet, natürlich alles so vorsichtig, dass das Wasser nicht lauter spritzte, als die Blasen des Whirlpools blubberten.

» … hinter dir im Wasser«, bemerkte Noah trotzdem.

Daniel wirbelte herum und musterte mich. Sofort sank ich tief zurück unter die Oberfläche. Er runzelte seine Stirn. »Wieso hast du nichts gesagt, als ich reinkam?«, fragte er mich, als hätte ich das tun müssen. Wieso sollte ich? Wir waren keine Freunde. Außerdem war es mitten in der Nacht, *und* zu meinem Leidwesen war ich verdammt noch mal nackt.

»Ich bin *allein* im Pool, Daniel«, betonte ich. »Ich wollte meine Ruhe.«

»Oh, okay. Dann gehen wir mal und lassen dich wieder allein«, meinte Daniel zuvorkommend und wandte sich ab.

»Äh, ich wollte zu Kai«, erklärte Noah und ließ den mürrischen Skilehrer an sich vorbeigehen. Als dessen Schritte verhallten, zog Noah die Glastür zum Wellnessbereich zu und ging in die Hocke. Er grinste mich süffisant an. »Soso, du wolltest also allein sein.«

»Ich *war* allein.«

»Wenn ich das so richtig überblicke, Wildkatze, dann bist du nackt.« Er grinste, sich seines Vorteils vollkommen bewusst.

»Na und? Ich war bis eben noch die Einzige hier.« Schnippisch hob ich mein Kinn.

Ein Funkeln trat in seine Augen. »Also soll ich dich wieder *allein* lassen?«, fragte er, und langsam fand ich es albern, wie oft wir beide das Wort gerade betonten.

»Die Alternative wäre, ebenfalls nackt zu mir in den Pool zu steigen, denn alles andere wäre schließlich unfair, und da du diese Option sicher nicht in Betracht ziehst, solltest du wohl gehen, ja.« Schnaubend verschränkte ich die Arme vor der Brust und tauchte dann ganz schnell wieder tiefer ins Wasser, besorgt, er könnte einen Blick auf meinen Körper erhascht haben.

Noah sah mich forschend an. »Gar keine schlechte Idee«, entgegnete er, als würde er das tatsächlich in Betracht ziehen.

»Was?«, fragte ich wie ein Esel.

»Zu dir in den Pool zu steigen.«

»Nicht witzig!«

»Nein? Ich dachte, schon«, feixte er.

»Ach ja? Und dann? Sei vorsichtig mit dem, was du anbietest, mein Lieber.« Ihn vor den Kopf zu stoßen erschien mir gerade die beste Option, aus dieser Szene herauszukommen.

Noahs Lächeln wurde breiter. »Ich bin immer vorsichtig«, raunte er und zog sich kurzerhand das T-Shirt über den Kopf. Sein nackter Oberkörper raubte mir den Atem. Seine Muskeln waren definiert und wohlproportioniert. Seine Haut war braun gebrannt und sein Lächeln brachte mich um den Verstand. Aha, ich war also sprunghaft wie eh und je. Erst Daniel, dann Noah, dann Felix und jetzt wieder

Noah. Wie sollte das denn weitergehen? Austoben schön und gut, nur langsam musste ich vorsichtig sein, bei all dem Prickeln und der Lust nicht meinen Verstand zu verlieren.

In diesem Moment ging die Saunatür auf und Noah verschwand so schnell in die Duschkabine, neben der er gehockt hatte, dass ich nicht schlecht staunte.

»Hi, Elina.« AJ strahlte wie ein Honigkuchenpferd. Ihr Bikini saß leicht schief und ihre Haare waren durcheinander. Ich hatte da so eine Ahnung, was die beiden in der Sauna veranstaltet hatten. Bei dem Gedanken musste ich lächeln. Schön für sie.

»Kommst du mit hoch?«, fragte Kai.

Das war die Gelegenheit, aus der Sache mit Noah herauszukommen. Aber wollte ich da raus? Ja, auf jeden Fall! Er hasste mich. Andererseits … er sprach mich eindeutig an, und es würde nicht kompliziert werden. Ich brauchte bei all dem Sex um mich herum langsam selbst welchen. Oje, wem machte ich hier etwas vor? Natürlich würde es kompliziert werden.

»Äh, ich hab nichts an«, schindete ich Zeit.

»Alles klar. Dann gehen wir vor«, meinte Kai, ergriff AJs Hand und verschwand mit ihr die Treppe hinauf. Gut, das nahm mir die Entscheidung dann wohl ab. Als die Tür hinter AJ zuging, trat Noah aus seinem Versteck.

Sein Blick verglühte mich beinahe. Ohne ein Wort zog er sich einfach vor meinen Augen aus, komplett. Ich konnte nicht fassen, was hier gerade passierte. Noah zögerte keine Sekunde, nicht einmal bei der Boxershorts. Vollkommen entblößt schritt er mit geschmeidigem Gang auf mich zu. Gebannt von seiner Nacktheit konnte ich kaum atmen. Was hatte ihn plötzlich zu dieser Entscheidung verleitet? Einem majestätischen Raubtier gleich überbrückte er den kurzen Abstand bis zum Pool. Es machte mich total heiß, dass er einfach entschieden hatte, zu mir zu kommen, und er zögerte auch keinen Moment. Wäre ich nicht absolut sicher, dass er jederzeit ein Nein von mir akzeptieren würde, würde sein hungriger Blick mir Angst einjagen. So jedoch prickelte mein ganzer Körper und die Lust loderte durch meine Adern.

Mit bereits hart werdendem Schwanz stieg er zu mir in den Pool, schlang in einer fließenden Bewegung seine Arme um meinen Körper und presste mich gegen sich. Sein Atem ging stoßend und auch meine Erregung ließ mich leise keuchen. Die ganze Zeit sah er mir tief in die Augen, als wäre ich gerade das Einzige, was zählte. Ich, nicht mein nackter Körper. Seine Lippen fanden fordernd meine und ich stöhnte auf. Ich krallte meine Finger in seine starken Schultern und erwiderte das erste wilde Begegnen. In einem kurzen Moment des Zweifels löste ich mich von ihm und schob ihn weg. Noah hielt in seinem leidenschaftlichen Ansturm sofort inne.

»Warte!«, keuchte ich, denn sein Schwanz rieb zwischen meinen Oberschenkeln, und das Gefühl flutete meine Sinne, ja, mein ganzes Sein.

Noah sah mir tief in die Augen. »Ich will dich, jetzt sofort. Aber es wird rein gar nichts zwischen uns ändern«, stellte er klar.

Also doch nicht kompliziert. Gut, damit konnte ich leben. Ich nickte.

Noah senkte hungrig seine Lippen auf meine und fuhr mit seiner nassen Hand meinen Hals hinauf in mein Haar. Mit der anderen Hand fand er meinen Hintern und hob mich auf seine Hüfte. Dann drehte er uns und setzte sich auf die Bank, auf der ich zuvor gesessen hatte. Wasser schwappte über den Rand, doch Noah reagierte nicht darauf. Ich bekam das Gefühl, dass nur noch ich für ihn existierte und das tat unglaublich gut.

Absolut wild durch sein forderndes Auftreten, kniete ich mich auf die Bank und senkte mich einfach auf seinen Schwanz. Er stöhnte rau auf. Fordernd bewegte ich meine Hüfte und sank weiter hinab. Noah schlang seinen Arm um meine Taille und zog uns beide an die Kante, dann packte er meine Beine und legte sie sich um die Hüfte. Dadurch änderte sich der Winkel und ich rutschte ganz auf seinen Schwanz. Der sanfte Druck in mir war unerträglich süß und mein Körper verlangte brüllend nach mehr. Ich stöhnte, während wir unsere Hüften gegeneinander bewegten. Meine Welt kippte, als mein hungriger Körper bekam, wonach er verlangte. Getrieben krallte ich mich in seine Schultern und bewegte mich heftig auf und ab. Meine Brüste streiften an seinem Oberkörper entlang und dann nahm er meinen Mund in Besitz. Er küsste mich besinnungslos und ließ mich ihn dennoch reiten. Das Wasser spritzte wild umher und ging immerzu über den Rand. Nun packte Noah meine Hüfte und half mir, mich auf und ab zu bewegen. Das war der richtige Winkel, der richtige Rhythmus, und so begann ich zu zittern. Meine Bauchmuskeln zogen sich zusammen und ich kam mit einem stummen Schrei auf den Lippen.

Das Gefühl purer glückseliger Befriedigung durchströmte mich, und ich sackte in seinen Armen zusammen. Noah streichelte mich sanft und ließ zu, dass ich mich an ihn schmiegte. Als ich begann, seine Haare im Nacken zu streicheln, ging ein Schauer durch seinen Körper und er bewegte sich wieder sanft in mir. War er also nicht gekommen?

Noah fuhr nun langsamer mit seinen Fingern über meinen Körper. Jede streichelnde Liebkosung, jeder zärtliche Kuss in meine Halsbeuge weckte nach und nach wieder Lust in mir. Bereit für mehr lehnte ich mich leicht zurück. Noah knurrte und begann, meine Brüste mit seinen Lippen und seiner Zunge zu verwöhnen. Ich spürte vage, wie seine Hand zwischen uns an meinem Bauch hinabwanderte, und gerade als er mir sanft in die Brustwarze biss, fand er meinen Kitzler.

Wild stöhnend warf ich meinen Kopf in den Nacken und krallte mich in sein Haar. Noah reizte meinen Kitzler, meine Brüste und stieß in mich. Ich wusste gar nicht, wie mir geschah, als ein zweiter Höhepunkt donnernd auf mich zurollte. Berauscht und völlig in Ekstase, bewegte ich mich wild in seinem Rhythmus, gab mich ihm und seinen Berührungen voll und ganz hin. Ich stöhnte, keuchte und bettelte sogar. Noah schien selbst im Rausch zu versinken, die Hand an meiner Brust glitt tiefer, packte meinen Hintern und verstärkte die Stöße. Er vergrub sein Gesicht stöhnend zwischen meinen Brüsten, und dann kam ich erneut. Doch diesmal spürte ich, dass er nicht mit mir kam. Der zweite Höhepunkt war sanfter, nicht so alles verzehrend und überwältigend, aber dennoch schön. Es war bisher nicht oft passiert, dass ich zweimal gekommen war.

Als das zweite Mal die Welle der Befriedigung verebbte, sah ich ihn an. »Wieso kommst du nicht?«, fragte ich rau. In diesem Moment wurde mir klar, dass das vielleicht seine Methode zur Verhütung war. Zum Glück trug ich eine Spirale.

»Ich will nicht, dass es endet«, knurrte er.

Ich lächelte. Das war ein viel schönerer Grund. »Es muss nicht enden. Ich kriege dich schon wieder steif«, säuselte ich und brachte ihn damit anscheinend um den letzten Rest seiner Beherrschung. Noah grub seine Finger in meine Seiten und bewegte sich wieder in mir. Ich klammerte mich an ihn, schlang meinen Arm um seine Schulter und krallte mich in sein Haar. Genießend bewegte ich mich mit ihm. Zweimal war mein bisheriger Rekord, ich glaubte nicht, noch einmal kommen zu können, nicht ohne Pause. Jetzt war er an der Reihe. Ich wollte ihm denselben Genuss schenken, den er mir zweimal bereitet hatte. Noah schlug einen wilden Rhythmus an, der mich wundervoll reizte, aber wie erwartet war mein Körper nicht bereit, noch einmal den Höhepunkt zu erklimmen. Ich konzentrierte mich darauf, ihn so zu befriedigen, wie er es bei mir gemacht hatte. Mit meinen Nägeln fuhr ich über seinen Nacken und über seinen Rücken. Ich knabberte an seinem Hals und stöhnte leise in sein Ohr.

Noah schien zu spüren, dass ich nicht so von der Lust kontrolliert wurde wie zuvor. Er fand wieder mit dem Daumen meinen Kitzler und ich musste sofort hilflos aufkeuchen. Wie ein Lauffeuer rann die Lust durch meine Adern und breitete sich bis in die letzte Fingerspitze aus. Noah fand meine Lippen und raubte mir einen tiefen Kuss. Vollkommen überfordert von all der Begierde und den entflammenden Berührungen, die er mir schenkte, bekam ich keinen klaren Gedanken mehr zustande. Überrascht stellte ich fest, dass es zwischen meinen Beinen wieder kribbelte und meine Bauchmuskeln sich zusammenzogen. Ich hielt den Rhythmus, vergaß meinen Wunsch, Noah wahnsinnig vor Lust zu machen, und ergab mich dem Sog eines dritten Orgasmus, der zwar nur ein Hauch dessen war, was ich zuvor erlebt hatte, aber dennoch wunderschön und erfüllend durch meinen Körper rieselte. Noah stieß tief in mich und löste den Orgasmus aus, er bewegte sich noch einmal und ich spürte, wie er pulsierend in mir kam. In viel langsamerem Rhythmus stieß er wieder zu und verlängerte unser beider Genuss dadurch. Eine letzte

Bewegung seiner Hüften und ich sackte mit meinem Kopf auf seine Schulter.

Noah hielt mich sanft in seinen Armen, während wir beide nur keuchten. Ich konnte mich kaum bewegen, und ihm schien es genauso zu ergehen. Für einen Moment rangen wir nur nach Atem. Dann begann er zärtlich meinen Rücken zu streicheln und sanft einen Kuss neben den anderen meinen Hals hinunter bis zu meiner Schulter zu setzen. Nach und nach beruhigten sich mein Puls und meine Atmung. Vollkommen befriedigt genoss ich seine Zärtlichkeit. Als ich langsam wieder Herrin meiner Sinne wurde, spürte ich, dass er erschlafft war. Wie auch er, wollte ich nicht, dass es endete. Ich hatte zwar keine Ahnung, wie ich seinen und meinen Körper noch weitere Höchstleistungen abverlangen sollte, doch auf einen Versuch wollte ich es ankommen lassen. In den plätschernden Hallen dieses Bades, mitten in der Nacht in einem verschneiten Nest in Österreich, konnte ich so tun, als würde die Welt für einen Moment stillstehen, und nur ein einziges Mal alle Vorsicht und alle Unsicherheit abstreifen, um eine Nacht der Erfüllung mit einem Mann zu verbringen, der genauso seiner Realität zu entfliehen schien wie ich.

»Wie wäre es mit einem Saunagang?«, schlug ich vor.

Noah sah mich mit gerunzelter Stirn an. »Ich weiß nicht.« Er wirkte nicht überzeugt. Doch ich wollte ihm keine Chance lassen, sich herauszureden. Ich erhob mich aus dem Wasser, so elegant wie ich konnte, und ging hüftschwingend und nackt, wie ich war, auf die Sauna zu. »Kommst du?«, lockte ich ihn mit meinem verführerischsten Blick über die Schulter.

Noah zögerte kurz, dann erhob auch er sich und kam auf mich zu. Einen langen Moment sog ich seinen atemberaubenden Anblick ein. Dann ergriff ich seine Hand und führte ihn in die noch warme Sauna. Ich machte sie nicht wieder an, uns würde auch so heiß genug werden.

Kapitel 12

Als ich erwachte, konnte ich mich kaum bewegen. Nach all diesem wunderbaren Sex, erst im Pool und dann in der Sauna, waren wir duschen gegangen und hatten wie zwei Verhungernde noch zweimal miteinander geschlafen. Ich war zwar nicht jedes Mal gekommen, aber das war trotzdem *die* Nacht meines Lebens gewesen. Nie hätte ich für möglich gehalten, so viele Stunden lang Sex haben zu können. Erstaunlich, wozu ich fähig war. Erst um sieben Uhr morgens hatte ich in mein Bett gefunden und wäre doch lieber in seinen Armen eingeschlafen. Was wir dort unten in unserer kleinen Blase der Glückseligkeit miteinander geteilt hatten, war … überwältigend. Wir hatten kaum Worte gewechselt, alles war rein körperlich geblieben, und doch hatte ich das Gefühl, Noah besser zu kennen als je einen Mann vor ihm. Ein gefährlicher Trugschluss. Ich musste auf mein Herz aufpassen. Immerhin war er sehr deutlich gewesen. Nichts würde sich ändern, und ich war inzwischen erwachsen geworden. Ich würde sicher nie wieder Lust mit Liebe verwechseln.

»Na, endlich wach?«, erklang AJs neckende Stimme.

»Ja«, brummte ich, drehte meinen Kopf und drückte mich noch mal ins Kopfkissen.

»Wach würde ich das nicht nennen.« Nell lachte amüsiert auf.

»Ich könnte noch ein wenig Schlaf gebrauchen«, stimmte ich grummelnd zu und wollte die Bettdecke über meinen Kopf ziehen.

»Das geht nicht. Wir feiern jetzt Weihnachten«, erklärte AJ fast empört.

Ich schlug meine Decke zurück und setzte mich seufzend auf. Eine Art befriedigender Schmerz durchzuckte mich.

»Hm … mal sehen. Nachts um weiß der Geier wie spät erst ins Bett gekommen und verwuschelte Haare. Hatte die Dame etwa Sex?«, fragte AJ.

Ich schwieg und grinste. »Ich war nicht die Einzige.« Vielsagend schielte ich zu ihr rüber.

»Schon klar, aber bei mir ist klar mit wem, und bevor du weiter nachhakst, wir sind jetzt offiziell zusammen. Was uns zurück zu der Frage bringt, mit wem du heute Nacht Sex hattest.«

Ich ignorierte ihre Frage und sagte stattdessen: »Wie schön für euch. Ich freu mich echt.«

»Danke.«

Ich stand auf und eierte hinüber zu meinem Schrank.

»Wow, das sieht nach viel Sex aus«, rief Nell.

»Oder sehr hartem«, meinte AJ mit schief gelegtem Kopf.

Ich zog eine Augenbraue hoch und strafte sie beide mit einem verachtenden Blick. Ich begann mich anzuziehen und musste bei der Erinnerung an letzte Nacht grinsen. Der Sex in der Dusche war unglaublich gewesen. Im Stehen hatte mich bisher nie gereizt. Nach heute könnte das meine neue Lieblingsstellung werden. »Beides!«, stellte ich klar und streckte den beiden die Zunge raus. Sie lachten lauthals.

»Und wer war der Glückliche?«, forschte Nell.

»Uh, ein wahrer Sexgott«, wich ich aus. Ich würde den Teufel tun und jemandem verraten, mit wem ich mich gestern Nacht vergnügt hatte. Er hatte sehr deutlich gemacht, dass sich nichts ändern würde. Ehrlich gesagt wollte ich mir die verurteilenden oder gar hoffnungsvollen Blicke ersparen. Wie schnell Menschen urteilten, ging mir manchmal gehörig auf den Sender, allerdings erst, seit ich mich austobte.

Nach weiteren zehn Minuten Fragenbombardement sahen AJ und Nell ein, dass ich nicht verraten würde, mit wem ich geschlafen hatte.

»Na ja, wir werden ja sehen, wer ähnlich durch ist wie du«, meinte Nell schließlich. Das machte mir allerdings ein wenig Angst, sie könnte es tatsächlich herausfinden.

AJ war nicht ganz so hartnäckig. »Egal wer, es muss gut gewesen sein. Du siehst aus wie eine Katze, die gerade einen ganzen Liter Milch aufgeschleckt hat.«

»So fühle ich mich auch«, gestand ich.

AJ erwiderte mein Grinsen. »Kann ich gut nachvollziehen.«

Neugierig musterte ich sie. Dann hüpfte ich zu ihr aufs Bett und fragte: »War es gut?«

»Sehr.«

»Kai scheint schon länger auf dich zu stehen«, mutmaßte ich. Als ich mit ihm den Tag beim Einkaufen verbracht hatte, war dieser Eindruck entstanden. Er hatte es zwar nie direkt ausgesprochen, doch ich hatte das sichere Gefühl, dass Kai seit der letzten Skifreizeit bis über beide Ohren in AJ verknallt war.

»Das fände ich schön. Ich habe mich letztes Jahr in ihn verliebt.« AJ senkte ihren Blick und fummelte bei diesem Geständnis an ihrer Bettdecke herum.

»Süß«, seufzte ich. Ich fand das total romantisch.

»Bisher hatte ich Sorge, er würde mit meiner Vergangenheit nicht klarkommen.«

»Vergangenheit? Wie alt bist du?«

AJ grinste breit. »Zwanzig. Das waren fünf Jahre voller Kerle.«

»Na und?«

»Na und? Männer finden es nicht gerade toll, wenn die Frau mehr Bettgefährten hatte als sie«, mischte sich Nell ein und kam ebenfalls zu uns herüber. Sie machte es sich auf meinem Bett bequem, sodass wir entspannt im Dreieck sitzen konnten.

»Das finde ich scheinheilig.«

»Echt? Kannst du nicht verstehen, dass ein Mann lieber jemanden hätte, der sorgsam mit seinem Körper umgeht?«

Ich starrte Nell fassungslos an. Das hatte sie gerade nicht gesagt.

»Die meisten Männer finden es eklig, so meine Erfahrung. Du ahnst nicht, wie oft ich schon verurteilt wurde, wenn ein Mann mal nachgefragt hat. Du weißt, ich antworte immer ehrlich«, berichtete AJ und ging überhaupt nicht auf Nells Aussage ein.

»Klar, wenn man eine Beziehung führt, sollte man auch ehrlich sein können«, stimmte ich zu, und AJ nickte.

»Na ja, manche Wahrheiten könnte man auch einfach für den Frieden zurückhalten«, schlug Nell vor.

Noch so eine unsinnige Aussage, zumindest in meinen Augen. »Wie meinst du das?« fragte ich vorsichtig nach. Gerade noch hatte ich mich über vorschnelle Verurteilung geärgert, jetzt wollte ich nicht denselben Fehler begehen.

»Ich meine nur, dass man dem anderen die Wahrheit nicht wie ein nasses Tuch um die Ohren hauen muss. Es würde doch reichen zu sagen, dass man *erfahren* ist. Nicht direkt mit der harten Zahl ins Haus fallen.«

»Aber ich muss doch ehrlich sein können in einer Beziehung!«, beharrte AJ.

»Das sehe ich genauso. Nur weiß ich eben auch, dass ich den anderen vielleicht verletze, wenn ich schonungslos ehrlich bin. Das sagt das Wort schonungslos bereits. Und ich finde, in einer Beziehung darf ich den anderen nicht schonungslos behandeln. Ich muss mich bemühen, ihn eben nicht zu verletzen.«

Hm. Daran hatte ich zu knabbern und AJ eindeutig auch. Sie sog ihre Wangen nach innen zwischen ihre Zähne, sodass Mulden entstanden. Mit gerunzelter Stirn musterte sie Nell.

»Wenn du es so ausdrückst, kann ich ja quasi nicht widersprechen«, beschwerte sie sich. »Natürlich will ich meinen Partner nicht absichtlich verletzen. Dennoch will ich, dass er alles von mir weiß, ohne mich zu verurteilen.«

Nell lehnte sich zurück. »Das sehe ich ein. Und ich verurteile dich auch nicht. Jeder kann selbst entscheiden, wie oft und mit wem er oder sie schläft. Aber viele Männer sehen das eben anders.« Sie zuckte mit den Schultern, als wäre das eine Wahrheit, die wir eben akzeptieren mussten.

»Das ist so unfair«, beschwerte ich mich. Durch meinen aktuellen Lebensstil fühlte ich mich tatsächlich gerade angegriffen. »Wenn ein Mann viele Frauen erobert, ist er ein Hengst, ein echter Stecher oder was auch immer. Jedenfalls wird er gefeiert. Und eine Frau ist gleich eine Hure.«

»Außer sie ist älter«, schränkte AJ ein. »Dann wird sie zur *Milf.*«

»Wow«, ätzte ich. »Das ist ja *viel* besser.«

AJ grinste breit und zuckte mit den Schultern. »Es ist mir egal, was der ein oder andere Vollidiot über mich denkt. Auf diese Weise war es immer leicht, die Mistkerle auszusortieren.«

Ich staunte über diese pragmatische Sichtweise. Mich hätte so eine Verurteilung echt verletzt. Hm … vermutlich würde mir das in Zukunft auch passieren, wenn Nell recht hatte.

»Mit Kai jedenfalls habe ich das gestern geklärt, als er plötzlich in die Offensive gegangen ist«, kam sie zum Kern zurück.

»Und?«, fragte ich gespannt.

»Na, was denkst du denn? Wir sind jetzt zusammen.«

»Ja, schon, aber wie hat er reagiert?«

AJ errötete und senkte ihren Blick. Das strahlende Lächeln, das ihr Gesicht erhellte, ließ es mir sofort warm ums Herz werden. Da war jemand eindeutig verliebt. »Er hat gesagt, er sei in mich verliebt. Und das würde bedeuten, dass er eben alles an mir liebt und mich gerade für meine Ecken und Kanten schätzt. Das würde einfach zu mir dazugehören und mich genauso zu der Person machen, die er so sehr mag, wie meine offene direkte Art und mein weiches Herz.«

»Oh«, seufzte ich und schmolz nachträglich noch dahin.

Nell lächelte zufrieden. »Kai ist einer von den echt Tollen!«

»Ist er«, stimmte AJ verträumt zu.

»So, jetzt auf zum Essen! Wir sind spät dran.«

»Ich zieh mich nur schnell um, geht ihr ruhig schon vor«, meinte ich, weil ich sie mit meinem langen Schlaf schon aufgehalten hatte.

»Meinetwegen. Aber beeil dich!«, verlangte Nell streng.

»Ja, Mama.«

Nell rollte mit den Augen, verließ jedoch mit einem Schmunzeln auf den Lippen das Zimmer. AJ folgte ihr erst, blieb aber im Türrahmen stehen. Sie sah zögernd Nell hinterher und dann zurück ins Zimmer. »Darf ich dich was fragen? Ist ziemlich persönlich.«

»Frag, vielleicht antworte ich nicht.«

»Das ist fair.« AJ nickte, schloss die Tür und setzte sich dann aufs Bett. »Zieh dich lieber dabei um, sonst killt Nell dich wirklich.«

Pflichtbewusst stand ich auf und lief zum Schrank. AJ schlug die Beine unter ihren Körper zu einem Schneidersitz und begann an der Bettdecke herumzufummeln.

»Wie weit vertraust du einem Kerl, mit dem du schläfst?«

Ich hielt darin inne, meine Jeans überzustreifen, und blinzelte sie perplex an. »Ähm … wenn ich jemanden zwischen meine Beine lasse, dann muss ich ihm schon ziemlich vertrauen. Vielleicht nicht blind, aber doch so weit, dass ich sicher bin, nicht verletzt zu werden.« Meine Worte schlugen mich beinahe selbst. Ich war absolut sicher, dass Noah mich niemals körperlich verletzen würde. Und mindestens ebenso sicher war ich mir, dass sein Verhalten heute mich emotional verletzen würde.

»Zählen Geschlechtskrankheiten zum Verletztwerden dazu?«, fragte sie, und jetzt ahnte ich, in welche Richtung das hier ging.

»Wie verhütest du?«, fragte ich gegen und knöpfte meine Jeans zu, ehe ich mir einen Pulli schnappte und zurück zum Bett ging.

»Mit der Pille.«

»Also sicherst du dich nur gegen Schwangerschaften ab.«

AJ nickte. »Normalerweise benutze ich zusätzlich ein Kondom, aber gestern ging alles so schnell, und ich wollte so sehr mit ihm schlafen, dass ich uns nicht unterbrochen habe. Eigentlich vertraue ich ihm diesbezüglich, und mich selbst habe ich regelmäßig checken lassen wegen meines … häufigen Verkehrs.«

Ich schluckte schwer. Ich handhabte es im Grunde ganz genauso wie AJ, bloß dass ich die Spirale nutzte statt der Pille. Das war sicherer bei Geschichten wie Magen-Darm oder Kotzen wegen Alkohol. Doch auch ich hatte gestern zum ersten Mal meinen Grundsatz gebrochen. Nur dass ich Noah nicht ansatzweise so vertraute wie AJ Kai. Ein fetter Kloß bildete sich in meinem Hals.

»Frag ihn doch einfach«, schlug ich vor. »Das würde ich jedenfalls an deiner Stelle tun. Du bist doch sonst auch immer offen und direkt. In einer Beziehung, finde ich, sollte man auch darüber reden können.«

AJ lächelte verlegen. »Sehe ich ja auch so. Aber ich habe Angst. Er soll nicht denken, dass ausgerechnet *ich ihn* verurteile.«

»Verstehe ich. Dann sag das eben dazu. Erklär ihm deine Sorge, deine Gefühle und Ängste. Ich bin sicher, er versteht es.« Das hoffte ich zumindest, und eigentlich kam Kai mir wirklich wie einer von den wirklich Tollen vor. Noah dagegen … dem traute ich zu, an die Decke zu gehen, was ich mir einbilden und ihm vorwerfen würde, wenn ich es genauso hielt. So unangenehm es auch werden würde, ich musste das klären. Es ging schließlich um meine Gesundheit, und soweit ich wusste, konnte man eine HIV-Infektion verhindern, wenn man rechtzeitig das Medikament einnahm. Nur bedeutete rechtzeitig verdammt schnell nach möglichem Kontakt. Besser, ich klärte das Ganze sofort.

AJ nickte. »Danke.«

»Gern. Komm, jetzt hab ich langsam echt Hunger.« *Und will nicht länger über meine absolut dämliche Fahrlässigkeit nachdenken!*

»Dann auf.« AJ hüpfte vom Bett, hakte sich bei mir unter und lief beschwingten Schrittes zur Treppe. »Und du willst mir wirklich nicht verraten, wer dieser Sexgott war?«

»Ganz sicher!«

»Schade«, seufzte sie geknickt.

Gemeinsam trafen wir im Esszimmer ein, wo Alice gerade allen auftat.

Das Weihnachtsessen war lecker und wir lachten viel. Nach der Suppe erschien Kai zwischen mir und AJ. Er küsste seine Freundin zärtlich auf die Wange, und ich seufzte innerlich auf. Die beiden waren so süß zusammen.

»Entschuldige, Schatz, das wird dir nicht helfen.«

Ich blickte verwundert auf. Kai sah AJ geknickt an.

»Schieß los«, meinte diese und fixierte mich, statt Kai anzusehen.

»Also vier Männer kämen theoretisch infrage. Sonny ist nach seinem Schlafrausch losgezogen und war nicht aufzufinden, Daniel kam erst heute Morgen wieder zurück, als ich gerade mal pinkeln musste, und er hatte sicher nicht geschlafen, und Felix und Noah sind auch erst heute Morgen wieder in ihren Zimmern aufgetaucht.«

AJ beäugte Isabelle, die frisch und fröhlich aussah. »Entweder ist Belle unglaublich sportlich oder eine betrogene Frau«, brummte AJ.

Dann musterte sie mich. »Am Ende waren es zwei auf einmal. Das würde zumindest erklären, weshalb du dich kaum noch bewegen kannst.«

Ich grinste breit. Das lief ausgesprochen gut für mich. Wer hätte gedacht, dass beinahe jeder in diesem Haus letzte Nacht Sex gehabt hatte? »Und wie willst du das jetzt herausfinden?« fragte ich siegessicher.

»Beobachtung, Baby. Falls es Sonny war, werde ich es ihm an der Nasenspitze ansehen. Sollte es Felix gewesen sein, werde ich es dir an der Nasenspitze ansehen. Wenn es Daniel war, wird er dich ab jetzt in Ruhe lassen, denn dann wärst du uninteressant für ihn geworden, und falls es Noah war, wird er dich nicht mehr wie den letzten Dreck behandeln«, zählte sie auf.

Gar nicht so schlecht, dennoch nicht effektiv. Denn wie er angekündigt hatte, verhielt Noah sich mir gegenüber wie zuvor.

Kapitel 13

NOAH

Das große Gemeinschaftswohnzimmer im Erdgeschoss war weihnachtlich dekoriert, überall Nikolausmützen, Tannenzweige, Zimtstangen und glitzernde Sterne aus Metall und Glas, die von den großen Deckenbalken herabbaumelten. Noah stieg vorsichtig über den Haufen Geschenke, der unter dem geschmückten Weihnachtsbaum hervorquoll, um zur gemütlichen Sofalandschaft zu kommen. Er starrte hinüber zur gegenüberliegenden Sofaecke, in der Nell, AJ und Elina lümmelten. Diese Nacht hätte nichts ändern sollen, doch er konnte keine Sekunde seine Augen schließen, ohne sie vor sich zu sehen, ihre zarte Haut unter seinen Fingern zu spüren oder ihren Duft zu riechen. Sie war überall in seinem Kopf. Selbst ihre Lippen konnte er noch auf seinen schmecken.

»Reiß dich mal zusammen«, knurrte Lysander.

»Wie bitte?«

»Du siehst sie an wie ein Verhungernder.«

»So ein Quatsch.« Noah nahm einen Schluck aus seiner Bierflasche.

»Ach ja?« Lysander schnaubte. »Mein Lieber, dein Blick verrät dich.«

Noah wusste nicht, wie er sich da herausreden sollte. Stumm starrte er auf sein Bier hinab und fummelte mit den Fingern das Etikett ab. »Und was verrät er dir so?«

»Du bist verknallt«, stellte Lysander schlicht fest. Noah ruckte hoch und funkelte den Großen zornig an.

»Quatsch!«

Lysander hielt wachsam seinen Blick. Schließlich lehnte er sich mit hochgezogenen Augenbrauen zurück. »Na, dann dürfte dich auch nicht interessieren, dass sie wohl eine wilde Nacht gehabt hat. Nell will unbedingt wissen, mit wem sie sie verbracht hat.«

»Und wieso?« Kühl. Abweisend. Er durfte sich nicht in die Karten blicken lassen.

»Nell meinte, Elina wolle es nicht verraten, aber es muss wohl ziemlich gut gewesen sein. Kann mir gar nicht vorstellen, dass die liebe kleine Elina eine ganze Nacht lang durch … *macht.*« Er räusperte sich, denn offenbar hatte er ein anderes Wort im Sinn gehabt. Ein bisschen fühlte Noah sich geschmeichelt. Ihr hatte es also auch gefallen. Ihn überraschte allerdings, dass sie nicht mit ihrem Erfolg hausieren ging. Welche Frau war denn so zurückhaltend?

»Wieso nicht?«, fragte er. »Du selbst hast sie doch als Wildkatze bezeichnet.« Ein Name, den er ziemlich treffend fand und intuitiv auch schon genutzt hatte.

Lysander schmunzelte. »Wildkatzen sind sonst nicht dein Ding.«

Noah ließ das unkommentiert. Sein Freund hatte recht, normalerweise waren Wildkatzen zu anstrengend für ihn. Sein Blick schweifte hinüber zu Elina, die gerade mit AJ lachte. Ein Laut, der ihm bedrohlich unter die Haut ging. Er sollte zusehen, dass er Abstand von ihr bekam.

***

»So, ihr Lieben, ich verlasse euch jetzt und wünsche euch eine schöne Bescherung und ein leckeres Abendessen. Wir haben die Geschenke, die eure Familien geschickt haben, dazugelegt«, verkündete Alice und winkte in die Runde. Noah war nun schon seit drei Jahren über Weihnachten im Haus *Sarazena,* und jedes Jahr hielten die Betreuenden es so, dass sie zum Mittagessen noch hier waren und danach zu ihren eigenen Familien gingen. Sogar letztes Jahr, als Florian Skilehrer gewesen war, dessen Familie in Kanada lebte, waren beide Betreuer gegangen. Umso mehr wunderte es ihn, dass Daniel verkündete, er würde hierbleiben.

»Wer macht dieses Jahr den Verteilbär?«, fragte Sonny in die Runde, kaum dass sie alle Alice verabschiedet und ihr frohe Weihnachten gewünscht hatten.

»Lysander, der hat immerhin auch alle Geschenke von oben runtergeschleppt«, entschied Nell. Als keiner etwas dagegen hatte, erhob sein bester Freund sich und kniete sich vor den Baum. Er nahm die ersten Geschenke in die Hand und verteilte sie.

»Singen wir nicht?«, fragte Dina und bekam ein einhelliges *Nein*. Noah strafte sie mit einem vernichtenden Blick. Sie sangen nie!

»Wartet, ich mach Musik an«, meinte Elina sofort und zückte ihr Smartphone. Sie koppelte es schnell mit der Bluetooth-Box und schon ertönte ein leises Weihnachtslied. Dann legte sie ein Kissen auf den Boden und setzte sich darauf. Auf die Weise saßen sie mehr im Kreis zusammen.

Lysander begann die Geschenke zu verteilen, er überreichte jedem eines und packte dann selbst auch aus. Noah bekam wie jedes Jahr eine Karte mit dreihundert Euro darin von seinem Vater. Keine Überraschung, keine besonderen Worte, nur dieselbe gedruckte Karte, die er auch all seinen Arbeitskontakten schickte.

Belle neben ihm packte gerade eine Skibrille in Disneyprinzessinnenoptik aus. »Ist die schön«, seufzte sie glücklich und fiel Felix um den Hals. »Du hast es bemerkt. Danke, mein Schatz.«

Felix ergriff Belles Handgelenke und löste ihre Umarmung. Er schob sie etwas zurück. »Ich bin immer noch sauer«, stellte er klar. »Und die ist nicht von mir.«

»Du kannst nicht immer noch sauer sein. Du hast Elina geküsst und ich Florian, was soll's. Wir sind quitt.«

»Ich habe Elina *nicht* geküsst!«

Stille senkte sich über den Raum. Die beiden stritten ein wenig zu laut miteinander.

Belle sah sich um. Sie reckte ihr Kinn und funkelte Elina dann an. »Hast du wenigstens die Größe, die Wahrheit zu sagen?«

»Habe ich. Ich verspreche dir, wir haben uns nicht geküsst. Es gab einen flirty Moment auf dem Balkon, aber wir haben uns wirklich nicht geküsst!«, schwor Elina, und Noah glaubte ihr. Belle offensichtlich auch. Sie sah Felix wieder an, der nun auf sie herabsah.

»Wir sollten vielleicht noch mal reden«, schlug er vor und nickte zur Tür. Belle presste zerknirscht die Lippen zusammen. Dann erhob sie sich und die beiden verließen das Wohnzimmer.

»Frohe Weihnachten«, schnaubte Noah und erhob prostend sein Bier.

»Hör auf«, schalt Nell ihn. »Die beiden klären das schon.«

Nach einer kurzen peinlichen Stille fuhr Lysander mit seiner Aufgabe fort und die Gespräche setzten erneut ein.

»Hey, ist das von dir?«, fragte Lysander, als er sich neben Noah niederließ. Er wollte schon Ja sagen, doch Lysander hielt nicht die Tickets in der Hand, sondern Skisocken.

»Nein. Wer schenkt dir denn Socken?«

»Nell?«

»Wieso sollte Nell dir Socken schenken?«

»Weil ich gestern beim Frühstück erzählt habe, dass ich meine vergessen habe und das eine Paar, das ich von hier ausleihen konnte, Löcher hat.«

Noah erinnerte sich gar nicht daran. Viel interessanter war, dass jemand es offensichtlich wahrgenommen und sie ihm als Geschenk besorgt hatte. Dazu hatten gestern eigentlich nur Elina und Kai Zeit gehabt. Noah beschlich so ein Verdacht, wer die heimliche Spenderin der Socken war. Das ließ ihn aufmerksam beobachten, wer was geschenkt bekam, und tatsächlich hatte sie für jeden etwas besorgt, selbst für ihn. Zumindest, wenn es außer ihr keinen anderen gab, der heimlich schenkte. Immerhin war bei den meisten klar, wer wen beschenkte. Noah sah hinab auf den Schlüsselanhänger in Form eines Kletterers, der sowohl als Flaschenöffner diente als auch Enden mit Kreuzschlitz und Schlitzform für Schrauben hatte. Da er von Nell wie immer ein Foto für seine Sammlung und von Lysander neue Boulderschuhe bekommen hatte, musste der von ihr sein. Nur woher wusste sie, dass er boulderte? Das hatte er nur ein einziges Mal am ersten Abend in der Küche erwähnt. Hatte sie wirklich so gut zugehört?

Plötzlich stand Elina vor ihm. »Nell ist davon besessen herauszufinden, mit wem ich heute Nacht Sex hatte«, schmiss sie ihm an den Kopf. »Nach einem ganzen Tag Recherche ist sie der Ansicht, dass du derjenige gewesen bist. Wenn du nicht willst, dass das bald alle denken, schieb dem einen Riegel vor«, verlangte sie und rauschte aus dem Raum.

»Was macht Nell?«, fragte Noah fassungslos Kai, der ihr hinterhergeeilt war. Lysander neben ihm gluckste nur amüsiert. Schön, dass ihn die Szene erheiterte. Noah fand das nicht so lustig.

»Es … sie wollte es wissen«, brachte Kai schwach hervor.

Na, das war ja ein toller Grund für den Schaden, den sie offensichtlich angerichtet hatten. »Und wieso?«

»Äh, ich dachte, aus Neugier.«

Noah zog eine Augenbraue hoch. »Sie ist ganz offensichtlich zu weit gegangen. Das macht Nell nicht einfach aus Neugier. Warum also?«

Kai stutzte. »Das wirst du sie wohl selbst fragen müssen.«

»Nell!«, rief Noah quer durch den Raum. Nell, die am Feuer mit AJ und Sonny redete, sah auf.

»Kommst du mal?« Noah blieb ganz ruhig, dennoch sah er an der Haltung seiner Cousine, dass sie gemerkt hatte, wie wütend er eigentlich war. Dennoch kam sie herüber.

»Was ist?«

»Das weißt du.«

Nell verschränkte die Arme vor der Brust. »Ich sehe nicht, dass dich das was anginge.«

»Warum, Nell? Mehr will ich gar nicht wissen. Was in deinem verdrehten kleinen Köpfchen hat dich dazu veranlasst, sie so zu provozieren?«

Oh, und Nells unterdrücktes Grinsen bestätigte seine Vermutung. »Ich wollte eine Antwort haben.«

»Eine Antwort? Reine Neugier, Nell? Das glaub ich dir nicht.«

Nell sah zu ihm, dann zu Lysander. »Vielleicht beantworte ich dir diese Frage, wenn wir unter uns sind.«

»Du weichst tatsächlich aus. Ich fass es nicht. Hat da jemand ein schlechtes Gewissen?«, stichelte Noah und traf offensichtlich ins Schwarze.

Nell zog ihren Kopf ein. »Ich wollte sie nicht so aufregen. Ich wusste nicht, dass sie *so* empfindlich ist. Sie hat bisher nicht wirklich sensibel gewirkt«, rechtfertigte sie sich.

»Dazu habe ich eine Theorie. Jetzt will ich erst den Grund wissen, liebe Cousine!«

»Lieber nicht, dann wirst du wütend.«

Noah wägte ab, ob er weiter nachhaken sollte, sie kannte ihn verdammt gut. Doch dann entschied er sich. »Das nehme ich in Kauf.«

Nell rückte zögernd mit der Sprache heraus: »Ich musste sichergehen, dass es auf keinen Fall Daniel war. Am besten wäre natürlich, wenn du es gewesen wärst, weshalb ich, nachdem es gemunkelt wurde, entschieden habe, Elina zu reizen, bis sie mir wenigstens einen Hinweis liefert. Aber die Kleine spielt gut, ich bin mir immer noch nicht sicher.«

Noah wartete darauf, dass mehr kam. Er kannte Nell gut genug, um zu wissen, dass das noch nicht alles sein konnte.

Schnaubend ließ sie ihre Arme sinken. »Auch wenn du es noch nicht begriffen hast oder nicht wahrhaben willst, du bist in sie verknallt. Da du dich in deinem Leben selten bis nie verknallst, habe ich gehofft. So, jetzt ist es raus.«

»Gehofft?«, wiederholte Noah pikiert.

Nell hielt seinem bohrenden Blick stand. »Gehofft, dass du nicht wieder zehn Weiber in drei Wochen knallst. Gehofft, dass du endlich mal begreifst, dass es mehr als Sex gibt. Gehofft, dass sie den tollen Mann in dir weckt, den du so gekonnt unter der Oberfläche versteckt hältst«, brauste Nell auf.

Noahs Blick wurde abweisend. »Ich bin eine männliche Hure. Leb damit, Nell. So war ich schon immer.«

Nells Züge wurden weicher. »Ja, bis Elina dir derart über den Mund gefahren ist. Seither bist du anders.«

Noah lehnte sich vor und funkelte sie aus zusammengekniffenen Augen an. »Ich beweise dir, dass ich nicht anders bin!«

Eine tiefe Traurigkeit durchzog plötzlich Nells Gesicht. »Ich wusste, ich hätte es dir nicht sagen sollen. Jetzt wirst du eine Dummheit machen, nur um dir selbst und mir zu beweisen, dass ich falschliege. Und alles nur, weil du solche Angst hast, ich könnte recht haben. Bitte, Noah, sei nicht so unvernünftig.«

Kapitel 14

Nach diesem üppigen Mittagessen war ich froh, dass es für den Abend nur eine Salattheke gab, die mit allem aufwartete, was man sich wünschen konnte. Ich stellte mir eine leckere Kombi mit Paprika, gebratenen Pilzen, Avocado und Hähnchenbrust zusammen. Ich war immer noch sauer auf Nell, und da sie bei Sonny, AJ und Kai am Kamin saß, hatte ich entschieden, mich an den großen Holztisch zu setzen.

Vielleicht hatte ich vorhin überreagiert. Natürlich hatte Nell eine Grenze überschritten. Es war meine Sache, mit wem ich die Nacht verbrachte, und dieses Mindestmaß an Privatsphäre hatten meine Mitmenschen zu achten. Doch aus dem Raum zu rauschen wie die Diva in Person war ein wenig überzogen gewesen. Deshalb fiel es mir gerade auch schwer, wieder zu den anderen zu gehen. Das Gefühl von Einsamkeit nagte an mir. Ich hatte mit meinem Vater und Marion telefoniert, als ich draußen gewesen war. Ihnen frohe Weihnachten zu wünschen hatte Heimweh in mir geweckt, das ich bisher ganz gut verdrängt hatte. Meine kleine Schwester hatte meinen Anruf nicht angenommen und bisher hatte Sophia auch nicht zurückgerufen, und auch Raphael und Rivera hatten sich heute noch nicht gemeldet. Vielleicht sollte doch ich mich bei ihnen melden. Immerhin war Weihnachten. Nur nicht gerade jetzt, später, wenn ich auf dem Zimmer war.

Ich überlegte, wie ich nach meinem Salat wieder zu den anderen dazustoßen konnte, ich wollte mich nicht so einsam fühlen. Doch gerade als ich den ersten Bissen auf meine Gabel pikste, kam Nell zu mir herüber.

»Ich weiß, du bist sauer«, begann sie, und ich hob sofort meine Hände.

»Nicht so sauer, wie du denkst.« Mir war genauso dran gelegen, diese Situation aufzulösen, wie ihr.

»Schön. Ich hätte dir sowieso nicht erklären können, wieso ich so war, aber ich hatte meinen Grund.«

Ich legte den Kopf schief. Ihr Gesicht war eine Mischung vieler Emotionen. Einiges musste der kleinen Frau gerade durch den Kopf gehen.

»Vielleicht eines Tages. Wenn Gras über die Sache gewachsen ist«, schlug ich vor, und Nells Augen weiteten sich überrascht. Für mich war Gerechtigkeit schon immer sehr wichtig gewesen. Ebenso wie sie meinen Wunsch, Dinge für mich zu behalten, respektieren musste, so hatte auch ich zu akzeptieren, dass sie mir ihre Motive nicht darlegen konnte.

»Danke. Und entschuldige, dass ich zu weit gegangen bin.«

»Angenommen.«

Nell lächelte, zog sich den Stuhl neben mir hervor und setzte sich. Plötzlich druckste sie herum, fuhr mit ihrem Zeigefinger die Blumen auf der Tischdecke nach und biss sich auf die Unterlippe. Was kam denn jetzt?

Sie holte tief Luft, hob ihren Blick und sah mich fest, beinahe flehend an. »Ich habe eine Bitte.«

Seltsam, dieses ganze Benehmen passte gar nicht zu ihr. Es war regelrecht unangenehm, ihr so beim Winden zuzusehen.

»Und was?«

»Du musst heute für mich auf Noah aufpassen«, verkündete sie so schnell, als müsste sie sich zwingen, das loszuwerden.

In mir jagte ein Gedanke den nächsten. Wie sollte ich denn bitte auf Noah aufpassen? Was sollte das überhaupt heißen, *aufpassen*? Worauf denn aufpassen? Und überhaupt, wieso ausgerechnet ich? Hatte Nell keine Augen im Kopf? Ich war denkbar ungeeignet, um auf Noah aufzupassen. Er konnte mich nicht leiden, daran hatte sich nichts geändert.

»Ich weiß, das ist viel verlangt, aber du bist die Einzige, die ihn davon abbringen kann«, erklärte Nell, als läge das auf der Hand, und sagte doch gleichzeitig nichts, was mir Klarheit verschafft hätte.

»Wovon abbringen?«

»Ich habe ihn vorhin provoziert, indem ich ihm meine Ansichten erklärt habe. Er wird mir beweisen wollen, dass ich falschliege, und alles, was du wissen musst, ist, dass er heute irgendeine Frau vögeln wird, am besten zwei oder drei«, offenbarte Nell.

Ich versteifte mich. Davon also abbringen… »Du verlangst von mir … Was genau verlangst du gerade von mir?«

Nell biss sich auf ihre Unterlippe. »Ich verlange von dir, dass du ihn davon abhältst, heute Nacht mit einer anderen zu schlafen.«

Ich schwieg. Das musste ich erst einmal verdauen.

»Ohne zu wissen wieso«, ergänzte ich.

»Ja.« Nell ließ niedergeschlagen ihren Kopf hängen.

»Oder auch nur eine Ahnung zu haben, wie du auf mich kommst.«

»Ja.« Nell wurde kleinlaut. »Bitte vertrau mir. Du bist meine letzte Hoffnung.«

Ich holte tief Luft. »Okay«, antwortete ich knapp. Emotionslos. Ich wusste wirklich nicht, was mich da gerade ritt. War es die Herausforderung? War es verletzter Stolz, dass er nach so einer unglaublichen Nacht direkt die Nächste wollte? Ich hatte keine Ahnung, und ehrlich gesagt wollte ich es auch nicht weiter hinterfragen. Der Reiz dieser scheinbar aussichtslosen Aufgabe weckte Vorfreude in mir, und das war alles, was für mich im Augenblick zählte.

Nells Augen weiteten sich. Offenbar hatte sie nicht mehr damit gerechnet, doch noch Erfolg zu haben. Wie sie halt so war, brach sie trotzdem nicht in überschwängliche Dankbarkeit aus, sondern sagte schlicht: »Danke.«

Ich nickte und nahm endlich den ersten Bissen Salat.

Der Abend wurde richtig gemütlich. Nach meinem Gespräch mit Nell setzte ich mich wieder zu der Gruppe am Kamin und wir zeigten uns gegenseitig, was wir bekommen hatten. Marion hatte mir ein Carepaket mit all den Schnuckelsachen geschickt, die ich gern hatte, inklusive einer Tube Honig. Alle freuten sich. Nur kurz fragte ich mich, wie sie wohl zu Hause gerade feierten. Ob sie an mich dachten? Mich vielleicht sogar vermissten? Ich jedenfalls vermisste sie. Schnell verdrängte ich den Gedanken und das aufkeimende

Heimweh und ergab mich einfach dem Abenteuer, in das ich mich hier gerade stürzte.

***

Gegen Mitternacht schlich Noah sich scheinbar unauffällig aus dem Raum. Lysander kam gerade mit seinem Buch übers Bienenzüchten in der Hand zu uns und setzte sich neben Nell. »Sag mal, habe ich dieses Teil dir zu verdanken?«, fragte er sie.

»Vielleicht. Ich würde sagen, ich habe das Geschenkespiel gewonnen. So intensiv, wie du darin schon den ganzen Abend blätterst, scheint es das beste Geschenk heute gewesen zu sein«, entgegnete sie und warf Noah einen nervösen Blick hinterher. Dann sah sie mich flehend an.

»Ich weiß nicht, von Noah habe ich die hier.« Er zog seine Hosenbeine hoch und offenbarte Socken mit den Gesichtern von sich und Noah draufgedruckt.

Ich musste lachen. »Die sehen ja lustig aus.«

»Die sind der Hammer. Außerdem hat er mir Tickets für den Heidepark geschenkt. Er hasst Freizeitparks eigentlich, aber ich wollte da schon immer mal hin.«

»Wie cool«, freute ich mich mit ihm.

»Wolltest du nicht früh ins Bett?«, fragte Nell mich drängend, als ich mich gerade vorlehnte, um die Bilder auf Lysanders Wade besser zu erkennen.

Die Gruppe verfiel in Schweigen. Klar, es wirkte gerade, als wollte Nell mich loswerden. Da ich es besser wusste, nahm ich es ihr nicht übel.

»O ja, danke. Wo ist denn der beste Empfang, ich wollte noch meine Schwester anrufen«, log ich, um mein Verschwinden nicht zu offensichtlich mit Noahs in Verbindung zu bringen. Ein kleines bisschen nagte das schlechte Gewissen an mir, dass ich nicht wirklich versuchte meine Geschwister noch zu erreichen, aber sie hatten sich ja auch nicht bei mir gemeldet. Vielleicht schafften wir es morgen miteinander zu sprechen.

»Im ersten Stock auf dem Balkon«, meinte Sonny hilfsbereit.

»Danke.« Ich stand auf und entschuldigte mich. Als ich den Raum verließ, hörte ich Lysander noch Nell fragen, ob alles gut sei.

Ich brauchte einen Moment, bis ich Noah in seinem Zimmer aufspürte, und ich kam gerade noch rechtzeitig, denn er zog schon seine Schuhe an. Ich trat in den Raum, schloss die Tür hinter mir und lehnte mich dagegen. »Du gehst so spät noch raus?«

Noah richtete sich auf und musterte mich mit zornfunkelnden Augen.

»Gleich schließt Daniel ab. Wie willst du dann wieder reinkommen?«

Noah schwieg eisern, und so löste ich mich von der Tür und ging langsam auf ihn zu.

»Ich bin fast sicher, du kennst einen anderen Weg ins Haus.« Mit langsamen Schritten umrundete ich ihn. Hinter Noah blieb ich stehen. Ganz nah an ihm fanden meine Lippen sein Ohr und ich flüsterte: »Wer mit so vielen Frauen Sex hat, kennt immer einen Weg ins Haus, nicht wahr?«

Noah drehte sich um und wich zurück. »Was willst du?«, fuhr er mich mit derselben Wut im Blick an, die er schon die ganze Zeit an den Tag legte.

»Dich aufhalten«, enthüllte ich geradeheraus.

Noah blinzelte. Dann lachte er ungläubig auf. »Das kannst du nicht ernst meinen.«

Ich schmunzelte verwegen. »Anscheinend schon.«

»Und wie willst du das machen? Glaubst du ernsthaft, du könntest mich aufhalten?«

Ich zuckte mit den Schultern. »Ich werde es versuchen.« Nell glaubte, ich sei dazu in der Lage, und sie kannte ihn ziemlich gut. Was hatte ich schon zu verlieren? Außer ein wenig Stolz.

»Schön. Sagen wir, du schaffst das. Nehmen wir einfach mal an, irgendwie schaffst du das. Was sollte mich davon abhalten, später zu gehen, wenn Kai dich ablöst, oder morgen?«, gab er zu bedenken.

»Morgen ist mir egal. Es geht nur um heute. Es geht nur darum, dass du nicht im Affekt handelst. Solltest du morgen immer noch ins Dorf und andere Frauen besteigen wollen, dann wird dir keiner mehr im Weg stehen, du bist frei zu vögeln, bis dir dein Schwanz abfällt«, knurrte ich entschlossen.

Noah kniff seine Augen zusammen. »Wenn es dir egal ist, warum lässt du mich dann nicht heute gehen? Das hier ist keine Affekthandlung. Wie du siehst, habe ich geplant, wie ich rein- und rauskomme, wann ich gehe und zu wem.«

Autsch. Das tat ungeahnt weh. Aber ich war schon so weit gegangen. Jetzt würde ich es auch bis zum bitteren Ende durchziehen.

»Dir macht das hier Spaß, was? Es gibt dir ein gutes Gefühl, genau das zu tun, was Nell dich angefleht hat nicht zu tun, sie zu enttäuschen. Davon lebst du, oder?«, begriff ich. »Die anderen zu enttäuschen, weil sie genau das von dir erwarten. Du bist der Böse.« Es war, als könnte ich durch eine der vielen Fassaden blicken, die er so demonstrativ zur Schau stellte. Er war das schwarze Schaf und suhlte sich regelrecht in dieser Rolle. Doch in ihm schlummerte mehr, da war ich mir vollkommen sicher. »Beeindruckend, dass du dich selbst so belügen kannst.«

Noah starrte mich ungläubig an. Dann hob er arrogant sein Kinn. »Nein, du willst, dass ich mich damit selbst belüge. Ich habe dir gesagt, dass sich rein gar nichts zwischen uns ändern wird. Was kann ich dafür, wenn du nicht damit klarkommst, dass ich dich nur eine Nacht lang wollte?« Er schlug unter die Gürtellinie. Ich hatte mit etwas in der Art gerechnet, es passte zu ihm und seinem Verhalten, dennoch tat es ein bisschen weh.

»So? Na, dann ist es auch unmöglich für mich, dich aufzuhalten«, erklärte ich kühl und ging zur Tür.

Noah schien sprachlos ob dieses unerwarteten Siegs. Von wegen. Ich grinste verschlagen. An der Tür angelangt, drehte ich den Schlüssel im Schloss herum und wandte mich ihm dann wieder zu. »Ich hatte nie vor, dass Kai mich ablöst«, offenbarte ich und knöpfte den ersten Knopf meiner Bluse auf. »Keine Sorge«, raunte ich mit wölfischem Blick. »Das ändert gar nichts.« Ich benutzte seine Worte.

»Was tust du da?« Noah schluckte schwer.

Ganz langsam öffnete ich den zweiten und dritten Knopf. »Ich halte dich davon ab, mit einer anderen zu schlafen.«

»Das … das geht nicht. Das ist, als … als würdest du dafür bezahlen.«

Der letzte Knopf glitt aus seinem Loch, die Bluse fiel. Ich hob meinen Blick und legte alles an Lust hinein, was in mir tobte. Allein bei dem Gedanken an unseren Sex von letzter Nacht wurde ich feucht. Ein schneller Griff in den Rücken und der BH glitt von meinen Schultern. »Du denkst, ich prostituiere mich hier gerade? Sex mit mir ist anders als Sex mit einer Hure. Das solltest du inzwischen wissen.« Und ich meinte jedes Wort ernst. Das hier war ein Spiel zwischen mir und ihm. Ich wollte wissen, wie viel Macht ich über ihn hatte, wie viel Lust auch in seinen Adern noch wütete. Niemals würde ich ihn anbetteln oder versuchen zu erpressen. Es war rein der Tanz mit dem Feuer und der Nervenkitzel der Herausforderung. Nicht mehr, aber auch nicht weniger. Ich öffnete den Knopf meiner Jeans.

Noah sah mich fassungslos an. Er war zu einer Salzsäule erstarrt, anscheinend unfähig, etwas zu sagen oder zu tun.

Nun der Reißverschluss. Der sirrende Laut war das einzige Geräusch zwischen uns. Ich streichelte über meinen glatten Bauch und suchte nach Anzeichen, dass ich ihn reizte. Immer noch zuckte er nicht einmal mit der Wimper. Zweifel keimten in mir auf, ob ich ihn genug reizen konnte. Was, wenn Nell sich irrte und ich keine Chance hatte, ihn aufzuhalten? Dann würde das schwer an meinem Stolz nagen, mehr nicht.

Doch jetzt war ich schon so weit gegangen, dass ich die leisen Zweifel beiseiteschob. Ich griff in den Bund meiner Hose und streifte sie langsam ab. Ich hatte nicht die geringste Ahnung, was Noah besonders heiß machte, das wusste ich ehrlich gesagt nur von einem Mann, an den ich nie wieder so denken wollte. Also machte ich es mir zur Aufgabe, herauszufinden, was Noah mochte. »Ich frage mich, was du besonders magst«, schnurrte ich und streifte die Jeans mit den Füßen ab.

Noah schluckte schwer.

»Vielleicht magst du es, wenn ich mich streichele.« Ich lehnte mich an die Tür und begann, mit einer Hand meinen Bauch entlangzufahren und mit der anderen eine meiner Brüste zu umfassen.

Noah ballte seine zitternden Finger zur Faust und ich musste ein Lächeln unterdrücken. Ich hatte ihn!

»Nicht genug?« fragte ich sanft und hob eine Brust an, während ich meinen Kopf neigte. Mit meiner Zunge spielte ich an meiner Brustwarze herum.

Noah sog scharf die Luft ein.

»Hm, das fühlt sich nicht halb so gut an wie gestern, als du das gemacht hast«, schmollte ich und funkelte ihn verspielt unter gesenkten Lidern an.

Seine Augen verdunkelten sich. Rastlos folgte er mit seinem Blick meinem Finger, der immer noch über die nackte Haut meines Körpers strich.

»Noch nicht überzeugt? Soll ich weitergehen?« Mit fragend hochgezogenen Augenbrauen musterte ich ihn ganz genau, während ich mit meinen Fingerkuppen am Bund meines Tangas entlangstrich.

Sein Kehlkopf hüpfte, als er schwer schlucken musste. Ich tastete seinen Körper mit meinen Blicken ab und sah die verräterische Beule in seinem Schritt. Zufrieden fuhr ich mit meinen Fingern unter den Stoff, legte meinen Kopf in den Nacken und schloss genussvoll meine Augen. Ich musste leicht meine Beine spreizen, damit ich eindringen konnte. »Oh«, keuchte ich. »Verdammt. Die Erinnerung an gestern hat mich schon ganz feucht gemacht.« Unschuldig sah ich zu ihm. Dann schoss mir eine Idee durch den Kopf. »Vielleicht willst du ja zusehen.«

»Ich will was ganz anderes«, stieß er hervor und überbrückte in kaum einem Atemzug den Abstand zwischen uns. Triumphierende Freude jagte durch meinen Körper. Ich hatte gewonnen.

Hart presste Noah mich gegen die Tür und sich gegen mich. Er fand meinen Mund und küsste mich mit einer animalischen Rauheit, die mich sofort erregte. Wild griff ich zwischen uns und befreite nur gerade so seinen Schwanz aus der Jeans und rieb ihn mit kräftigen Bewegungen. Er hob mich hoch und ich schob schnell den kleinen Fetzen Stoff zur Seite, damit er in mich eindringen konnte.

Mit meinen Händen tastete ich nach Halt und fand die Trainingsstange über der Tür. Ich krallte mich daran fest und erwiderte schonungslos seinen harten Rhythmus. Noah war gefangen in einem Rausch aus Lust. Er presste mich mit jedem Stoß gegen die Wand und vergrub sein Gesicht verzweifelt in meiner Halsbeuge. Ich stöhnte, als er einen Winkel erwischte, indem er meinen Kitzler reizte. Und obwohl er scheinbar in seiner Erregung ertrank, behielt er diesen Winkel bei, hielt mich mit schützenden starken Händen fest und brachte mich, kurz bevor er selbst kam, zu einem Orgasmus, der genauso wild und berauschend war wie dieser heiße Sex.

Noah hielt mich einfach fest. Nur langsam kam auch ich wieder zu Atem. Ich ließ die Stange los, die bereits gefährlich knarrte, und Noah fing mich sicher auf. Ohne ein einziges Wort hob er seinen Kopf aus meiner Halsbeuge und sah mich wie ein Ertrinkender an. Überwältigt von diesem entblößten Blick auf sein aufgepeitschtes Inneres hielt ich die Luft an. Mir immer weiter in die Augen blickend, trug er mich zu seinem Bett und legte mich dort vorsichtig ab. Ich war erstaunt, wie stark er war, denn er hielt mich dabei so eng an sich, dass er nicht ganz aus mir herausglitt.

Ich stellte meine Beine gespreizt auf und strich ihm durch das Haar. Noah wirkte halb verzweifelt. Er wollte nicht sprechen, und den Gefallen tat ich ihm. Ich bewegte mich, und er erwiderte meine Bewegung sofort. Ganz sanft glitt er immer wieder in mich.

In dem Bedürfnis, seine Haut auf meiner zu spüren, öffnete ich den Reißverschluss seines Sweatshirts, streifte es ihm ab und zerrte sein T-Shirt über seinen Kopf. Als er mit dem nächsten Stoß mit seiner nackten Haut an meiner entlangglitt, seufzte ich zufrieden auf. Noah spürte das. Er schlang sofort einen Arm um meinen Rücken und half mir dabei, mich an seinen Oberkörper zu klammern, um Haut an Haut zu spüren. Auf die Art ergab ich mich vollkommen seinem Rhythmus, aber das gefiel mir gerade sogar. Er war eingeknickt, hatte mir gegenüber kapituliert und dabei einen verzweifelten hilflosen Kern offengelegt, den ich ganz fest in den Arm nehmen und nie wieder loslassen wollte.

Noah atmete gepresst. Er vergrub seinen Kopf wieder in meiner Halsbeuge und biss mir leicht in die Schulter. Seine Stöße waren rhythmisch und inbrünstig. Ich schlang meine Beine um seine Hüfte und empfing jedes Eindringen vorbehaltlos. Unsere Hüften pressten sich eng aneinander und unsere Körper schienen zu verschmelzen. Auf diese Art hätte ich ewig mit ihm schlafen können. Tatsächlich verlor ich vollkommen das Zeitgefühl. Er hielt mich so fest wie ich ihn, und unsere verschwitzten Körper klebten regelrecht aneinander.

Ich begann ihn zu streicheln. Meine Hände ließ ich über seinen Rücken wandern, seinen Hintern und in seinen Nacken. Mit einer Hand auf seinem knackigen Hintern und der anderen in seinem Nacken fiel mir plötzlich auf, dass er sich verspannte. Intuitiv streichelte ich durch die Haare in seinem Nacken und Noah knurrte wild auf. Er stützte sich auf seine Arme und verharrte in mir. Sein Blick traf durchdringend auf meinen. Ich hob beide Hände an seinen Hals, eine in seinen Nacken und mit der anderen strich ich sanft seine Narbe entlang. Noah rührte sich nicht. Ich betrachtete die verwundete Haut und liebkoste sie mit meinen Fingern. Ich fuhr sie entlang bis zu ihrem Ansatz, der in seinen Haaren versteckt lag. Dann ließ ich meine Finger zu seinem Gesicht wandern. Ich strich über seine Wange und seine Lippen. Es war das Intimste, was ich in meinem Leben je getan hatte. Ich entdeckte ihn, und das jagte ein ganz neues Kribbeln durch meinen Körper. Nicht so aufgeregt, sondern tiefer, näher bei meinem Herz. Nun wollte ich mehr, also legte ich beide Hände in seinen Nacken und zog ihn herab. Kurz widersetzte Noah sich, dann folgte er, und ergab sich meinem Kuss. Mit einem tiefen Seufzen wurde er weich in meinen Armen. Seine Lippen jagten elektrische Schläge durch meinen Körper und ich konnte nicht länger ruhig liegen. Also bewegte ich mich. Als er einstieg, wurden wir schneller, und bald wurde der Sex so wild, dass Küssen unmöglich war. Ich krallte mich in seine Schultern, was ihn aufstöhnen ließ. Und wie bisher immer, wollte Noah, dass ich wenigstens mit ihm kam. Er bäumte sich auf, veränderte den Winkel und reizte zusätzlich entweder meine Brust oder meinen Kitzler. Schnell wurde ich so heiß, dass ich neben mir auf die Matratze schlug. O Gott, ich wollte so sehr kommen, dass ich alles andere vergaß, und ganz instinktiv drehte ich uns beide um in die Reiterstellung, weil hier meine Orgasmen am besten waren. Noah lachte leise, dann überließ er mir das Kommando und ich ritt ihn, dass ich bei der Heftigkeit meines Orgasmus zum allerersten Mal in meinem Leben tatsächlich schrie. Das unbeschreibliche Prickeln puren Glückes bitzelte bis in meine Fingerspitzen und hinterließ allumfassende Befriedigung. Nur langsam entspannte ich meine Finger, die ich in die Decke gekrallt hatte und knickte leicht mit meinen Armen ein, sodass ich auf ihm lag.

Kaum dass ich halbwegs wieder Luft bekam, packte er meine Hüfte und bewegte sie wieder vor und zurück. Das sanfte, verspielte Funkeln in seinen Augen ließ mich schmunzeln. Aber das hier, das war meine Stellung. Jetzt würde *ich ihn* besinnungslos machen. Ich packte seine Hände und nagelte sie mit meinen seitlich neben seinem Kopf fest. Ihm tief in die Augen blickend, hob ich meine Hüfte, sodass nur noch die Spitze seiner Eichel in mir war. Einen Moment verharrte ich. Gerade so lange, bis ein fragender Ausdruck in sein Gesicht trat, dann senkte ich mich fest auf seine Hüfte und er riss stumm die Lippen auf, während seine Lider flatterten. Ich wiederholte das immer und immer wieder. Erst quälend langsam und dann immer schneller, bis er stöhnend seinen Kopf in den Nacken warf. Ich sah genau, wann Noah seine Beherrschung verlor. Erst jetzt lockerte ich meinen Griff um seine Handgelenke und er befreite sich. Sofort fand er mit seinen rauen Händen meine Hüften, und er begann mich zu nehmen, obwohl ich über ihm kniete. Das war eine ganz neue, berauschende Erfahrung, und ich gab mich dem Gefühl hin. Noah kippte mit seinen Händen meine Hüfte leicht und plötzlich rieb bei jedem Eindringen mein Kitzler gegen seinen Schwanz. Stöhnend krallte ich mich in seine Brust und bäumte mich auf. Noah war erbarmungslos. Gefangen in dem erregendsten Sex, den ich je erlebt hatte, überhörten wir das Klopfen an der Tür. Nein, wir zwei hoben ab in unbekannte Gefilde und kamen mit einem gewaltigen Orgasmus, der zumindest mich definitiv aus dieser Welt riss. Ich konnte dieses Gefühl gar nicht beschreiben. Es existierte nichts außer uns und der seligen Befriedigung. Ich könnte nicht in Worte fassen, wie berauscht, befriedigt und, ja, glückselig ich mich in diesem Moment fühlte.

***

An diesem Abend, in dieser Nacht redeten wir nicht miteinander. Nachdem ich kurz auf die Toilette verschwunden war, um sein aus mir rauslaufendes Sperma nicht überall zu verteilen, zog er mich an seine Seite und deckte uns zu. Ich schlief in seinem T-Shirt und an ihn gekuschelt in seinen Armen ein. Morgen allerdings musste ich endlich mit ihm über das Thema Geschlechtskrankheiten reden, auch wenn ich wirklich nicht glaubte, dass er mir so etwas verheimlichen würde.

Kapitel 15

– 25.12. –

Es klopfte.

»Verschwinde«, knurrte ein Mann, und ich spürte seine vibrierende Brust unter meiner Wange. Ein Arm zog mich fest an den warmen Körper.

Wieder klopfte es. Er knurrte erneut.

»Noah! Herr Minnard ist im Haus. Er kommt gleich hoch nach uns sehen. Lass mich verdammt noch mal rein!« Gedämpft drang Kais Stimme durch die Tür. Schon klopfte es wieder, nein, hämmerte sogar.

»Scheiße!«, fluchte Noah und regte sich unter mir.

»Elina.« Sanft, sehr zärtlich. »Komm schon, Wildkatze, wach auf. Wenn er uns erwischt, werden wir heimgeschickt.«

Bing. Damit saß ich kerzengerade in seinem Bett. Ich sprang auf, schnappte meine Hose und schloss Kai auf. Während er hereinkam, zog ich meine Hose an. Zwei Männer starrten mich an. Einer überrumpelt, der andere ein wenig verstimmt.

»Du hättest ruhig erst deine Hose anziehen können«, murrte Noah. Ich griff meinen BH, der auf dem Boden neben der Tür lag, und zog ihn mir unterm T-Shirt an, das Noah mir für die Nacht gegeben hatte. Meine Haare band ich flink zu einem provisorischen Zopf zusammen. Dann hastete ich ins Bad und spritzte mir Wasser ins Gesicht. Schließlich zog ich meine Socken an und versteckte die Bluse im Schrank. Ich schnappte mir die Karten vom Tisch und setzte mich zu Noah, der gerade sein Bett gemacht hatte. Ich gab ihm schnell fünf Karten und legte den Rest vor uns in die Mitte. Gerade in dem Moment, in dem er mich angrinste, kam ein älterer Herr ins Zimmer, ohne zu klopfen.

»Na, na, ein Mädchen im Bett, Noah. Und das ganz allein«, rügte er und schien es sogar ernst zu meinen.

Kai kam mit einer Zahnbürste im Mund aus dem Bad und schien vollkommen überrascht, den Mann zu sehen. Was für ein begnadeter Schauspieler. Das musste ich mir merken. Er ging zurück, spuckte hörbar aus und kam freundlich lächelnd zurück.

»Hallo, Herr Minnard.« Kai streckte ihm die Hand entgegen, die der Mann nahm und beherzt schüttelte. »Was verschafft uns die Ehre?«

Herr Minnards falsches Lächeln verschwand und er musterte mich kurz, dann antwortete er Kai. »In der Nacht vom dreiundzwanzigsten auf den vierundzwanzigsten soll ein fremdes Mädchen im Dorf gewesen sein und … ich will diese schmutzigen Worte nicht wiederholen. Ich sagte natürlich, es könne keines der Mädchen aus diesem Haus sein, doch es gibt ein Mädchen, für das ich meine Hand nicht ins Feuer legen würde, da ich sie noch nicht kennengelernt habe«, berichtete er und wandte sich mir zu. »Und als ich hier ankam, warst du nicht in deinem Zimmer. Dann zwitschert mir ein Vögelchen, dass ich dich in einem der Jungenzimmer finden könnte, und hier bist du.« Sein Gesichtsausdruck wurde immer strenger, verkniffener. Tz, das Mädchen, das so unaussprechliches getan hatte, war entweder Dina oder Isabelle, denn nur die beiden waren in besagter Nacht draußen gewesen. Von wegen, für die Mädchen aus diesem Haus würde er die Hand ins Feuer legen.

»Hallo. Frohe Weihnachten übrigens«, begrüßte ich ihn. Er durfte ruhig merken, wie unhöflich er gerade war. Im Ernst, ich war zwanzig Jahre alt. Was bildete der Typ sich ein?

»Lenk nicht ab, Mädchen. Was machst du noch vor dem Frühstück in einem Jungenzimmer?« verlangte er zu erfahren.

Ich musste mich schwer zusammennehmen, um ihm nichts an den Kopf zu werfen. Da jedoch meine Heimreise auf dem Spiel stand, schluckte ich den Trotz hinunter und runzelte scheinbar verwirrt die Stirn. »Ist das verboten? Das tut mir leid, das wusste ich nicht. Ich war gestern Abend so entsetzlich müde und bin früh schlafen gegangen. Deswegen bin ich sehr früh aufgewacht, und weil Noah auch früh müde war, dachte ich, vielleicht ist er schon wach und wir könnten Karten spielen oder so. Ich glaube, wir haben Kai geweckt.« Ich sah um Entschuldigung bittend zu Kai hinüber, um mein Schauspiel perfekt zu machen.

Der Mann, geschätzte ein Meter neunzig groß, schlank, grauhaarig und mit mürrischer Miene, musterte mich durch seine Brille. »Wieso wusstest du, dass Noah auch früh ins Bett ist?«

»Oh, weil er doch direkt vor mir gegangen ist. Ich wollte schon die ganze Zeit schlafen gehen, fand es aber unhöflich, als Erste zu verschwinden. Deshalb war ich froh, als dann endlich jemand ging. Ich weiß noch, es war so halb zwölf. Ich hab fast zwei Stunden gewartet. Gott, war ich müde«, heuchelte ich, mich zu erinnern.

»Noah?« Der Alte fragte doch tatsächlich Casanova nach einer Bestätigung meiner Geschichte. Wenn er nur die Ironie darin erkennen könnte. Stattdessen musterte mich dieser Minnard, als wäre er fest davon überzeugt, dass ich log.

Noah grinste. »Na ja, bis auf die Tatsache, dass ich ging, weil ich keinen Bock mehr hatte, passt das schon so.«

Herr Minnards Miene hellte sich auf. »Na, dann bin ich beruhigt«, seufzte der Kerl erleichtert auf. Jetzt im Ernst?

»Wenn du das nächste Mal mit einem Jungen Karten spielen willst, trefft euch im Wohnzimmer und nicht in seinem Bett«, wies er mich streng an und öffnete die Tür. Anscheinend wollte er, dass ich ging. Ein wenig verwirrt legte ich die Karten aus der Hand und verließ den Raum. War das gerade wirklich passiert? Hatte ich mich allen Ernstes von einem Greis aus dem Zimmer werfen lassen? Dabei hatte ich mir so fest vorgenommen, heute Morgen endlich mal mit Noah wegen unseres auffallenden Mangels an Verhütung zu reden, immerhin konnte er nicht wissen, dass ich die Spirale nutzte. Ich an seiner Stelle hätte langsam Panik. Ich lief über den Flur, dann ein Stockwerk höher und in mein Zimmer. AJ und Nell fuhren zu mir herum.

»Und?«, fragte Nell händeringend.

»Na, es ist alles gut, sonst wäre Minnard bei ihr«, stellte AJ fest und kam zu mir, um mich erleichtert an sich zu drücken. Aber Nell hatte etwas anderes gemeint, und so grinste ich sie über AJs Schulter hinweg an. Nell seufzte erleichtert auf und setzte sich hin.

***

NOAH

Als Herr Minnard weg war, kam Lysander ins Zimmer und Kai zog sich auf sein Bett zurück.

Sein bester Freund lehnte sich gegen die geschlossene Tür und musterte Noah, der auf seinem Bett an sein Kopfende gelehnt dasaß und die Karten zusammensammelte.

»Ihr wart zwischenzeitlich nicht zu überhören«, bemerkte Lysander.

Noah konnte sich ein genießendes Grinsen nicht verkneifen. »Ich weiß.«

»Also warst du wirklich gestern Nacht mit ihr zusammen«, schloss Lysander, und Noah brauchte darauf gar nicht zu antworten. Ihm wurde klar, dass er seine Regel gebrochen hatte. Elina war auf eine Weise zu ihm durchgedrungen, wie er nie wieder hatte eine Frau an sich herankommen lassen wollen. Das durfte nicht passieren.

Lysander musterte ihn eingehend. »Gestern Abend warst du noch wild entschlossen rauszugehen. Ich hab die Kellertür angelehnt. War nicht einfach, die heute Morgen zuzubekommen, ohne dass Minnard es bemerkt hat. Zum Glück war er damit beschäftigt, Elina zu suchen, die anscheinend hier geschlafen hat, wenn ich das richtig deute. Ach, und Kai musste die Nacht bei AJ verbringen.«

Noah seufzte. »Ja, sorry deswegen, war nicht geplant.«

»Passt schon.« Kai winkte ab. »Es gibt Schlimmeres, als eine Nacht bei AJ zu verbringen.«

Noah lehnte seinen Kopf zurück und schloss seine Augen. »Das läuft alles so verquer.« Diese Nacht, dieser Sex, das war unglaublich gewesen. Aber davon durfte er sich nicht täuschen lassen. Er würde nicht noch einmal alle Einzelteile seines Seins zusammenklauben können. Dafür fehlte ihm die Kraft.

»Wenn du meinst«, brummte Lysander und stieß sich von der Tür ab. Er setzte sich an den Tisch in der Mitte des Raumes und blätterte in der Zeitschrift, die darauf lag. Noah musterte seinen Freund auffordernd, doch natürlich bequemte der sich nicht im Mindesten dazu, ihm seine Aussage zu erklären. »Du nicht?«, bohrte Noah nach.

Der Große hielt inne und sah ihn über die Zeitschrift hinweg an. »Für mich sieht das alles ziemlich offensichtlich aus.«

Noah presste wütend seine Kiefer aufeinander. Er fühlte sich wie ein gescholtener Junge. »Dann bitte klär mich auf, o weiser, wissender Mann.«

Lysander lachte und machte es damit noch schlimmer. »Das, Kleiner, musst du leider ganz allein begreifen.«

Noah hatte keine Ahnung, und, ehrlich gesagt, auch überhaupt keinen Nerv, um sich mit diesen vagen Andeutungen auseinanderzusetzen. »Schön«, fauchte er. »Dann find ich es eben allein raus. Ich geh heute Nacht auf Tour.«

Lysander widmete sich wieder seiner Zeitschrift. »Wenn du das musst«, bemerkte er mit kaltem Ton.

Noah hatte das Gefühl zu explodieren. »Ja, muss ich!«

Eine Zeit lang schwiegen sie. Das knisternde Blättern war das einzige Geräusch im Raum.

»Diesmal wird sie dich nicht aufhalten. Das weißt du sicher.«

»Umso besser.«

Kapitel 16

Nell, AJ, Sonny und ich machten wieder gemeinsam die Pisten unsicher. Wir sausten gerade eine rote Piste hinunter, die durch ein dichtes Waldstück führte. An einem Buckel hielt ich neben Sonny an, ließ AJ und Nell an mir vorbeigleiten und wartete, bis sie ein gutes Stück weiter unten waren. »Nächste Runde?«, fragte Sonny.

Ich schlüpfte in die Schlaufen meiner Stöcke, drehte meine Skier in Richtung Tal und grinste ihn an. Auch er brachte sich in Position und dann pesten wir den Steilhang hinunter. Es tat gut, sich so richtig auszutoben.

Vor uns an der Kreuzung bogen Nell und AJ gerade auf unsere schwarze Lieblingspiste ab. Ich schmunzelte. Jetzt hatte ich keine Chance mehr, Nell einzuholen. Sonny und ich schossen beinahe zeitgleich an AJ vorbei, aber immer wieder brachte ein Buckel mich dazu, härter zu bremsen. Nell glitt vor uns mit einer Leichtigkeit zwischen all den Buckeln hindurch, dass ein wenig Frust in mir aufstieg. So schwer konnte es doch nicht sein, den richtigen Rhythmus zu finden.

Am Ende der schwarzen Piste kam noch ein Stück rote, bevor es eine sehr lange Gerade entlang bis zum Lift ging. Kaum die schwarze hinter uns, gaben Sonny und ich Vollgas und schossen pfeilschnell an Nell vorbei, die ihren gemütlichen Rhythmus beibehalten hatte.

Mit brennenden Oberschenkeln und schnaufend auf meine Stöcke gestützt stand ich neben Sonny und wartete auf Nell und AJ, die gemächlich den Weg entlangglitten.

»Sag mal, haben du und Noah euch gestritten?«, erkundigte Sonny sich plötzlich.

Ich stutzte, zog meine Augenbrauen zusammen und musterte ihn wachsam. »Nein, wieso denn?« Ich hatte ein unangenehmes Déjà-vu.

Sonny kickte mit der Hacke seines Snowboardschuhs gegen den vereisten Schnee an seinen Bindungen. Er sah mir nicht einmal ins Gesicht. »Na ja, jeder hat mitbekommen, wo du heute Nacht warst und dass ihr zwei … also, wir dachten halt einfach, ihr wärt zusammen, und vorhin kam Kai und ist halb ausgerastet, weil er mitbekommen hat, dass Noah heute Nacht wohl rauswill«, berichtete er und zuckte beinahe hilflos mit den Schultern.

Ich stutzte einen kleinen Moment. Interessierte mich das? Er hatte es gestern immerhin prophezeit. Und ich hatte ihn gestern gewarnt, dass ich ihn dieses Mal nicht aufhalten würde. Also nein, es interessierte mich nicht, gar nicht, überhaupt nicht. Wieso auch?

»Na und?«, fragte ich unbekümmert.

»Na …? Och, ich weiß nicht, ich dachte, es könnte dich interessieren.«

»Tut es nicht. Ich bin keine von denen, die sich wegen gutem Sex in einen Kerl verlieben«, stellte ich etwas gereizt klar. Zufrieden, dass das der Wahrheit entsprach, richtete ich mich auf und bewegte meine noch leicht brennenden Oberschenkel. Sicher, wenn Noah sich bemüht oder gar Interesse signalisiert hätte, hätte durchaus etwas daraus werden können. Der Sex war fantastisch, und ich mochte ihn auch, zumindest in ruhigen Momenten, in denen wir unter uns waren. Außerdem lag da noch etwas in ihm unter der rauen Maske verborgen, das bei diesem so bewegend intimen Sex letzte Nacht an der Oberfläche geleckt hatte. Er machte mich neugierig, das hieß nicht, dass ich ihm sabbernd hinterherlief. Ich war keine Idiotin, nicht mehr. Ich tobte mich aus, und wenn er nur einer von meinen wilden, einmaligen Nächten bleiben wollte, war mir das auch recht. Ich legte es ganz und gar nicht darauf an, mich schon wieder in einen Kerl zu verlieben, der mich am Ende nicht nur fallen ließ, sondern es auch noch wagte, mich halb zu vernichten. Also danke, nein danke!

Sonny legte seinen Kopf schief und musterte mich eingehend. In diesem Moment kamen Nell und AJ an.

»Was tust du da?«, fragte AJ Sonny lachend.

»Ich versuche herauszufinden, ob die Kleine hier was verbirgt.«

Ich zog skeptisch eine Augenbraue hoch. »Und?«

»Sieht irgendwie nicht so aus.«

»Klärt mich mal einer auf?«, forderte AJ nun leicht verstimmt.

Sonny fixierte mich noch einen Moment, dann seufzte er und wandte sich an AJ und Nell. »Kai hat mir vorhin erzählt, dass Noah heute Nacht rauswill. Das hab ich Elina eben gesagt.«

Zwei Augenpaare starrten mich halb entsetzt, halb mitleidig an. Herrje, dachte denn wirklich jeder, dass ich mich in ihn verliebt hätte?

AJ runzelte auf meinen emotionslosen Gesichtsausdruck hin die Stirn. »Äh, lässt dich das denn total kalt?«

Nein.

»Japp«, antwortete ich stattdessen, da mein *Nein* sicher falsch ankommen würde. Nein, es ließ mich nicht total kalt, dass er kaum eine Stunde, vielleicht sogar sofort, nachdem ich aus seinem Zimmer war, schon plante, mit einer anderen zu schlafen. Das würde vermutlich keine Frau kaltlassen, doch ich würde ihm nicht nachheulen, und leider würden die anderen genau das in ein *Nein* hineininterpretieren.

AJ klappte die Kinnlade herunter, Sonny musterte mich immer noch, als suche er nach Anzeichen für eine Täuschung, und Nell, tja, Nell sah wütend aus.

»Ernsthaft?« fuhr sie mich an.

Wir drei anderen sahen sie erstaunt an.

»Wie bitte?«, fragte ich nun leicht pikiert. Das war eindeutig ein Angriff gegen mich.

»Du gibst einfach so auf? Was soll das? Noah ist kein Mann für eine Beziehung, da musst du schon mehr geben, wenn du ihn haben willst.«

O wow!

»Aber …«

»Nein, du brauchst mir jetzt gar nicht mit Ausreden zu kommen. Ich dachte, du wärst nicht so ein Fähnchen, das flattert, wie der Wind gerade weht. Ich habe mehr von dir gehalten. Aufgeben und Schwanz einziehen, dass du dich nicht schämst! Gut, dann habt ihr euch eben gestritten. Sei doch bitte nicht zu stolz und wirf das einfach so weg. Noah ist den Kampf wert. Er braucht eine starke, hartnäckige Frau, du musst schon was leisten, wenn du einen wie ihn verdienen willst. Also …«

Ich hob die Hände, um ihr Einhalt zu gebieten. Zorn rauschte durch meine Adern. Ich versuchte, nicht direkt auf sie loszugehen, das fiel mir bei so einem bunten Strauß an Beleidigungen echt schwer. Was Nell da gerade trieb, war nicht in Ordnung.

»Zwei Punkte, Nell. Erstens haben wir uns nicht gestritten und zweitens bin ich *nicht* in ihn verknallt. Der Rest sollte sich von selbst ergeben«, knurrte ich kalt. »Es war nur Sex!« Dann wandte ich mich zum Lift und stellte mich in die Schlange der Wartenden.

Es dauerte einen Moment, in dem ich stur geradeaus blickte – was kümmerte mich, was die drei da jetzt zu mauscheln hatten? –, dann gesellten sie sich zu mir. Mehr schweigend als irgendetwas anderes, arbeiteten wir uns in der Schlange vor und stiegen in den Vierer-Lift ein.

Sonny saß rechts von mir und ergriff als Erster das Wort. »Es tut Nell leid, sie wollte dich nicht angreifen.«

Ich schnaubte. Na sicher. Und wieso konnte sie das nicht selbst sagen?

»Sie, wie auch wir anderen, dachten eben, dass ihr zwei jetzt zusammen seid. Noah fasst sonst nie ein Mädchen an, das im Haus wohnt, und sicher macht er es nicht so offensichtlich. Geschweige denn, dass er eine seiner Eroberungen bei sich schlafen lassen würde. Außerdem hat er dich so angesehen.«

»Er hat mich *so* angesehen?«, fragte ich halb lachend, halb schnaubend. »Du meinst hasserfüllt?«, half ich ihm auf die Sprünge.

Jetzt schnaubte Nell. »Nein, wenn du nicht hingesehen hast, hat er dich angeschmachtet.«

Ich runzelte verwundert die Stirn. Wieso sollte Noah so etwas tun? Sein Handeln machte doch mehr als deutlich, dass er mit mir durch war. Obwohl, so gesehen war sein Handeln mal wieder nicht ganz schlüssig. Ein wenig hatten sie schon recht, immerhin hatte ich die ganze Nacht in seinen Armen gelegen. Das war schon ein wenig mehr als *nur Sex*. Es war sogar ziemlich schön gewesen. Nur sein Entschluss von heute Morgen hatte mich denken lassen, dass er es nicht ebenso genossen habe. Doch Noah verhielt sich schon die ganze Zeit seltsam. Ich konnte ihn nicht einschätzen, das hatte ich von Anfang an gemerkt. Wieso also war ich mir jetzt so sicher? Na ja, ganz einfach, weil er meinen Stolz gekränkt hatte und diese Interpretation einfach super in meinen Trotz passte.

Ich seufzte, lehnte mich etwas vor und sah an Sonny und AJ vorbei. »Selbst wenn du recht hast«, meinte ich an Nell gewandt. »Ich habe ihm gestern gesagt, ich würde ihn heute nicht aufhalten, und das werde ich auch nicht tun.« Nell hatte Noah lieb. Sie waren seit einer Ewigkeit befreundet. Logisch, dass sie für ihn kämpfte wie eine Löwin.

»Aber warum?« Nell wirkte verzweifelt.

»Weil gestern, da war es eine Entscheidung im Affekt. Heute ist sie bewusst und geplant. Selbst wenn es ein Fehler sein sollte, ist es ein Fehler, den er machen muss. Er wird euch nicht glauben, dass es einer ist, bis er es selbst begriffen hat. Nell, es ist ein Fehler, vor dem du ihn nicht bewahren kannst.« Ich verstand sie ja, nur wie sie sich verhielt, das war nicht in Ordnung. Er war hier gerade derjenige, der Mist baute, nicht ich. Wenn sie flammende Reden schwingen wollte, sollte sie gefälligst zu ihm gehen.

»Na, das werden wir noch sehen«, knurrte sie.

Ich schüttelte den Kopf und ließ es bleiben, ihr zu erklären, dass ihr Vorhaben aussichtslos sei. Immerhin bestand auch die geringe Chance, dass ich mich irrte und Noah falsch einschätzte. Leider war ich mir in dieser Sache doch ziemlich sicher. Nicht ganz so sicher, wie ich war, dass Nell es nicht sein lassen würde, aber doch ziemlich.

Der restliche Skitag wurde noch richtig ätzend. Offenbar konnte Nell an nichts anderes mehr denken als daran, wie sie Noah davon abhalten konnte, mit einer anderen Frau zu schlafen, und ich wollte von Noah und seinem Sex nichts hören. Mit der Stille in meiner Gegenwart kam ich klar, doch ich fand keinen rechten Spaß mehr am Fahren, zumal Daniel sich einfach unserer Gruppe angeschlossen hatte. Sonny und AJ flüsterten die meiste Zeit mit Nell, sie schienen sie unterstützen zu wollen, was Daniel reichlich Gelegenheit gab, mir auf die Nerven zu gehen. Tja, wenn eine Frau wie Nell sich etwas in den Kopf setzte, war sie eben nicht aufzuhalten.

Kapitel 17

– 26.12. –

Ich saß im *Santinos* an der Theke und pulte die Schale einer Erdnuss ab. Ein Nachteil bei einer Hütte auf halber Höhe war eindeutig, dass bei schlechtem Wetter keine Lifte fuhren, weder runter noch hoch. Wir waren also alle hier in dem kleinen Dorf gefangen. Nachdem Nell heute den ganzen Tag in einer Tour um mich herumscharwenzelt war und mir ihren Erfolg, was Noah anging, unter die Nase rieb, brauchte ich dringend eine Auszeit. Zumal ich mir sicher war, dass Nell nur *dachte*, dass sie Erfolg hatte.

Ihre Stimme ging mir nicht mehr aus dem Kopf: *Siehst du, gestern war er den ganzen Tag und Abend mit Kai unterwegs, und heute waren wir bowlen.*

Deshalb musste ich fliehen. Erst hatte ich einen ausgiebigen Spaziergang gemacht und jetzt saß ich hier. Ich war es so leid zu hören, dass Nell Noah angeblich von seinem Fehler abhielt.

Mürrisch warf ich die Schale in den kleinen Blumentopf, der eigens dafür auf der Theke stand, wie es hier Brauch war. Ich stopfte mir die lächerlich kleine Nuss in den Mund und griff mir die nächste. Mit einem kurzen Druck meiner Finger knackte ich die Schale und pulte sie am Riss auf. Noah war gestern und heute viel zu ruhig gewesen. Er verschaffte sich ganz sicher Erleichterung, und ich ahnte auch schon, wie und wann. Das Thema war für mich durch. Nur ließ Nell es mich nicht vergessen. Das war lästig, nervig und verdammt kräftezehrend. Ich war es inzwischen so müde zu beteuern, dass ich mir nicht wegen ihm die Augen ausheulte.

»O Mann, er war *so* gut. Letztes Jahr hat Sarah mit ihm geschlafen und mir erzählt, es sei die Nacht ihres Lebens gewesen. Dieses Jahr war er so lange nicht zu erwischen, aber Sandra, gestern hab ich ihn endlich auch vernascht! Es war *unglaublich.* Noah hat meinen Horizont erweitert«, schmachtete gerade eine üppige Blondine, die sich zusammen mit einer Brünetten neben mich an die Bar lehnte. Sie drehte sich zum Barkeeper um, hob den Zeigefinger mit einem übertrieben langen künstlichen Nagel in die Luft und bestellte zwei Cosmo. Blurgh.

Ich schwenkte mein Bier im Glas und nahm den letzten Schluck. Santino, der Barmann, sah mich kurz fragend an, ich nickte, und schon stellte er mir ein neues Bier hin. Früher hatte ich den herben Geschmack dieses schaumigen Gebräus verabscheut, doch seit August hatte sich so einiges in meinem Leben geändert.

»Hallo?«, beschwerte sich die Blondine.

»Hey, Lady, Sie kommen dran, wenn Se dran sind«, brummte Santino und wandte sich ab.

Ich konnte mir ein Grinsen nicht verkneifen.

»So eine Frechheit«, empörte sich die Blonde. Ihre nicht minder künstlich aufgetakelte Begleiterin legte ihr beschwichtigend eine Hand auf den Arm und meinte leise: »Sei still. Das ist *Santino.* Mit dem legt sich keiner an. Der ist gefährlich. Außerdem gewinnt er jedes Jahr das Neujahrsrennen. Leg dich nicht mit ihm an, sonst wird dein Skiurlaub hier zur Hölle.«

»*Das* ist der Kerl, den sie *El Diabolo* nennen?«, fragte die Blonde ungläubig und formte ihre eindeutig aufgespritzten, pink bemalten Lippen zu einem perfekten O.

Ihre Freundin warf einen wachsamen Blick hinter den Tresen, ehe sie antwortete. »Ist er. Ich glaube ja, dass er schwul ist. Er geht nie auf eindeutige Angebote ein. Oder er muss ein sexueller Eremit sein.« Die Brünette kicherte.

Ich rollte mit den Augen. Was waren das, zwei Nymphomaninnen auf Jagd? Vielleicht hatte Santino auch einfach Niveau.

»Zwei *Cosmo*«, spie der Barmann den Namen des Cocktails regelrecht angewidert aus, als er zwei Martinigläser mit Zuckerrand vor den Frauen abstellte. Nach einer präsentierenden Geste mit beiden Händen stieß er ein Schnauben aus, wandte sich ab und wollte weiter.

Ich grinste. Göttlich, diese Szene.

»Danke«, schmachtete nun die Blonde und hielt ihn so auf. Der Barmann wandte sich ihr wieder zu.

»Sonst noch'n Wunsch?«

Sie drehte kokett eine Locke um den Finger und klimperte mit den Wimpern.

Äh … was?

Santino hob eine Augenbraue.

»Ja … aber es wäre unanständig, den laut auszusprechen.« Sie errötete tatsächlich. Was für eine billige Masche.

»Ich kann Ihnen nicht folgen«, heuchelte Santino und legte sein heißestes Lächeln auf. Puh, so hatte der verwegen aussehende Barmann wirklich etwas an sich. Überhaupt war das Gesamtbild, das er abgab, stimmig. Schwarze Haare mit einem einseitigen Undercut, schwarze Weste über einem weißen Feinripp-Achselshirt, sodass das Tattoo auf seiner Schulter frei lag, dazu tief sitzende schwarze Jeans.

Die Begleiterin der Blondine starrte ihn fassungslos an. Sie schien nicht glauben zu können, dass ihre Freundin den *sexuellen Eremiten* reizte.

Bemüht, mein Kichern zu unterdrücken, hustete ich in meine Faust. Der Typ war ja so ein Scheusal. Ich liebte es!

»Es ist schrecklich. Wenn ich trinke, werde ich immer so entsetzlich rattig. Würdest du auf mich aufpassen?«, fragte die Blonde süßlich.

Mann, sie spielte ihre Rolle perfekt.

»Ihre Freundin übernimmt das sicher gern«, schlug Santino hilfsbereit vor.

»Schon, nur ist Sandra mit Noah verabredet«, verkündete die Blonde stolz.

Santino lächelte affektiert. »Noah steht sicher auch auf Dreier.«

Ich verschluckte mich an meinem Bier, was mir ein breites Grinsen von Santino einbrachte. Schnell griff ich die rote Serviette unter der Schale mit Erdnüssen und tupfte mir den Mund ab. Ich musste zugeben, dass ich die Show genoss.

»Und wer bist *du*?«, giftete sie mich an.

»Ich wohne mit Noah zusammen«, eröffnete ich, absichtlich einen Fehlschluss provozierend. Der Blonden entglitten die Gesichtszüge.

Dann straffte sie ihre Schultern, reckte ihr Kinn und nahm ihr Martiniglas vom Tresen. »Klar, dass er dann zu mir kommt. Wenn zu Hause nur *so etwas* wartet.« Sie betrachtete einmal demonstrativ meinen Körper von unten bis oben, rümpfte die Nase und verschwand mitsamt Cosmo und Freundin.

Santino musterte mich. »Ich weiß nicht, ob ich mich freu'n oder ärgern soll«, murrte er mit geschürzten Lippen.

Ich sah auf und legte meinen Kopf schief. »Wieso?«

»Da redet sie endlich und offenbart solch grausame Dinge«, jammerte er theatralisch in Richtung Decke, als würde er sich bei Gott beschweren.

Ich runzelte die Stirn.

Der Mann auf dem Hocker neben mir lehnte sich hilfsbereit zu mir herüber. »Santi heult rum, weil du bei Noah wohnst. Und er hat keine Ahnung, dass ihr beide an einem Programm für junge Erwachsene teilnehmt und zusammen mit acht anderen im *Sarazena* wohnt«, erklärte der Mann und grinste dann Santino breit an, der irgendwie erleichtert wirkte. Das braun gebrannte Gesicht des Schönlings neben mir war von Lachfalten durchzogen. Er sah irgendwie sexy aus mit den blonden Haaren und den grünblauen Augen, die nun mich verspielt anfunkelten.

»Und woher weißt du das?«, fragte ich ihn und trank einen Schluck Bier.

»Ich bin Florian«, stellte er sich vor, als müsste ich wissen, wer er sei, und streckte mir die Hand entgegen. Er trug mehrere Ringe an Daumen und Mittelfinger.

»Wer?«

Santino lachte rau auf.

Florian blickte ein wenig bedröppelt. »Ich bin *Florian. Der* Florian! Ich trainiere Santi hier für das Neujahrsrennen, und ich bin Fahrer im Alpinlager. Letztes Jahr war ich der Skilehrer im Haus *Sarazena*«, sprudelte er hervor, als müsse mir ein Licht aufgehen.

»Ach, AJs Florian«, begriff ich, nahm seine immer noch dargebotene Hand und schüttelte sie. »Ich bin Elina.«

Florian war allerdings abgelenkt von einem böse starrenden Santino. Sofort nahm er beide Hände in Unschuldsgeste hoch. »Das war letztes Jahr, vor unserem Pakt«, schwor der Skilehrer.

Neugierig blickte ich zwischen den beiden Männern hin und her. Das würde ich gern näher erklärt bekommen. »Wie bitte?«

»Der Schwerenöter da ist 'n toller Trainer, wenn er sich nicht ablenken lässt. Letztes Jahr hat er mich eine Woche vorm Rennen hängen lassen wegen 'ner Flamme. Vier Tage später kam er wieder angekrochen. Musste mir schwör'n, keine Schülerinnen mehr flachzulegen«, eröffnete Santino.

Ich hatte es bildlich vor mir. Wie brachte dieser Santino ihn zu so einer radikalen Verhaltensänderung, wenn er doch vorher so … *wild* gewesen war? »Bist du verheiratet?«, fragte ich Florian mutmaßend.

»Nein!«

Ich nickte. »In einer festen Beziehung?«

Florian kniff seine Augen zusammen. »Natürlich nicht!«

Ich wandte mich Santino zu. »Du musst ein verdammt erfolgreicher Schüler sein, wenn einer wie er sein liebstes Hobby für dich auch nur reduziert, geschweige denn aufgibt«, stellte ich fest, wobei ich mit dem Daumen zur Seite auf Florian zeigte. Die zwei Männer starrten mich fassungslos an.

Dann lachte Santino grollend los. Florian grinste verwegen. »Er ist der Beste«, stimmte der heiße Skilehrer im Beachboylook zu. Vielleicht war ich nicht ganz fair und das Thema dank Noah eines, auf das ich überspitzt reagierte, aber zum Glück nahmen die beiden mir mein abweisendes Verhalten nicht übel. Ich schluckte meine Vorurteile hinunter und gab mir Mühe, die beiden offener kennenzulernen.

»Du scheinst ja einen echten Ruf zu haben. Die Brünette eben hat richtig von dir geschwärmt«, stellte ich fest und musterte Santino. »Du bist also die Nummer eins beim Neujahrsrennen?«

Nun schwoll Santino die Brust und er hob stolz sein Kinn. »Japp. Seit zwei Jahren. Ich will den Hattrick vollmachen«, verkündete er feierlich.

Ich schmunzelte. »Und wie schnell bist du?«

»Schnell«, knurrte Santi und lehnte sich mir gegenüber auf die Theke. Seine dunklen Augen fixierten mich, und für einen Moment ließ ich mich einfach darauf ein und erwiderte das Funkeln in seinem Blick. Der Nervenkitzel eines Flirts kribbelte in meiner Brust. Es tat gut, alle in diesem doofen Haus zu vergessen, besonders Nell.

»Wir trainieren morgen um zehn Uhr, hast du Lust mitzufahren?«, fragte Florian.

Ich sah ihn verdutzt an. Ein ganzer Tag ohne Nell und ihre plumpen Verkupplungsversuche? Was für ein wundervoller Gedanke! Es gab da nur ein Problem. »Wenn du Skilehrer im *Sarazena* warst, solltest du wissen, dass wir nicht einfach machen dürfen, was wir wollen, und Daniel klebt mir seit dem ersten Tag wie eine Klette am Arsch. Der lässt mich niemals weg von den anderen. Gestern hat er sich sogar am Nachmittag meiner Gruppe angeschlossen«, maulte ich. Gestern war ein echt ätzender Tag auf der Piste gewesen. Daniel hatte mich total genervt. Zum Glück hatte ich Sonny, der sich immer geschickt zwischen mich und Daniel geschoben hatte, sodass ich diesem Schnösel nie zu nah kommen musste. Na ja, fast nie. Gestern war er mir nur zwei Mal unangenehm nah gekommen. Ich hatte den Eindruck, er verstand das unter Flirten. Angewidert verzog ich mein Gesicht.

»Daniel?« fragte Santino nun Florian.

»Daniel Breustedt.« Die Abscheu in Florians Zügen und in seiner Stimme könnte nicht deutlicher sein. Santino zog die Nase kraus. Das war ja interessant.

»Ihr kennt ihn?«

»Er ist mein Kollege im Alpinlager. Klar kenne ich ihn«, murrte Florian, als wäre das eine zweifelhafte Ehre.

»Und ich sehe ihn oft abends hier, wie er sich eine Frau mitnimmt. Der soll dich nur anfassen, dann mach ich ihn fertig.« Der Barmann funkelte mich bedrohlich an. Der Typ knackte sogar mit seinen Knöcheln, als würde er sich vorstellen, wie er Daniel gerade eine Abreibung verpasste. Ich war froh, dass diese Regung nicht mir galt.

Allerding war ich mir unsicher, was ich von dieser Reaktion halten sollte.

»Ich helfe dir«, pflichtete Florian jetzt auch noch bei.

Woher dieser Beschützerinstinkt? »Alles klar bei euch, Jungs?«, fragte ich skeptisch. »Ich mein, verteidigt ihr jede Frau so, oder sehe ich einfach entsetzlich hilflos aus?« Ich wusste nicht, ob ich mich geschmeichelt oder angegriffen fühlen sollte.

»Mach nicht mehr draus, als es ist«, brummte Santino. Der Barmann wandte sich ab und ging die Spülmaschine ausräumen. Also wenn ich es nicht besser wüsste, würde ich behaupten, dem Typen war peinlich, dass er mich instinktiv beschützen wollte, obwohl er mich im Grunde nicht kannte. Das wäre direkt ein bisschen süß.

»Er will sagen, wir mögen dich eben, und Daniel ist ein dreckiger Wichser.« Florian zuckte mit den Schultern, griff sich ein paar Nüsse aus der Schale zwischen uns und knackte die Schalen alle gleichzeitig in seiner Faust.

Den zweiten Teil seiner Erklärung konnte ich gut annehmen. Den ersten allerdings … »Ihr mögt mich? Von was? Unseren doch immerhin fünf Minuten Bekanntschaft?«

Florian grinste. »Du bist schon den zweiten Abend in Folge hier. Gestern, als die Jungs aus deinem Haus kamen, hast du dich rar gemacht, als sollte keiner erfahren, dass du hier bist. Und du benimmst dich nicht wie eins dieser nervigen Tourigirls.« Florian nickte über seine Schulter zu den beiden von gerade eben. »Du bist interessant, deshalb mag ich dich. Warum Santino dich mag, hab ich keine Ahnung, er mag sonst niemanden. Ich hab drei Jahre gebraucht, bis ich den alten Brummbären so weit hatte, dass wir befreundet waren.«

»Du trinkst Bier«, meinte der Barmann schlicht, als er wieder vor uns auftauchte. Er hatte also die ganze Zeit weiterhin zugehört, interessant.

»Du kommst morgen mit uns«, entschied Florian. »Um Daniel kümmere ich mich. Der kleine Wicht steht im Rang deutlich unter mir.«

Mit der Aussicht, Daniel für einen Tag los zu sein und auch Nell mal zu entkommen, konnte ich gut leben. Also stimmte ich zu und wir tranken eine Runde Bier darauf.

Kapitel 18

NOAH

Daniel trainiert für dieses blöde Neujahrsrennen.« Lysander legte schnaubend eine Karte auf den Ablagestapel.

Noah sah Lysander verdutzt an, statt auf die abgelegte Vier zu achten. »Was denn? Denkt der etwa, er hätte eine Chance gegen Florians Schüler, diesen Barmann?«

»Nein, das glaube ich nicht. Ich denke, er will Elina beeindrucken.«

Noah zuckte ungewollt zusammen. Dieser Name …

Lysander schnaubte. »Mann, du bist so ein Volltrottel.«

Noah runzelte in aufkeimendem Zorn die Stirn. »Was?«, stieß er hervor. Was hatte sein Freund auf einmal?

Lysander brummte nur in seine Karten.

»Raus mit der Sprache.« Das wollte er jetzt wissen, auch wenn Kai mit ihnen am Tisch saß und sich plötzlich sichtlich unwohl fühlte.

Sein bester Freund fixierte Noah aus zusammengekniffenen Augen, als müsste er eine Entscheidung treffen. Dann legte er seine Karten auf den Tisch. »Das geht ja nicht.«

»Wir sind Freunde. Du bist wie ein Bruder für mich, warum solltest du mir *irgendetwas* nicht sagen können?«, fragte Noah aufgebracht.

»Da, du sagst es selbst. Ich sollte dir alles sagen können. Aber jedes Mal, wenn ich ihren Namen auch nur erwähne, rastest du halb aus. Du brauchst frische Luft oder musst eine rauchen gehen. Du wechselst das Thema oder findest sonst einen Grund, um mal kurz zu verschwinden: pissen, neuer Drink, neue Kippen, Essen bestellen oder sogar, du seist müde. Ich kann mit dir nicht über sie reden. Es reicht, sie nur zu erwähnen. Jetzt gerade hast du ausgesehen, als hättest du die Schmerzen deines Lebens.«

Noah starrte Lysander an. Der Große war verdammt nah an der Wahrheit dran. Er musste sich hüten. Er verzog seinen Mund und griff eine Karte vom Nachziehstapel, als wäre nichts weiter. »Du denkst nur, dass ich nichts von ihr hören kann. So ist das aber gar nicht. Gerade eben musste ich nur furzen.« Möglichst entspannt sortierte er die Karte in seine Hand ein. Er wollte gar nicht wissen, wieso er seinen Freund zum ersten Mal anlog.

Lysander hob eine Augenbraue. Er wirkte nicht überzeugt. »Bitte, dann können wir sicher über sie reden«, verkündete er, ohne Noah auch nur eine Sekunde aus den Augen zu lassen. Möglichst unbeteiligt studierte Noah eingehend sein Blatt und nickte nur in Gedanken, ehe er eine Fünf ablegte.

Lysander schien ihm nun doch zu glauben. Erleichterung durchflutete ihn. »Meinetwegen. Ich mache mir langsam Sorgen, weil Daniel gestern nicht von ihrer Seite gewichen ist. Heute Morgen beim Frühstück hat er sich neben sie gesetzt, und vorhin hat er sie gefragt, ob sie morgen wieder zusammen fahren würden, und sogar angeboten, allein mit ihr zu fahren, weil sie so gut sei.«

Mit entsetzlicher Wucht traf ihn schwelender Zorn. Noah spürte ihn so heiß in seinen Adern lodern, dass er seine Zähne kaum auseinanderbekam und sich Mühe geben musste, seine Karten nicht in seiner Faust zu zerknicken. »Und du denkst, sie will diese Aufmerksamkeit nicht?« Noah bemühte sich mit ganzer Kraft, ruhig zu bleiben. Allein die Vorstellung, Daniel könnte … er schluckte schwer.

Lysander musterte seinen Freund mit prüfendem Blick.

»Ich sage dir, es macht mir nichts aus«, bekräftigte Noah. Seine Wut auf Daniel half, die aufkeimenden Bilder zu unterdrücken, die ihr Name immer und immer wieder hervorrief.

Lysander schnaubte und lehnte sich zurück, während er seine Arme vor der Brust verschränkte. Sein Freund sah überhaupt nicht ein weiterzuspielen. »Vielleicht hat Sonny ja doch recht und Nell überschätzt das Ganze«, murmelte Lysander mehr zu sich selbst.

Kai, der neben ihnen saß, versteifte sich plötzlich.

»Also daran brütet Nell seit gestern?«, fragte Noah jetzt mehr an Kai gewandt.

»Was dachtest du denn? Sie war sich absolut sicher, dass du in Elina verknallt bist, und nachdem ihr eine Nacht miteinander verbracht habt und sie die nächste Nacht dann auch noch bei dir in deinem Bett geschlafen hat, muss ich sagen, ich dachte es auch«, sprach Lysander es ganz offen aus.

Noah warf Kai einen fragenden Blick zu, der nur unruhig auf seinem Stuhl hin und her rutschte. Aha, das war Antwort genug.

»Jetzt bist du allerdings wieder völlig entspannt, benimmst dich ganz normal. Ihr scheint euch zwar zu meiden, aber sonst bist du wieder du. Also, vielleicht hat Sonny recht«, wiederholte Lysander es noch mal und entband Kai damit der Pflicht zu antworten.

»Was hat Sonny denn gesagt?«

»Ich habe gesagt, dass Elina nicht in dich verknallt sei und dass Nell nicht alles überinterpretieren soll. Elina ist nie in dich verknallt gewesen. Das habe ich gesagt.« Sonny stand mit einer Hand an der Türklinke im Rahmen und sah ihn direkt an. Er hatte gar nicht bemerkt, dass der schlaksige Fußballer hereingekommen war. Sonny schloss nun die Tür, durchschritt den Raum und legte sich auf sein Bett. Er kreuzte gemütlich seine Knöchel und schaltete sein Tablet an.

»Und du denkst, er hat recht, weil?«, fragte Noah Lysander.

»Ich denke, er hat mit dem zweiten Teil recht, dass Nell vielleicht alles nur falsch verstanden hat. Wenn du behauptest, es sei kein Problem, über sie zu sprechen und sie dich demnach doch kaltlässt, dann bleibt nur noch zu sagen: Du bist ein Arsch«, stellte Lysander fest, nahm seine Karten wieder auf und legte eine ab, wobei er Noahs fassungslosen Blick ignorierte. »Du bist dran, Kai.«

Noah starrte Lysander überrumpelt an. Das hatte er gerade nicht gesagt!

Lysander war immerhin so gnädig, seinen Vorwurf zu erklären. »Sieh mich nicht so an! Ich dachte, du handelst aus irgendeinem Panikgefühl heraus, weil du dich zum ersten Mal seit damals verknallt hättest, aber wenn das nicht so ist, warst du unterm Strich einfach ein Arsch. Du hast deinen Kodex gebrochen, nie mit einer Frau zu schlafen, die hier im Haus wohnt, und du hast, zehn Minuten nachdem sie gegangen war, schon geplant, die Nächste zu vögeln. Du hast sie grundlos wie

Dreck behandelt und sie danach dazu gebracht, mit dir zu schlafen, wobei ich immer noch keine Ahnung habe, wie du sie dazu bekommen hast. Elina scheint eigentlich mehr Größe zu haben. Deshalb dachte ich auch, sie sei in dich verknallt, nur meinte Sonny, sie habe gesagt … Ach, sag es lieber selbst, ich geb's sonst nur falsch wieder.«

Dieser legte sein Tablet zur Seite und berichtete bereitwillig: »Sie sagte, natürlich sei sie interessiert gewesen, und manchmal wärst du auch ein Mann gewesen, mit dem sie sich hätte vorstellen können, einmal zusammenzukommen, aber sie sei sicherlich nicht so naiv, sich in einen Weiberhelden wie dich zu verknallen. Hättest du Interesse gezeigt, sei sie nicht abgeneigt gewesen, doch sie sei sicher nicht verliebt und würde dir jetzt auch nicht nachhecheln, wie Nell sich das wünscht.«

So mit Elinas Mangel an Gefühlen konfrontiert, musste Noah doch endlich diese Bilder aus dem Kopf bekommen. Er sollte sich freuen. Aber alles, was sein Gehirn zustande bekam, war das Bild ihrer leicht geöffneten Lippen, als sie leise stöhnte. Er hatte Mühe, das Gefühl ihrer zarten Finger auf seiner Narbe zu vergessen. Mit aller Macht verdrängte er die Bilder und versuchte sich darüber klar zu werden, was er dachte. Sie hatte kein Interesse. Gut so. Er ja auch nicht. Nur sah sein Körper das offensichtlich anders.

Es klopfte und Noah zuckte tatsächlich zusammen. Verdammter Dreck.

»Kam das vom Balkon?«, fragte Lysander erstaunt.

Sonny allerdings wirkte gar nicht überrascht. Vollkommen entspannt stand er auf, schlenderte zur Balkontür und öffnete einer lächelnden Elina.

Noah erstarrte. Sie zu sehen, dezent geschminkt, von der Kälte gerötete Wangen, vom Wind leicht zerzauste Haare, holte all das hervor, was er so vehement verdrängt hatte. Sein Körper entglitt ihm erneut und meldete sich mit diversen Erinnerungen und Vorschlägen für die nächste Nacht mit ihr. Ein schneller Blick auf die Uhr neben Sonnys Bett zeigte, dass es nach Sperrstunde war. Sie war draußen gewesen. Nachts. Allein. Was hatte sie draußen gemacht?

Mitten in der Bewegung, ihre Jacke abzustreifen, erstarb ihr das Lächeln auf den Lippen, als sie Noah und Lysander entdeckte.

»Was macht *er* denn hier?«, fragte sie fast angewidert und nickte doch tatsächlich in seine Richtung. Noah unterdrückte eine patzige Antwort. Sie hatte was gegen ihn. Wenn er ehrlich war, hatte er es darauf angelegt, und es war eigentlich genau das, was er wollte. So blieb sie auf Abstand. Doch die Abscheu in ihrer Stimme traf ihn unerwartet.

Sonny zuckte nur mit den Schultern und blieb die Antwort schuldig. »Heute mehr Glück gehabt?« fragte er.

Elina nickte lächelnd. Jetzt streifte sie ihre weiß-rote Jacke ganz ab und schlüpfte aus ihren schneeverkrusteten Schuhen.

Was sollte das denn bedeuten? Oh, er wusste ganz genau, was das bedeutete, das … also, das war doch … unglaublich war das. »Du warst draußen und hattest Sex?«, stieß Noah hervor.

Elina ignorierte ihn, klaubte ihre Schuhe auf und meinte an Sonny gewandt: »Ich geh dann mal lieber ins Bett.«

»Gute Idee. Morgen sollen die Pisten wieder frei sein.«

»Hallo? Ignorierst du mich gerade?« Noah kochte vor Zorn.

Elina fuhr herum. »Tu nicht so scheinheilig. Du warst heute und gestern eine männliche Hure und willst *mir* Vorwürfe machen? Außerdem war ich gestern Nacht auch draußen, du kommst mit deiner Moralpredigt zu spät.«

Wie konnte sie das wissen? Das war nicht möglich. Er hatte es vor allen geheim gehalten, und ausgerechnet sie sollte ihn durchschaut haben? Seine Brust fühlte sich an, als läge ein schwerer Stein darauf.

»Na, mal langsam mit den jungen Pferden. Noah war seit Heiligabend noch nicht einmal allein draußen«, verteidigte Lysander seinen Freund. Noah bekam etwas besser Luft. Zu seinem großen Glück glaubte Lysander ihr kein Wort.

Elina fixierte Noah mit einem mörderischen Blick. »Deine Freunde belügst du also auch?« Sie klatschte dreimal in die Hände, die sie in seine Richtung erhoben hatte. »Herzlichen Glückwunsch, bald stehst du mit Daniel auf einer Stufe.«

Noah sprang wutentbrannt auf. »Das nimmst du zurück!« So war er nicht, nicht wie dieser Mistkerl. Er war ja viel, aber nicht wie Daniel!

Elina kam näher und hielt seinen Blick. »Das Einzige, was dich und Daniel unterscheidet, ist eine Ehefrau, wobei, wer weiß. Bei all deinen Lügen, vielleicht wartet ja zu Hause eine Freundin auf dich.«

»Du nennst mich nicht Betrüger!«, bellte er und ging mit geballten Fäusten noch einen weiteren Schritt auf Elina zu. Plötzlich packte Lysander ihn am Arm. Lächerlich, als würde er je handgreiflich gegen eine Frau werden.

Auch Sonny griff auf der anderen Seite ein und zog an Elinas Arm. Sie jedoch ließ das nicht mit sich machen und riss sich los, um dann in Richtung Tür zu stürmen.

»Warte, Elina«, rief Sonny. Sie blieb mit dem Rücken zu ihnen stehen. »Noah wollte gerade in sein Zimmer gehen.«

Noah traute seinen Ohren nicht. Sonny schmiss ihn raus? Die pure Verurteilung lag in dem Blick, mit dem Sonny ihn gerade bedachte. Alle im Raum starrten ihn sprachlos an. Dieser Verräter hielt zu ihr.

»Sonny?«, fragte Lysander mit ungläubiger Stimme.

Dieser zuckte mit den Schultern und verschränkte die Arme vor der Brust. »Elina schuldigt nicht grundlos an.«

Noah drohte zu ersticken. Das lief ganz falsch. Wenn Sonny ihre Anschuldigung nicht hinterfragte … »Was willst du damit sagen?«

»Dass ich ihr glaube«, zischte Sonny und griff den Ton der zornigen Stimmung auf.

»Warte, Sonny.« Elina drehte sich um. »Ich habe übertrieben. Ich war wütend. Er ist sicher kein Betrüger«, räumte sie ein, was Noah sehr überraschte. Wie konnte sie sich so sicher sein?

Sonny nickte und sah sie weiterhin fest an. »Und das mit der männlichen Hure und dem Freunde belügen?«

Elina biss sich auf die Lippen und wandte ihren Blick ab.

Sonny nickte daraufhin, als wäre jetzt alles klar, und starrte Noah vielsagend an. Der Rausschmiss hätte nicht deutlicher sein können. Noah wusste nicht, was er tun sollte. Es zuzugeben war … *unmöglich.*

»Hast du was zu sagen?«

»Sonny, wirklich!«, brummte Lysander bemüht ruhig. »An Weihnachten war Elina bei ihm, am fünfundzwanzigsten sind wir mit ihm ins *Santinos* und haben einen Männerabend gemacht. Heute waren wir unten im Tal mit Nell Bowling spielen und jetzt sitzt er hier, und das schon den ganzen Abend.« Lysander wandte sich an Elina: »Ich verstehe, dass du wütend auf Noah bist, aber können wir uns nicht alle erwachsen benehmen und das Ganze vergessen? Gebt euch die Hand oder so. Ich ertrage diesen Krieg zwischen euch nicht.«

Elina zuckte mit den Schultern. »Er soll nur nicht so scheinheilig sein. Außerdem geht ihn mein Sexleben nichts an.«

»Gut, dein Sexleben geht ihn nichts an. Einverstanden, Noah?«

Noah schnaubte nur. Er presste seine Kiefer so fest aufeinander, dass es schmerzte.

Elina kniff ihre Augen zusammen. Noah hatte das Gefühl, sie könnte durch all seine schützende Wut hindurch bis in ihn hineinblicken und sehen, wie er sich gerade verzweifelt wand, um aus dieser Situation herauszukommen. Während sie ihn niederstarrte, offenbarte sie: »Sag mal, Lysander, als ihr Jungs gestern zusammen in der Bar wart, bei *Santinos*, richtig?«

Lysander nickte.

»War Noah da immer bei euch? War zumindest einer von euch *immer* bei ihm oder hat ihn zumindest gesehen?«, fragte Elina in zuckersüßem Ton.

»Hast du etwa?« Noah hörte selbst den verzweifelten Ton in seiner zitternden Stimme. Sie war so entsetzlich nah an der Wahrheit.

Elina verzog angewidert ihr Gesicht. »Nein danke, ich war an diesem Abend … beschäftigt.«

»Na sicher«, höhnte Noah. Was tat er da? Er verlor komplett die Kontrolle, über die Situation und offensichtlich auch über sich selbst.

Elina lachte. »Ich war schon fertig, als ihr in die Bar kamt. Und damit ich dir nicht begegne, das gebe ich gern zu, bin ich abgehauen. Ich war eine halbe Stunde später hier, was AJ bestätigen kann, wenn du sie fragst.«

»Du wolltest mir also nicht begegnen.« Er klammerte sich an der winzigsten und noch so absurdesten Möglichkeit fest, wie sie von diesem bitteren Thema wegkamen. Doch schon in dem Moment, in dem er die Worte aussprach, wusste er, wie aussichtslos sein Versuch war.

Elina starrte Noah einen Moment lang an. Dieser sowohl schmerzerfüllte wie auch anklagende Blick zog ihm die Eingeweide zusammen. Wie verletzlich sie auf einmal wirkte. Es war diese sanfte Seite an ihr, die so im Kontrast zu der starken Frau stand, die sie sonst war.

»Ich gebe es zu, ich meide dich. Ich kann nicht leugnen, dass es mich getroffen hat zu erfahren, dass du weniger als eine Stunde gebraucht hast, um mich durch irgendeine Fremde zu ersetzen. Natürlich hat es wehgetan, dass du, kaum dass ich dein Bett verlassen hatte, schon geplant hast, eine andere zu ficken. Ja, das hat mich verletzt. Buhu. Ich bin drüber weg, deshalb kann ich dich trotzdem nicht mehr leiden. Also gehe ich dir aus dem Weg.« Die stoische Art, mit der sie diese Worte aussprach, untermalte den Schmerz in ihren Augen.

Noah durchzuckte der Impuls, zu ihr zu gehen und sie fest in den Arm zu nehmen.

»Lenk nicht ab, Noah«, fuhr sie erbarmungslos fort, und verschwunden war der Schmerz. Elina wandte sich an Lysander: »Ich weiß allein durch am Tresen sitzen von drei Frauen, die er seit gestern früh hatte. Es würde mich nicht wundern, wenn es doppelt so viele waren.«

Noah riss die Augen auf. Wie konnte sie so nah an der Wahrheit sein? Er bekam auf einmal keine Luft mehr. Der Boden schwankte unter ihm. So konfrontiert wurde ihm schlecht bei dem Gedanken, was er getan hatte.

»Aber wie?«, fragte Lysander halb fassungslos, halb ungläubig. Er schien geneigt zu sein, Elina zumindest zuzuhören. Panik fraß sich durch Noahs Eingeweide. Er könnte es nicht ertragen, seinen besten Freund zu verlieren.

»*Ey, Leute, ich brauch mal kurz frische Luft, es ist so stickig hier drin*«, imitierte sie ihn mit tief gestellter Stimme. »Oder wie wäre es damit: *Das Essen dauert ganz schön lang, ich geh mal fragen, wo es bleibt.* Das würde die Köchin erklären, von der ich weiß. Es gibt so viele Gelegenheiten. Auf der Toilette die Nächstbeste, die kommt. Beim Rauchen irgendeine mit um die Ecke nehmen. Auf dem Heimweg etwas im Lokal liegen gelassen haben. Gott, Lysander, er wird seine Möglichkeiten gefunden haben.«

Noahs Herz setzte einen Schlag aus. Leere flutete seinen Verstand. Er war verloren.

Lysanders bohrender Blick fand ihn.

»Wie viele?«, knurrte sein Freund.

Noah schwieg. Scham und Schmerz rangen in ihm miteinander. Für einen Augenblick herrschte Totenstille im Raum. Dann sank Noah in sich zusammen und flüsterte: »Fünf.«

Lysander trat auf seinen Freund zu. Ohne ein Wort verpasste er Noah eine Backpfeife. Er taumelte. Dann richtete er sich wieder auf und sah seinen Freund an. Die hatte er verdient, und sie tat nicht halb so weh wie die Enttäuschung im Blick seines Freundes.

»Männliche Hure … das trifft es«, spie Lysander aus und hieb ihm damit verbal noch einmal ins Gesicht.

Noah ballte seine Hände zu Fäusten. Trotz erwachte in ihm. »Was soll das? Du wusstest immer, dass ich kein Kind von Traurigkeit bin!«

»Ja, damit hatte ich auch nie ein Problem. Aber mit Elina sechs Frauen in zwei Tagen, das ist widerlich. Das ist krank und ekelhaft. Du benutzt die Frauen! Mit so jemandem will ich nicht befreundet sein.«

Noah schluckte schwer. Da waren sie, die Worte, vor denen er sich so gefürchtet hatte, und er konnte ihnen nichts entgegensetzen.

»Warum, Noah?«, fragte Sonny überraschend ruhig. »Du warst doch sonst nicht so.«

»Es ist Elina«, rief Lysander, als würde er gerade etwas begreifen.

Noah fuhr zu der Stelle herum, an der sie gestanden hatte, doch sie waren nur noch zu viert im Zimmer.

»Sie ist raus, als du es zugegeben hast«, murmelte Sonny und erlöste ihn mit diesen Worten auf ungeahnte Weise. Das hier durfte sie nicht mitbekommen.

Noah wandte sich wieder an Lysander. »Ich habe dir schon mal gesagt, sie interessiert mich nicht!«, brüllte Noah viel lauter, als er beabsichtigt hatte.

Lysander kniff seine Augen zusammen. »Gestern bist du immer dann aufgestanden, wenn ich oder ein anderer von Elina angefangen hat. Mann, Noah, du bist immer dann eine andere Frau vögeln gegangen, wenn wir sie zum Thema gemacht haben. Ist dir das nicht klar?«

Noah starrte für einen Moment nur seinen Freund an. Konnte er recht haben? Er ging sie durch, all die flüchtigen Begegnungen, und sackte auf seinen Stuhl. Entgeistert verlor er jeden Kampfgeist, als er begriff, wie sehr Lysander ins Schwarze getroffen hatte. »Ich … ich versuche nicht an sie zu denken, aber wenn ihr von ihr redet … dann ist es, als wäre sie da. Bis ich … also, bis ich Druck abgelassen habe.«

Stille.

Was für eine Offenbarung. In Noah rangen Ekel und Verzweiflung miteinander. Niemals hatte er das zulassen wollen, nie wieder. Keine Frau dieser Welt durfte sich so sehr in seine Gedanken einnisten und, wie er sich nun eingestehen musste, auch in sein Herz.

»Du bist so ein Idiot«, schnaubte Sonny. Er ging auf Noah zu und sah mitleidig auf ihn herab. »Du hast dich in sie verknallt. Und in dem verzweifelten Versuch, das zu ignorieren, hast du sie unerreichbar für dich gemacht. Auf eine Art, die es unmöglich macht, sie wiederzugewinnen, du hast sie gedemütigt, verletzt und wie Dreck behandelt. Dabei hast du jeden Keim eines Gefühls für dich im Ansatz erstickt.«

Noah sackte noch etwas weiter in sich zusammen, als die eiskalte Hand der Erkenntnis sich um sein Herz legte und fest zudrückte.

Kapitel 19

– 27.12. –

Beim Frühstück waren sie alle seltsam still. Nell warf mir immer wieder böse Blicke zu, Kai dagegen mitleidige. Lysander, Noah und Sonny saßen schweigend am anderen Ende der Tafel und wirkten mit ihren gesenkten Köpfen und dem lustlosen Herumgestocher in ihren Müslischüsseln ziemlich deprimiert. Ich hatte keine Ahnung, wie der Streit gestern Nacht ausgegangen war, anscheinend hatten sie sich irgendwie geeinigt, sonst säße Sonny jetzt bei mir. Ich fühlte mich ziemlich allein.

Die allgemeine Stimmung änderte sich auch im Lift nicht. Mich ärgerte, dass Sonny nicht von Noahs Seite wich, denn so fehlte mir mein treuer Freund. Ich würde einen Teufel tun und mich zu den Jungs dazugesellen. Was sollte ich auch da, immerhin hatte ich sein Geheimnis verraten. Das war eigentlich gar nicht meine Art, und ein bisschen fühlte ich mich auch schuldig deswegen. Er machte mich zu empfindlich. Das musste aufhören. Es war an der Zeit, meinen Stolz hinunterzuschlucken und drauf zu scheißen, wenn er mich mal wieder provozierte.

Die Gondel schwankte im heftigen Brausen des Windes. Zum dritten Mal heute nutzte Daniel die Gelegenheit und presste sein Knie an meines. Der Mistkerl saß mir gegenüber und besaß die Frechheit, mich auch noch anzuschmunzeln. Mit dem zornigsten Funkeln, das ich zustande brachte, starrte ich ihn nieder. Ich hätte ihm am liebsten direkt eine in sein dämliches Grinsen gegeben, doch das konnte ich nicht machen, nicht mit vier wildfremden Personen, zu denen wir an der Mittelstation in die Kabine gestiegen waren. Dieser Gedanke erschreckte mich. Er verhielt sich falsch. Ich sollte keine Scheu haben, ihm das um die Ohren zu hauen. Hatte ich aber. Ich konnte doch nicht hier vor allen … nein, das ging einfach nicht. Außerdem war er der Skilehrer des Hauses, er könnte mich jederzeit heimschicken. Auch wenn es gerade nicht so schön im Haus war, *das* wollte ich auf keinen Fall.

Die Gondel ruckelte über die Rollen an einer der Seilbahnstützen, und wieder drückte Daniel sein Bein gegen meines. Ich zog es entschlossen zurück, die Füße unter meine Sitzbank, und rückte so weit von ihm ab, wie die enge Gondel es zuließ. Erst als ich meine Beine zusammenpresste und zur Seite schob, ganz eng an die Gondelwand, verschwand das dämliche Grinsen aus seinem Gesicht.

Als wir endlich oben in die Station einfuhren, seufzte ich erleichtert auf. Wir stiegen aus, und diesmal war es mir egal, ob noch irgendwas liegen geblieben war, ich wollte hier nur weg. So schnell ich konnte stiefelte ich aus der Station hinaus ins Freie, wo es auffallen würde, wenn Daniel mir zu nah kam. Befreit atmete ich auf und brachte meinen Puls wieder herunter.

Die Gruppe sammelte sich am üblichen Treffpunkt auf dem großen Platz vor der Station. »Also, Sonny und ich haben heute getauscht«, berichtete Kai mir gerade, als wir alle unsere Skier und Boards im Schnee ablegten und in die Bindungen schlüpften.

Ich sah mich um und entdeckte Florian. »Mir doch egal, ich fahre heute nicht mit euch«, erklärte ich zufrieden. Ob bewusst oder nicht, die gesamte Truppe schnitt mich inzwischen. Ich hatte überhaupt keinen Bock mehr, auch nur einen weiteren Tag mit ihnen zu verbringen, zumal ich jetzt auch noch Sonny verloren hatte. Florian kam in diesem Moment bei uns an. Er nickte mir zu. Erst dann begrüßte er auch den Rest.

»Hey, Leute, schön, euch alle mal wiederzusehen.«

Alle, bis auf Kai und AJ, die mich noch etwas entgeistert ansahen, freuten sich darüber, ihren alten Lehrer zu sehen.

»Ich entführ dir dann, wie abgesprochen, die kleine Teufelin hier«, meinte Florian an Daniel gewandt. Er fragte nicht, er stellte nur klar, das freute mich. Noch mehr genoss ich allerdings Daniels sauertöpfisches Gesicht, als er schicksalsergeben nickte. Ich kehrte meiner rundum fassungslosen Gruppe den Rücken zu und folgte Florian. Etwas weiter unten wartete eine Gruppe Männer, unter ihnen Santino, der seine Barmannkluft gegen eine giftgrüne Skihose und eine schwarze Skijacke eingetauscht hatte. Sein Helm trug ein schwarz-weißes Muster, das ich ziemlich cool fand. Er lächelte mich warm an, und ich spürte, wie all die Anspannung von mir abfiel.

»Hey, Leute, das ist Elina«, verkündete Florian.

Ich murmelte ein »Hi«, während ich Santino ein Lächeln schenkte.

»Santi kennst du ja schon. Das sind Liam und Vice. Die beiden studieren mit mir in Berlin.«

Noch mehr His wurden getauscht.

»Was studiert ihr denn?« Ich bemühte mich um Small Talk, auch wenn ich darin nicht besonders gut war.

»Jura«, meinte Vice.

»Und du?«

»Auch Jura«, bestätigte Liam. »Studierst du auch?«

»Ja, Biomedizinische Chemie in Stuttgart.«

»Uh. Ich habe Chemie immer gehasst.«

Das war die typische Reaktion auf mein Studienfach. Weil das Vertiefen dieses Themas bisher in meinen Small-Talk-Versuchen immer schiefgegangen war, überging ich die Aussage einfach und wandte mich an Florian: »Heißt das, du studierst auch Jura?«

»Niemals«, versprach er. Dann grinste er verspielt. »BWL.«

Ich rollte mit den Augen und sah wieder zu Santino. »Dann bist du heute wohl die einzige angenehme Gesellschaft.«

Die beiden Jurastudenten beschwerten sich lauthals, während Florian nur lachte. Der Barmann verzog amüsiert seine Lippen. Mit seinen schokoladenbraunen Augen funkelte er mich verspielt an, und ich freute mich, dass er so auf mich einging.

Vice stemmte die Stöcke in den Schnee. »Los geht's.«

»Wir haben die Piste fürs Rennen heute ein paar Stunden lang für uns. Wir dachten, darauf könntest du Lust haben«, erzählte Florian mir, während wir langsam Richtung Lift glitten.

Wie cool! »Habe ich. Auf jeden Fall.«

»Ich hab ja gewettet, du hättest zu viel Schiss«, provozierte Liam mit einem spitzbübischen Blick, als er an meine Seite glitt.

»So? Na, das werden wir ja sehen.«

»Ich habe übrigens dagegen gewettet«, informierte Florian mich sofort.

Ich rollte mit den Augen. Dann warf ich einen letzten Blick über die Schulter und hätte fast den Anschluss verloren, weil ich so schockiert war, Nell dabei zu erwischen, wie sie Noah gerade regelrecht in den Senkel stellte und doch allen Ernstes an seinem Ohr zog. Was zur Hölle?

»Komm schon, Teufelin!«, rief Florian und ich beeilte mich aufzuholen, auch wenn ich immer noch erstaunt den Kopf schüttelte über das eben Gesehene.

***

NOAH

»Das ist doch Santino«, brummte Sonny.

Noah nickte. Sonny hatte recht behalten, sie hatte ihn abgehakt und alles, was sie jemals an Gefühlen für ihn hätte haben können, hinter sich gebracht.

Lysander sah das Ganze anscheinend nicht so schwarz wie sie beide. »Wenn du sie willst, musst du dich ins Zeug legen.«

Nach Elinas schonungsloser Offenbarung hatten sie sich ausgesprochen, und Noah konnte gar nicht sagen, wie erleichtert er war, dass eine ehrliche Entschuldigung gereicht hatte, um ihre Freundschaft zu retten. Er hätte nicht gewusst, was er sonst hätte tun sollen, Lysander war der wichtigste Mensch in seinem Leben. Ehe er allerdings seine hoffnungslose Antwort von gestern Abend wiederholen konnte, kam Nell auf ihn zu.

»Was hast du gemacht?«, fuhr sie ihn an.

Noah wurde ganz klein. Er wusste selbst, wie viel er angerichtet und dass er sich auf allen Ebenen falsch verhalten hatte.

»Lass ihn, Nell, er weiß, dass er Mist gebaut hat«, verteidigte Lysander ihn sofort.

»Mist? *Mist*? Mist ist gar kein Ausdruck. Er hat ganz tief in die Jauchegrube gegriffen, der kleine Schwanzlurch hier!«, knurrte sie und zog Noah doch tatsächlich am Ohr. »Was hast du dir nur dabei gedacht?«

Noah griff nach ihrer Hand und versuchte, sein Ohr zu befreien. »Lass das, Nell.«

Seine Cousine sah ihn lange und durchdringend an. »Scheiße, sie hatte wirklich recht.«

Noah runzelte die Stirn.

»Ich fass es nicht, dass sie dich besser durchschaut hat als ich, diese kleine Hexe. Allein deshalb bist du der größte Volltrottel auf Erden, dass du dir das verbockt hast. Sie könnte dich wahrscheinlich wirklich glücklich machen. Aber nein, der Herr will sich lieber selbst eine ganze Lawine Steine in den Weg legen, sonst wäre es ja auch zu einfach, nicht wahr?«

»Mal langsam. Womit hatte wer recht?«, fragte Lysander.

Noah wusste *wer*, das *womit* interessierte ihn auch.

»Na, Elina. Sie hat mir prophezeit, dass ich Noah niemals davon abhalten könne … na, *davon* halt. Außerdem hat sie gesagt, er müsse den Fehler eben machen, damit er begreife, dass es ein Fehler sei. Und sie hatte recht. Der sture Esel musste diesen Fehler tatsächlich machen. Das tut weh, oder? So ist die Medizin immer, entsetzlich bitter.« Nell war richtig grob mit ihm, das war doch sonst nicht ihre Art.

»Nell, bitte, meinst du nicht, zu begreifen, dass er es verbockt hat, reicht als Strafe?«, meinte Sonny mitfühlend.

Sie schüttelte den Kopf. »Nein, er hat echt Scheiße gebaut.«

Noah wandte seinen Blick ab. »Danke, das hab ich auch begriffen.«

Nell lachte ungläubig. »Mann, das hat dich ja echt getroffen.« Dann erstarb ihr Lachen und sie musterte ihn. »Du denkst, du hast es vollkommen verbockt. Du glaubst tatsächlich, du hättest keine Chance, das wiedergutzumachen«, stellte sie ganz richtig fest. »Mann, Noah, *sie* hat mir gesagt, du müsstest diesen Fehler machen, damit du begreifst, dass es falsch ist. Keine Frau, die dich aufgegeben hat, sagt so etwas. Ich will es dir sicher nicht schönreden, mit der Konkurrenz wird es nicht nur hart, es wird ein echter Kampf, und ich habe keine Ahnung, ob du bereit bist, den zu kämpfen, doch es *gibt* eine Chance.«

Kapitel 20

Ich lachte unglaublich viel an diesem Tag. Santino, Vice, Liam und Florian waren lustige Kerle. Sie rissen derbe Witze und schätzten mich schnell dafür, dass ich voll mitmachte. Dann begannen sie, mich für meinen Highspeedwahn zu achten, und gegen Ende des Tages fühlte ich mich fast wie eine von ihnen. Es war ein unglaublich schönes Gefühl.

Wir standen an der Piste fürs Neujahrsrennen und würden gleich gemeinsam die Abfahrt nehmen.

»Willst du ’nen Tipp?«, fragte Santi.

Verbissen starrte ich die Piste hinunter. Er war einfach immer schneller.

»Meinetwegen«, murrte ich. Verlieren war okay. Immer und immer wieder nicht den Hauch einer Chance zu haben war dagegen demütigend.

Santi schenkte mir einen warmen Blick. »Du bist am Anfang zu schnell.«

Ich sah ihn erstaunt an. »Das ist der einzige Teil der Piste, in dem ich mal schneller bin als du.«

»Und genau deshalb verlierst du. Wenn du so schnell in die Kurven gehst, musst du viel härter bremsen. Du kannst den Slalom schneller fahren, wenn du nicht so angerast kommst.«

Ich runzelte die Stirn. »Und das ist kein Versuch, mich auch noch in diesem letzten Teil der Piste vernichtend zu schlagen?«

Santi zog eine Augenbraue hoch. Schon klar, als ob er das nötig hätte. Ich schluckte meinen Stolz hinunter. »Na gut, du fährst vor und ich mache es mal genau wie du.«

Santi und ich rasten die Abfahrt hinab und ich genoss das Rauschen des Windes. Diesmal hielt ich mich genau hinter ihm. Kurz vor den Fähnchen scherte ich aus und wedelte mit ihm um die Wette. Ich blieb tatsächlich näher an ihm dran, zumindest anfangs, Santi konnte diese Kurven in einem Tempo nehmen, das ihn eindeutig zum Favoriten des Amateurrennens machte.

Im letzten Slalomabschnitt wollte ich den Abstand noch einmal unbedingt verkürzen. Dabei nahm ich leider eine Wehe zu eng und verlor den Boden unter den Füßen. Ich sah blau, dann weiß, wieder blau und verlor schließlich vollkommen die Orientierung. Ich musste mich mehrmals überschlagen haben. Am Ende lag ich platt auf dem Bauch und rutschte noch ein bisschen talwärts. Schließlich blieb ich liegen. Ich lachte, ich konnte nicht anders.

»Elina!«, brüllte Santi von weiter unten.

»Elina!«, erklang es jetzt auch von oben.

Ich rollte mich auf den Rücken und lachte immer noch, als Florian und Santi zeitgleich bei mir ankamen. Ich war echt beeindruckt, dass Santi es überhaupt bemerkt hatte und die rutschige Piste auch noch einfach so hochrennen konnte. Wenn ich so was versuchte, war das eher unmöglich.

»Geht's dir gut?« Florian wirkte besorgt, als Santi sich schon neben mich in den Schnee fallen ließ und hektisch mit den Händen in der Luft herumfuchtelte, als wollte er mich abtasten, sich aber nicht traute, mich zu berühren.

Ich konnte kaum aufhören zu lachen. Also atmete ich einmal tief durch. »Alles gut.«

»Mann, du hast mir 'nen Schreck eingejagt.« Santi strich sich fahrig durch sein Haar. Wann hatte er denn seinen Helm abgenommen?

Für einen kurzen Moment sah ich einfach nur in das raue Gesicht des Barmanns, das über mir vor dem blauen Himmel schwebte. Der dunkle Schatten seines Dreitagebarts unterstrich seine kantigen Züge und seine Augen waren so sanft und voller Sorge, dass ich am liebsten meine Hand an seine Wange gelegt hätte, um ihn zu beruhigen.

Stattdessen setzte ich mich auf und knuffte ihn nur. »Du siehst ja richtig fertig aus. Muss böse ausgesehen haben, mein Sturz.«

»Und wie«, bestätigte er. Der toughe Barmann hatte jegliche Ruhe und Zurückhaltung verloren. Irgendwie fühlte ich mich geschmeichelt. Ich schenkte ihm ein Lächeln, woraufhin seine Augen sich kaum merklich weiteten. Dann reichte er mir eine Hand.

»Komm, ich helf dir.«

Ich ließ mich hochziehen und klopfte den Schnee von meinem Körper. Natürlich hatte ich beide Skier verloren. Einen nahm Vice gerade an einer der vielen Stangen fünf Meter oberhalb von mir an sich und der andere steckte talwärts neben Santis Skiern im Schnee.

»Puh.« Ich atmete tief durch und horchte in meinen Körper, ob es mir wirklich gut ging oder der Schock den Schmerz nur verdeckte.

In diesem Moment kamen Vice und Liam bei uns an. »Geht's dir gut, Teufelin?«, fragte Vice grinsend.

»Klar.« Ich verdrehte mich, um auch den Schnee von Po und Rücken abzuklopfen. Dabei spürte ich ein Ziehen in meinem unteren Rücken. Ein paar blaue Flecken würde ich wohl davontragen, sonst tat mir nichts weh.

»Sah Hammer aus, dein Sturz. War fast rekordverdächtig. Du hast dich viermal überschlagen!«, berichtete er.

Aha. Ganz so oft hätte ich zwar nicht vermutet, aber ich lag immerhin damit richtig, dass ich mich überschlagen hatte. Da konnte ich ja froh sein, dass meine Bindungen aufgegangen waren, sonst hätte ich jetzt wohl zumindest ein gebrochenes Bein. Mein Tempo war immerhin prädestiniert für Verletzungen bei einem Sturz. Ich öffnete den Verschluss meines Helms und strich den Schnee aus meinen Haaren.

»Warte, ich helfe dir«, meinte Santi sofort und zog seinen Handschuh aus. Er strich durch mein Haar und unsere Blicke verfingen sich ineinander.

»Danke.«

Santi lächelte warm. »Gern.«

Es entstand eine unangenehme Stille in der Gruppe, und ich sah genau, wie Vice und Liam einen anzüglichen Blick tauschten.

Florian räusperte sich. »Noch mal oder zurück?«

»Wie spät ist es denn?«, fragte ich und nahm von Vice meinen einen Ski entgegen.

Florian zückte sein Smartphone. »Wir hätten noch locker Zeit für zwei weitere Durchläufe.«

»Ich bin fit. Lass uns noch mal fahren.«

Vice und Liam freuten sich und fuhren mit Florian schon mal ins Ziel. Santi dagegen war anscheinend noch zu benommen, denn er rang sich nur ein mattes Lächeln ab. Wir mussten erst hinab zu seinen Skiern stapfen, was bei der enormen Steigung schwerer war, als ich vermutet hatte.

Als wir schließlich wieder oben am Start waren, erkundigte Santi sich zum gefühlt hundertsten Mal, ob es mir wirklich gut ginge. Dann starteten wir beide. Diesmal gewann ich sogar. Aber ich war mir sicher, dass Santi nicht Ernst machte. Er schien den Spaß daran verloren zu haben, mit mir um die Wette zu fahren, ob nun aus Sorge oder weil er noch geschockt von meinem Sturz war.

Gerade als wir erneut am Start der Piste waren, zu unserer letzten Abfahrt für heute, klingelte ein Handy. Nur kurz, ich nahm an, dass es eine Nachricht sei. Automatisch sah ich mich nach dem Geräusch um und sah, wie Florian gerade sein Handy aus der Tasche zog. Ich wollte mich schon Santi zuwenden und ihn wegen seines Verhaltens aufziehen, da sah ich Florians Gesicht aschfahl werden. Er hob seinen Blick und sah mich mit geweiteten Augen an.

»Es gab einen Unfall«, sagte er tonlos.

Mein Herz setzte gefühlt einen Schlag aus. Dann rasten meine Gedanken. *Wer? Was?* »Wie schlimm?«, brachte ich heraus.

»Keine Ahnung. Daniel meint, du sollst kommen.«

Ich bekam auf einmal keine Luft mehr. »Wer?«

»Ich weiß es nicht. Er schreibt nur, dass es einer aus der Jungsgruppe ist.«

Ich spürte jede Faser meines Körpers sich bis zum Zerreißen anspannen. Es gab nur eine Gruppe, die ausschließlich aus Jungs bestand: Sonny, Lysander … und Noah. Einem war etwas passiert. Egal wem. »Ich muss sofort hin!«, hörte ich mich flehen. Es war seltsam, als würde mein Körper nicht mehr mir gehören. Als würde ich von außen auf uns fünf sehen, in mein geschocktes Gesicht. Alles in mir war wie taub. Ich fühlte nichts und nahm auch sonst kaum etwas wahr.

»Du musst zur blauen Piste neben der Bergstation.«

Panik kroch meine Kehle hoch. Wohin? Warum wollte mein Gehirn gerade nicht funktionieren? Ich wusste doch eigentlich, wo das war.

»Ich bring dich!« Santino sah mich fest an und preschte nach meinem dankbaren Blick auch schon los. Sofort jagte ich hinterher. Wir rasten die Rennstrecke hinunter und dann führte er mich abseits der Piste, hoffentlich eine Abkürzung. Wir flitzten zwischen zwei Gipfeln hindurch und dann eine lange Ebene entlang. Die gerade Strecke kam mir endlos lang vor. Ich verlor auch den letzten Hauch meiner Geduld und wurde wütend, dass es so verdammt lange dauerte. Schließlich umfuhren wir einen weiteren Gipfel und erreichten die andere Seite des Berges, wo die Bergstation schon in Sichtweite war. Jetzt hielt mich nichts mehr. Ich fuhr so schnell ich konnte, und Santino und ich schlängelten uns in einem gefährlichen Tempo zwischen den anderen Fahrenden hindurch. An der Bergstation bogen wir nach rechts ab und fuhren zur blauen Piste, von der aus man die Talabfahrt starten konnte. Ich sah einen Pistenbully und eine Gruppe stehender Menschen. Gerade als Santi in die Richtung zeigte, erkannte ich Lysander, der zwischen ihnen allen herausragte.

Kaum einen Moment später kam ich, viel Schnee aufwirbelnd, bei ihnen zum Stehen. Dann entdeckte ich Sonny neben Nell. Es war also Noah. Ich atmete schwer von der anstrengenden Abfahrt, meine Beine brannten wie die Hölle.

»Was ist passiert?«, keuchte ich. Hektisch sah ich mich um, entdeckte Noah aber nirgendwo. Dann begriff ich, dass Lysander der Ladefläche des Bullys zugewandt stand. Neben ihm standen Alice und Daniel.

Sonny drehte sich mit gequältem Blick zu mir um und mir sank das Herz in die Hose. »Wir haben ihn nur plötzlich vor dem Baum liegen sehen. Er muss damit zusammengerasselt sein.«

Ich zitterte. Was sollte ich tun? Sollte ich zu ihm? Wollte er mich denn nach gestern Abend überhaupt sehen?

»Elina?« Lysander drehte sich zu mir um und winkte mich herüber. Am Pistenbully angekommen, entdeckte ich ihn schließlich. Noah lag auf einer Trage und sah irgendwie zermatscht aus. Da war Blut, viel

Blut. *Wahrscheinlich eine Platzwunde am Kopf,* beruhigte ich mich. *Die bluten immer stark.*

Ein Sanitäter presste etwas Weißes gegen seinen Kopf. Noah sah mich und lächelte matt, fast benommen. Seine Lider flatterten und schlossen sich. Vermutlich aufgrund von Schmerzmitteln. Hoffentlich …

»Hey«, sagte er mit duseliger Stimme. Unendliche Erleichterung durchflutete mich. Immerhin konnte er reden.

»Er ist ganz schön neben der Kappe«, entschuldigte Lysander sich. »Er redet ein wenig wirr.«

Schwupp, da kam die Panik mit voller Wucht zurück. Ich schnallte die Skier von meinen Schuhen, dann ging ich auf ihn zu und nahm seine Hand. »Was machst du denn?«, fragte ich tadelnd, doch sanft.

Er verzog seine Lippen zu einem matten Grinsen und öffnete seine Augen wieder einen Spaltbreit. »Ich war in Gedanken, und irgendwie hab ich den Kerl hinter mir nicht bemerkt. Er ist an mir vorbei und ich wollte ausweichen. Leider stand so ein dummer Baum im Weg.« Allmählich beruhigte ich mich wieder. Er konnte sich erinnern und auch relativ klar reden. Das war doch gut, oder? Also zwei zu eins für die Hoffnung, dass er mit einem blauen Auge davonkam.

Ich rang mir ein Lachen ab, auch wenn mir überhaupt nicht lustig zumute war. Mein Worst-Case-Gehirn arbeitete mal wieder auf Hochtouren und zeigte mir einen Noah im Koma, der nie wieder aufwachte, oder dessen Gehirn anschwoll und er danach für hirntot erklärt wurde.

Halt suchend umschloss ich seine Hand auch mit meiner zweiten und drückte sie. Ich schüttelte diese schrecklichen Gedanken ab und fokussierte mich aufs Hier und Jetzt. »Tut es sehr weh?«

Er verzog sein Gesicht. »Nicht mehr. Der Kerl in Orange hat mir irgendwas gegeben.«

Ich sah hoch zu dem Mann, der gerade die blutgetränkte Kompresse an Noahs Kopf gegen eine andere tauschte. Dann wickelte er schnell einen Verband darum und meinte: »So, jetzt geht es los. Ich fahr ihn zur Mittelstation, im Dorf gibt es einen Arzt, der mit Skiunfällen vertraut ist«, erklärte er an Alice gewandt.

»Hey, Bob«, erklang es von weiter hinten. Oh, Santino hatte ich ja völlig vergessen. »Bring ihn zu Ronco«, forderte mein Begleiter.

»Ah, Santino. Schön, dich zu sehen.« Der zuvor eher konzentrierte Mann lächelte jetzt ganz entspannt. Das war doch ein gutes Zeichen, oder? Drei zu eins. Mein Herz wurde leichter und meine verkrampfte Brust lockerte sich etwas. Ich atmete tief aus und ließ die Hoffnung zu.

»Ronco ist nicht da. Der ist zwischen Weihnachten und dem sechsten Januar immer weg«, meinte dieser Bob.

»Er wird da sein«, entgegnete Santino vollkommen sicher und zückte sein Handy. Bedeutete das, dass Santi gerade dafür sorgte, dass dieser Ronco sich Noah ansah? Das war unglaublich toll von ihm. Unsere Blicke trafen sich und ich legte meine ganze Dankbarkeit in meinen. Er nickte mir zu und wandte sich dann ein Gespräch beginnend ab.

Bob zuckte nur mit den Schultern und fragte dann mich: »Fährst du mit?«

»Wie bitte?«, fragte ich entgeistert.

»Na, einer kann mitfahren, und da du extra hergerast bist …«

»Ich?« Mann, wie geistreich! Ich drehte mich zu Lysander um. »Solltest nicht lieber du mit? Oder Nell?« Oder einer unserer Betreuer?

»Fahr du, wir kommen mit dem Lift nach«, meinte Lysander und würgte damit Nell, die gerade etwas hatte sagen wollen, ab. Er schob mich in Richtung Bully.

Ich zuckte mit den Schultern und sah Noah an. Er sagte nichts dazu. Seine Augen waren auch schon wieder geschlossen und seine Atmung ging flach und regelmäßig. Wahrscheinlich hatte er von der Unterhaltung gar nichts mehr mitbekommen.

»So, los geht's«, brummte Bob. Ich kletterte zu Noah und setzte mich neben seine Trage, während Lysander meine Skier und Stöcke zu mir auf die Ladefläche schob. Dann nahm ich wieder Noahs Hand zwischen meine und streichelte seinen Handrücken. Was immer gestern gewesen war, jetzt herrschte Waffenstillstand.

***

Santi hatte nicht zu viel versprochen. Als wir vor dem Haus von diesem Ronco standen, kam dieser schon raus.

»Santino hat mich angerufen, ihr bringt einen seiner Jungs?«, meinte ein Mann Mitte vierzig mit angegrauten Haaren an den Schläfen und einem warmen und kundigen Lächeln. Wie ein Arzt sah er in seiner Kordhose und dem Flanellhemd jetzt nicht gerade aus, aber er hatte ja wohl auch eigentlich Urlaub.

»Na ja, so etwas in der Art«, gestand ich.

»Du bist doch die kleine Teufelin aus der Bar. Wegen dir bin ich also hier.«

Moment, was? Ich runzelte die Stirn. Woher bitte kannte er mich? »Ich bin nicht verletzt. Noah ist es«, entgegnete ich und nickte in Richtung Trage.

»Ich meinte auch nicht, dass du verletzt seist.«

Also hatte er es tatsächlich gemeint, wie es geklungen hatte. Was sollte ich denn damit anfangen? Ronco trat allerdings schon an die Ladefläche und lud Noah zusammen mit Bob ab. Sie trugen ihn Richtung Haus. Ich beeilte mich, meine Skier und Stöcke zu greifen und hinterherzukommen. Ehrlich gesagt war mir egal, *warum* dieser Ronco hier war. Er war anscheinend der bessere Arzt, und nur das zählte.

Eilig folgte ich den beiden, ließ meine Skier vor der Haustür stehen und trat in das geräumige Vorzimmer. Sie brachten Noah in einen Behandlungsraum auf der linken Seite, hoben ihn auf die Behandlungsliege und dann verabschiedete Ronco den Bullyfahrer, der sich direkt wieder mit seiner Trage unterm Arm auf die Socken machte. Unschlüssig blieb ich im Türrahmen stehen.

Ronco wusch sich die Hände und zog sich dann einen Rollhocker an Noahs Liege heran. Er öffnete den Verband und sah drunter. Noah zuckte nicht einmal zusammen. Warum regte er sich nicht? Die Panik verkürzte gerade auf drei zu zwei. Konnten Schmerzmittel so etwas mit einem anrichten? Ich hatte damit überhaupt keine Erfahrung und hatte Scheißangst um diesen Vollidioten.

»Was ist passiert?«, fragte Ronco auf eine ruhige Weise, sodass ich mich direkt sicher fühlte. Noah grinste dämlich und nuschelte etwas von einem Baum. Immerhin bekam er noch etwas mit.

Ronco sah auf und entdeckte mich im Türrahmen. Er runzelte die Stirn. »Wieso kommst du nicht rein?«

Ich haderte mit mir. »Ich wusste nicht …«

»Nach den Erzählungen hätte ich es nie für möglich gehalten, dass du *schüchtern* bist«, gestand er, und langsam ging mir das gewaltig gegen den Strich.

»Hey, Mann, ich bin hier grade vollkommen uninteressant!«, fauchte ich.

Ronco grinste zufrieden. »Also nicht schüchtern. Dachte ich mir doch. Warum kommst du nicht rein?«

Perplex öffnete ich meinen Mund, nur um ihn wieder zu schließen. »Ich … also … ich weiß nicht«, seufzte ich mit herabfallenden Schultern. »Er ist benommen. Er weiß nicht, dass wir uns eigentlich grad erst gezofft haben. Er will sicher nicht, dass ich dabei bin.«

»Wieso bist du dann mitgefahren?«

Ja, das war eine gute Frage. »Die anderen meinten, ich soll.« Was für eine schwache Begründung.

»Also egal ob er will oder nicht, du bist jetzt hier und du musst mir helfen. Er muss aus den Skisachen raus.«

Ich nickte, trat entschlossen über die Schwelle und zog meine Jacke und die klobigen Skischuhe aus. Wenn er Hilfe brauchte, gab es natürlich überhaupt keine Diskussion. Ich wäre auch gern die Skihose losgeworden, es war schon ziemlich warm hier drin. Wenigstens die Ärmel meines Longsleeves konnte ich bis über die Ellenbogen hochschieben.

»Die Wunde am Kopf muss genäht werden, das heißt, wir müssen vorsichtig sein beim Ausziehen«, erklärte er mir und ich nickte.

»Die Jacke zuerst?«, fragte ich, als ich an die Liege trat. Bei jedem Schritt schabten die Beine meiner Hose aneinander und erzeugte diesen charakteristischen Laut, es war mir fast peinlich, so ruhig, wie es hier war.

»Ja, und dann die Schuhe.«

Ich schüttelte das dämliche Gefühl ab, machte den Reißverschluss auf und Ronco zog an einem Ärmel. Plötzlich wurde ich rückwärts gegen die Arbeitsfläche geschleudert und ein entsetzlicher Schmerzensschrei zerriss die Stille. Metall klapperte, als die Instrumente neben mir auf den Boden fielen. Ich musste meine Augen einmal fest zusammenkneifen, um meine Orientierung zurückzugewinnen. Benommen rappelte ich mich wieder auf.

Ronco packte Noah und drückte ihn fest auf die Liege, der jetzt nur noch leise vor sich hin wimmerte. Mit aufgerissenen Augen starrte ich auf die beiden Männer.

»Alles klar, da ist irgendwo noch eine Verletzung«, stellte Ronco ruhig fest und begann mit der Untersuchung, als Noah wieder ruhig dalag.

Noch immer ein wenig benebelt, trat ich wieder an die Liege. Dann spürte ich einen anschwellenden Schmerz im Unterarm und hob ihn an. Ich verdrehte meinen Arm, um die Stelle direkt unter meinem Ellenbogen besser sehen zu können. »AU!«, jammerte ich entsetzt. Ein silbernes Instrument ragte aus meinem Arm hervor. Das tat weh!

»Uh, das muss unangenehm sein.« Ronco schmunzelte und ließ Noah los. Er trat um die Liege und nahm meinen Arm in die Hände. Vorsichtig winkelte Ronco ihn mir an, sodass er die Unterseite begutachten konnte. Jetzt sah auch ich besser auf die Wunde und mir wurde ein bisschen schwummerig, als ich das feine rote Rinnsal entdeckte, dass von der Wunde zum Ellenbogen hinunterlief.

»Hm«, brummte er und betastete vorsichtig die Haut um den Einstich. »Das ist erstaunlich tief.«

»Schön, dass Sie das amüsiert«, murrte ich und Roncos Grinsen wurde breiter.

»Entschuldige«, meinte er zerknirscht. »Warte, halt den Arm so. Ich hol schnell was zum Betäuben.« Gesagt, getan. Keine Minute später jagte er mir eine Spritze in den Unterarm. Dann begann er den Ärmel der Skijacke von Noah, an dem er vorher gezogen hatte, aufzuschneiden und den Fleecepulli darunter gleich mit. Das würde Noah später sicher ärgern. Ronco entblößte eine seltsam aussehende Schulter. »Hm, ja. Die hat er sich wohl beim Fallen ausgekugelt.«

Mir fiel erst jetzt wieder auf, wie still Noah war. »Warum sagt er gar nichts mehr?« Das machte mich ziemlich nervös.

»Das passiert oft, wenn Menschen unter Schock stehen. Jeder reagiert da anders, und das Schmerzmittel tut sicher seinen Teil dazu. Die meisten stärkeren Schmerzmittel sorgen dafür, dass die Patienten wegdösen«, erklärte Ronco.

Das war gut. Dann taten ihm seine Verletzungen hoffentlich nicht so weh. Ich widmete mich wieder meinem Unterarm. Vorsichtig drückte ich auf die Haut neben der Klinge und stellte fest, dass ich nichts mehr spürte. Ein seltsames Gefühl, als würde die kalte Haut nicht mehr zu mir gehören.

»Schon taub?«, fragte Ronco.

»Jepp.«

»Ich renke sie ihm nur gerade ein, dann nähe ich dich.« Routiniert griff er Noahs Arm und seine Schulter. Er brachte sich in einen anderen Winkel und dann ruckte er einmal kurz. Das Knacken schallte durch den Raum und Noah schrie noch einmal kurz. Es war gemein, dass er benommen war. Er konnte gar nicht tapfer sein. Dass ich ihn so gesehen hatte, würde er mir nachher bestimmt übel nehmen. Ich war mir sicher, dass Noah es niemals freiwillig zulassen würde, dass ich ihn in einem Moment der Schwäche sah.

Ronco legte den Arm in eine Schlinge und rollte dann auf seinem Hocker zu mir herüber. »So, Teufelin, jetzt zu dir.« Er schob ein Tablett mit noch mehr silbernem Besteck zu mir. Ich erkannte Pinzetten und etwas, was für mich nach einem Skalpell aussah. Außerdem eine Schere und Gegenstände, die ich nicht kannte, weder aus meinem Studium noch meinem Leben. »Brauchen Sie die alle für mich?«

Ronco sah auf das Tablett hinab. »Nein, Quatsch. Das ist das Notfallset. Ich wusste ja nicht, was ich für Noah brauchen würde.«

»Kling logisch.«

»Na, dann bin ich ja beruhigt.« Schmunzelnd bedeutete er mir, auf einem Stuhl Platz zu nehmen und meinen Ellenbogen auf der Arbeitsfläche abzustützen. Ich folgte gehorsam und sah dann dabei zu, wie Ronco eine Art Skalpell aus meinem Arm zog, die Blutung stillte und die Wunde zunähte. Aufmerksam beobachtete ich ihn dabei, wie er meinen Arm schließlich verband.

»So, das war's. Jetzt wieder zurück zu deinem Freund.«

»Noah. Und er ist nicht mein Freund.«

Ronco sah mich überrascht an. »Ich habe *Noah* hier bei mir auf der Liege? Der Tag wird immer interessanter.«

Ich wusste nicht, ob es gut oder schlecht war, dass der Kerl jetzt wusste, wen er da auf der Liege hatte. »Ich erinnere dich noch mal kurz, dass Santino uns geschickt hat«, erwähnte ich wie nebenbei, allerdings mit fester Stimme und ganz bewusst das *Du* benutzend.

»Drohst du mir?«, fragte Ronco fast freudig überrascht.

»Ich sag's ja nur. Santino wäre sicher sauer, wenn ich sauer auf Sie wäre.« Nichtssagend zuckte ich mit den Schultern und lehnte mich damit ganz schön weit aus dem Fenster. Ich hatte keinerlei Macht über Santi, und ich war sicher, er wäre nicht begeistert, wenn er wüsste, dass ich einem seiner Bekannten mit ihm drohte.

»Na, dann wollen wir dir mal keinen Grund geben, sauer auf mich zu sein«, meinte Ronco fröhlich. Der Mann fand das alles anscheinend überaus amüsant. Na super, die Drohung hätte ich mir auch sparen können, das hätte etwa denselben Effekt gehabt.

Ronco und ich zogen Noah bis auf die Boxershorts aus, damit er ihn eingehend untersuchen konnte und nichts unentdeckt blieb. Ich bemühte mich immer, die Bereiche, die Ronco gerade nicht untersuchte, mit einem Tuch abzudecken. Dann machte er Röntgenaufnahmen sowohl vom Schädel als auch von der Schulter, damit er ausschließen konnte, dass Noah ernsthaft verletzt war. Der Trottel hatte einen Haarriss im Schädel, sonst war alles in Ordnung. Es gab keine Brüche im Schulterbereich, allerdings meinte Ronco, dass Noah definitiv eine Gehirnerschütterung habe und dass er mindestens zwei Tage völlige Bettruhe bräuchte. Die Schulter würde Skifahren für mindestens eine Woche unmöglich machen, wahrscheinlich länger, und auch mir verbot er zwei Tage zu fahren, da ich meinen Arm wegen des tiefen Schnittes nicht benutzen dürfe. Ronco gab mir die Schmerzmittel mit und erklärte mir, wie man die Schlinge für Noahs Schulter richtig anzog.

Schließlich wachte Noah wieder auf, als Ronco gerade gegangen war, um Daniel und Alice anzurufen, damit sie uns abholten. »Au, mein Schädel brummt«, murrte er und griff sich stöhnend an die

Schläfe. Ich atmete erleichtert auf, trat zu ihm und lächelte auf ihn herab. Seine Verletzungen waren nicht so schlimm und er war vollkommen klar. Mir fiel ein riesiger Stein vom Herzen.

»Du bist also wieder da.«

Er sah mich verwirrt an. Dann schien ihm das ein oder andere zu dämmern und sein Blick wanderte hinab auf seinen linken Arm in der Schlinge.

»Du hast dir deine Schulter ausgekugelt«, berichtete ich. »Und eine Gehirnerschütterung hast du auch.«

»Wieso bist du hier?«, fragte er mit kaltem Unterton. Hatte ich es doch gewusst.

Ich zuckte mit den Schultern. »So ganz genau bin ich auch noch nicht dahintergestiegen«, gab ich zu. Noah sah mich wütend an. Ich seufzte. »Ich war mit Santi und Flo auf der Piste, da hat Daniel Flo geschrieben, dass einer aus deiner Gruppe einen Unfall gehabt hätte. Ich bin sofort losgeprescht, und als ich ankam, hab ich gesehen, dass du es warst.«

»Und wieso bist du dann nicht wieder weitergefahren?«, giftete er.

Fast hätte ich etwas wütendes zurückgepfeffert, doch dann sah ich seine Hilflosigkeit. Er musste sich in die Ecke gedrängt fühlen und griff dann natürlich an. Ich hatte es ja eigentlich schon vorher gewusst, dass er so reagieren würde.

»Ich bitte dich, Noah. Natürlich habe ich mir Sorgen um dich gemacht. Lysander hat mich zu dir geschoben und du hast meine Hand genommen. Also haben die anderen entschieden, dass ich mit dir mitfahren soll«, schloss ich ruhig.

»Und? Hast du die Show genossen?«, knurrte er.

Ich ergriff erneut seine rechte Hand. Noah zuckte zusammen und ich begann, seinen Handrücken zu streicheln. »Nein, nicht wirklich«, murmelte ich leise, nur auf seine Hand blickend.

Noah schwieg. Ich schluckte schwer und sah ihm wieder ins Gesicht. Aufgewühlt begegnete er meinem Blick.

»Hey!« Lysanders lachende Stimme riss uns aus dem Moment. Der Hüne kam mit Sonny und Nell in den Raum. Hinter ihnen erschienen Daniel und Alice.

Noah zog seine Hand zurück, doch ich hielt sie kurz fest, sah ihm einmal in die Augen und ließ dann seine Hand locker. Diesmal zog er sie nicht zurück, sondern verschlang seine Finger mit meinen.

Kapitel 21

Wo ist Ronco?« fragte Daniel unwirsch, als er sich zwischen Nell und Lysander den Weg ins Zimmer bahnte.

Ich zuckte mit den Schultern. »Er wollte euch eigentlich nur kurz anrufen und dann wiederkommen. Sicher ist er gleich zurück.«

Daniel sah mit bohrendem Blick auf unsere verschlungenen Hände. Kaum bei uns angekommen packte er mich direkt unterm Ellenbogen, um mich von Noah wegzuziehen. »Lass mich da jetzt mal hin.«

Mir entfuhr ein Schmerzensschrei. Sofort zog Daniel seine Hand zurück, als hätte er sich an mir verbrannt.

»Was ist hier los?«, erklang die tiefe Stimme von Ronco.

»Ich hab sie nur weggezogen. Ich kann sie unmöglich zu fest angefasst haben«, verteidigte Daniel sich.

Ronco sah mich an und war mit zwei großen schnellen Schritten zwischen den Schaulustigen hindurch und bei mir. Ganz sanft nahm er meinen Unterarm in die Hand. Vorsichtig krempelte er den Ärmel meines Longsleeves hoch und ich hielt unweigerlich die Luft gegen den heftig pochenden Schmerz an. Er legte den Verband frei, durch den bereits etwas Blut sickerte. Mein Arm brannte entsetzlich und ich hatte Mühe, die Tränen zu unterdrücken. Ich wusste gar nicht, wieso ich jetzt auf einmal weinte. Vorhin hatte es ja auch wehgetan. Das gerade war irgendwie schlimmer. Der durchblutende Verband ließ Angst in mir aufkeimen, obwohl ich doch wusste, dass es allzu schlimm nicht sein konnte.

»Raus«, wies Ronco allesamt ruhig, dennoch sehr bestimmt an.

»Sonny, mach bitte die Tür hinter euch zu«, bat Noah.

Sonny nickte und bugsierte kurzerhand alle hinaus. Als die Tür hinter ihnen ins Schloss fiel, traf Noahs Blick mich. Ich schluckte schwer und konnte kaum die Tränen in meinen Augen vor ihm verbergen. Schnell senkte ich meinen Blick.

Ronco wickelte den Verband ab. Ich zischte vor Schmerz auf, presste dann jedoch entschlossen meine Lippen zusammen. So schlimm war es nicht, verdammt noch mal.

»Dazu muss er fest zugepackt haben«, meinte Ronco mit zusammengebissenen Zähnen.

Gerade hatte ich die Tränen unter Kontrolle gebracht, aber diese Aussage schnürte mir die Kehle zu. Sie suggerierte etwas, was mir im Grunde schon klar war. Nur fühlte ich mich so handlungsunfähig, dass ich nicht mehr tun konnte, als es zu relativieren: »Daniel kennt eben seine Grenzen nicht so gut.«

Ronco hatte genau begriffen, was ich hatte relativieren wollen. Er starrte mich mit ernstem Blick an. »Ich stehe unter ärztlicher Schweigepflicht, Elina. Mir kannst du es sagen«, versprach er.

Ich lächelte müde. »Alles gut.« So ernst war es ja gar nicht. Ich machte gerade mehr draus, weil ich Schmerzen hatte und total durcheinander war. »Nur seine Hände wissen manchmal nicht, was sie nicht dürfen. Er kommt mir manchmal zu nah.« Ich dachte an die Szene in der Gondel. »Sonst hat Sonny mich beschützt«, erklärte ich, als mir einfiel, dass Daniel sich bisher die meiste Zeit zurückgehalten hatte.

Ronco sah mich fest an, und mir wurde plötzlich klar, was ich da gerade gesagt hatte. Ich bekam fürchterliche Angst, dass ich ungewollt etwas losgetreten hatte. Er war kein Vergewaltiger oder so. Wenn ich ihm mal anständig *Nein* sagen würde, würde er sicher aufhören.

»Wenn du das Herrn Minnard sagst, wird Daniel sicher ersetzt werden«, meinte Ronco.

»Diesem Herrn sage ich bestimmt nichts! Der kann mich mal kreuzweise.« Herr Minnard war so ziemlich der letzte Mensch auf Erden, dem ich vertrauen würde, dieses chauvinistische Arschloch.

»Santino und Florian haben durchaus auch Einfluss.«

Ich schüttelte den Kopf. »Ja, sie haben schon gesagt, sie bringen ihn um, wenn er es wagt, mich anzufassen«, gestand ich und spürte

Noahs Blick auf mir. Die beiden machten eindeutig mehr aus der Geschichte, als es war. Ich musste nur endlich mal den Mut aufbringen, den Typen klar abzuweisen, und es irgendwie hinbekommen, dass er mich nicht aus verletztem Stolz mit irgendeinem fadenscheinigen Grund beim Minnard anschwärzte und auf diese Weise für meine Heimreise sorgte.

»Tut mir leid, Elina. Ich muss das noch mal aufmachen und nachsehen, woher das Blut kommt.«

Ich seufzte. Im Grunde hatte ich so was schon befürchtet, als ich den durchgebluteten Verband zu Gesicht bekommen hatte. Ich lehnte mich an Ronco vorbei und meinte an Noah gewandt: »Geh ruhig schon. Du brauchst Bettruhe. Bleib liegen, bis ich komme, Ronco hat mir alles erklärt. Nell kümmert sich bis dahin sicher um dich.«

»Ach Quatsch. Du hast auf mich gewartet und ich warte jetzt auf dich«, entgegnete er sofort und entlockte mir ein sanftes Lächeln. Dieser Noah war … angenehm.

»Na ja, dann wirst du hier warten müssen und ich nehme sie mit rüber. Sie muss sich hinlegen, damit ich gut rankomme und besser sehen kann«, dämpfte Ronco Noahs Enthusiasmus. Ich sah richtig, wie die Enttäuschung ihn zurück auf die Liege sacken ließ. Das fand ich irgendwie süß.

Einem Impuls folgend stand ich auf und ging zu Noah, einen Mull auf die Wunde gepresst. Ich beugte mich über ihn und küsste ihn auf die Stirn. »Du gehörst ins Bett. Geh, ich komm bald nach«, versprach ich sanft und doch nachdrücklich. Ich wollte ihn einfach nur festhalten und heute sonst nichts anderes mehr tun. Vielleicht war es ganz gut, dass ich das jetzt nicht konnte, sonst würde ich noch lauter dumme Entscheidungen treffen.

»Ich sag Sonny, er soll bleiben, der muss in kein Bett«, meinte Noah rau. Ich horchte auf. Vielleicht bildete ich mir das auch nur ein, aber Casanova war doch gerade bewegt davon, dass ich ihn ganz unschuldig auf die Stirn geküsst hatte, oder nicht?

Ich musste lächeln. Dann nickte ich zustimmend und ging mit Ronco aus dem Raum. Die erstaunten Blicke der anderen ignorierend folgte ich dem Arzt durch das Vorzimmer und verschwand mit ihm im Behandlungszimmer gegenüber, wo ich mich bäuchlings auf die Liege legte.

Es dauerte keine fünf Minuten, da klopfte es, und auf das »Herein« von Ronco hin betrat Sonny den Raum und setzte sich am Rand auf einen Stuhl.

»Geht's dir gut?«, fragte er besorgt.

»So weit.« Ich legte meinen gesunden Arm unter meinen Kopf und bettete meine Wange seitlich auf meinem Handrücken, sodass ich Sonny ansehen konnte. Es ziepte und zwickte an meinem Arm. Da Ronco noch etwas Betäubungsmittel nachgespritzt hatte, spürte ich kaum mehr als den Druck seiner Bewegungen.

»Du bist verletzt.«

»Wirklich? Ist mir gar nicht aufgefallen.«

Sonny grinste mich an. »Dann ist ja gut, dass ich dir das sage.«

»Ja, danke. Ich hätte es sonst nicht bemerkt.«

»Jetzt im Ernst, Kätzchen. Wie ist das passiert?«

»Ein kleiner Unfall«, druckste ich herum. Es war nicht Noahs Absicht gewesen. Ich hatte heute schon einen Mann schlechter dastehen lassen, als er es verdient hatte. Ronco und Noah dachten sicher, Daniel hätte wer weiß was getan.

»Und was für ein Unfall?«, hakte Sonny nach.

»Ich bin gestolpert«, log ich und wusste gar nicht, wieso eigentlich. Die Worte waren mir entschlüpft, ehe ich darüber nachdenken konnte.

Ronco hustete auffällig. So ein Verräter.

»Du bist eine entsetzlich schlechte Lügnerin, Kätzchen.«

Ich funkelte Ronco vorwurfsvoll an, der nur mit Unschuldsmiene weiter konzentriert meine Wunde behandelte, dann drehte ich meinen Kopf wieder auf die andere Seite und begegnete Sonnys tadelndem Blick.

»Genau genommen habe ich nicht gelogen, nur was weggelassen.«

Sonny presste seine Lippen mahnend zusammen. Er verschränkte die Arme vor der Brust und funkelte mich auffordernd an.

Ich senkte betreten den Blick. Eigentlich hasste ich Lügner, und jetzt log ich selbst. Seufzend gestand ich: »Es ist bei Noahs Behandlung passiert.«

»Wie das?«

»Er war benommen, und wir wussten nicht, dass er eine ausgekugelte Schulter hatte. Er hat vor Schmerz um sich geschlagen. Da bin ich rückwärts gestolpert und gegen die Anrichte geknallt. Irgendwie hat danach ein silbernes Ding in meinem Arm gesteckt.«

»Ein Skalpell«, half Ronco aus.

»Ja gut, ein Skalpell hat in meinem Arm gesteckt. Das war's.«

»Und wieso wolltest du mir das nicht erzählen?«

»Noah kann ja nichts dafür. Mit den Schmerzmitteln und dem Schock, er war schließlich nicht bei sich. Sonst hätte er mich nie so von sich gestoßen. Es war also wirklich ein Unfall. Und bevor du ihm das so typisch Kerle unter die Nase reibst, fand ich eben, ich behalte es für mich. Das wäre nämlich echt nicht fair«, redete ich mich richtig in Rage. Puh, eine *Entschuldigung, dass ich gelogen habe,* wäre eigentlich angebrachter gewesen.

Sonny ließ meine flammende Rechtfertigungsrede unkommentiert. Nur einen kurzen Moment musterte er mich eingehend, und ich bekam das Gefühl, regelrecht durchleuchtet zu werden. Doch statt einer bohrenden Frage, wie ich sie erwartet hatte, überschlug Sonny nur seine Beine, lehnte sich zurück und fragte: »Was hast du heute so getrieben? War dein Tag sonst schön?«

»Ähm … ja.«

»Wo wart ihr denn? Hab dich die ganze Zeit nicht gesehen.«

»Ich war erst drüben auf dem Hochjoch und dann sind wir zur Piste fürs Neujahrsrennen.« Warum dieser plötzliche Themenwechsel?

»Wirklich? Durftest du die Piste auch fahren?«

Langsam entspannte ich mich. Das war kein Trick, er hatte wirklich das Thema gewechselt. »Ja, Flo und Santi hatten die Piste für zwei Stunden reserviert.«

»Da waren doch auch noch andere Männer dabei.«

»Ja, stimmt. Vice und Liam. Die beiden sind Kommilitonen von Flo aus Berlin. Es hat richtig Spaß mit denen gemacht. Irgendwie komme ich mit Männern immer besser klar als mit Frauen.«

»Echt? Wieso?«

Früher hätte ich gesagt, *weil Frauen immer so schnell werten.* Aber in meinem ersten Semester an der Uni hatte ich einen Vortrag vom

Frauenreferat zum Thema Misogynie gehört. Ich würde nie vergessen, wie diese Frau damals erklärt hatte, dass genau solche Aussagen der Diskriminierung meines eigenen Geschlechts entsprachen. Mit so einer Art zu denken hielten wir Frauen uns selbst klein. Ich wusste noch nicht, ob ich ihr da zustimmen würde, doch ich konnte den Gedanken nur schwer wieder abschütteln, und seither bemühte ich mich, meine Sichtweise zu hinterfragen und konkretere Aussagen zu treffen. »Das liegt daran, dass ich mich nicht so richtig traue, ich zu sein. Ich denke oft schon bei einem Blick oder einem Kichern, dass man sich über mich lustig macht. Ich kann dann nicht loslassen und denke viel mehr darüber nach, was ich sagen kann und was ich besser nicht ausspreche. Männer kichern eher selten. Ich weiß, ich interpretiere viel zu viel in die Blicke und das Verhalten rein, deshalb fühle ich mich unter Männern häufig freier. Zumindest, bis ich die Frauen besser kennengelernt habe. AJ und Nell mag ich zum Beispiel total.« Puh, das waren jetzt so viel mehr Worte als *Frauen werten so schnell.* »Jedenfalls waren wir auf der Piste fürs Neujahrsrennen und ich bin mit Santi um die Wette gefahren. Er hat fast immer gewonnen, nur einmal nicht. Ich glaube allerdings, er hat nicht ernst gemacht, weil er so geschockt von meinem Sturz war«, überlegte ich laut.

»Du bist gestürzt?«

»Ja.« Ich lachte bei der Erinnerung. »Es muss richtig schlimm ausgesehen haben. Die Männer waren allesamt total schockiert und Santi hatte richtig daran zu knabbern.«

»Tut dir etwas weh?«, fragte Ronco sofort.

Ich drehte meinen Kopf wieder auf die andere Seite und sah ihn überrascht an, als ich sein sorgenvoll gefurchtes Gesicht entdeckte. »Mir geht's gut«, versicherte ich.

»Das war nicht die Frage«, beharrte er.

Ich rollte mit den Augen.

»Denkst du nicht, Santino könnte es mir übel nehmen, wenn ich dich schon auf der Liege habe und nichts tue, obwohl du vielleicht noch eine Verletzung hast, die ich behandeln könnte?« Mist, er schlug mich mit meinen eigenen Waffen.

Murrend erzählte ich ihm von dem Ziehen im Rücken und einem Schmerz seitlich an der Hüfte. Natürlich untersuchte er mich eingehend, was mich zwar nervte, aber auch ein bisschen beruhigte. Es war eigentlich immer besser, sicherzugehen. Sonny und ich plauderten während der Untersuchung die meiste Zeit über den heutigen Tag, bis er mir plötzlich die eine Frage stellte: »Wie geht es jetzt eigentlich mit Noah weiter?«

Ich presste meine Lippen zusammen. Wollte ich ihm Noahs Pflege einfach übergeben? Wäre das nicht der beste Weg, der einfachste Weg für alle, und vor allem für mich? Nur irgendwie fühlte ich mich verantwortlich. Ich hatte Noah bis hierher begleitet. Außerdem hatte Lysander *mich* mitgeschickt, und er war schließlich Noahs bester Freund. Noah war vorhin wieder anders gewesen. Auch wenn der Typ echt Scheiße gebaut hatte, im Grunde hatte er mich nie angelogen. Von Anfang an hatte er mir gesagt, dass unser heißer Sex rein gar nichts zwischen uns ändern würde. Wir waren nicht zusammen gewesen. Natürlich würde ich einen Teufel tun und noch einmal so weit mit ihm gehen, doch wenn er so war wie vorhin im Behandlungsraum, so seltsam offen mir gegenüber, dann konnte ich mir schon vorstellen, dass wir Freunde werden könnten. Er faszinierte mich immer noch, weckte meine Neugier, und gerade ich konnte ihn kaum dafür verurteilen, dass er einen freizügigen Lebensstil führte, auch wenn ich seit ich hier war bisher nur mit Noah geschlafen hatte. Manchmal, in Momenten wie am ersten Abend in der Küche, da glaubte ich fast, dass wir uns ähnlicher waren, als wir beide es zugeben wollten, bis Noah dann etwas Verletzendes abzog, wie die mörderischen Blicke oder das Herumgevögel. Außerdem hatte nicht nur er gelogen, das konnte ich ihm kaum vorwerfen. Ich ließ sie schließlich immer noch alle glauben, ich wäre die letzten Abende draußen gewesen, um mit allen möglichen Männern zu schlafen. »Ronco hat mir alles erklärt«, wehrte ich subtil ab.

Sonny musterte mich wachsam, als würde er herausfinden wollen, ob ich wirklich gerade gesagt hatte, dass ich mich um Noah kümmern würde. Also hielt ich seinem Blick stand.

Sonny verzog nachdenklich die Lippen, dann lehnte er sich vor und stützte seine Unterarme auf seinen Knien ab. »Wenn du mir sagst wie, kümmere ich mich um Noah.«

»Das wäre albern. Wir beide haben die kommenden zwei Tage eh Fahrverbot, da wäre es überflüssig, wenn du auch noch zu Hause bleibst. Danach können wir gern noch mal drüber reden.« So, das war jetzt eindeutig gewesen, ohne meine Motive offenzulegen. Ich war richtig zufrieden mit mir.

»Meinetwegen«, lenkte Sonny ein. »Das Angebot steht.«

»Danke.«

***

In den klobigen Skischuhen quer durchs Dorf zu schlurfen war ätzend. Besonders mit den schweren Skiern auf der Schulter. Sonny hatte mir zwar angeboten, die auch noch zu tragen, doch er nahm mir schon die Stöcke ab, damit ich meinen rechten Arm schonen konnte.

Bei jedem Schritt kratzte die harte Plastiksohle des Schuhs über den Splitt auf dem Bordstein, ein fürchterliches Geräusch, das mir eine Gänsehaut auf die Arme trieb.

»Hey, Teufelin, da bist du ja«, rief Florian uns entgegen, als wir um die letzte Ecke zum Haus bogen.

Sonny warf mir einen fragenden Blick zu. Da ich nicht die geringste Ahnung gehabt hatte, dass Santi und er auf mich warteten, zuckte ich mit den Schultern, na ja, soweit das mit den Skiern auf meiner linken Schulter möglich war.

»Ist alles gut bei dir?«, fragte Santi besorgt, kaum dass wir an der Einfahrt zur Garage unseres Hauses ankamen. Er tastete mich einmal von oben bis unten mit seinem Blick ab, ehe er erleichtert die Luft ausstieß.

»Alles super.«

Sonny zog nur eine Augenbraue hoch, ein Blick, der mich Lügen strafte. Ich ignorierte das mulmige Gefühl der Schuld in meinem Magen. Dafür, dass ich es hasste zu lügen, passierte mir das in letzter Zeit ziemlich häufig.

»Ich geh schon mal vor. Soll ich deine Skier mitnehmen?«

»Gern.« Ich übergab ihm meine Bretter, die er mit in den Keller nahm. »Danke«, rief ich noch schnell hinterher.

»Kein Ding, Kätzchen. Bis gleich.« Dann verschwand er auch schon ins Haus.

Ich lächelte warm. Sonny war einfach ein Herz von einem Menschen. Inzwischen hatte ich den schlaksigen Fußballer echt lieb gewonnen.

»Und dir geht's wirklich gut?«, hakte Florian nach.

»Ja, klar.«

»Ich dachte nur, weil du noch bei Ronco warst. Wir haben Noah und Lysander getroffen, als sie hier ankamen. Sie meinten, du wärst noch bei ihm«, berichtete Flo.

»Das stimmt. Er hat mich wegen des Sturzes vorhin untersuchen wollen. Jetzt habt ihr es offiziell, es ist alles gut.« Den Schnitt unterschlug ich mal eben. Es war mir jetzt zu doof, das alles noch mal aufzurollen.

»Ach so, na dann.«

»Noah sah nicht so fit aus«, bemerkte Santi besorgt.

Ich winkte ab. »Der wird schon, wenn er brav Ruhe hält.«

»Gut zu hören. Sehe ich dich heute Abend in der Bar?«, fragte Santi mit hoffnungsvollem Unterton. Ich freute mich über die indirekte Einladung. Wieso eigentlich nicht?

»Klar. Musst du heute arbeiten?«

»Muss er doch jeden Abend. Ist schließlich seine Bar«, schnaubte Florian.

Santi warf seinem Trainer einen vernichtenden Blick zu. Dann erst sah er mich wieder an und das Lächeln, das er mir schenkte, ließ sein raues Gesicht erstrahlen. »Wenn nicht allzu viel los ist, kann ich um zehn Schluss machen.«

»Oh, cool«, freute ich mich. »Dann bin ich spätestens um zehn da.«

Santi strahlte mich an und mir wurde warm. Er sah unglaublich gut aus. Vorfreude kribbelte in meiner Brust, und ich konnte es kaum erwarten, heute Abend wieder mit ihm und Florian und vielleicht sogar Vice und Liam die Welt um mich herum zu vergessen.

Kapitel 22

Und?« fragte Lysander.

»Ich war die meiste Zeit weggetreten«, brummte Noah. »Offenbar war sie immerzu da.« Seine Stimme klang beinahe selig. Ich sollte nicht lauschen! Sollte ich wirklich nicht. Und doch wollten meine Füße sich keinen Zentimeter vorwärtsbewegen. Stattdessen stand ich vor der angelehnten Holztür und hielt den Atem an.

Lysanders tiefer Bariton drang problemlos bis zu mir. »Woher hat sie diese Verletzung am Unterarm?«

»Keine Ahnung. Vielleicht ist sie älter.«

»Nein, Ronco hat sofort begriffen, was los war, obwohl er nichts gesehen hatte. Er wusste von der Verletzung«, widersprach Lysander. Verdammt, war der Typ aufmerksam.

»Weißt du irgendwas?«, fragte Noah gerade vermutlich Sonny, denn der antwortete jetzt:

»Frag sie doch einfach.«

Es freute mich, dass Sonny es mir überließ, ob ich Noah davon erzählen wollte oder nicht. Ich hob gut gelaunt meine Hand an die Türklinke, da sagte Lysander plötzlich: »Ihr habt Händchen gehalten.«

Ich erstarrte mitten in der Bewegung und sah den neckenden Hünen fast bildlich vor mir. Atemlos lauschte ich auf die Antwort. Es stimmte, ich hatte Noahs Hand gehalten, weil es sich in dem Moment richtig angefühlt hatte. Es war Aufmunterung gewesen, und schlichtes Für-ihn-da-Sein. Nicht mehr!

»*Sie* hat *meine* Hand genommen«, murmelte Noah ganz benommen. »Und als ihr kamt, wollte ich meine Hand wegziehen, sie hat das nur nicht zugelassen.«

Ein bisschen fühlte ich mich verraten. Allerdings sprach er im Grunde nur die Wahrheit aus.

»Vielleicht ein Waffenstillstand, weil du so daneben warst«, meinte Sonny. Na, wenigstens einer, der es richtig verstanden hatte.

Der matte Anflug von Wut verpuffte und ich musste mir ein freudiges Schmunzeln verkneifen. Es überraschte Noah ganz offensichtlich, dass ich seine Hand gehalten hatte. Nun, auch wenn Mr Casanova ein Arsch gewesen war, konnte ich nicht verhindern, dass ich mich geschmeichelt fühlte, dass ich mit einer so schlichten kleinen Geste einen so großen Effekt bei ihm erzeugen konnte. Es war fast, als hätte ich Macht über ihn. Damals schon in dieser ersten Nacht in der Küche, als wir beide die warme Milch mit Honig genossen hatten, da hatte auch schon eine kleine Geste den sonst so abgebrühten Kerl aus der Bahn geworfen.

Wenn er in den Tagen dazwischen nicht so viele andere Frauen flachgelegt hätte, würde ich glatt behaupten, Noah hätte Interesse an mir. Das war das Problem mit ihm, seine Handlungen passten für mich überhaupt nicht zusammen. Wie sollte ich so je schlau aus ihm werden?

Ehe ich noch weitere pikante Details erfahren konnte, klopfte ich leise an die Tür und trat ein. »Ich dachte, du schläfst. Stattdessen ist hier Rambazamba, oder wie?«

Die Jungs waren im Raum verteilt. Noah lag wenigstens in seinem Bett, wenn er sich schon nicht wirklich ausruhte. Lysander saß am Tisch und Sonny auf dem freien Bett ans Kopfende gelehnt, die dünnen Beine, die in einer herrlich anmutenden langen Unterhose steckten, entspannt an den Knöcheln gekreuzt. Seine Skihose hing unbeachtet über der Stuhllehne neben Lysander. Er war offensichtlich nicht mehr in sein Zimmer gekommen. Es sah urgemütlich aus, allerdings auch absolut unsexy. Ich war froh, erst hochgegangen zu sein, um meine lockere Leinenhose anzuziehen und nicht in voller Montur direkt hier aufzuschlagen.

Noah lag auf seiner Bettdecke und trug inzwischen seine schwarze Jogginghose. Er lächelte mich zaghaft an, dann klopfte er auf den Platz neben sich. Sollte ich das wirklich tun? Würde er das nicht vielleicht auch falsch verstehen? Dann erinnerte ich mich daran, wie er blass und beinahe leblos auf Roncos Behandlungsbank gelegen hatte, und ging zu ihm hinüber, wo ich mich auf die Bettkante setzte. Noah berührte ganz vorsichtig meinen rechten Unterarm und sah mich fragend an.

»Ach, es ist nichts.«

»Wie ist das passiert?«

Ich zuckte nur mit den Schultern.

»Du warst das«, mischte Sonny sich plötzlich ein, und ich fuhr mit zornigem Blick zu ihm herum. So viel zu der Annahme, er würde es mir überlassen, was ich Noah preisgab.

»Verräter!«

Noah berührte mich erneut, woraufhin ich mich wieder zu ihm drehte.

»Ich war das?« Er runzelte verwirrt die Stirn. Logisch, woher sollte er auch wissen, was passiert war?

»Nicht direkt«, relativierte ich sanft. »Wir wollten deine Skijacke ausziehen und wussten nicht, dass du eine ausgekugelte Schulter hattest. Deine Schmerzen müssen schlimm gewesen sein. Du hast um dich geschlagen. Ich hab eben nicht damit gerechnet und bin gegen die Arbeitsplatte gestolpert, da lagen einige Instrumente und ich muss blöd dagegengekommen sein.« Bei jeder Formulierung achtete ich bewusst darauf, dass er keinerlei Schuldzuweisung darin lesen konnte.

Nur sah Sonny offenbar gar nicht ein, nachsichtig mit Noah zu sein. »Ronco meinte, das Skalpell steckte tief in ihrem Arm. Du musst sie mit ganz schön Schmackes von dir geschleudert haben.«

»Alexander!«, fuhr ich ihn mit echtem Zorn in der Stimme an. »Es reicht!«

Der Kerl besaß die Dreistigkeit, mich auch noch anzugrinsen.

»Du schonst mich«, begriff Noah leise flüsternd.

Ich senkte meinen Blick und strich über seine Finger, die noch immer auf meinem Unterarm lagen. »Du warst nicht bei dir. Du konntest gar nichts tun. Es ist nicht fair, dass er dich damit auch noch aufzieht.«

Noah sah an mir vorbei Lysander an und nickte Richtung Tür. Der Hüne verstand die Aufforderung und ging mit Sonny raus. Ich starrte den beiden Männern hinterher. Sie ließen uns gerade bewusst allein.

Wollte ich das? Ich konnte jederzeit aufstehen und verschwinden. Es wäre ganz leicht zu gehen, aber mir war gar nicht nach gehen zumute. Etwas an Noah zog mich an, weckte das Bedürfnis, hier bei ihm zu bleiben, ihn zu pflegen und vielleicht endlich einen Blick hinter seine Fassade zu werfen. Ich wollte ihn verstehen, so sehr, dass ich schon von ihm geträumt hatte. Nur barg das das Risiko, doch noch Gefühle für diesen Mann zu entwickeln, und wenn ich mir eingestand, wie schwer es mir fiel, aufzustehen und zu gehen, war ich in viel größerer Gefahr, etwas zu empfinden, als ich bisher angenommen hatte.

Noah berührte mich sanft an der Schulter. Ich riss meinen Blick von der geschlossenen Tür los und begegnete seinem. Seine blaugrünen Augen funkelten warm und beinahe liebevoll, als er mir so offen in meine sah. Ich schluckte schwer.

»Was ist los, Elina?«

Ich haderte.

»Sag es mir, Wildkatze.«

Ein Lächeln huschte über mein Gesicht. Also schön: »Du warst so leblos. Am liebsten hätte ich immerzu deinen Puls gemessen. Und du warst so blass. Niemand wusste, was mit deinem Kopf war. Am Ende hättest du Blutungen im Hirn haben können oder so. Ich mein, du warst irgendwann nicht mehr ansprechbar, das ist nie ein gutes Zeichen, und du warst einfach so entsetzlich blass.«

Noah drückte meinen Arm. Er hatte begriffen, was ich ihm gerade offenbart hatte. Sein bewegter Blick ging mir direkt unter die Haut.

Plötzlich lächelte er. »Wie wäre es? Ein Waffenstillstand, nur für heute?«

War das eine gute Idee? Ich war das Kämpfen müde, und ich war es so leid, mich in diesem Haus einsam zu fühlen. Außerdem könnte ich bei einem Waffenstillstand tatsächlich einmal einen Blick auf sein wahres Wesen werfen. Also nickte ich, unsicher, ob ich ihn damit nicht doch zu nah an mich heranließ.

Noah zog an meinem gesunden Arm. »Komm her, Wildkatze«, murmelte er rau. Ich begriff, was er von mir wollte, und war beinahe überrascht, dass ich es zuließ. Seinem Zug folgend kletterte ich über ihn, legte mich neben ihn auf die Seite und bettete meinen bandagierten Arm auf seinem Körper. Noah legte seinen unverletzten Arm um mich und intuitiv schmiegte ich mich an seine Brust. Tiefe Ruhe sank in meinen Körper und löste all die Anspannung der letzten Stunden und Tage. Das stetige Pochen unter meinem Ohr erleichterte mich. »Ich höre dein Herz«, murmelte ich zufrieden.

»Siehst du, es schlägt ganz kräftig. Kein Grund zur Sorge«, beruhigte er mich.

»Nicht mehr.« Ich schmiegte mich noch etwas enger an ihn. Dann folgte ich der Entspannung meines Körpers, schloss die Augen und ließ den Stress und die Sorgen einfach los.

***

NOAH

»Das ist doch …«, entfuhr es Sonny, als dieser mit Lysander und Kai nach dem Abendessen wieder ins Zimmer kam. Noah konnte nur benommen grinsen. Sie so nah an sich zu spüren, und das, nachdem er heute Morgen noch geglaubt hatte, er hätte seine Chance für immer verspielt, das war wie in einem Traum.

»Unfassbar?« schlug Kai vor.

Noah sah hoch zu ihnen und konnte kaum verhindern, ganz offen zu zeigen, wie glücklich er in diesem Moment war. Elina schlief ganz entspannt in seinem Arm. Auch wenn er genau wusste, dass es nur ein Waffenstillstand und vermutlich nur für heute Abend war, selbst wenn er nur diesen einen Moment bekam, dann war er damit zufrieden. Er hatte nicht geglaubt, ihr je wieder nah sein zu können.

»Sonny, Decke«, flüsterte er, und Sonny ging wie selbstverständlich zum dritten Bett und holte die Decke. Gestern Abend nach seinem Geständnis, ihrer Aussprache und seiner Entschuldigung war Sonny nicht mehr verurteilend oder abweisend gewesen. Noah würde fast sagen, sie waren jetzt Freunde.

»Sollen wir rüber gehen?«, fragte Sonny ihn leise.

Noah zögerte. Natürlich wäre er gern mit ihr allein, doch das wäre nicht gut. Sein Herz pochte wie verrückt bei dem Gedanken. Nur war Elina nicht als potenzielle Partnerin hier, sondern als Freundin. Sie war heute für ihn da gewesen, und natürlich weckte das seine Hoffnung. Aber so, wie er sie bisher kennengelernt hatte, würde sie ihn nicht so schnell wieder an sich heranlassen. Als Freund hatte er vielleicht eine Chance, und wenn er diese Frau nur als Freundin in seinem Leben haben konnte, dann nahm er das gern an. Und wer wusste schon, ob mit der Zeit aus Freundschaft nicht mehr werden könnte? »Nein, ich brauche Ablenkung«, sagte er beinahe gequält mit liebevollem Blick hinunter auf die schlafende Frau in seinem Arm.

Lysander gluckste. »Sie ist dir sehr nah, nicht wahr?«

Noah verzog sein Gesicht und streckte seinem Freund die Zunge raus.

Lysander und Sonny setzten sich an den Tisch und zogen sich die Stühle so heran, dass sie Noah zugewandt saßen. Kai dagegen stand zu einer Salzsäule erstarrt noch immer an der Tür. Verständlich, er war gestern Abend bei ihrer Aussprache nicht dabei gewesen, sondern gleich zu Nell und AJ gerannt, um ihnen brühwarm zu berichten.

»Sonny?«

»Hm?«, machte der und begann, die Karten auf dem Tisch zu mischen.

»Du musst auf Elina aufpassen.«

Sonny blickte auf, genau wie Lysander.

»Vorhin hat sie Ronco erzählt, wie weit Daniel immer mal wieder geht. Ich würde sie ja selbst im Auge behalten, aber ich bin mir sicher, dass unser Waffenstillstand morgen früh endet.«

»Wie weit konnte er schon gehen? Ich war doch immer da.«

»Na ja, heute warst du nicht da. Das haben wir nicht bedacht. Und offensichtlich hat er seine Wege gefunden. Ich befürchte einfach, dass Lysander recht hat und sie immer interessanter für ihn wird, je länger sie sich ihm entzieht. Er könnte irgendwann vergessen, wo die Grenzen liegen, und sie einfach überschreiten. Diesem Kerl traue ich alles zu«, knurrte Noah.

»Wie weit ist er denn gegangen?«, fragte Lysander mit drohendem Unterton. Es war bemerkenswert, wie sie alle Elina beschützen wollten. Irgendwie war die kleine Wildkatze zu einem wichtigen Teil der Gruppe geworden. Allein wie integriert Sonny dieses Jahr war, der sonst immer mehr so am Rand mitgelaufen war und ganz oft sein eigenes Ding gemacht hatte.

»Das hat sie nicht gesagt. Sie hat nur erwähnt, dass er sie berührt, obwohl sie es nicht will«, meinte Noah, und die Wut in seiner Stimme vibrierte. Er hatte Mühe, nicht aufzustehen und diesem Aas direkt eine zu verpassen.

»Wir alle werden ein Auge darauf haben, und ich bin mir sicher, dass Santino und Florian auch helfen werden, auf sie aufzupassen«, schlug Sonny vor.

»Wie kommt es eigentlich, dass sie mit diesem Santino rumhängt?«, rutschte es Kai patzig heraus.

Ehrlich? Das war das Erste, was er zu sagen hatte? Noah musste dringend mal mit Nell reden. Sie musste ihre Kuppelversuche dringend einstellen. »Das, mein Lieber, kann dir höchstens Sonny beantworten, wenn er das denn will«, meine Lysander kühl.

»Ich will nicht«, stellte Sonny klar. »Das geht euch nämlich alle nichts an.«

»Wie bitte? Wir wollen hier doch alle dasselbe. Wieso stellst du dich jetzt quer?«, fuhr Kai Sonny an.

Elina regte sich. Verdammt, sie waren zu laut gewesen. Alle hielten sie den Atem an und warteten, bis Elina sich noch etwas enger an Noah schmiegte und sich nach einem tiefen Seufzen nicht mehr regte. Er konnte seinen Blick kaum von ihrem entspannten Gesicht losreißen.

»Ich weiß ja nicht, was *du* willst. Was wir wollen, ist vollkommen unabhängig von Santino. Du verbringst zu viel Zeit mit Nell!«, warf Sonny ihm vor, und Kai ballte ob dieser Anschuldigung seine Hände zu Fäusten. Sonny mischte die Karten weiter und begann auszuteilen, den wütend starrenden Kai an der Tür ignorierend.

Lysander war nachsichtiger mit Kai. »Hey, du bist ein toller Kerl, aber in diesem Punkt haben wir eindeutig unterschiedliche Ansichten. Wir wollten Noah ablenken, also entweder wechseln wir jetzt das Thema oder ich bitte dich, uns ein Weilchen allein zu lassen.«

Kai starrte erst Lysander und dann Noah nachdenklich an. »Ich denke, ich unterhalte mich ein wenig mit Nell.«

»Tu das«, entgegnete Lysander mit einem nichtssagenden Lächeln. Sonny war nicht so beherrscht. Er starrte Kai enttäuscht an. Die Sache war die, Noah verstand ihn. Kai sah sie beide zusammen im Bett und glaubte offensichtlich, dass sie einander wollten. Und Noah wollte ja auch, aber die kleine Wildkatze nicht, und sie hatte jedes Recht, ihm zu misstrauen. Kai und auch Nell sahen ihre Perspektive nicht. Statt ihr Luft zum Atmen zu lassen, versuchten die beiden und AJ, Elina mit aller Macht zurück in seine Arme zu treiben. In Arme, die sie verletzt und gedemütigt hatten. Er musste wirklich dringend mit seiner Cousine reden. Sie würde am Ende noch jeden Versuch, Elina ein guter Freund zu sein, zerstören.

Kapitel 23

– 28.12. –

»Herr Minnard kommt!«, weckte mich Noahs Stimme. »Komm schon, Wildkatze, du musst aufwachen.« Sanft schüttelte er mich an der Schulter.

Das war jetzt ein schlechter Scherz, oder?

»Und wenn ich nicht will?«, murmelte ich und schmiegte mich noch etwas enger an die warme Brust.

Ein Lachen, das es stark unter meinem Brustbein kribbeln ließ, erklang.

»Komm schon«, bat er und strich mir sanft über die Wange. »Er redet gerade mit Daniel und Alice. Du musst dich nur hinsetzen und wieder so geschickt vortäuschen, du würdest mit mir Karten spielen.«

Na schön. Ich raffte mich auf, dachte dabei nicht an meine Verletzung und zuckte bei dem stechenden Schmerz, der meinen Arm hinauffuhr, zusammen. Intuitiv zog ich ihn schützend an meine Brust und plumpste mit dem Oberkörper nach vorn. Noah fing mich schnell auf und schmunzelte, als er sah, dass es mir gut ging. Verlegen krabbelte ich über ihn und schaffte es schließlich aus dem Bett, zog einen Stuhl heran und griff nach den Karten auf dem Tisch.

In diesem Moment platzte Daniel ins Zimmer. »Frühstück, Leute.« Der Kerl kam zum ersten Mal überhaupt zu einem von uns ins Zimmer. Was sollte das denn? Und dann auch noch, ohne anzuklopfen.

Kai war gerade dabei, eine Jeans anzuziehen, und blickte etwa so überrascht, als hätte er einen Geist gesehen. Mit einem Bein halb in der Hose, rang er hüpfend um sein Gleichgewicht. Er schaffte es nicht, die Balance zu halten, und plumpste seitlich auf sein Bett.

Ich kicherte. Kai sah himmlisch aus. Mein Kichern erstarb allerdings, als dieser Minnard eintrat. Mann, der ging mir vielleicht auf die Nerven. Sein scheinbar freundliches Lächeln erstarb, als er mich entdeckte.

»Junge Dame!«, fuhr er mich an. »Hatte ich dir nicht etwas zu Aufenthalten in diesem Zimmer gesagt?«

Ich war in Streitlaune. »Junger Herr«, ätzte ich, seinen tadelnden Ton verwendend, und stemmte meine Hände in die Seiten. Blöde Idee, aber ich ignorierte den Schmerz und funkelte diesen frauenfeindlichen Mistkerl an. »Ich sitze weder *im* Bett des Herrn noch gibt es eine Chance für uns, das Wohnzimmer zu nutzen. Sie können sich also Ihre Moralpredigt sparen.«

Alle im Raum schienen die Luft anzuhalten.

Herr Minnard lief hochrot an. »Freches Ding!« Seine Halsschlagader schwoll an und pochte unter seiner zornroten Haut. Es sah absolut affig aus.

Ich seufzte theatralisch auf. »Also ehrlich. Sie haben hier ein Haus mit je fünf jungen Männern und Frauen. Wenn Sie nicht wollen, dass es zu Interaktionen kommt, dürfen Sie eben keine gemischte Fahrt anbieten. Erst recht sollte keine Sauna und kein Whirlpool im Keller so eines Hauses sein.« Wirklich, wie naiv konnte man schon sein?

Herr Minnards Gesichtsfarbe wechselte von Rot zu Weiß, als er mich entgeistert anstarrte. »Was willst du damit andeuten?«

Hm, vielleicht nicht die beste Idee, den Typen zu reizen, der mich heimschicken könnte. Klassischer Fall von erst reden, dann denken. »Ich deute gar nichts an. Keiner von uns würde das Risiko eingehen, nach Hause geschickt zu werden«, relativierte ich schnell und machte eine abwinkende Geste. »Ich habe lediglich gesagt, dass Sie die Versuchungen reihenweise selbst provozieren.«

Minnard wandte sich an Daniel. »Haben Sie etwas zu melden?«

»Ja, Daniel, gab es irgendwelche ungehörigen Interaktionen in diesem Haus? Im Bad, zum Beispiel?« Ich konnte es mir einfach nicht verkneifen. Daniel sollte ja die Klappe halten. Er hatte mehr zu verlieren als ich. Sicher konnte er für seinen Sex mit Dina gefeuert werden.

Daniel funkelte mich zornig an, dann lächelte er. »Nicht, solange ich in diesem Haus bin.«

Oh, das war dumm, Daniel.

»Gut, dann werden Sie jetzt auch nachts hier schlafen«, verkündete Herr Minnard. Tja, das hatte Daniel jetzt davon. Bisher hatte er nachts meistens nach Hause zu seiner Frau gedurft, weil Alice die Nachtdienste übernommen hatte. Daniel grinste allerdings und nickte sogar ehrerbietig.

Vielleicht doch nicht so dumm. Es schien fast, als wäre das Daniels Absicht gewesen. Aber warum sollte er die Nächte hier verbringen wollen? So verbockte er sich doch die Chance, weitere Frauen flachzulegen. Oder war er Dina doch noch nicht leid, falls sie wirklich die Frau im Bad gewesen war? Ich traute ihm eigentlich nicht zu, dass er sich auf eine Gespielin beschränkte, mit der er seine Ehefrau betrog. Wollte Daniel am Ende mir näher sein? Das wäre ziemlich verblendet. Ich hatte nach unserem Kuss am ersten Abend jeden seiner Annäherungsversuche abgeblockt. Andererseits versuchte er es hartnäckig immer weiter. Verdammt.

Ich schüttelte die Gedanken ab, stand auf und sah Noah an, die anderen Nervensägen ignorierend. »Ich geh jetzt Frühstück für dich holen. Irgendwelche Wünsche?«

»Das tust du sicher nicht«, knurrte Herr Minnard.

Also, langsam hatte ich die Nase gestrichen voll von diesem Chauvi. »Gut, dann lass ich ihn eben verhungern.« Angriffslustig verschränkte ich die Arme vor der Brust. Schon wieder so eine dumme Idee. Ich zuckte vor Schmerz kurz zusammen, reckte dann mein Kinn. »Aufstehen darf er nämlich noch nicht.«

»Keiner hat dir gesagt, dass du das machen sollst. Das wird einer der Jungs erledigen.«

»Oh«, machte ich, scheinbar aus der Bahn geworfen. Dann funkelte ich ihn an. »So niedere Arbeit? Das hätte ich nicht gedacht. Es sollte doch in Ihre Sicht der Dinge passen, dass den Pflegejob eine Frau übernimmt.«

Dann schritt ich erhobenen Hauptes an ihnen vorbei, hielt kurz inne und lächelte diesen Schwachkopf triumphierend an. »Ach, schade, dass nur ich weiß, wie man ihn richtig behandelt. Da bleibt Ihnen wohl gar nichts anderes übrig, als mir den Posten zu überlassen.

Zumal sein Arzt leider im Urlaub ist.« Ich lächelte affektiert und rauschte einfach davon. So ein Mistkerl. Eigentlich hatte ich überlegt, Sonnys Angebot anzunehmen, aber so provoziert konnte ich einfach nicht anders, als diesem sexistischen alten Sack zu trotzen.

Kapitel 24

Ich half Noah, sich gemütlich hinzulegen, sodass er sich ausruhen konnte, und gleichzeitig den Fernseher gut im Blick hatte, den Herr Minnard hatte anschleppen lassen. Dann legte ich mich auf Kais ehemaliges Bett, in dem jetzt Sonny schlief – noch so eine Änderung für den armen verletzten Noah, der unbedingt seine Freunde bei sich haben musste – Kai hatte das Zimmer mit Sonny und Lysander tauschen müssen, da hatten sie ja Glück, dass alle Zimmer drei Betten hatten. An das Kopfende gelehnt mit zwei flauschigen Kissen im Rücken schaltete ich den Fernseher und den Blu-Ray-Player ein.

»Warum hast du eigentlich die Fernbedienung?«, murrte Noah.

»Weil ich die Pflegerin bin. Meine Entscheidung. Ich habe die Macht.« Theatralisch hielt ich die Fernbedienung vor mir in die Luft und sang ein sehr hohes »Haaa«, als wäre sie heilig. Noah grummelte, wobei ein amüsiertes Grinsen in seinen Mundwinkeln lauerte.

Es machte unglaublich viel Spaß, ihn zu ärgern. Mal eine Abwechslung zu Herrn Minnard, der ihm wirklich jeden Wunsch erfüllte. Ich drückte *Play* und holte damit zu meinem nächsten Schlag aus: *Stolz und Vorurteil.*

Noah stöhnte gequält auf, als die klimpernden Klaviertöne der Anfangsmelodie erklangen. »Muss das sein? Können wir nicht *Mission Impossible* gucken, oder irgendwas mit Kanonen?«

Fast bekam ich Mitleid mit ihm. »Mal sehen.« Ich zuckte mit den Schultern. »Je nachdem, wie du dich benimmst.«

»Ja, Mama«, knurrte er und ich lachte auf.

Er blieb tatsächlich während des ganzen Films leise. Ab und zu linste ich über den Tisch zu ihm hinüber, ob er eingeschlafen war, aber nein. Mr Casanova sah ganz ruhig, ja beinahe interessiert eine Jane-Austin-Verfilmung an. Würde ich es nicht live miterleben, würde ich es nicht glauben.

Als ich den Film ausstellte, überraschte er mich ehrlich. »Also, dieser Mr Darcy kann nicht mit seinen Gefühlen umgehen, verletzt Elizabeth dadurch und schafft es doch am Ende, sie für sich zu gewinnen«, schloss er in Gedanken. »Und das alles nur, weil ihre Schwester mit dem Kerl durchbrennt, der ihr schöne Augen gemacht hat.«

Ich erstarrte.

»Alles okay?«

Mir wurde plötzlich heiß und kalt. Mr Wickam war wie Sam. Mir wurde schlecht. Ich flüchtete aus dem Zimmer, blieb auf dem Flur stehen und lehnte mich haltsuchend an die Wand. Das glatte Holz der Wandvertäfelung unter meinen Fingerkuppen war kühl. Mein Atem ging hektisch, meine Brust fühlte sich an, als läge ein Betonklotz darauf. Wie Elizabeth hatte ich es nicht kommen sehen. So naiv. Ich wollte schreien. Ich war so wütend und gleichzeitig so verletzt. Tränen der Hilflosigkeit sammelten sich in meinen Augenwinkeln. Noah sollte mich so nicht sehen.

»Elina, bitte!« Da lag Sorge in seiner Stimme. »Ich kann dir nicht nachrennen. Bitte, Wildkatze. Komm wieder her und sag mir, was ich Esel Falsches gesagt habe.«

Ich musste ungläubig auflachen. Dann schlug ich mir eine Hand vor den Mund, schloss meine Augen und atmete tief durch, was mit dem Gefühl der Enge in meiner Brust kaum möglich war.

»Bitte, Elina, sonst komm ich doch und hol dich«, drohte er und schien das ernst zu meinen. Das Bett knarzte unter ihm. Ich seufzte auf, sah an die Decke und blinzelte meine Tränen weg, dann trat ich zurück in den Türrahmen. Ich lehnte mich an die Zarge und sah hinüber zu Noah, der sich immerhin schon in eine sitzende Position gewuchtet hatte.

»Du schaffst es ohne Hilfe doch gar nicht aus dem Bett.«

Er sah mich wehleidig an. »Was hab ich Falsches gesagt?«

Ich musterte ihn und fragte mich dabei, ob Angriff nicht vielleicht die beste Verteidigung war. »Mr Darcy könnte dir nachempfunden sein. Du und er, ihr handelt beide auf seltsam verquere Art. Da kann doch keine Frau mehr mitkommen.«

Noah ging allerdings nicht darauf ein. Er klopfte neben sich auf die Matratze. Sein Blick war so sanft. »Wenn du es mir nicht erzählen willst, ist das okay, aber Wildkatze, da schimmern immer noch Tränen in deinen Augen.«

Ich holte zittrig Luft und konnte ihn für einen Moment nur anstarren. Noah nahm meinen Schmerz ganz offen an. Er sah nicht weg, machte keinen dummen Spruch, und seine Züge spiegelten den Schmerz, der in meinem Innern wütete. Wie konnte er so mit mir fühlen, ohne die geringste Ahnung zu haben, was gerade passiert war? Zögernd betrat ich das Zimmer und schlich hinüber. Ohne ein Wort zu verlieren, kletterte ich über ihn und legte mich wie schon am Abend zuvor neben ihn.

»Noch ein Waffenstillstand?«, fragte er leise, als wir beide wieder lagen.

»Von wegen«, knurrte ich im Grunde haltlos. Ich hatte doch schon längst nachgegeben. »Darauf kannst du lange warten, Mr Schwerenöter.« Ich konnte nicht einfach zugeben, dass ich genau das gerade brauchte. Das ging nicht, nicht Noah gegenüber, nicht, nachdem er mich von Anfang an so bitter von sich gestoßen hatte.

Doch Noah legte seinen gesunden Arm um mich und zog mich an sich. Die sichere Umarmung und das rhythmische Pochen seines Herzens nahmen die bleierne Schwere von mir. Meine Muskeln entspannten sich mit jedem *Bubum*, das dumpf in seiner Brust klang, und ich gab mich dem Sog, den diese schützende Geborgenheit auf mich ausübte, hin.

Noah strich eine Strähne aus meiner Stirn. »Weißt du, reden kann helfen.«

»Und das von 'nem verkappten Gefühlsignoranten wie dir«, beschwerte ich mich.

Noah streichelte meinen Arm. »Von wem ist egal, es stimmt, Wildkatze«, sagte er sanft und drückte doch tatsächlich einen Kuss in mein Haar. Erst wollte ich mich dagegen wehren, gegen das entspannende Gefühl seiner warmen Finger auf meiner Haut und gegen den Duft seiner Nähe. Doch das Bedürfnis, es irgendjemandem zu erzählen, bahnte sich meine Kehle hinauf. Irgendwer sollte endlich hören, wie es mir bei dem ganzen Durcheinander ergangen war.

»Willst du das wirklich hören?«

»Ich höre zu.« Das war keine Antwort auf meine Frage. Doch es war die Antwort, die ich brauchte, um all die Worte, die ich so lange zurückgehalten hatte, endlich auszusprechen.

»Ich … also, ich habe schon geliebt. Er war mein Ein und Alles. Er war mein Leben. Alles hätte ich für ihn getan. Doch weil ich ihn so geliebt habe, war ich blind. Ich habe es nicht kommen sehen.« Die Bilder meiner schmerzhaften Vergangenheit tauchten vor meinem inneren Auge auf und ich sah noch einmal die Momente, in denen mir mein Herz herausgerissen worden war, sah noch einmal, wie er es zerstört hatte.

Dann versuchte ich es in Worte zu fassen, wobei die Tränen bereits gefährlich an den Rändern meiner Augen leckten. »Als ich sechzehn war, lernte ich Sam kennen. Ich war zu der Zeit sehr anständig, und so war er in ziemlich jeder Hinsicht mein Erster.« Diese Anfangszeit war so schön gewesen. »Er war mein erster fester Freund und in allen sexuellen Angelegenheiten auch meine erste Erfahrung. Ich habe mich unsterblich in ihn verliebt, und er hat mir versichert, dass er dasselbe empfindet, auch wenn er dabei ein bisschen zurückhaltend war.« Ich schluckte einmal schwer. Immerhin wusste ich, was noch kam. Wie gern würde ich dorthin zurück und unser Ende neu schreiben. »Jedes Mal habe ich ihm geglaubt, seine Zurückhaltung als eine seiner Ecken und Kanten angenommen und ihn immer vor meinen Freunden verteidigt. Ich habe ihn so geliebt«, seufzte ich. »Schließlich habe ich ihn meiner Familie vorgestellt, und ich war überglücklich, dass er sich mit allen gut verstand. Ich war mir absolut sicher, er und ich würden ewig zusammenbleiben. Am Abend meiner Enddebatte im Debattierclub kam er ganz überraschend vorbei. Das war eine so schöne Überraschung. Es hat mich superglücklich gemacht, dass er mir zusehen würde. Dabei übersah ich völlig, wie gut er und Rivera sich verstanden haben. Sie ist meine ein Jahr ältere Schwester.« Ich holte zitternd Luft. Das Brennen in meiner Kehle und meinen Augen wurde übermächtig, und für einen Moment konnte ich nicht weitersprechen. Noah ließ mir die Zeit.

Mit geschlossenen Lidern versuchte ich, gegen die eisernen Ketten um meine Brust anzuatmen. Der kalte Stein, zu dem mein Herz geworden war, bekam Risse. Ich wollte all das nicht noch einmal fühlen. Aber vielleicht hatte Noah recht. Vielleicht musste ich es nur erst einmal aussprechen, um diese Ketten endlich zu sprengen. »Sie haben sich zusammen meine Debatte angesehen, und weil der Club und ich den Abend schon verplant hatten, gingen die zwei noch zusammen was essen. Das muss der Anfang gewesen sein. Immer wieder denke ich, wenn ich nur mit ihnen mitgegangen wäre, wenn ich sie nicht miteinander allein gelassen hätte … Ich bekam kaum mit, dass sie sich von da an immer mal wieder trafen. Erst einen Monat später hörte ich Marion mit Rivera in der Küche streiten. Ich war eigentlich runtergekommen, um mir meine warme Milch mit Honig zu machen, doch ich hörte, wie Marion fragte, ob Rivera es richtig fände, was sie da triebe, und dass Marion der Meinung sei, sie solle mir sagen, wie oft Rivera sich mit Sam treffe.« Jetzt, da ich es aussprach, fühlte ich mich plötzlich furchtbar einsam. Marion hatte es gewusst und mein Vater sicher auch, und niemand hatte es mir gesagt, niemand!

»Ich war … also, ich war geschockt. Ich bin noch in der Nacht raus und zu ihm. Ich musste das klären. Als ich dort ankam, war er erst der liebevolle Freund wie immer, doch dann habe ich ihm erzählt, was ich gehört hatte, und er begann mich zu beschimpfen. Ich knickte ein und schwor ihm, dass ich ihm doch vertrauen würde, ich es nur nicht verstehe. Am Ende unseres Gesprächs fühlte ich mich schuldig, und wir zwei waren uns einig, keinen Einflüssen von außen mehr zu glauben. Es gäbe nur uns zwei gegen den Rest der Welt. Ich weiß noch, wie er mich danach geküsst hat. Wir versöhnten uns und alles war gut, zumindest in meiner Welt.« So hatte er es immer gemacht. Wenn ich einmal wegen irgendetwas sauer auf ihn gewesen war, hatte er die Diskussion so geschickt gedreht, dass ich mich am Ende für etwas ganz anderes entschuldigte und zu Kreuze kroch. Nur war mir das nie aufgefallen, bis es zu spät gewesen war.

»An meinem neunzehnten Geburtstag, bei der großen Party, habe ich die zwei dann in Riveras Zimmer erwischt. Sie waren so miteinander beschäftigt, dass sie mich gar nicht bemerkten. Für meine Familie sah es also so aus, als hätte ich Schluss gemacht, und Sam und Rivera wären erst danach zusammengekommen. Ich weiß es allerdings besser und Rivera auch, nur weiß sie nicht, dass ich es weiß. Jetzt heiraten die zwei im Juni«, schloss ich die traurige Geschichte über die Liebe meines Lebens. Die ganze Zeit hatte ich es geschafft, die Tränen zurückzuhalten. Doch jetzt brachen sie doch hervor. Es jetzt so auszusprechen zeigte mir unangenehm deutlich, was aus mir geworden war, was dieser Verrat mit mir angerichtet hatte.

Noah zog mich etwas näher an sich. Er sagte nichts, sondern hielt mich nur fest. Jetzt rannen mir die Tränen in Sturzbächen die Wangen hinunter. Ich drückte mich an seine Schulter und spürte, wie der graue Pulli unter mir nass wurde.

»Ich verstehe nicht, wie deine Schwester dir so etwas antun konnte«, murmelte er, und ich hörte benommene Fassungslosigkeit in seiner Stimme. »Irgendwann, wenn du jemanden an deiner Seite hast, der wirklich für dich da ist, musst du sie das einmal fragen, ja?«

Ich lachte bitter. »Am besten als Rede der Trauzeugin. Sie hat mich direkt vor meiner Abreise gefragt, ob ich das machen würde.«

Noah versteifte sich unter mir. »Wie kann sie nur so grausam sein?«

»Rivera weiß nie, wie es den anderen Leuten um sie herum geht. Sie hat nie gelernt, empathisch zu handeln. Sie will nur glücklich sein.«

»Es nie gelernt zu haben ist keine Entschuldigung.« Er schob mich etwas von sich weg, sodass ich ihn ansehen musste.

»Nein, es ist eine Erklärung.«

Er fixierte mich nachdenklich. »Mag sein. Aber sie hat dir wehgetan. Sie hat dir den Mann ausgespannt und verhöhnt dich mit ihrer Bitte. Du darfst das nicht für sie tun. Zeig die Stärke, die du auch hier an den Tag legst. Sie ist ein Biest, ein egoistisches Biest, und wenn du sie damit durchkommen lässt, wird sie immer eines bleiben. Wenn du es nicht für dich tust, tu es für die Familie«, beschwor er mich.

»Ich denke in einer Tour nur an die Familie. Ich schweige, damit Juan und Marion nicht schlecht von ihr denken.« Wütend stemmte ich mich hoch in eine halb sitzende Position und starrte auf ihn herab.

»Juan ist dein Vater? Und Marion war deine Stiefmutter, richtig?«

»Auf dem Papier, ja. Ich bevorzuge Mutter und Vater.«

»Okay, aber zu schweigen, bedeutet deine Schwester zu beschützen und das hat sie wirklich nicht verdient.«

»Es bedeutet nicht nur Rivera zu schützen, sondern auch meine Eltern. Was meinst du, was für Vorwürfe sie sich machen würden, dass sie so eine Tochter erzogen haben, obwohl sie dafür wohl kaum etwas können? Ich schweige, damit es allen besser geht. Ich habe auch verschwiegen, dass mein großer Bruder Raphael mich im Streit geschlagen hat, weil Marion ihm das nicht verzeihen würde. Ich habe verschwiegen, dass Mias Mann Robert, mein angeheirateter Onkel, mich … das konnte ich Mia ja nicht antun. Und ich verschweige, was Rivera getan hat, weil mein Vater sie dafür hassen würde. Ich denke nur an meine Familie!« Inzwischen schrie ich beinahe.

Noahs Augen weiteten sich. »Deswegen spielst du das mit Daniel herunter«, begriff er, und ich sah Schmerz in seinen Augen toben. Ich musste meinen Blick abwenden. Was ich ihm gerade alles in der Hitze des Gefechts verraten hatte …

»Mann, Elina.« Schmerz lag in der sanften Art, wie er meinen Namen aussprach. »Das alles für dich zu behalten, das tut nur dir weh.«

»Nein, es beschützt auch meine Familie. Juan würde Robert umbringen, was Mia das Herz brechen würde. Ich würde meine Familie kaputt machen. Das kann ich Robert nicht antun. Es war ja auch nur einmal und nichts Ernstes. Er hat mich ja nicht vergewaltigt oder so.« Mit jedem Wort wurde ich immer leiser. Hörte ich mir da eigentlich selbst zu?

»Wenn dein Vater ihn dafür umbringen würde, war es sehr wohl etwas Ernstes«, widersprach Noah, und ich konnte das kaum leugnen. Ich spürte heute noch seine widerlichen Hände auf meinen Brüsten und meinem Po. Mir wurde jedes Mal schlecht, wenn ich daran dachte.

Noah umfasste ganz zärtlich mein Gesicht. »Ich werde ihn umbringen«, versprach er mit wütender Entschlossenheit in seinen blaugrünen Augen. »Das darfst du nicht schönreden. Was er getan hat, ist verboten, Elina. Er hat es verdient, dass es sein Leben zerstört.«

Ich schluckte schwer. Eine Weile lang konnte ich nichts sagen. Vielleicht hatte er recht, aber ich fühlte mich so allein. In dem Bedürfnis, die Familie zusammenzuhalten, hatte ich etwas geopfert, was mir erst jetzt fehlte: Geborgenheit. Der Schoß der Familie war für mich nichts Warmes und Sicheres mehr. Er bedeutete Schmerz.

»Vielleicht gehe ich nur zurück, um meine Sachen zu packen. Dann können die anderen wenigstens glücklich zusammen weiterleben.« Immerhin war ich erwachsen. Ich konnte jederzeit gehen.

»Dann läufst du davon«, warf Noah mir vor.

»Ja, und ich schütze meine Familie.« Davon war ich überzeugt.

»Das wäre aber nicht richtig«, begehrte Noah auf.

Seine flammende Anteilnahme, sein echter mitempfundener Schmerz und die Wut, die er für jene empfand, die mich hatten leiden lassen, halfen mir, etwas von mir selbst wiederzufinden. Er fühlte und lebte all das, was ich mir verweigert hatte. Das machte mich frei zu reagieren, wie ich es meinem Wesen nach längst hätte tun müssen. Ich musste dankbar lächeln. »Es gibt nicht nur Richtig und Falsch. Es gibt viele Grauzonen dazwischen. Vielleicht wäre es in deinen Augen nicht richtig, doch auf die Art können die, die ich liebe, glücklich weiterleben. Das ist mir mehr wert als Gerechtigkeit. Denn du verwechselst gerade Richtig mit Gerecht.«

Ich sah Noah an, und er erwiderte meinen Blick wie ein Blinder, der plötzlich sehen konnte. »Das ist groß von dir, Wildkatze«, flüsterte er schließlich und zog mich an sich.

Ich gab nach und legte den Kopf auf seine Brust. Seltsam erleichtert sah ich Richtung Fernseher. Er hatte recht gehabt, es auszusprechen half. Der Schmerz war nicht weniger, die Unsicherheit und Selbstzweifel deshalb nicht weg. Aber ich fühlte mich nicht mehr verloren und handlungsunfähig. Ich hatte da jemanden, der vorbehaltlos hinter mir stand. Beinahe hätte ich gelacht. Ausgerechnet in Mr Casanova fand ich die eine Person, die ich gebraucht hatte, um mich von all dem Leid und der Qual loszusagen.

Noah schaltete den Film an, den ich vorhin aus der Kiste mit Filmen, die Herr Minnard gleich mitgeliefert hatte, herausgesucht und bereits eingelegt hatte. Irrwitzig, dass eine kleine Bemerkung über einen Film so viel lostreten konnte. Schweigend sahen wir einen *Resident Evil* an. Genau das, was ich jetzt brauchte.

Kapitel 25

NOAH

Trotz des aufgezwungenen Umzugs in Felix' Zimmer hatte Sonny heute Abend Kai zu einer Runde Karten eingeladen. Nachdem Noah heute Nachmittag Nell gebeten hatte, ihre Kuppelversuche einzustellen, hatte auch Kai zugestimmt, sein Verhalten zu ändern. Jetzt gab es keinen Grund mehr, ihn zu meiden, und Noah bereute direkt ein wenig, dass er Herrn Minnard dazu gebracht hatte, die Jungszimmer neu zuzuteilen. Auf der anderen Seite genoss er es, seinen besten Freund aktuell bei sich zu haben. Noah freute sich, dass sie durch Kais Einlenken den Abend mal wieder zusammen verbringen konnten, ohne dass das Kuppelthema zwischen ihnen stand.

»Wir sind heute an der Piste für das Rennen vorbeigekommen und haben Santino und Florian getroffen«, berichtete Sonny gerade. »Santino hat sich nach dir erkundigt, Elina.«

»Und, ist er fit für das Rennen?«, fragte sie beiläufig und legte eine Karte ab. Dann griff sie nach der Schüssel mit salzigen Chips und reichte sie Noah. Er mochte sehr, wie es gerade zwischen ihnen war. Genüsslich schob er sich ein paar Chips in den Mund.

»Darf ich dich was fragen?«, entgegnete Sonny, statt zu antworten.

Elina sah von ihrem Blatt auf. »Du darfst, vielleicht antworte ich nicht.«

Sonny grinste. »Stehst du auf Santino?«

Kai verschluckte sich an seiner Cola und kämpfte mit dem Hustenreiz. Noah dagegen wartete gespannt auf ihre Antwort.

»Wie kommst du denn darauf?«

Sonny zuckte mit den Schultern. »Es sah einfach so aus, als hätte er Interesse an dir.«

Verwirrt runzelte sie die Stirn. »Darüber habe ich noch gar nicht nachgedacht.« Dann überlegte sie kurz und schüttelte schließlich den Kopf. »Kann sein, dass du recht hast. Aber ehrlich gesagt vermeide ich es so gut wie möglich, mich in irgendeinen Kerl zu verlieben.«

Noah wusste nicht, ob er sich freuen oder enttäuscht sein sollte. Wenn Elina keine Beziehung wollte, hatte Santino schlechtere Chancen, als er bisher angenommen hatte. Nur war dieser Wunsch aus Schmerz und Angst vor erneuter Enttäuschung geboren und das waren wirklich schlechte Ratgeber. Elina stupste ihn an. »Du bist dran.«

Noah zog und legte ab, ohne sich die Karte genauer anzusehen. Ihre Abneigung gegen eine Beziehung verstand er jetzt nach ihrem Gespräch heute Vormittag sehr gut. Er verabscheute diesen Sam, und ehrlich gesagt auch ihre Schwester, da konnte Elina diese Frau so viel in Schutz nehmen, wie sie wollte.

Noah wurde sich der Stille um ihn herum bewusst. Elina sah demonstrativ auf die Karte, die er abgelegt hatte, ein Joker. Verdammt, er war überhaupt nicht bei der Sache, und das bemerkte sie natürlich auch. Als wüsste sie ganz genau, wohin seine Gedanken gerade gedriftet waren, strafte sie ihn mit einem tadelnden Blick.

»Komm schon!«, beschwerte er sich. »Allein dafür würde ich sie alle drei am liebsten umbringen.«

Kai reckte sich neugierig. Noah musste aufpassen, was er sagte. Ihr Geheimnis zu offenbaren kam natürlich nicht infrage.

»Na ja, Raphael hat damit herzlich wenig zu tun«, entgegnete Elina kühl.

Das vielleicht nicht, aber jeder, der eine Frau schlug, gehörte selbst verdroschen. »Ist mir egal!« Er zog erneut, nur um wieder direkt abzulegen.

»Du bist gar nicht dran!«, schalt Elina ihn lachend.

Noah grummelte nur vor sich hin. Sie knuffte ihn gegen seine unverletzte Schulter und meinte: »Nimm's wie ein Mann.«

»Das tue ich!«

»Dann nimm's eben wie eine Frau!«

»Ich müsste es schon wie Alice nehmen, um mit dir mitzuhalten«, beschwerte Noah sich.

»Aus *Resident Evil*«, erklärte Elina auf Sonnys fragenden Blick hin.

»Kapier ich nicht«, brummte Kai.

»War auch ein schlechter Vergleich«, pflichtete Elina ihm bei und zog eine Karte.

»Ha!« Dann legte sie alle Karten auf einmal aus der Hand und machte fertig.

»Ehrlich, mit dir macht Kanaster spielen gar keinen Spaß«, murrte Lysander. »Immer gewinnst du.«

Sie verzog ihr Gesicht zu einem wölfischen Grinsen. »Glück im Spiel, Pech in der Liebe.«

»Witzig«, meinte Noah sarkastisch.

»Ja, oder?« Sie zwinkerte ihm zu, und Noah wusste nicht so recht, ob er sich von der vermeintlich guten Laune anstecken lassen sollte, oder ob sie nur ihren Schmerz verdrängte.

»Schon gut, ich geh jetzt eh los, wollte Santi und Flo noch mal besuchen.«

»Nein, warte! Es macht riesigen Spaß, mit dir zu spielen.« Noah bemühte sich, sie aufzuhalten.

Elina lachte. Dann streckte sie ihm die Zunge raus. Gerade als sie wegwollte, hielt Noah sie fest und sah sie ernst an. »Ich weiß, du tust das, um es zu vergessen, überleg dir aber wenigstens vorher, ob du das wirklich bist.«

Elina fühlte sich sichtlich unwohl. Unsicher huschte ihr Blick durch die Runde. Lysander tat so, als hätte er kein Wort gehört, und Sonny nahm sich kurzerhand die Karten und mischte. Kai griff in die Chips. Offenbar hatten die anderen beschlossen, dass das Gespräch gerade zu intim für Lauscher geworden war. Elina sah ihm aufgewühlt in die Augen. Eindeutig mit sich ringend, sog sie ihre Wange nach innen zwischen ihre Zähne und schluckte schwer. Dann brachte sie ein ganz vorsichtiges Nicken zustande und ging.

***

Ich schloss den Reißverschluss meiner Skijacke bis hoch unters Kinn und zog den Kopf ein. Der beißende Wind umtoste mein offenes

Haar. Schnell schob ich die Hände in die Jackentaschen, ehe ich meine Schritte etwas beschleunigte, um zur Bar zu kommen. Tja, wie schnell es passierte, dass einem die eigenen Lügen um die Ohren flogen. Hier in Österreich hatte ich außer mit Noah noch mit keinem anderen Mann geschlafen. Ich hatte es gar nicht gebraucht, so weit weg von Sam und Rivera und dem ganzen Chaos, das mein Leben war. Nur mein verletzter Stolz und der Wunsch, cool zu wirken, hatten mich dazu gebracht, sie alle in die Irre zu führen. Und jetzt ließ ich die Lüge ausgerechnet Noah gegenüber stehen, obwohl er heute so vorbehaltlos für mich dagewesen war und mir so geholfen hatte.

Knirschende Geräusche hinter mir ließen mich über meine Schulter blicken, doch der schmale Gehsteig war wie ausgestorben. Das gelbliche Licht der Straßenlaternen wurde von den Schneehaufen an den Straßenrändern reflektiert, sodass es keinen dunklen Fleck mehr gab. Und doch hatte ich das Gefühl, beobachtet zu werden.

Mit ein paar hastigen Schritten wechselte ich die Straßenseite und legte noch ein wenig an Tempo zu. Angst kroch mir den Rücken hinauf, auch wenn mein Verstand mir sagte, dass das Unsinn sei. Ich hasste mein Worst-Case-Gehirn manchmal so sehr. Es schickte mir gerade Bilder von einem zwielichtigen Kerl, der mir auflauerte, mich in eine Gasse zog und wer weiß was mit mir anstellte.

Ich schüttelte die Bilder ab und warf noch einen schnellen Blick über die Schulter, ehe ich endlich in die Straße zum *Santinos* einbog und kaum eine Minute später die schwere Tür an dem hölzernen Griff aufzog.

Warme Luft voller Essensgerüche schlug mir entgegen. Laute Musik und lachende Stimmen vertrieben auch den letzten irrationalen Rest meiner Angst. Erleichtert trat ich ein.

Santi entdeckte mich und strahlte übers ganze Gesicht. Das Gefühl von Sicherheit flutete mich. Beschwingten Schrittes lief ich hinüber zum Tresen, wobei ich meine Jacke abstreifte und mein windzerzaustes Haar mit den Fingern einmal schnell durchkämmte.

»Schön, dich zu sehen«, begrüßte er mich.

»Ich freue mich auch. Es war höchste Zeit, mal rauszukommen.« Einen ganzen Tag mit Noah in diesem Zimmer. Das machte etwas mit mir. Etwas, was mich beunruhigte. Wie viel ich ihm heute offenbart hatte …

»Alles okay bei dir?«, fragte Santi leise mit besorgt gefurchter Stirn.

»Jaja«, wehrte ich schnell ab. »Ich brauchte nur mal einen Tapetenwechsel.«

»Was hast du da am Arm?«

Siedend heiß fiel mir ein, dass ich ihm das gestern gar nicht erzählt hatte. Mist. »Nur eine Schnittwunde. Nichts Dramatisches.«

»Sicher?« Sein Blick huschte zu dem dicken professionellen Verband, der unter meiner Bluse mit halblangen Ärmeln hervorlugte

»Sicher. Der Arm pocht nur ein wenig.«

»Hast du ihn mal gekühlt?«

»Nein«, gestand ich und legte nachdenklich meinen Kopf zur Seite. »Eigentlich keine schlechte Idee.«

Der Arm schmerzte ganz schön, vor allem, wenn ich ihn so lange hängen ließ wie heute. Am liebsten würde ich mich gerade irgendwo verkriechen, den Arm hochlegen und mich nicht damit auseinandersetzen, was ich hier gerade veranstaltete.

Die Bartür ging auf. Der kühle Luftzug umwehte mich. Ein Schauer rann meinen Rücken hinunter. Ich schüttelte mich und sah dann Santi an, um zu bestellen. Doch Santi sah zur Tür und zog prompt die Maske hoch, die er normalerweise so gekonnt zur Schau trug. Jetzt war er wieder ganz der mysteriöse Barmann, abweisend und zugleich auf eine verruchte Art anziehend. »Da sucht jemand nach dir«, informierte er mich.

Überrascht fuhr ich herum und entdeckte AJ im Eingang stehen. Sie fixierte mich. Dennoch zögerte sie, zu mir herüberzukommen. Sie straffte ihre Schultern, ehe sie anmarschiert kam. Im Gehen zog sie ihre schwarzen Lederhandschuhe aus, die perfekt zu ihrer Jacke passten, und wickelte sich den Schal ab. Beides legte sie neben mir auf der Bar ab, als sie sich auf den Hocker neben meinem pflanzte.

Ich zog die Augenbrauen hoch. »Ja?«

Doch AJ hielt nur für einen Moment meinem Blick stand, dann drehte sie sich einfach zu Santino und bestellte zwei Bier.

Santi war schnell, als stünde er nur für uns bereit. Er bewerkstelligte es geschickt, geschäftig zu wirken, während er doch in unserer Hörweite blieb. Im Augenwinkel sah ich, wie er die Spülmaschine ein wenig zu langsam ausräumte.

»Ich dachte, du könntest vielleicht mal jemanden zum Reden brauchen.« AJ haute mich vollkommen aus den Socken. Perplex fuhr ich zu ihr herum und starrte sie nur an. Sie ignorierte meinen Blick und hielt mir einfach ihr Bier zum Anstoßen entgegen. Als ich mich nicht rührte, prostete sie in die Luft und vertonte mit einem »Kling, kling«, den imaginären Zusammenstoß unserer Gläser.

Das entrang mir ein Schmunzeln. »Worüber denn?« Ich griff mein Bierglas und trank selbst einen Schluck.

»Och, ich weiß nicht. Noah?«, schlug sie vor.

Ich hatte Mühe, den Schluck Bier an dem Kloß in meinem Hals vorbeizubekommen. »Wieso sollte ich über Noah reden wollen?«

»Vielleicht, weil du heute den ganzen Tag mit ihm verbracht hast.«

Ich bemerkte genau, wie Santi kurz in der Bewegung erstarrte. Aus irgendeinem Grund wollte ich nicht, dass er allzu viel über das erfuhr, was ich schon alles mit Noah getrieben hatte. »Ich habe Noah *gepflegt*. Das ist auch schon alles.«

AJ nickte mit mitleidigem Blick. »War es sehr schwer?«

Ich runzelte die Stirn. »Wieso sollte es?«

Nun stutzte sie. Als würde sie mich jetzt erst richtig sehen, musterte sie mich eingehend von oben bis unten. »Es war ja wirklich nicht schwer für dich«, stellte sie fest.

»Hab ich doch gesagt. Ich habe mich nur um ihn gekümmert. Alles gut, AJ«, versicherte ich mit genervtem Unterton. Ich wollte nicht über Noah sprechen. Und mich schon gar nicht dem stellen, was ich so gekonnt in die hinterste Ecke meiner Gefühlskiste verbannt hatte.

»Okay, was ist es dann?«, fragte sie jetzt offener.

»Was meinst du?«

»Du bist komisch«, stellte sie fest. »Ich dachte, es sei wegen deiner Situation, ausgerechnet mit Noah im Haus festzusitzen. Aber wenn es das nicht ist, was ist es dann? Ist irgendetwas passiert?«

Ich warf einen schnellen Blick zur Seite. Natürlich räumte Santi gerade die Gläser in den Schrank direkt hier bei uns ein. Der Verräter machte das ausnehmend penibel.

Als ich mich wieder AJ zuwandte, kniff sie wissend ihre Augen zusammen und musterte Santi. Plötzlich verzogen sich ihre Lippen zu einem genießenden Grinsen. »Ach, so ist das.«

»Nein, ist es nicht«, beeilte ich mich zu sagen. Zwischen Santi und mir lief nichts. Ich mochte ihn, er war unaufdringlich, rau und schweigsam. Das waren alles Attribute, die ich im Moment sehr schätzte. Außerdem war er wirklich warmherzig, zumindest mit mir. Vielleicht war es sogar das, was ich am meisten mochte. Wenn er mit mir sprach und Zeit verbrachte, ließ er seine raue Maske fallen. Das schmeichelte mir, und ich genoss es, dahinter blicken zu können. »Wenn ich euch gegenüber merkwürdig war, dann, weil ihr nur noch ein Thema im Kopf hattet, und das war, mich mit Noah zu verkuppeln.«

Zerknirscht senkte AJ ihren Blick. »Das tut mir wirklich leid. Ich dachte, es wäre das Beste für euch beide, das war falsch, das sehe ich jetzt ein.«

»Gut.«

»Sicher, dass da nichts geht?«, fragte AJ nun mit einem funkelnden Blick in Santinos Richtung.

Wie peinlich, wenn er das hörte. »Ja«, meinte ich ganz leise und sah vielsagend zu ihm hinüber.

Doch AJ sah gar nicht ein, leiser zu sprechen. »Wer's glaubt. Du, hey. Ich bin die Letzte, die dich verurteilt. Der Kerl ist ein echter Leckerbissen.« Santi erstarrte verräterisch in der Bewegung. Dann beeilte er sich, die Gläser weiter einzuräumen.

»Knackiger Hintern, breite Schultern. Ich versteh dich, Süße.«

Meine Wangen fühlten sich sehr heiß an, als Santi ans andere Ende der Theke huschte. Wie peinlich!

»Kannst du dich mal zusammenreißen?«, fuhr ich AJ leise an.

Diese grinste jedoch nur und sah Santi hinterher.

»Im Ernst, AJ, da läuft nichts zwischen uns.«

»Sollte es aber.«

»Wie bitte?«

»Mal im Ernst, der Typ ist richtig heiß, und er steht eindeutig auf dich.«

»Ähm, irre ich mich, oder waren du und Nell gerade noch überzeugt, Noah und ich wären das perfekte Paar?«

»Wirklich, es tut mir leid«, versicherte sie noch einmal. »Ich habe nur seine Seite gesehen. Das war nicht fair dir gegenüber. Deshalb bin ich dir auch heute hinterher. Ich glaube, wir haben dich ziemlich gequält. Das war nicht in Ordnung. Das tut mir wirklich leid.«

Sprachlos blinzelte ich, unsicher, was ich dazu sagen sollte. Einfach *Ja* zu sagen wäre etwas hart.

»So schlimm war es nicht«, relativierte ich stattdessen automatisch. Ich wusste nicht, woher der Drang kam, solche Dinge in Gesprächen immer herunterzuspielen. Vielleicht war es auch AJs zerknirschter Gesichtsausdruck oder ihre ehrliche Entschuldigung, aber ich war ihr auf einmal überhaupt nicht mehr böse. »Du kennst Noah schon länger, und Nell ist sogar seine Cousine, wenn ich es richtig mitbekommen habe. Klar wolltet ihr … « Das war in etwa der Moment, in dem mir bewusst wurde, was da gelaufen war. Nell sah in mir so was wie ein lang ersehntes Happy End für Mr Casanova. Also glaubte sie allen Ernstes, Noah wäre, was, verliebt in mich, und ich wäre die eine Frau, die ihn tief berühren und erden konnte? Und alles nur wegen Sex. Gutem Sex, verdammt gutem sogar, das musste ich zugeben. Aber verdammt noch mal, es war nur Sex gewesen. Was da allerdings heute passiert war … das war was ganz anderes. Nur wusste Nell davon ja nichts, zum Glück.

»Klar wollten wir was?«

»Dachtet ihr wirklich, Noah will mich? So richtig echt als feste Freundin, meine ich.«

»Hä, natürlich. Was denn sonst?«

Na … keine Ahnung, was sonst. »Ihr spinnt doch.«

AJ lachte. »Süße, Noah ist total verliebt in dich.«

»Nein.«

»Doch.« AJs Lachen wurde zu einem Grinsen. Sie fand das überaus amüsant. Nun ja, ich nicht!

»Nein!«, beharrte ich.

Sie legte ihren Kopf ein wenig schief und musterte mich. Ich erwartete schon eine flammende Rede, ein Beharren auf ihrem Standpunkt. Doch sie zuckte einfach nur die Schultern, griff nach ihrem Bierglas und trank, als hätte dieses seltsame Gespräch gerade nicht stattgefunden.

»Ist auch egal«, meinte sie, als sie ihr Glas wieder abstellte. »Das Thema ist für dich ja sowieso durch. Kommen wir zurück zu dieser Sahneschnitte von Barmann. Den solltest du dir echt angeln.«

»Ich will mir niemanden angeln.« Mein Inneres war komplett in Aufruhr. Konnte diese verwegene Draufgängerin recht haben? Das ergab doch überhaupt keinen Sinn. Er war vom ersten Abend an seltsam gewesen, er hatte sich ja kaum auf den ersten Blick in mich verliebt. Nicht so ein Weiberheld wie Noah. Dafür war er viel zu erfahren. Und überhaupt hatte er mir hauptsächlich Abscheu und Hass entgegengeschleudert. Liebe sah anders aus, da war ich mir ganz sicher.

»Hallo? Erde an Elina?« AJ winkte mit einer Hand vor meinem Gesicht.

Mürrisch schlug ich sie weg.

»Ich habe gefragt, wieso du dir niemanden angeln willst.«

Ich schnaubte. »Ich bin grad nicht auf eine Beziehung aus.«

AJ rollte mit den Augen. »Als könnte man das planen. Ich war auch nicht gerade auf eine Beziehung aus. Aber die Liebe hat ihre eigenen Zeitpläne.«

Ich war das Thema plötzlich leid. Es gab nur einen Mann, den ich bisher geliebt hatte. »Die Liebe kann mich mal!«

AJ lachte schon wieder. »Dann eben für eine Nacht. Das sollte doch zu deinen Plänen passen.«

Ja, das sollte man meinen. Nur bekam ich gerade brühwarm mit, was ein bisschen zwangloser Sex für einen Schaden anrichten konnte. Außerdem war ich das Herumvögeln leid. Vor Sam hatte es keinen anderen Mann in meinem Leben gegeben. Jetzt, ein halbes Jahr später, war ich gerade mal bei acht Männern angekommen, wobei Sam schon mitgerechnet war und Noah auch. Austoben konnte man das wohl kaum nennen. Wie groß ich getönt hatte, ich würde nun die Freiheit genießen und auf alle scheißen. Tja, das fiel mir deutlich schwerer, als ich gedacht hätte.

»Dann halt nicht mal für eine Nacht«, brummte AJ nach einem Blick in mein Gesicht. »Trotzdem kannst du ja einfach den Abend genießen. Ich halte dir gern den Rücken frei.«

»Bei wem?«

»Na, beim Minnard.«

»Wieso, ist der im Haus?«

»Nein, du Dummerchen. Ich meinte, wenn du die Nacht draußen bleiben willst. Letztes Jahr hatte ich einige heiße Nächte mit Florian und bin erst morgens heimgekommen. Ich weiß, wie man den alten Sack austrickst.«

»Hm, okay. Danke.« Schon wieder verschwieg ich, dass ich nicht hier war, um zu vögeln. Am Ende interpretierte sie noch irgendwelche Gefühle in meine plötzliche Abstinenz hinein.

»Also, ich mach mich.« AJ stürzte das restliche Bier hinunter, klopfte mir auf die Schulter und rauschte mit einem frivolen Zwinkern davon. Wow … was war das denn gewesen?

Ich starrte dieser quirligen und viel zu direkten Frau hinterher. Im Gehen schlüpfte sie in die Ärmel ihrer coolen Lederjacke und schlang sich elegant ihren Schal um den Hals. Dann fiel auch schon die Tür hinter ihr zu. Ich konnte immer noch nicht ganz glauben, was hier gerade passiert war.

AJ hatte mir offenbart, dass Noah Gefühle für mich hatte, ernste Gefühle. Was sollte ich damit nur anfangen? Log sie? War das ein weiterer Schritt in ihrem perfiden Plan, mich mit ihm zu verkuppeln? Nein, so viel Hinterlist passte nicht zu ihr. Wäre es Nell oder Belle gewesen, meinetwegen. Aber die ausgeflippte Nudel? Niemals. Dann musste ich allerdings davon ausgehen, dass sie nicht gelogen hatte.

Diese Erkenntnis löste ein aufgeregtes Kribbeln in meiner Brust aus. Verdammter Dreck!

»Alles okay bei dir?«, fragte Santi und nahm AJs leeres Glas, das neben meinem beinahe unberührten auf der Theke stand und einen

Streifen Kondenswasser hinterließ. Ich starrte auf den klaren Kreis, den Santi im nächsten Moment schon mit einem Lappen wegwischte.

»Ja, klar«, brachte ich matt heraus.

Santi zog eine Augenbraue hoch. Ein echt cooler Move, den nicht viele Leute beherrschten. Ich kannte nur wenige. Aber ich konnte das gerade nicht gebührend würdigen. Ich war noch zu benommen von der Offenbarung, Noah hätte Gefühle, und vor allem meiner dämlichen Reaktion darauf. Was hatte ich nicht getönt, dass ich mich kaum so naiv in einen Kerl verlieben würde, nur weil wir miteinander geschlafen hatten. Verliebt hatte ich mich auch nicht, doch offensichtlich war ich bei Weitem nicht so cool und abgebrüht, wie ich angenommen hatte.

»Komm mal mit«, meinte Santi plötzlich und lief um den Tresen herum. Irritiert sprang ich von meinem Hocker und folgte ihm durch eine Seitentür, auf der *Privat* stand. Wir betraten eine kleine Kammer, die als Lager diente. Die Tür schwang hinter uns zu und sperrte unerwartet effektiv das laute Durcheinander des Schankraums aus.

Santi drehte sich zu mir um und sah mich warm an. »Du siehst mitgenommen aus.«

Ich zuckte mit den Schultern. Was brachte es schon, das zu leugnen, wenn es so offensichtlich war? »Nichts Besonderes.«

Santi verzog unwirsch seine Lippen. »Ist es wegen dem, was deine Freundin gesagt hat?«

O ja, gute Idee. Also sprang ich auf diesen Zug auf: »Sie hat über dich geredet, als wärst du ein Objekt. Das war nicht in Ordnung.«

Santi zuckte ungerührt mit den Schultern. »Da war sie nicht die Erste.«

»Noch schlimmer.«

»Ach, ich kann damit schon umgehen.«

Seine Worte erinnerten mich an die Szene mit dieser Plastiktussi, die den *sexuellen Eremiten* hatte erobern wollen. Er konnte tatsächlich gut mit so etwas umgehen. Deshalb war es immer noch nicht in Ordnung.

»Ich fand's trotzdem nicht richtig.«

Santi musterte mich eingehend. Sein Blick huschte hin und her. Dann trat er plötzlich einen Schritt auf mich zu. »Es fühlt sich schön an, dass du Partei für mich ergreifst«, raunte er, und ich hörte das leichte Zittern in seiner Stimme. Er war aufgeregt. Der sonst so coole Barmann verlor meinetwegen seine Contenance.

Was sollte ich dazu sagen?

Santi sah hinab und ich folgte seinem Blick zu meinen Händen. Behutsam wagte er sich noch einen kleinen Schritt vor. Er war jetzt so verdammt nah, dass ich den Duft seines Shampoos riechen konnte.

Aufgeregt flatterte mein Herz. Ich ahnte, was er tun würde, und spürte nur kribbelnde Vorfreude.

Er hob zaghaft seine Finger und berührte meine Hand. Bis ich meine Finger mit seinen verschränkte, hatte ich nicht gewusst, wie ich reagieren würde. Ich hob meinen Blick und sah in freudig funkelnde Augen, die in einem aufgewühlten Gesicht ruhten. Santi schluckte schwer.

»Ich würde jetzt gern mit dir spazieren gehen. Aber ich kann nicht weg. Eine Kellnerin hat sich krankgemeldet, ich bin heute allein«, entschuldigte er sich zerknirscht.

Ein Lächeln huschte über mein Gesicht. Dann drückte ich seine Hand. »Morgen ist auch noch ein Abend.«

Das glückliche Strahlen, das Santis Gesicht jetzt erhellte, traf mich wie ein Schlag. Was zur Hölle trieb ich hier?

Betreten senkte ich meinen Blick. »Ich sollte ehrlich mit dir sein, das ist nur fair.«

Ich hörte richtig, wie er schwer schluckte. »Okay.«

»Ich will keine Beziehung.«

Santi seufzte erleichtert.

Verwirrt sah ich hoch in sein Gesicht und entdeckte die Erleichterung, die ich schon gehört hatte, in seinen Zügen.

»Ich dachte schon, du sagst, dein Herz sei schon vergeben«, erklärte er seine Reaktion.

»Wo ist der Unterschied?«

Santis Lippen verzogen sich zu einem verwegenen Schmunzeln. Der glühende Blick, den er mir schenkte, raubte mir für einen Moment den Atem, und der Wunsch, ihn zu küssen, meldete sich mit drängender Intensität.

»Der Unterschied ist, dass wir es einfach auf uns zukommen lassen können«, raunte er, hob meine Hand an seine Lippen und hauchte einen Kuss auf meine Finger. Ein wohliger Schauer rann durch meinen Körper, und ich fand diese Option gerade erstaunlich verlockend.

»Wenn das für dich okay ist«, bot ich ihm einen Ausweg. Am liebsten hätte ich noch einmal betont, dass eine Beziehung zwischen uns niemals stattfinden würde, aber das hatte ich schon gesagt. Er war nicht taub und auch nicht auf den Kopf gefallen. Sicher wusste er selbst, dass es höchstens auf eine Urlaubsromanze hinauslaufen konnte, und das wiederum konnte ich mir gut vorstellen. Austoben nur mit einem Mann? Das war perfekt für mich.

»Das ist mehr als okay«, raunte er und schenkte mir einen glühenden Blick.

Ich musste einfach lächeln. Wie als Antwort auf meine Reaktion erstrahlte sein Gesicht und er lehnte sich vor, um mir einen keuschen Kuss auf die Wange zu geben.

Ich konnte meine Enttäuschung kaum verbergen. Als er wieder in mein Gesicht sah, lächelte er wissend. Dann lehnte er sich noch einmal vor und flüsterte in mein Ohr: »Nicht heute Abend. Nicht hier in dieser abgeranzten Kammer.« Sein Atem kitzelte in meiner Ohrmuschel. Gänsehaut explodierte in meinem Nacken, selbst auf Armen und Beinen spürte ich das feine Ziehen der Haut.

»Ich muss, Teufelin«, flüsterte er. Der Kosename schmiegte sich wie weicher Samt an meine Haut. Wärme durchflutete mich und zauberte ein glückliches Lächeln auf meine Lippen.

»Dann bis morgen«, flüsterte ich.

»Bis morgen.«

Santi streichelte mir zärtlich über die Wange und schenkte mir noch einen warmen Blick, ehe er an mir vorbeirauschte.

Benommen blieb ich zurück. Was zur Hölle trieb ich hier gerade?

Kapitel 26

Teufelin, hey!«, rief Florian über den Lärm der vielen Leute hinweg, als ich auf meinem Weg hinaus an seinem Tisch vorbeikam.

Liam und Vice saßen bei ihm und alle drei winkten mich heran. Mit einem Lächeln trat ich näher, doch ich konnte mich jetzt nicht zu ihnen setzen. Ich war zu aufgewühlt, zu durcheinander.

»Ich komme gleich, brauch nur eben mal frische Luft«, entgegnete ich, als Florian auffordernd auf den leeren Stuhl neben sich klopfte.

»Alles klar. Sollen wir dir schon mal was bestellen?«

»Ich komm gleich«, wehrte ich ab und lief schnurstracks auf die Tür zu.

Die bittere Kälte der eisigen Nacht umfing mich, und ich erkannte meinen Fehler: Meine Skijacke hing noch an der Bar. Ich hatte allerdings wenig Lust noch einmal hineinzugehen, um sie zu holen. Stattdessen sog ich die frische Winterluft tief in meine Lunge. Beißend brannte sie in meinem Hals und meiner Brust, doch es half, mir den Kopf zu klären. Ein kurzes Husten, dann war der Reiz auch schon vorbei.

Kräftig rieb ich über meine nur halb verhüllten Arme. Es war wirklich saukalt. Der Wind pfiff mir um den Kopf und toste durch meine offenen Haare.

»Hi, Elina«, säuselte eine tiefe Stimme in verführerischem Ton.

Irritiert blickte ich mich um. Es war schwer, eine Richtung gegen das raue Pfeifen auszumachen. Ich meinte, dass ich von links angesprochen wurde, und drehte mich daher zu den Bänken, die vor der Bar im Schatten lagen.

Tatsächlich bewegte sich ein Schatten in der Dunkelheit. Er trat unter der Überdachung hervor in das mattweiße Licht der Straßenlaternen. Es *war* Daniel.

»Schön, dass du rausgekommen bist.«

Alles an diesen Worten war falsch. Der Schlafzimmerblick, und vor allem die Worte selbst. Sie suggerierten, er würde davon ausgehen, dass ich *seinetwegen* hier war.

»Ich wollte noch mal Santi treffen. Du kennst doch Santino, oder?« Wenig subtil, schon klar, aber offenbar war es nötig, Daniel deutlicher in die Schranken zu weisen als bisher.

»Wieso bist du dann hier draußen? Bei mir …«

Weil ich ein kleines bisschen überfordert damit bin, dass offensichtlich gleich zwei attraktive Kerle Gefühle für mich haben. Sicher nicht deinetwegen!

»Ich wollte kurz frische Luft schnappen«, sagte ich stattdessen. »Das hab ich ja jetzt. Ist echt superkalt hier. Ich geh mal wieder rein.«

Noch im Umdrehen wurde ich gepackt. Daniel umfasste meinen Oberarm mit seiner Hand schmerzhaft fest. Wie war er so schnell zu mir gekommen?

»Lass los!«

»Zier dich nicht so. Wir beide wissen doch, dass du das auch willst.«

Seine Worte ergossen sich wie ein Eimer eiskalten Wassers über mich, und für einen Moment meldete sich mal wieder mein Worst-Case-Gehirn. Erstarrt im Schock dessen, was da gerade auf mich zurollte, konnte ich einen Moment nicht reagieren.

Daniel deutete meine Bewegungslosigkeit offenbar als Zustimmung, denn ein genießendes Lächeln breitete sich auf seinen widerlichen Lippen aus, als er näher trat und sich zu mir hinabneigte.

Ich wollte ihn zurückweisen, doch kaum dass ich meinen Mund geöffnet hatte, legte er seinen Zeigefinger auf meine Lippen. »Sch, sch«, ermahnte er mich zu schweigen. Perplex gehorchte ich. Nur einen winzigen Moment. Lange genug, um Scham über meinen Mangel an Reaktion zu empfinden. Dann endlich erwachte ich aus meiner Starre. Ich drehte meinen Kopf unter seinem Finger weg zur Seite.

»Lass mich los!«, forderte ich und funkelte ihn an. Ich ruckte an dem festen Griff seiner Finger.

»Also willst du spielen«, interpretierte er ganz falsch. Mann, der Typ hatte einen absoluten Knacks. Ich wand mich in seinem Griff, um endlich freizukommen. Das konnte man doch nicht mehr geistig gesund nennen! Ich hatte doch deutlich …

Daniel packte plötzlich mit den Händen meine beiden Oberarme und presste mich hart gegen die Wand des Lokals. Schmerz durchzuckte mich, als ich unsanft aufschlug. Keuchend wich die Luft aus meiner Lunge, und ich konnte nicht schnell genug wieder einen klaren Kopf gewinnen, bevor er einfach seine schmierigen Lippen auf meine presste.

Einen grauenvollen Moment lang roch ich sein Parfüm mit einer süßlichen Note, schmeckte sein Eindringen auf meinen Lippen und spürte seine fordernden Hände auf meinem Körper. In dem Moment, in dem seine Hand meine Brust packte, schaltete mich das an wie ein einschlagender Blitz. Ich trat blind zu, stemmte meine Hände gegen seinen Körper und floh zur Seite weg.

Irgendetwas hatte ich getroffen, denn er jaulte auf und mir schoss ein spitzer Schmerz in den großen Zeh. Als er fluchte, rannte ich einfach los. Das Adrenalin sorgte dafür, dass ich trotz rutschigem Untergrund immer weiterhechtete. Der Schmerz verblasste hinter der plötzlich aufkeimenden Panik.

Immer wieder glitt einer meiner Füße unter mir weg, doch irgendwie taumelte ich immer weiter. Die Scheinwerfer eines Autos blendeten mich. Das Hupen ließ mich realisieren, dass ich auf der Straße war. Schnell lief ich auf den Bordstein und war erleichtert über den Grip des schwarzen Splits unter meinen Füßen. Endlich konnte ich richtig rennen, und ich rannte. In Panik und Schock. Ich rannte, bis meine Beine brannten, und ich rannte immer noch weiter.

***

NOAH

»Willst du uns erzählen, was heute so passiert ist?« brummte Lysander.

Noah zuckte unschlüssig mit den Schultern, ehe er eine Karte ablegte. Sie hatten den Tisch ans Bett geschoben, damit er liegen bleiben und trotzdem mitspielen konnte.

Kai freute sich sichtlich über die Acht auf dem Ablagestapel. »Hm, hab ich Achter?« Theatralisch lang suchte er seine Hand nach dem Pärchen ab, dann zückte er die beiden Achter und grinste in die Runde. »Mein ist der Sieg!«

»Immer bekommst du den Stapel!«, beschwerte sich Sonny. Kai schenkte ihm ein gönnerhaftes Grinsen, während er all die Karten in seine Hand einsortierte.

Sonny lehnte sich zu Lysander und versuchte, einen Blick auf den Punktestand zu erhaschen. »Wie viele Punkte braucht er noch?« Der hob den Kuli von dem Notizzettel hoch, um die Zahlen darunter lesen zu können.

»Gute tausendfünfhundert.«

Sonny musterte den fetten Stapel, den Kai immer noch einsortierte. »Wenn er uns ausblutet, bekommt er die. Zwei Naturkanaster und schon steht sein Sieg.«

»Du brauchst nur noch fünfhundert!«, machte Kai darauf aufmerksam, dass Sonny hier gerade ein wenig die Verhältnisse unterschlug.

Sonny wackelte mit den Augenbrauen. »Dachte, das hättest du schon vergessen.«

»Bitte«, schnaubte Kai und legte sechs Vierer runter, um seine überquellende Hand etwas zu entlasten, da fehlte nur noch eine für den ersten Naturkanaster.

Sonny legte seine Karten verdeckt auf den Tisch. »Ich hol mal Nachschub, das dauert ja noch.« Er griff nach den beiden leeren Chips-Schüsseln und verließ das Zimmer, während Kai immer noch Karten einsortierte. Er hatte noch nicht einmal die Hälfte seiner Beute aufgenommen.

Lysander legte seine Karten auch ab und lehnte sich zurück. Er zückte sein Smartphone und sah auf den leuchtenden Bildschirm.

»Sie hat sich mir heute geöffnet«, platzte Noah plötzlich heraus. Kai erstarrte in der Bewegung, eine der zahllosen Karten aufzunehmen. Lysander hob langsam seinen Kopf und schaltete den Bildschirm mit einem flinken Druck auf den Knopf an der Seite aus.

Noah dachte schon den ganzen Tag darüber nach, was er heute alles von ihr erfahren hatte. »Sie ist so verletzt. Ich weiß gar nicht, wie ich damit umgehen soll. Sie sieht die Dinge anders als ich, also hab ich immerzu Angst, was Falsches zu sagen.«

»Okay«, meinte Lysander ruhig. »Sie vertraut dir, wenn sie sich dir geöffnet hat.«

»Ja. Und trotzdem ist sie gerade wieder raus, um mit irgendeinem Kerl zu schlafen.« Niedergeschlagen sanken seine Schultern herab.

Daraufhin wussten weder Lysander noch Kai etwas zu sagen.

»Spielt einfach weiter«, meinte Noah stoisch in die Stille hinein. »Das habe ich mir schließlich selbst zuzuschreiben.«

Sonny kam mit den Chips zurück und Kai war fertig, seine Beute einzusortieren. Noah hätte es gar nicht ansprechen sollen. Er konnte ihnen ja nichts Genaues sagen, wie sollten sie ihm da helfen? Sie spielten schweigend weiter Karten, bis Sonny anfing, von Fußball zu reden. Damit hatten sie ein unverfängliches Thema, über das sie immer noch lamentierten, als es am Balkon klopfte.

Sonny sah kurz auf die Uhr. »Das war aber eine schnelle Tour.« Sein freudiger Unterton war kaum zu überhören. Noah musste sich eingestehen, dass er sich genauso freute, auch wenn er kein Recht dazu hatte.

Sonny erhob sich und machte Elina auf. Einer wütenden, schnaubenden Elina, die die Balkontür fest hinter sich zuknallte. Woraufhin die wieder aufflog, was sie anscheinend richtig zornig machte. Sie knallte die Tür bestimmt fünf Mal in den Rahmen, bis sie endlich den Hebel umlegte und die arme malträtierte Tür zuschloss.

»Wütend, Wildkatze?«, fragte Noah argwöhnisch. Da stimmte etwas ganz und gar nicht.

Sie fuhr zornig herum. »Wütend? *Wütend*? Das ist gar kein Ausdruck. Ich koche! Dieser elende … dieser Wichser! Arschloch.

Missgeburt. Inzuchtsbengel. Arrg!«, schrie sie mit zu Fäusten geballten Händen.

Noah klopfte neben sich auf die Matratze, doch sie schüttelte den Kopf. Das war gar nicht gut. Zornig marschierte sie auf und ab, immerzu Beleidigungen vor sich hin murmelnd.

Noah musste irgendwie zu ihr durchdringen. »Elina! Was ist denn passiert?«

»Ich bin doch deutlich, oder? Ich mache doch immer ganz klar, was ich will und was nicht! Oder?«, fragte sie, und dann ließ sie ihren Blick durch die Runde schweifen.

»Ja, du bist eigentlich immer sehr deutlich.« Sonny nickte zur Bestätigung.

»Uns gegenüber immer«, stimmte auch Lysander zu.

Jetzt wandte sie sich an ihn. Die intuitive Sorge vertiefte sich nur auf ihren aufgepeitschten Blick hin. »Was war?«, fragte er.

Sie seufzte. Ihre Schultern sanken herab und ihr Blick bekam einen gehetzten Ausdruck. »Ich fasse einfach nicht, wie er das nicht verstehen konnte«, murmelte sie mehr zu sich selbst.

Auf einen Schlag kippte die Stimmung im Raum. Eben noch waren die anderen erheitert, doch nun begriffen sie auch, dass Elina etwas ganz und gar nicht Lustiges passiert war.

»Elina!« Er presste seine Lippen zusammen und brachte dann bemüht ruhig, aber deutlich vor Zorn schwelend »Wer?« heraus. Er hatte es längst begriffen.

Elina sah überrascht auf. Für einen Moment hielt sie seinem Blick stand. Ihr Gesicht in matter Fassungslosigkeit ohne die geringste Regung. Dann gab sie tonlos den Namen preis: »Daniel.« Kaum ausgesprochen, trat Zorn zurück in ihre Augen. »Er hat sich doch tatsächlich eingeredet, ich sei *wegen ihm* zum *Santinos* gegangen und wolle jetzt mit ihm schlafen.« Sie warf aufbracht die Arme in die Luft. »Der hat sie doch nicht mehr alle. Wie kommt der nur auf so etwas? Immerzu kann der seine Drecksgriffel nicht bei sich behalten.« Sie tigerte wieder auf und ab. »Und jedes Mal weiche ich ihm aus, schiebe ihn weg und sehe ihn böse an. Wie kann man nur so begriffsstutzig sein? Der ist doch vollkommen realitätsfern …«

Und so wetterte sie weiter, bis Noah Anstalten machte, aus seinem Bett aufzustehen.

Sofort hielt sie inne und fragte vollkommen entgeistert: »Was tust du da bitte?«

»Ich komme zu dir, weil du ja nicht zu mir kommst.« Er stellte seine Füße auf den Boden und schob sich hoch in eine sitzende Position. So gut er konnte, kämpfte er gegen die Mattigkeit und den Schwindel. Es ging nicht anders, sie brauchte ihn jetzt.

»Das lässt du schön bleiben. Ronco hat mir aufgetragen, dass du mindestens zwei Tage im Bett liegen bleibst. Du hast nicht einmal einen hinter dir. Ab mit dir. Los, leg dich wieder hin.«

»Du hast einen Schock, Wildkatze, und ich werde dich jetzt in den Arm nehmen. Entweder kommst du zu mir oder ich komme zu dir«, knurrte er.

Elina stand einfach da, zu einer Salzsäule erstarrt, nur ihre Hände zitterten.

»Bitte.« Noah nickte einmal entschlossen. »Dann komme eben ich.« Damit stand er auf und taumelte leicht. Er griff sofort nach Sonnys Stuhllehne und tapste dann die drei Schritte auf sie zu.

»Komm her, Wildkatze«, sagte Noah sehr sanft und zog sie langsam in seine Arme. Elina ließ es zu und sank gegen ihn, stumm und mit aufgerissenen Augen. Ihre Arme hingen matt herab. Noah schluckte schwer. »Jetzt noch mal. Was ist passiert?«

»Er wollte mich nicht gehen lassen«, flüsterte sie leise. Doch die Stille im Raum verlieh ihren Worten eine überwältigende Macht. »Ich, also ich hab ihm sofort gesagt, er soll mich loslassen. Er hat mich an den Armen gepackt. Ich kam gar nicht weg von ihm. Ich hatte Angst, Noah.« Sie vergrub ihr Gesicht an seiner Brust und schirmte es mit ihren Händen ab, als würde sie sich schämen.

Noah hielt sie ganz fest in seinen Armen. Er wollte ihr den sicheren Raum bieten, den sie gerade so sehr brauchte. Doch alles, was er tun konnte, war, sie hilflos festzuhalten. Na ja, er konnte noch etwas tun. Er sah zu den Jungs hinüber. »Ich kann nicht, aber ihr würdet mir einen riesigen Gefallen tun, wenn ihr Daniel einmal besucht. Nehmt Santino und Florian mit, die hätten bestimmt auch große Lust, euch zu helfen«, meinte er kalt und riss sich doch zusammen, um sie nicht zu verschrecken.

Die drei wirkten noch ganz benommen, als könnten sie kaum fassen, was sie gerade gehört hatten.

»Was …« Sonny räusperte sich. »Elina, was hat er dir angetan?«

Sie schob sich noch etwas dichter an Noahs Brust. Atemlos wartete er auf ihre Antwort. »Ich bin panisch geworden, als er mich nicht hat gehen lassen. Ich wollte mich losreißen, aber er hat mich nicht losgelassen. Dann hat er mich geküsst und …«, sie schien gegen einen Würgereiz anzukämpfen, »… angefasst.« In beschämter Geste senkte sie ihre Lider. »Er hat es als Vorspiel aufgefasst, dass ich mich gewehrt habe. Er hat es nicht verstanden. Ich habe ihn getreten und bin dann weggerannt. Ich hatte einfach Angst«, gestand sie immer leiser werdend.

Sonny kochte sichtlich vor Zorn. Er stand ruckartig auf und machte sich mit Lysander auf den Weg. Im Vorbeigehen drückte er aufmunternd Elinas Schulter.

Kai saß noch immer regungslos am Kartentisch. Noah hatte das Gefühl, dass er selbst in eine Art Schock geraten war, bis er das Schlimmste sagte, was jemand in dieser Situation sagen konnte: »Kann es ein Missverständnis gewesen sein?«

Elina sah auf. »Ich war deutlich!«

»Natürlich, das bestreitet auch keiner. Ich kann nur nicht glauben, dass er ganz bewusst eine Straftat begangen hat. Das macht doch keiner. Hast du irgendwas gesagt, was ihn ermuntert haben könnte?«

Noah zuckte zusammen. Das hatte er gerade nicht gesagt!

Elina starrte Kai einen Moment fassungslos an, dann trat Wut an die Stelle von Scham. Sie drückte sich aus Noahs Armen. »Was hast du gerade gesagt?«

Kai schluckte.

»Ich habe dich gefragt, was du da gerade gesagt hast?« Zorn ließ ihre Stimme zittern. Tränen traten in ihre Augen. Kai zog schnell seinen Kopf ein. »Es tut mir leid, Elina.«

»Was tut dir leid? Dass du sexuelle Gewalt verherrlichst, oder dass du dem Opfer die Schuld zuschiebst?«

Kai schnappte schockiert nach Luft. »Das habe ich nicht getan!«

»Natürlich! Vielleicht wolltest du es nicht, aber du hast es getan.«

»Womit denn?« Kai sah aus, als wüsste er nicht, ob er sich schuldig fühlen oder verteidigen sollte. Noah hielt sich da geflissentlich raus. Elina wirkte, als bräuchte sie ihn gerade nicht, und das war gut.

»Du könntest dir nicht vorstellen, er hätte willentlich eine Straftat begangen. Ob willentlich oder nicht, er hat sie begangen!«

Kai schluckte sichtlich. Er war klug genug, die Klappe zu halten.

»Zu suggerieren, er hätte nur etwas missverstanden, *verharmlost* seine Handlung!« Sie senkte ihre Stimme wieder etwas, funkelte ihn aber weiterhin verurteilend an. »Es erweckt den Eindruck, das, was er getan hat, wäre nicht so schlimm, wenn er es unwissentlich getan hätte. Aus der Täterperspektive mag das stimmen, vielleicht sogar aus Richterperspektive, für mich macht das jedoch keinerlei Unterschied!«

Kai sah zerknirscht aus, aber Elina war noch nicht fertig. »Und dann diese *Frage.*« Ihre Stimme brach. Tränen kullerten über ihre Wangen. »Als wäre ich *schuld* daran, dass er …« Sie schluckte. Stoische Bitterkeit verdrängte die Wut. Entschieden rieb sie mit ihrem Ärmel die Tränenspuren weg. »Es ist wie die Frage: Was hast du getragen? Ihr sucht damit Verständnis für den Täter, bemüht euch, ihn zu verstehen. Unsere ganze Scheißgesellschaft spricht über solche Handlungen, als hätte das Opfer diese Übergriffe selbst verursacht, als hätte man wenigstens eine Teilschuld. Denkst du nicht, ich fühle mich schon schmutzig genug? Glaubst du, es ist richtig, mir dann auch noch das Gefühl zu geben, ich hätte das selbst verschuldet? Auf diese Weise werden Opfer nicht mutig, um gegen ihre Peiniger aufzustehen und sie anzuzeigen. Solche Fragen sind der Grund, warum die Dunkelziffer sexueller Übergriffe so verdammt hoch ist. Wusstest du, dass in Deutschland jede zweite Frau solche Erfahrungen macht? Jede zweite! Und das ist *nicht* die Dunkelziffer!«

Kai sah Hilfe suchend zu Noah. Doch da konnte Noah ihm nicht beistehen. Was Elina sagte, war die bittere Wahrheit.

»Das wusste ich nicht«, flüsterte Kai. »Das wollte ich nicht.«

Elina schnaubte. Sie verschränkte die Arme vor der Brust. »Natürlich wusstest du es nicht. Deshalb hat es nicht weniger wehgetan.

Wäre das meine erste Erfahrung dieser Art, hätte ich auch kein Wort gesagt. Ich hätte geglaubt, was du ungewollt suggeriert hast, und geschwiegen.«

Diese Worte ließen Kai zusammenzucken. Hilflos stand er vor ihr, und Noah meinte sogar, Tränen in seinen Augen schimmern zu sehen. »Das tut mir so leid.«

Elinas Worte zogen Noah das Herz zusammen. Sie war durch all das, was sie beschrieben hatte, schon einmal durchgegangen. Heute Vormittag, da hatte sie es nur angedeutet. Jetzt allerdings zeichnete sich ein deutliches Bild ab, und er wollte nur noch zu ihr gehen und sie in den Arm nehmen. Sie festhalten und ihr versprechen, dass solche Mistkerle die Minderheit und nicht die Mehrheit waren.

»Ich weiß«, murmelte sie versöhnlich. Sie ließ ihre Arme sinken und seufzte. »Lern nur bitte einfach daraus.«

»Das werde ich«, schwor Kai feierlich.

Kapitel 27

Aus dem Augenwinkel sah ich Noah schwanken. Schnell drehte ich mich zu ihm, schlang meine Arme um seine Brust und stemmte mich unter seinen zusammensinkenden Körper. »Mann, du Hornochse, ich hab dir gesagt, steh nicht auf«, schimpfte ich mit einem gepressten Keuchen. Er antwortete nicht. Verdammt.

So schnell ich konnte, wuchtete ich ihn zu seinem Bett, und mit Kais Hilfe schafften wir es. Noah war ganz schön schwer. Seine Füße schleiften mehr über den Boden, als dass er sie wirklich aufsetzte, doch das bisschen, was er noch imstande war mitzuhelfen, reichte, um ihn die zwei Meter zu seinem Bett zu bugsieren.

»Ich hole was zum Kühlen.« Schon eilte Kai ins Bad und ich hörte den Wasserhahn. Besorgt tastete ich nach Noahs Puls, auch wenn er noch vernehmlich atmete. Ehe ich das Pulsen unter meinen Fingerkuppen spürte, griff Noah wie ein Ertrinkender nach meiner Hand. Er warf seinen Kopf hin und her. Ich legte meine eiskalten Finger auf seine Stirn und sofort beruhigte er sich.

Zynisch schnaubte ich auf, jetzt hatte es wenigstens etwas Gutes, dass meine Skijacke immer noch im *Santinos* an der Bar hing.

Schon kam Kai wieder und legte ein nasses Tuch auf Noahs Stirn. Dann ging er ans Fußende und hob dessen Beine an.

Noahs Lider flatterten, und dann schlug er endlich seine Augen wieder auf.

»So eine Dummheit«, tadelte ich ihn. »Wehe, du stehst noch einmal auf«, drohte ich mit dem strengsten Ton, den ich zustande brachte, während ich die noch kühle Rückseite meiner Hand in seinen warmen Nacken legte.

»Nur wenn es nötig ist.«

Ich stockte einen Moment. Dann begriff ich, was seine Worte bedeuteten. Ein Lächeln huschte über mein Gesicht. »Einverstanden.«

»Ah, das tut gut«, murmelte er und drückte meine bereits wärmer werdenden Finger etwas fester gegen die Haut in seinem Nacken.

Ich entwand meine zweite Hand seinem Griff und drehte das Tuch auf seiner Stirn. Er seufzte wohlig auf. Seine Züge entspannten sich und seine Atmung wurde ruhiger.

Für einen Moment hatte ich die Freiheit, ihn zu betrachten. Den seltsam widersprüchlichen Mann vor mir, der mal das größte Arschloch und mal ein ernsthafter Zuhörer war. AJ hatte behauptet, er habe Gefühle für mich. Konnte das sein?

Seine ebenmäßigen Züge hatten etwas von einem Schönling, doch die weiße Narbe an der Seite seines Halses zerstörte das Bild von Perfektion. Nur fand ich, dass er dadurch Charakter bekam. Ich mochte Menschen mit Narben, egal ob Narben der Seele oder des Körpers. Sie hatten etwas durchgemacht, und damit ging häufig ein vielschichtiger, interessanter Charakter einher. Ich fragte mich, ob Noah diese Theorie untermauern oder widerlegen würde.

Der Wunsch durchzuckte mich, mit meinen Fingern die leicht wulstige Haut entlangzufahren. Mein Blick glitt von der Narbe die scharfe Kinnlinie entlang zu seinen schmalen Lippen. Wie er sie einzusetzen wusste, hatte ich ja schon erfahren. Wobei seine Lippen und seine Zunge nur einen winzigen Teil seines geschickten Liebesspiels ausmachten. Bei der Erinnerung sammelte sich kribbelnde Wärme zwischen meinen Beinen.

Mein Blick wanderte höher zu seinen Augen. Mir stockte der Atem, als die blaugrünen Iriden mich direkt ansahen. Schnell wandte ich mich ab. Er sollte bloß keinen Fehlschluss ziehen. Kurz entschlossen nahm ich das inzwischen warme Tuch von seiner Stirn, stand auf und ging ins Bad. Noah sagte kein Wort.

Kai trat in den Türrahmen zum Bad. »Braucht ihr mich noch?«

»Hm? O nein, aber danke. Ohne dich hätte ich ihn nicht ins Bett bekommen.«

»Gern. Und noch mal Entschuldigung.«

»Angenommen. Mach dich jetzt nicht so fertig. Du wusstest es nicht besser, und ich bin sicher, diesen Fehler wirst du nicht noch einmal machen.«

»Bestimmt nicht.«

Ich schenkte ihm ein aufmunterndes Lächeln. Kai nickte einmal und verabschiedete sich dann.

Das Rauschen des Wassers verschaffte mir eine kleine Atempause. Mein Körper und ich, wir waren uns uneins, wie es auf Noah zu reagieren galt. Mit dem Finger prüfte ich die Temperatur. Dann tränkte ich einen Waschlappen mit eiskaltem Wasser und wrang ihn nur leicht aus, ehe ich ein kleines Handtuch griff, das sein Kopfkissen vor dem Durchweichen bewahren sollte.

So beladen verharrte ich mit dem nassen kalten Lappen in der einen und dem kleinen Handtuch in der anderen Hand. Auch wenn mir langsam die Finger unangenehm kalt wurden, zögerte ich. Was Daniel getan hatte, war … nicht so dramatisch wie andere Dinge, die ich von Freundinnen gehört hatte, und dennoch hatte es sich schlimm angefühlt. Sehr sogar. Dass ich danach Kai so hatte anfahren können, dass ich mich hatte verteidigen können, das war eine Premiere gewesen. Klar konnte ich stark sein und mich durchsetzen, wenn es um andere ging. Bei mir selbst dagegen …

Wo war das auf einmal hergekommen? Ich hob meinen Blick und starrte in den Raum vor mir. Dort um die Ecke lag möglicherweise der Auslöser. Er war der Erste gewesen, der vollkommen und bedingungslos auf meiner Seite gestanden hatte. Er hatte nicht einen Funken Verständnis für Rivera und Sam gehabt, und auch heute nicht das geringste Erbarmen für Daniel aufgebracht. Das wischte auf unerklärliche Weise die fortwährenden Zweifel beiseite, als wären sie nicht mehr als ein Staubkorn im Wind.

Bevor meine Gedanken weiterkreisen und womöglich noch einen Schluss aus dieser Erkenntnis ziehen konnten, trat ich über die Schwelle und marschierte durch das Zimmer hinüber zu Noahs Bett. Er ließ mich bei keinem einzigen meiner Schritte aus den Augen.

»Wie geht es dir?«, fragte er.

Ich lachte hohl auf. »Du bist derjenige, der umgekippt ist.« Vorsichtig hob ich seinen Kopf an, um das trockene Handtuch über das Kissen zu drapieren.

»Elina.«

Ich legte den Waschlappen auf seine Stirn. Ein Schauer rann durch Noahs Körper.

»Hey, Wildkatze.« Er sprach sanft und leise. »Im Ernst. Wie fühlst du dich gerade?« Noah verschlang seine Finger mit meinen und streichelte beruhigend über meinen Handrücken.

Noch immer mied ich seinen Blick. »Sie werden noch Ärger bekommen. Sie sollten zurückkommen.«

»Daniel ist derjenige, der Ärger bekommt«, knurrte Noah.

»Und wenn ich das nicht will? Mir ist wichtiger, dass es euch gut geht und ihr nicht in Schwierigkeiten seid, als dass ihr mich rächt.«

»Sieh mich an«, flüsterte er.

Ich schluckte. Erst als mir die Stille zwischen uns unangenehm wurde, hob ich meinen Blick und begegnete seinem ernsten.

»In allererster Linie sind die zwei gerade da draußen, um dich zu beschützen.«

Überfordert mit der Situation huschte mein Blick zwischen seinen Augen hin und her.

»Sie werden diesen Wichser nicht umbringen, auch wenn er es absolut verdient hätte.«

»Du willst mir weismachen, dass sie nur Worte benutzen werden und keine Fäuste fliegen?«

»Wäre ich dabei, würden auf jeden Fall Fäuste fliegen.«

»Wieso?«, hauchte ich. So viel Parteinahme war für mich unbegreiflich.

»Weil ich ein Mann bin.«

Ich schnaubte. »Chauvi!«

»Das hat nichts mit Chauvinismus zu tun. Du hast es vorhin selbst gesagt, jede zweite Frau muss mit solchen Erfahrungen leben. Das bedeutet, dass verdammt viele Männer so ein Verhalten an den Tag legen, es vielleicht sogar normal finden. Da ist es meine Verantwortung als Mann, diesen Mistkerlen zu zeigen, dass das nicht in

Ordnung ist. Und ich muss dir zeigen, dass ich dich damit nicht allein lasse, dass sein Verhalten falsch ist und es andere gibt.«

Mit dieser Antwort hatte ich nicht gerechnet. Ich wusste gar nicht, wie ich darauf reagieren sollte.

»Also, Wildkatze, wie geht es dir gerade?« Ermutigend drückte er meine Hand.

Seine Worte, sein ruhiger Blick, alles an ihm gab mir hier und jetzt die Sicherheit, einfach ehrlich zu sein, einfach ich zu sein. »Ich bin durcheinander«, gab ich zu.

»Inwiefern?«

Wachsam musterte ich Noahs Züge. Ich suchte Irritation, Ablehnung oder Verurteilung, weil ich mich nicht schmutzig oder schuldig fühlte, oder was auch immer Hollywoodfilme uns glauben ließen, es wäre eine normale Empfindung in meiner Situation. Da war nichts dergleichen in seinem Blick zu finden, nur offene, ehrliche Bereitschaft, mir zuzuhören. »Heute ist so viel passiert … Das mit Daniel sitzt mir natürlich noch immer in den Knochen. Ich weiß nicht, ob es wegen der Erfahrung mit meinem Onkel ist, oder weil ich noch jedes Gefühl verdränge, aber irgendwie fühle ich dazu nicht wirklich etwas. Erst hatte ich unheimliche Angst, dann war ich unfassbar wütend, doch die Angst habe ich beim Rennen abgeschüttelt und die Wut bei Kai abgeladen. Immerzu denke ich, ich sollte irgendwas fühlen, aber hier in diesem Zimmer fällt es mir schwer, Angst zu empfinden. Vielleicht ist das ja noch der Schock und all die Gefühle kommen später.« Unsicher zuckte ich mit den Schultern.

»Ich finde das vollkommen okay. Meiner Meinung nach gibt es keinen *richtigen* Weg, damit umzugehen. Nichts, was du fühlen *müsstest.*«

»Das klingt logisch, und trotzdem fühlt es sich irgendwie falsch an. Ein bisschen, als wäre ich kaputt, weil ich gerade nicht vor Angst zittere oder mich vor Übelkeit übergebe.«

»Das kann ich nachvollziehen.«

»Echt?«

»Klar. Du bist gerade durch eine Schocksituation durch. Mich würde das komplett überfordern. Ich glaube, ich würde alles in Wut kanalisieren und einfach ausrasten«, offenbarte er mir, als würde er sich damit nicht gerade emotional entblößen. Ich wusste nicht, ob ich je einen Mann kennengelernt hatte, der das so schlicht und gleichzeitig treffend ausgesprochen hatte.

»Bei mir hängt es ganz stark von meinem Umfeld ab, wie ich in heftigen Situationen reagiere. Als meine Mutter gestorben ist, war ich erst total in mich gekehrt, habe alle auf Abstand gehalten, notfalls, indem ich sie bewusst vor den Kopf gestoßen habe. Bis ich begriffen habe, dass meine Geschwister und mein Vater jemanden brauchten. Dann war ich auf einmal die Ruhe selbst. Ich habe bis heute keine Ahnung, wie ich so einfach den Schalter umlegen konnte. Inzwischen weiß ich, dass meine Reaktion davon abhängt, bei wem ich bin.«

»Hm … ich glaube, ich weiß, was du meinst. Ich hasse Spinnen, also wirklich!« Er grinste leicht verlegen. »Wir haben bei uns zu Hause diese richtig dicken fetten Kellerspinnen mit den langen haarigen Beinen. Die Dinger sind verboten schnell! Als ich einmal allein daheim war und so ein Vieh ist an mir vorbeigekrabbelt, konnte ich ruhig bleiben und es mit einem Schuh zerquetschen, einfach weil ich musste. Normalerweise beobachte ich die Teile nur aus sicherem Abstand und rufe meine Schwester, die mich rettet.«

Mit dieser kleinen Anekdote brachte er mich zum Schmunzeln. »Ich habe es bildlich vor mir, wie du auf einem Stuhl stehst, einen Pantoffel in der Hand, die Spinne fixierst und um Hilfe rufst.«

Noah legte eine gönnerhafte Miene auf. »Wusste immer, dass du von mir träumst, Wildkatze.«

Ich lachte los. Da lag er vor mir, Mr Casanova, und teilte mit mir eine seiner Schwächen, als würde es nichts bedeuten. Die Luft war erfüllt von derselben magischen Gelassenheit, die ich auch in der ersten Nacht in der Küche gespürt hatte. Noah schaffte es mit wenigen Worten, mir mehr das Gefühl von Geborgenheit und Sicherheit zu schenken, als mein Zuhause das in den letzten Jahren auch nur einen einzigen Tag vermocht hatte.

»Deine Mutter ist also auch gestorben«, flüsterte er. Ich sah den mir so vertrauten Schmerz in seinen Zügen. *Auch …*

»Ja, als ich zwölf war.«

»Das tut mir leid.« Bei so vielen wäre es die übliche Floskel, die normalerweise an mir abprallte. Aber bei einem Gleichgesinnten, da bedeuteten diese Worte so viel mehr.

»Danke.«

»Ich war sechs«, gestand er. Sein Blick schweifte in die Ferne. »Krebs. Es war schlimm, ihr beim Sterben zuzusehen.«

Ich schluckte gegen den Kloß in meinem Hals an. Ich wusste nicht, ob ich ihn beneidete, dass er sich hatte verabschieden können, oder ob nicht ich das glücklichere Los gezogen hatte, weil es vorbei gewesen war, ehe ich auch nur das Gefühl haben konnte, einem geliebten Menschen machtlos dabei zusehen zu müssen, wie er litt. »Das muss hart gewesen sein.«

Noah zuckte hilflos mit den Schultern. »Ich war sechs«, wehrte er ab. Nur sagte er mit keinem Wort, dass er nicht so viel mitbekommen oder verstanden hätte, wie seine Worte mich glauben lassen wollten.

Ich griff nach seiner Hand und drückte sie. »Ich glaube, Kinder begreifen sehr viel mehr, als Erwachsene ihnen zutrauen.«

Noahs Blick fuhr mir bis tief ins Herz. All der offene Schmerz und die bittere Verletzlichkeit. Wie gern ich mich gerade einfach zu ihm legen und ihn festhalten würde … Ehe ich es mir anders überlegen konnte, kletterte ich einfach über ihn und kuschelte mich an seine Seite. Meinen verletzten Arm bettete ich auf seinem Bauch, während ich mich an seine Brust schmiegte und ihn so fest an mich drückte wie ich konnte. Halb umarmte ich den Sechsjährigen, der seine Mutter verloren hatte, halb den Mann, der diesen Schmerz nie ganz verwunden hatte.

Es dauerte einen Moment, bis Noah sich unter mir entspannte, tief ausatmete und zärtlich über meinen Rücken streichelte. »Danke«, flüsterte er und hauchte einen Kuss in mein Haar.

Zur Antwort drückte ich ihn nur noch fester. Ich beneidete ihn ganz und gar nicht. Je mehr ich darüber nachdachte, desto mehr litt ich mit ihm. Tränen traten mir in die Augen bei der Vorstellung, ich hätte am Bett meiner Mutter sitzen und ihr Tage, wahrscheinlich sogar Wochen oder Monate dabei zusehen müssen, wie sie schwächer und schwächer wurde.

»Wenn du mir von damals erzählen möchtest, würde ich mich freuen, dir zuhören zu dürfen. Wenn nicht, halte ich dich auch gern einfach nur fest.« Das immerhin konnte ich für ihn tun.

Noah entfuhr ein ungläubiges Auflachen. Dann spürte ich, wie er sein Gesicht in mein Haar drückte und tief durchatmete. Offenbar hatte ich ihn mit meinen Worten sehr aufgewühlt.

Gerade als ich glaubte, er habe sich für die zweite Option entschieden, fanden raue Worte einer alten Wunde ihren Weg über seine Lippen: »Niemand hat geglaubt, ich würde verstehen, was vor sich ging. Immerzu haben sie mich nur hin und her bugsiert. Ich sollte aus dem Weg, wenn die Ärzte kamen, sollte Mama Luft zum Atmen lassen, sollte meinem Vater ruhige Momente mit ihr lassen und doch immer da sein, um ihr Kraft zu schenken. Wenn ich heute Sechsjährige sehe, kann ich gar nicht glauben, was ich damals schon alles verstanden habe, obwohl ich es doch selbst erlebt habe. Mir fällt es schwer, ein Kind ernst zu nehmen, obwohl ich doch noch so genau weiß, was damals alles passiert ist. Ich habe alles mitbekommen, wie es meiner Mutter immer schlechter ging, wie oft mein Vater aus dem Zimmer geflohen ist, dass er einmal mit Lippenstift am Kragen seines Hemdes kam, dass meine Oma mich immerzu vom Bett meiner Mutter holen wollte und dass die Ärzte sie längst aufgegeben hatten.«

»Das alles hast du begriffen?«

»Ich weiß nicht. Ja und nein. Auf der einen Seite weiß ich all das noch, und heute weiß ich auch ganz klar, was es bedeutet. Damals war alles mehr ein Gefühl. Wie Wissen, das ich nicht greifen konnte und auch niemals hätte aussprechen können. Trotzdem wusste ich es. Besser kann ich es nicht erklären.«

»Brauchst du auch nicht. Ich glaube, ich weiß, was du meinst.«

»Wirklich?«

»Ich denke schon. Manchmal weiß ich ganz genau, wie das Wesen einer Person ist, ohne sagen zu können, woher oder woran ich es festmachen würde. Es ist ein Gefühl, nicht mehr als eine haltlose Ahnung, und doch bin ich mir verdammt sicher, und meistens liege ich sogar richtig. So in etwa stelle ich es mir vor.«

Noah dachte einen Moment nach, ehe er zögernd nickte. »Klingt ziemlich treffend.«

»Vermisst du sie?«

Noah lachte freudlos. »Das ist das Bitterste, ich erinnere mich kaum an sie. Obwohl ich aus dem Krankenhaus so viele Erinnerungen habe, habe ich so gut wie keine aus der Zeit davor.«

»Das tut mir so leid«, flüsterte ich, gegen die Tränen ankämpfend. Die salzigen Verräter kullerten allerdings unaufhaltsam meine Wangen hinunter. Ich konnte nur immer wieder diesen einen Satz sagen, der sich so ungenügend anfühlte. Wie sehr ich ihm wünschte, schöne Erinnerungen an seine Mutter zu haben, oder wenigstens all das im Krankenhaus vergessen zu können.

»Du musst nicht weinen. Es ist lange her«, beruhigte er mich. Ich hatte das Gefühl, er redete sich das mehr ein, als ihm bewusst war.

»Tut mir leid.« Wir kannten uns kaum. Wer war ich, um die jüngere Version seiner selbst zu beweinen? Aber ich konnte meine Gefühle nicht einfach abschalten.

»Schon gut.«

Verdammt, ich hatte ihn trösten und nicht seinen Schmerz hervorholen wollen. Ein neues Thema würde mir helfen, meine Gefühle endlich wieder in den Griff zu bekommen. Nur welches Thema sollte ich anschneiden, ohne komplett gefühllos zu wirken?

»Wie war dein Abend, bevor Daniel ihn versaut hat?«, fragte Noah aus heiterem Himmel. Er sehnte sich offenbar genauso nach einem Themenwechsel wie ich.

»Verwirrend«, gab ich zu und bereute es in der nächsten Sekunde schon. Das würde ich erklären müssen, und das würde unweigerlich zu der Szene mit Santino in der Kammer führen.

»Wieso?«

Ich holte tief Luft. Wollte ich ihm das erzählen? Wenn AJ recht hatte, würde ich ihn damit verletzen, und das war so ziemlich das Letzte, was ich gerade wollte. »Keine Ahnung. Unser Gespräch sitzt mir auch noch in den Knochen«, lenkte ich ab.

»Unser Gespräch?«

»Was du über Rivera, Raphael und meine Familie so im Allgemeinen gesagt hast.«

»Und das hat dich verwirrt?«

Lüg! Nur wie sollte ich ausgerechnet ihn anlügen, nachdem er mir so viel von sich offenbart hatte? Das wäre so unfair und so falsch. »Nein.«

Noah stemmte sich ein wenig von mir weg, um mich ansehen zu können. Widerstrebend hob ich meinen Kopf von seiner Brust und begegnete seinem fragenden Blick. Ich seufzte. »Was du gesagt hast, hat in mir gearbeitet. Ich frage mich, ob mein Austoben gar nicht so sehr mein Wunsch ist, sondern bloß eine Trotzreaktion.«

»Ist das wichtig?«, fragte er.

Nachdenklich betrachtete ich die Maserung des Schrankes. »Schon?«

»Ich meine, macht das wirklich einen Unterschied? Du hast das Gefühl gehabt, es tun zu müssen, und hast diesen Weg dann auch eingeschlagen.«

»Es macht insofern einen Unterschied, wenn ich entscheide, ob ich das weiter so durchziehe.«

»Logisch.«

»Jedenfalls kam AJ und hat mich mit ein paar Aussagen noch mehr hinterfragen lassen, was ich aus welchen Gründen tue, und dann hat Santi mich abgepasst und mir zu verstehen gegeben, dass er mich mag. Das war einfach ziemlich viel für einen Abend.«

»Glaub ich«, meinte er verständnisvoll. Irgendwie hatte ich erwartet, dass er mehr auf die Offenbarung bezüglich Santi ansprang, das tat er aber nicht. AJ musste sich irren. Noah war gerade, und auch schon den ganzen Tag, einfach nur für mich da. Er wirkte nicht, als würde er das mit Hintergedanken tun. Tatsächlich verhielt er sich einfach nur wie ein Freund. Beinahe hätte ich losgelacht. Ausgerechnet er? Die Welt stand kopf, doch so war es. Mr Casanova, der Mann mit den zwei Gesichtern, war heute der beste Freund gewesen, den ich … mein Gott, den ich je gehabt hatte. Niemals, wirklich noch nie hatte ein Mensch mir so viel von sich preisgegeben und umgekehrt. Nie hatte jemand mir so zugehört wie Noah heute, und niemals hätte ich geglaubt, mich irgendwie sicherer und geborgener zu fühlen als im Haus meiner Familie. Tja, wie schnell sich die Welt ändern konnte …

»Und was willst du?«

»Wie meinst du das?«, fragte ich verwirrt.

»Na, möchtest du dich lieber weiter austoben oder möchtest du Santi eine Chance geben?«

Ich stutzte. Diesmal stemmte ich mich auf meinen Arm und blickte hinab auf sein Gesicht. Ich suchte nach dem Hintergedanken seiner Worte, aber wieder fand ich nicht mehr als offene Annahme meiner Person, meiner Gedanken, Sorgen und Ängste. Eingehüllt in so viel Verständnis, konnte ich ganz entspannt antworten. »Keins von beidem, ehrlich gesagt.«

»Wieso?«

»Ich fühle mich nicht so richtig wohl beim Austoben.«

»Wenn du dich nicht austoben und keine Beziehung führen willst, willst du dann einfach gar keinen Sex mehr?«

Hm. Das wäre die Konsequenz. »Nein, das auch nicht.«

»Dann vielleicht eine offene Beziehung. Wenn beide verhüten, ist das eine gute Alternative«, schlug er vor. Dann senkte er seinen Blick und errötete etwas. »Wo wir gerade beim Thema sind. Ich wollte dir noch sagen, dass mir das sonst nicht passiert. Du solltest also keine Sorge wegen Krankheiten haben. Und wenn … also, wenn es passiert sein *sollte* … wenn du schwanger werden würdest, würde ich auf jeden Fall für dich da sein.« Er hob seinen Blick wieder und wirkte so aufgewühlt.

Was für ein unerwarteter Schwur. Dem Mann, der er heute mir gegenüber war, dem konnte ich das sogar glauben.

»Das ist schön zu hören.«

»So was ist mir wirklich noch nie zuvor passiert.«

»Mir auch nicht.«

»Ich benutze immer ein Gummi. Außerdem mache ich regelmäßig Check-ups wegen meines Lebensstils. Und da du die Einzige bist … bei der mir das passiert ist, sollte alles in Ordnung sein.«

Ich wusste nicht, ob ich mich geschmeichelt fühlen sollte, dass ich ihn so erregt hatte, dass er einfach keinen Funken Vernunft mehr hatte, oder ob ich beleidigt sein sollte, dass er nur mich nicht geschützt hatte. Nachdem ich ja ebenso Mist gebaut hatte wie er, wollte ich ihm mal keine bösen Motive in den Mund legen und glauben, dass er genauso von der Situation übermannt worden war wie ich.

»Ähm …« Er räusperte sich. Seine Wangen wurden noch ein wenig röter und mit seinen Fingern fummelte er nervös an der Decke rum. »Verhütest du irgendwie?«, brachte er heraus, und seine Stimme brach am Ende sogar. Jetzt erst begriff ich, dass ich ihm das mit keinem Wort gesagt hatte.

»Mit der Spirale«, erlöste ich ihn. »Und soweit ich weiß, bin ich auch sauber.«

Sichtlich erleichtert stieß Noah die Luft aus, was mich zum Lachen brachte. Auch mir fiel ein Stein vom Herzen. Trotzdem nahm ich mir vor, nach dem Urlaub meine Frauenärztin zu kontaktieren, was sie mir empfehlen würde. Auch wenn ich gerade das Gefühl hatte, ich könne ihm vertrauen, sollte ich meine Gesundheit nicht so leichtfertig aufs Spiel setzen. Gestern noch war er ganz anders gewesen.

»Verrätst du mir jetzt nach diesem kleinen Schwenk, warum du Santi keine Chance geben möchtest?«

»Aus tausend Gründen.«

»Zum Beispiel?«

»Na ja, ich will keine Beziehung. Daran hat sich nichts geändert. Außerdem lebt er hier in Österreich. Wie soll das denn funktionieren?«

»Fernbeziehungen sind nicht von vornherein zum Scheitern verurteilt.«

»Ach nein? Und das weißt du durch deine enorme Erfahrung mit Fernbeziehungen?«

Noah verzog seine Mundwinkel. »Meinetwegen. Also keine Fernbeziehung. Aber wenn du grundlegend Beziehungen ablehnst, wäre ein Urlaubsflirt doch genau das Richtige. Zeitlich begrenzt und nur eine Person.«

Ein berechtigter Einwand, über den ich erst nachdenken musste.

»Also mal im Ernst, das würde ja bedeuten, nie wieder Sex. Dazu macht dir das doch zu viel Spaß.«

Jetzt war es an mir zu erröten. Ich konnte ihm nicht mal widersprechen. Sex, besonders der mit ihm, machte wirklich unglaublich

Spaß. Ich genoss es viel zu sehr, als dass ich bereit war, das herzugeben. Und ja, klar ging auch Selbstbefriedigung, nur waren diese Orgasmen bei mir nicht so erfüllend wie die beim Sex. Also, was wollte ich?

»Elina?«, fragte er nach, als ich nicht antwortete.

»Ich weiß es nicht!«, fuhr ich ihn an.

Noah lachte. »Darüber hast du noch nicht nachgedacht?«

»So weit war ich noch nicht.«

»Dann denk doch jetzt drüber nach«, schlug er vor.

Perplex starrte ich ihn an. Ich konnte nicht glauben, dass ich tatsächlich gerade mit Noah in seinem Bett lag und darüber nachdachte, wie ich sexuell auf meine Kosten kam, ohne wild in der Gegend herumzuvögeln oder eine Beziehung zu führen. »Ich werde darüber nachdenken, aber nicht jetzt.«

Noah schmunzelte. »Einverstanden.« Er zog mich wieder an sich und gemeinsam kuschelten wir uns wieder hin. »Ich schulde dir noch eine Entschuldigung.«

Hä, wo kam das denn plötzlich her? Ich kam überhaupt nicht mit, wovon er sprach.

»Mein Verhalten dir gegenüber war unter aller Sau. Das tut mir leid. Ich wollte dich nicht verletzen. Wenn das passiert sein sollte, dann entschuldige bitte.«

Wow.

Was sollte ich dazu sagen?

»Ich habe ein paar dumme Entscheidungen getroffen. Ich denke, ich bin damit vor etwas geflohen und war deshalb nicht ich selbst. Das soll nicht rechtfertigen, was ich getan habe, ich will nur, dass du weißt, dass ich dich nicht absichtlich verletzen wollte.«

»Okay. Danke.« Da steckte so viel in seinen Worten. Einiges, über das ich lieber nicht genauer nachdenken wollte, denn dann könnte es doch sein, dass AJ recht hatte. Anderes, das ich gern annahm, wie die Entschuldigung und der Wunsch, mich nicht zu verletzen.

»Du hast selbst gesagt, es ändert sich nichts«, erinnerte ich ihn, dass es kaum etwas zu entschuldigen gab. »Natürlich war ich gekränkt, das gebe ich zu. Doch du hast mir nie etwas versprochen, und wir waren auch nicht zusammen.«

»Trotzdem habe ich dich nicht gut behandelt.«

»Das stimmt. Aber das ist ja jetzt anders.«

»Auf jeden Fall!«

Die Inbrunst in seinen Worten ließ mich lächeln. Ich nickte noch einmal bestätigend, dann schmiegte ich mich enger an seine Seite und bettete meine Wange auf seiner Brust. Noah schlang seinen Arm um mich und hielt mich fest. So lagen wir eine Weile lang da, bis wir die anderen heimkehren hörten.

Die Stimmen hallten von unten herauf. Dann erklangen Schritte auf den knarzenden Holzstufen. Ehe ich bewusst entschieden hätte, kletterte ich schon über Noah aus seinem Bett. »Gute Nacht.«

»Nacht, Wildkatze«, sagte er leise und ließ meine Flucht unkommentiert. Einen winzigen Moment verfingen sich unsere Blicke ineinander. Er wusste genau, dass ich floh, und er akzeptierte es. Ohne ein einziges Wort nahm er mir das flaue Schuldgefühl und beruhigte mich. Es war okay.

Das war fast schlimmer, als wenn ich Enttäuschung oder Verurteilung in seinen Zügen gefunden hätte. Denn auf diese Weise bahnte Noah sich unaufhaltsam einen Weg in einen Teil von mir vor, den ich sorgsam verschlossen geglaubt hatte. Ich musste hier weg!

Im Flur rannte ich beinahe in Lysander und Sonny rein.

»Alles gut, Kätzchen?«, fragte Sonny.

Ich schluckte und konnte mir einen Blick zurück über die Schulter nicht verkneifen. Nein, es war nicht alles gut. »Geht so.«

Sonny folgte meinem Blick und runzelte dann seine Stirn. »Ist etwas passiert?«

Ich schüttelte den Kopf. Es war nichts passiert und doch war jetzt irgendwie alles anders. Was Noah und ich gerade geteilt hatten, ging weit über eine oberflächliche Bekanntschaft hinaus. »Ich bin einfach durcheinander.«

Sonny nickte verständnisvoll. »Möchtest du wissen, was passiert ist?«

Ich brauchte einen Moment, ehe ich begriff, wovon er sprach und dann dauerte es noch ein paar Atemzüge, bis ich mir klar darüber war, was ich wollte. Denn eigentlich wollte ich nie wieder irgendetwas über diesen Mistkerl Daniel hören, andererseits musste ich wissen, was sie getan hatten. Schließlich nickte ich.

Lysander schlich sich in dem Moment hinter mir vorbei und ließ uns allein. Sonny nahm mich mit zu den Stufen und setzte sich mit mir hin. »Wir sind zum *Santinos*, weil wir dachten, er könnte noch dort sein, war er auch. Santino muss was geahnt haben, denn er hat sich uns angeschlossen als wir Daniel hinausgebeten haben. Wir haben ihm sehr deutlich gemacht, dass er dich nie wieder anfassen soll und ihn vor die Wahl gestellt, dass er seinen Posten im *Sarazena* entweder aufgibt oder wir ihn anzeigen. Das war zwar nur gepokert, da ohne deine Aussage eine solche Anzeige kaum eine Chance hätte, aber es ging auch mehr um die Drohung.«

Es dauerte etwas, bis seine Worte bei mir ankamen. »Also habt ihr ihn nicht geschlagen?«

»Tut mir leid, nein. Dafür bin ich nicht der Typ und Lysander auch nicht.«

»Du hast mich falsch verstanden. Ich bin erleichtert.«

»Wirklich?«

»Ja, ihn zu verprügeln hätte er zwar verdient, aber ihr nicht. Es wäre eine Straftat und Selbstjustiz. Dafür gibt es Gesetze und die Polizei.«

Sonny ergriff meine Hand und drückte sie. »Wenn du ihn anzeigen willst und Unterstützung brauchst, bin ich für dich da.«

»Das wäre das Richtige, oder?«, brachte ich leise heraus.

»Schon.«

Diese Vorstellung überforderte mich komplett. Konnte ich das tun? Wie würde das ablaufen? Er war Österreicher und ich bloß eine Touristin. Würde es ein Verfahren geben und überhaupt, er hatte mich ja nicht vergewaltigt, verdiente er es da wirklich, dass ich im Grunde sein Leben zerstörte? Seine Frau würde davon erfahren und er würde seinen Job hier im Haus verlieren, vielleicht sogar aus dem Alpinlager geschmissen werden, wer wusste das schon?

»Darüber muss ich erst nachdenken.«

Sonny drückte noch einmal meine Hand. »Wenn du darüber reden möchtest, bin ich für dich da.«

»Danke.«

»Immer gern, Kätzchen.« Sonny schlang seinen Arm um meine Schulter und drückte mich an sich.

Einen Moment ergab ich mich dem Gefühl der Hilflosigkeit und Überforderung. Dann seufzte ich und schälte mich aus der Umarmung. »Gute Nacht, Sonny.«

»Nacht, Kätzchen.«

Die Müdigkeit holte mich ein. Ich schleppte mich ein Stockwerk höher und fragte mich, ob die Angst vor der Konfrontation Ursache meines Zögerns war, oder ob das, was Daniel getan hatte, wirklich nicht so schlimm gewesen war. Wenn ich ganz ehrlich mit mir war, hatte ich eigentlich sogar die Verpflichtung, ihn anzuzeigen. Würde sein Verhalten keine Konsequenz haben, könnte er andere Frauen ebenso belästigen. Wenn ich ihn damit durchkommen ließ, trug ich eine Mitschuld für künftige Opfer. Nur wusste ich nicht, ob ich stark genug, mutig genug war, ihn wirklich anzuzeigen.

Kapitel 28

– 29.12. –

Die Stimmen der anderen klangen die Treppe herauf. Wie gern ich mit ihnen dort unten stehen und meine Skischuhe anziehen würde. Sie lachten, plauderten, und dann erklangen viele Schritte, ein kalter Luftzug kitzelte über meine nackten Arme, die Tür fiel ins Schloss und Stille kehrte ein im Haus *Sarazena*.

Es wäre so einfach gewesen, Sonny zu fragen, und noch einfacher, Lysanders Angebot anzunehmen, dass er sich heute um Noah kümmern würde. Dennoch hatte ich abgelehnt. Wieso nur? Schnell rieb ich meine feuchten Handflächen an meiner Leggins trocken. Es war komplett lächerlich, hier zu stehen, mitten im Flur im ersten Stock und mich nicht rühren zu können. Welcher Teufel hatte mich geritten, freiwillig noch einmal in dieses Zimmer zu gehen? Noah war die pure Gefahr! Die halbe Nacht hatte ich wach gelegen, nur um mir einzugestehen, dass er schon bis zu meinem Herzen vorgedrungen war. Als Freund, vorerst. Er reizte mich seit unserer ersten Begegnung. Zwischen hier und dem Moment, in dem ich mich in ihn verliebte, war kaum mehr als ein kleiner Schritt.

Ein bisschen fragte ich mich schon, ob dieses Fokussieren auf meine Situation mit Noah einem Fliehen vor der Entscheidung, ob ich Daniel anzeigen sollte, gleichkam. Doch ich wollte im Moment einfach nicht über den übergriffigen Skilehrer nachdenken und da er sich laut Alice heute krankgemeldet hatte, fiel mir das auch leicht.

Ich legte meine Hand an die Türklinke und zögerte doch hineinzugehen. Dort drinnen lauerte der Grund für meine schlaflose Nacht, vielleicht sollte ich auch vor ihm einfach fliehen.

Wütend über meine melodramatischen Gedanken ballte ich die Fäuste. Es war nur ein Zimmer, er nur ein Mann und ich ja wohl erwachsen genug, um mich nicht in einen Kerl zu verlieben, der sich einfach nur anständig verhielt. Ich war immerhin keine fünfzehn mehr!

Vorsichtig klopfte ich gegen die angelehnte Tür, ehe ich sie aufdrückte. Noah sah mir lächelnd entgegen. An das Kopfende seines Bettes gelehnt, hielt er die Fernbedienung hoch und wedelte damit triumphierend in der Luft. »Heute habe ich die Macht.«

Schnaubend stemmte ich die Hände in die Hüften. »Wovon träumst du eigentlich nachts?«

Ein diebisches Grinsen ließ seine Augen funkeln. »Du würdest doch niemals einem Krüppel mit Gewalt eine Fernbedienung entreißen.«

»Pff! Du bist verletzt und kein Krüppel.«

»Noch schlimmer. Jemanden, der am Boden liegt, sollte man nicht auch noch treten.«

»Du liegst im Bett«, informierte ich ihn sachlich und musste beinahe selbst über meinen kühlen Ton lächeln.

»Ach, komm schon«, bettelte er.

»Aber nur einen Film!«

»Vorerst«, meinte er triumphierend und schaltete den Fernseher ein, ehe ich widersprechen konnte. So ein Schelm. Allerdings tat mir die Alberei gut. Sie vertrieb die ernsten Gedanken und die Sorge, er könnte noch weiter vordringen oder sich gar gemütlich in meinem Herzen einnisten. Das galt es zu verhindern, und mit so leichtem Geplänkel machte er es mir einfach.

Ich lief hinüber zum zweiten Bett und hüpfte darauf. Noah hatte sich für *Star Wars* entschieden. Geschickt von ihm. Natürlich verlockte ein erster Teil dazu, auch die weiteren zu sehen. Mir war es nur recht. Ich konnte gut auf so emotionale Gespräche wie gestern verzichten.

Nach zwei Episoden machte ich uns Mittagessen und dann sahen wir sogar noch die dritte. Als der Abspann über den Bildschirm flimmerte, war die Zeit bis zur Rückkehr der anderen fast verstrichen.

»Du weißt, dass ich mich mit den Filmen auch allein beschäftigen kann. Morgen zum Beispiel«, meinte Noah aus heiterem Himmel.

»Wieso sagst du das?«

»Sonny meinte, du hättest nur bis heute Sportverbot.«

Dieser Verräter. »Stimmt.«

»Meinetwegen musst du morgen nicht hierbleiben.«

»Willst du mich loswerden?«, fragte ich spitz. Ja holla, wo kam denn dieses verletzte Stechen in meiner Brust her?

»Nein!« Der Nachdruck in diesem einen Wort erstaunte mich. »Ich will nur sagen, du musst nicht bleiben. Ich würde es verstehen. Du bist hier, um Ski zu fahren, nicht um einen Krüppel zu pflegen.« Diesmal spie er das Wort ohne jeden Humor aus. Äh, wow. Also wenn mein Gefühl mich nicht trog, steckte mehr dahinter.

»Ich weiß, dass ich nicht muss.«

Noah nickte. Seine Lippen waren so fest aufeinandergepresst, dass die dünne Linie kaum mehr auszumachen war.

»Auch wenn ich nicht weiß, wie du dann auf Toilette kommen oder den Tag über genug essen willst.«

Noahs Kiefer spannten sich, sofern möglich, noch fester an. »Lysander und Sonny würden sich abwechseln. Haben sie gestern Nacht noch angeboten.«

Aha.

»Also, ich weiß nicht, was das jetzt soll. Ich habe gesagt, ich kümmere mich, und dann mache ich das auch!«, entschied ich unwirsch, stand auf und klopfte das Kissen zurecht. Ich faltete die Decke und legte sie ans Fußende. Dann stapfte ich hinüber zum Player und holte die Blu-ray raus. Mürrisch verstaute ich sie in ihrer Packung und verlor fast die Beherrschung, als die neue Disk sich einfach nicht lösen lassen wollte. Ich war dran mit wählen und ich hatte mich – nach kurzem Wühlen in der Kiste, die der Minnard für Noah herangekarrt hatte – für *Game of Thrones entschieden.*

»Ich kann dich nicht so ausnutzen.«

»Tust du nicht.«

»Elina!«

Überrascht drehte ich mich zu ihm um und musterte ihn. Wilde Emotionen huschten über seine Züge. Wüsste ich es nicht besser, würde ich behaupten, er war gerade vollkommen überfordert.

»Ja?«, fragte ich täuschend ruhig und zog meine Augenbrauen hoch. Wehe, er schickte mich noch einmal weg.

»Wieso tust du das?« Seine Lippe zitterte leicht, so angespannt war er.

Schnaubend stand ich auf und verschränkte die Arme vor der Brust. »Korrigier mich, wenn ich falschliege, aber ich hatte den Eindruck, wir wären inzwischen Freunde.«

Noahs Adamsapfel hüpfte deutlich, als er schluckte. »Sind wir.«

»Na siehst du. Dann hätten wir das ja geklärt.« Dennoch musterte ich ihn wachsam. Er sollte nur wagen, mir zu widersprechen. Doch das tat er nicht. Stattdessen starrte er mich derart aufgewühlt an, dass ich beinahe damit rechnete, dass ihm gleich Tränen über die Wangen kullerten. Ich hatte ja schon geahnt, dass mehr hinter seinem seltsamen Verhalten steckte. Jetzt war ich mir sogar sicher.

»Du bleibst«, hauchte er, regelrecht fassungslos.

»Da kannst du deinen Arsch drauf verwetten!« Ohne zu wissen, wieso ich so vehement darauf bestand, dass ich mich um ihn kümmerte, war ich mir doch einer Sache vollkommen sicher: Gerade hatte ich Noah auf eine Weise getroffen, wie in all unseren seltsam offenen Gesprächen zuvor noch nicht, einfach nur damit, dass ich mich weiterhin um ihn kümmern würde. Ich hatte nicht übertrieben, auf verquere Weise waren wir Freunde, und diese ließ man nicht einfach allein zu Hause versauern, um sich auf der Piste zu amüsieren.

»Wieso?«, fragte er leise hinter mir, als ich wieder in die Hocke ging, um die Fernbedienung aufzuheben, die ich am Player zurückgelassen hatte.

Irritiert sah ich über meine Schulter. »Hatten wir das nicht gerade?«

»Schon, aber du bist eine *Frau*!«

Tadelnd zog ich meine Augenbrauen hoch. »Ich bin geneigt, dich wieder Chauvi zu nennen. Was für eine Rolle spielt bitte mein Geschlecht?«

»Frauen bleiben nicht!« Tada, da war er auch schon, der Beweis, dass mein Gefühl mich nicht trog.

»Aha … wusste ich noch gar nicht.« Ich erhob mich und kam näher. »Möchtest du mir das erklären, oder bleibt diese unbegründete Beleidigung so stehen?«

Noah wandte seinen Blick ab.

»Gut, dann schweig. Aber mein Freund, ich bin sauer! Ich erwarte eine Erklärung oder eine Entschuldigung. Dein Vorwurf war ja mal so was von unbegründet!« Klar wusste ich, dass sein Abweisen nicht wirklich mir galt. Das änderte nichts daran, dass er sich gerade unfair benahm, und das ließ ich ihm nicht durchgehen. Nicht mehr und niemals wieder. Doch ich konnte ihm einen Moment Zeit lassen, um zu verdauen, dass ich mich ganz offensichtlich anders verhielt als er erwartet hatte. Kommentarlos ging ich an den Tisch, setzte mich und schaltete die erste Folge an.

Der Soundtrack war noch nicht ganz zu Ende, da bat Noah: »Kannst du kurz auf Pause drücken?«

Gesagt, getan. Abwartend drehte ich mich zu ihm.

»Ich misstraue Frauen«, warf er mir vollkommen ohne Kontext an den Kopf.

Hm. »Sicher hat das seinen Grund, aber dir ist schon klar, dass nicht alle Frauen gleich sind, oder?«

Noah ballte seine Hände zu Fäusten. »In diesem Punkt scheinen sie es zu sein.«

Puh ... wäre ich nicht absolut sicher, dass da eine Menge in seinem Leben schiefgegangen war, würde ich ihn gerade anbrüllen. »Dann erzähl mal. Sonst kann ich dir kaum zustimmen, so als *Frau.*«

»Mein Lebensstil hat seinen Grund.«

»Davon bin ich ausgegangen.« Jedes Verhalten hatte seinen Grund. Je auffälliger, desto einschneidender das Erlebnis der Ursache.

»Reicht das nicht?«, fragte er harsch.

»Nein.«

Noah funkelte mich wütend an.

»Sieh mich nicht so an! Mir reicht es eben nicht. Ich bin nämlich anderer Meinung. Unabhängig vom Geschlecht gibt es Menschen, denen man vertrauen kann, und jene, denen man es nicht sollte.«

Noah schnaubte. »Mir ist noch keine Frau begegnet, der man hätte vertrauen können.«

»Bist du nicht seit Ewigkeiten mit Nell befreundet?«

»Nell ist Familie.«

»Trotzdem ist Nell eine Frau.«

»Ein gutes Beispiel wiegt die zahllosen negativen nicht auf«, beharrte er.

»Und wieder: Du musst mir schon davon erzählen, wenn ich dir zustimmen soll.«

In seinen Augen sah ich genau den Moment, in dem seine Ablehnung in Trotz kippte. »Gut, dann fangen wir mal mit meiner Großmutter an, die mich seit dem Tod ihrer Tochter daran erinnert, dass meine Mutter den Krebs ohne meine Geburt rechtzeitig bekämpft hätte. Heute weiß ich, dass das nicht meine Schuld ist, dennoch beharrt sie darauf. Nur eine, sagst du jetzt? Keine Sorge, ich habe noch eine ganze Palette. Zum Beispiel all die Frauen, die Stiefmutter spielen wollten. Meinem Lieblingsexemplar habe ich die hier zu verdanken!«, fuhr er wütend fort und zeigte auf die Narbe an seinem Hals.

Mir stockte der Atem von der Bitterkeit seines Lebens. Wenige Worte, die ein so trauriges Bild malten, dass ich ihn direkt wieder in den Arm nehmen wollte. Nur wusste ich, dass das diesmal absolut falsch wäre. »Was ist passiert?«, fragte ich ruhig und wünschte so sehr, dass es nicht so schlimm war. Er hatte wirklich genug durchgemacht.

»Ilona war das Prachtstück, das mein Vater geheiratet hat, als ich siebzehn war. Vom ersten Tag an wollte sie mich loswerden. Dabei war ich eh schon mehr abwesend als anwesend. Wann immer ich konnte, floh ich vor der Stiefmonsterparade, meistens zu Nell. Da mein Vater und ich uns mal wieder gestritten hatten, hatte sie mich von einem Klettercup abgeholt. Dank begleitetem Fahren saß ich am Steuer. Auf der nassen Autobahnauffahrt hat sie plötzlich in mein Lenkrad gegriffen und es rumgerissen. Wir sind aus der Kurve geflogen, direkt auf die rechte Fahrbahn, und wurden von einem Lkw gestreift. Hätte der uns richtig erwischt, wäre ich tot.«

Das Grauen seiner Worte packte mich. Wer tat denn so was?

»Mein Vater hat mir kein Wort geglaubt. Welches Motiv hätte sie? Und überhaupt, es wäre ja ein dämlicher Plan, einen Unfall zu provozieren, wenn sie mit drinsitzt. Ich muss zugeben, ihr Plan war ein Glanzstück, und rausgeschmissen hat mein Vater mich nach der Anschuldigung auch noch. Sie hat also bekommen, was sie wollte.«

Tränen brannten hinter meinen Lidern. Wie konnte ein einzelner Mensch so viel Pech in seinem Leben haben?

»Nicht jede Frau ist so«, flüsterte ich, nun überhaupt nicht mehr entschlossen. Ich war immer noch überzeugt von meiner Sichtweise, aber nun verstand ich auch seine.

»Warte, ich bin noch nicht fertig. Ich war zum Zeitpunkt des Unfalls in einer Beziehung. Lea war der Traum jeder Eltern. Nur war es Lea *zu viel,* mich so zu sehen. Sie hatte nicht die *Kraft*, mir beizustehen, als unklar war, ob ich je wieder würde laufen können. Mein Leben hing für eine Nacht am seidenen Faden, das ertrug sie nicht und machte mit mir Schluss.«

Wut auf all diese Frauen sammelte sich als brennender Ball in meinem Bauch. Ich fühlte seinen Hass auf mein Geschlecht und konnte ihm kaum etwas entgegensetzen. Jetzt zu wiederholen, dass wir nicht alle so waren, wäre unangebracht, wenn auch immer noch wahr.

Es gab nichts, was ich sagen könnte, was nicht abgedroschen klang oder gar relativierte, was diese Frauen ihm angetan hatten. Aber irgendwie musste ich reagieren. Ich erhob mich, ging hinüber zu ihm und kniete mich vor sein Bett. Mein Herz schlug mir bis in den Hals, als ich seine Hand nahm und ihn fest ansah. Mein Blick schwamm leicht von den ungeweinten Tränen, als ich sagte: »Es tut mir so leid.«

Noahs Kiefer mahlten aufeinander.

Ganz vorsichtig hob ich meine Finger in Richtung seines Halses. Noah wich nicht aus, zuckte nicht zurück, harrte nur angespannt der Dinge, die da kamen. Als meine Fingerkuppen die weiße Haut seiner Narbe berührten, war es, als entzündete die Berührung ein Feuer in mir. Der wilde Wunsch, ihn zu beschützen, loderte in mir auf. Nie wieder eine solche Bestie an ihn heranzulassen und ihm das zu geben, was er verdient hatte, was jeder Mensch verdient hatte: Liebe. Nicht die romantische zwischen Mann und Frau, sondern reine, ungetrübte Liebe, wie eine Mutter sie ihrem Kind schenkt. Jene Liebe unter Freunden, die den Rhythmus des eigenen Herzens spielten, wenn man ihn selbst vergessen hatte. Liebe, die auf bedingungsloser Annahme des anderen basierte. Liebe, die Ecken und Kanten schätzte, statt sie rund zu schleifen. Nur war ich nicht in der Position, ihm diese Liebe zu schenken. Ich war weder seine Mutter noch eine so treue Freundin. Ich war nur ich, also gab ich, was ich geben konnte. Ihm tief in die Augen blickend, strich ich die Narbe entlang hinauf bis in sein Haar, wo sie verschwand. »Keine von ihnen hatte das Recht, dir eine Narbe zu verpassen. Jede von ihnen hätte dich lieben sollen. Dass sie es nicht getan haben, ist nicht deine Schuld.«

»Natürlich nicht!«, spie er aus, doch ich sah den Zweifel in seinem Blick lauern.

»Was ist denn hier los?«, unterbrach uns Sonny perplex. Die anderen mussten heimgekehrt sein, ohne dass wir es mitbekommen hatten. Noah sah zu ihm auf, ich nicht. Ich zog auch meine Hand nicht zurück. Das brachte ihn dazu, mich wieder anzusehen. In seinen Augen tobten die wildesten Emotionen.

»Ich gehe jetzt. Aber ich komme wieder.«

Noahs Augen weiteten sich.

»Versprochen«, flüsterte ich, ehe ich meine Hand zurückzog und das Zimmer verließ. Kaum dass ich ihn nicht mehr berührte, spürte ich eine ungewohnte Kälte in mir. Erst klein, nur ein leiser Schauer, dann breitete sich das Eis erbarmungsloser Verurteilung in mir aus. Bisher hatte ich das noch nie gefühlt, nicht einmal jenen gegenüber, die mich wirklich mies behandelt hatten, wie Sam. Doch jetzt spürte ich es, den kalten Hass, der durch nichts zu beschwichtigen war, und ich empfand ihn für all die Frauen in Noahs Leben.

***

NOAH

»Vorhin fand ich die Idee noch super«, rief Kai über den Lärm der Musik hinweg, der aus der Bluetooth-Box wummerte. Noah fand die Idee alles andere als super. Sonny hatte eine Hausparty vorgeschlagen, um die Stimmung etwas zu heben. Gesagt, getan, und nun saßen sie mal wieder alle in seinem Zimmer, lachten und plauderten. Sie sollten verschwinden. Er hatte keine Lust auf Party, und Kopfschmerzen hatte er auch.

»Findest du es nicht ein wenig laut dafür, dass Noah eine Gehirnerschütterung hat?«, gab AJ zu bedenken.

Kai zuckte mit den Schultern. »Ich habe Felix schon zweimal gebeten, leiser zu machen. Es ist seine Box.«

Noah bemühte sich, fit auszusehen und den anderen nicht den Abend zu verderben. Nur pochte der Schmerz heftig hinter seiner Stirn. Er rieb sich die Schläfe, was ihm ein wenig Linderung verschaffte. Als hätte Elina nur auf diese verräterische Geste gewartet, erhob sie sich entschlossen, marschierte schnurstracks auf Felix zu, pflückte die Bluetooth-Box vom Regal neben ihm und schaltete sie aus.

Die plötzliche Stille war süße Erleichterung. Noah hatte Mühe, ein Seufzen zu unterdrücken.

»Was soll das?«

»Ich habe keinen Bock mehr auf Musik.«

»Na und? Du bestimmst nicht!«, giftete Belle sofort, die mit Felix auf Lysanders Bett lungerte und sich bisher kichernd mit ihm unterhalten hatte.

»Heute schon.«

»Ach ja?«

»Ja!« Elinas Grinsen war teuflisch. »Heute ist Elina-bestimmt-Tag. Hat dir das keiner gesagt? Oh, das tut mir aber leid.«

Belle griff nach der Box, die Elina schnell außer Reichweite über ihren Kopf hob.

»Jetzt ehrlich, Elina, sei keine Spielverderberin«, mischte Felix sich ein.

Elina kniff ihre Augen drohend zusammen. Noah grinste, er hätte sich gerade nicht mit ihr anlegen wollen. Sie wirkte erbarmungslos, und das nur, weil sie weiterhin auf ihn aufpasste, das hatte er durchaus verstanden. Felix schien es auch für klüger zu halten, seinen Kopf einzuziehen, statt weiter die Box einzufordern.

Belle allerdings …

»Gib das Teil her.«

»Nein.«

»Das ist nicht dein Zimmer!«, fuhr Belle sie an.

»Entweder das Ding bleibt aus oder es fliegt in hohem Bogen aus dem Fenster.« Elina starrte Belle wild entschlossen nieder.

»Gut, es bleibt aus«, motzte Belle.

»Ich meine es ernst.«

»Das ist mir auch schon aufgefallen«, giftete die Eiskönigin und griff dann nach der roten Box, die Elina ihr hinhielt. Daraufhin ging Elina wieder zurück an den Tisch, wo sie sich zwischen AJ und Nell setzte.

»Was war das denn?«, fragte Nell, die gerade die Karten ausgab.

»Es war mir einfach zu laut«, meinte sie, doch sie warf einen kurzen Blick hinüber zu ihm.

»Aha«, meinte Nell nur und legte den Stapel restlicher Karten in die Mitte. Kai, AJ und Elina nahmen ihre elf auf, während Nell die erste Karte umdrehte und dann selbst ihr Blatt sortierte. Noah verfolgte das Spiel hauptsächlich, um sich nicht unterhalten zu müssen. Sonny und Lysander dagegen unterhielten sich neben ihm mal wieder über Fußball und versuchten ihn ab und zu in ihr Gespräch einzubinden.

AJ zog als Erste und freute sich. »Ha. Eine rote Drei!« Sie legte die Karte vor sich und durfte direkt noch mal ziehen. »Wir sollen dich übrigens von Flo und Santino grüßen. Wir haben die beiden heute an der Piste fürs Rennen getroffen.«

Noah zuckte innerlich zusammen. Er gab sich die größte Mühe, nur ihr Freund zu sein, und als Freund sollte er sich für sie freuen. Nur war das nicht so einfach, wenn es darum ging, dass sie in den Armen eines anderen glücklich wurde.

»Ach, cool. Ist Santi fit?«, fragte Elina.

»Es wirkt so. Selbstsicher ist er jedenfalls.«

Kai schnaubte. »Da hat er auch allen Grund zu. Die letzten zwei Jahre hat er das Rennen ja auch gewonnen.«

»Du solltest wirklich mal herausfinden, ob seine Ausdauer abseits der Piste so gut ist wie darauf«, meinte AJ neckend. Sie zwinkerte Elina zu, die nur ihre Augen verdrehte.

»Ähm, hab ich was nicht mitbekommen?«, mischte Nell sich ein und warf ihm einen besorgten Blick zu.

AJ lachte. »Der Barmann steht total auf Elina.«

»Und du widersprichst nicht einmal«, stieß Nell überrascht hervor.

Elina schwieg und zog eine Karte. Ohne Kommentar sortierte sie sie in ihre Hand ein und legte eine andere ab. Noah fragte sich, ob sie darüber nachdachte, Santino als Urlaubsflirt eine Chance zu geben. Ein durchtrainierter Kerl, der nicht nur eine eigene Bar führte, sondern auch noch erfolgreicher Amateursportler war? Nüchtern betrachtet die beste Besetzung für den Job.

»Kai, du bist dran«, informierte Elina ihn. Noah erwischte ihn dabei, wie er zusammenzuckte, nachdem Kai ihn regelrecht mitleidig angestarrt hatte.

Noah wurde von Belles Kichern abgelenkt. Kaum sah er zu ihr hinüber, wummerte auch schon wieder Musik aus der Box.

Elina holte tief Luft. Beherrscht legte sie die Karten ab, stemmte ihre Handflächen auf den Tisch und stand ruckartig auf. Sie fuhr herum und warf Belle einen derart bösen Blick zu, dass selbst Noah den Kopf einzog. Belle schenkte ihr allerdings nur ein triumphierendes Grinsen. Kein Funken Reue, kein so tun, als wäre es ein Versehen, es war die blanke Herausforderung. Felix grinste auch, sie hielten es für ein Spiel. Noah war sich absolut sicher, dass Elina dabei keinen Scherz duldete. Was sie hier gerade tat, das war Balsam für seine Seele. Eine solche Kleinigkeit, es ging ja immerhin nur darum, dass es nicht so laut war, weil er Kopfweh hatte. Und doch bedeutete es die Welt für ihn. Sie war für ihn da, setzte sich für ihn ein, und das bedingungslos.

Für etwa zehn Sekunden starrte Elina die beiden nur nieder. Dann marschierte sie, ohne zu zögern, auf sie zu, griff nach der Box, schlug erbarmungslos Belles Hand zur Seite, die sie aufhalten wollte, packte das Teil und stapfte zum Fenster. Hebel hochgedrückt, Fenster aufgerissen, Box rausgeworfen, Fenster zugeknallt und Hebel wieder runtergedrückt.

Belle kreischte entsetzt auf. »Spinnst du?«

Elina ignorierte sie und schlenderte zurück zum Tisch.

Nell und AJ starrten sie entgeistert an. Noah dagegen empfand pure Schadenfreude.

»Du Irre!«, schrie Belle. »Du hast die Box kaputt gemacht!«

»Das ist nicht lustig, Elina«, begehrte nun auch Felix auf.

»Nein, es ist nicht lustig«, bestätigte Elina ganz ruhig. »Es ist konsequent.«

AJs Augen funkelten amüsiert, und auch Nell wirkte nach dem ersten Schock erheitert.

»Du ersetzt die Box!«

»Das werde ich nicht. Du bist dran, AJ.«

Belle stemmte die Hände in die Hüften. »Du hast die Box kaputt gemacht, du bezahlst sie auch. Ich habe einen ganzen Raum voller Zeugen.«

»Ich habe die Box nicht *kaputt gemacht*, ich habe sie nur aus dem Fenster geworfen. Ein Umstand, den du selbst herbeigeführt hast, als du dein Wort gebrochen und die Musik wieder angemacht hast. Du hast dir das ganz allein zuzuschreiben.«

Nell lachte los, versteckte es aber schnell in einem Husten, als Belle ihr einen zornigen Blick zuwarf.

»Dein Gezeter nervt, Belle. Jetzt hol deine Box aus dem Schnee und lass gut sein«, mischte Sonny sich ein.

Belle schnappte empört nach Luft. Felix funkelte Sonny an, und nach jeder Menge wütender Entrüstung verließen die beiden tatsächlich das Zimmer. Für einen Moment herrschte Stille, dann prusteten AJ und Nell los und die anderen stimmten mit ein.

»Ehrlich mal, du hast zwei Gesichter, Elina. Das ist gruselig«, stieß Kai hervor.

»Wie meinst du das?«

»Echt jetzt?«, mischte Nell sich erheitert ein. »Das da gerade eben, das war gnadenlos, eiskalt, komplett ohne Rücksicht auf Verluste.«

»Na und?«

Selbst AJ stieg in das Gespräch ein. »Na ja, manchmal bist du so, in anderen Moment dann total sanft, verständnisvoll und herzensgut.«

»Hm … könnte sein«, gab sie zu. »Das liegt bestimmt daran, dass ich eine Mittlere bin.«

»Eine was?«

Elina sah AJ über ihre Karten hinweg an. »Eine Mittlere. Das dritte von vier Kindern. Ich bin große und kleine Schwester.«

»Was hat das damit zu tun?«, fragte Nell irritiert.

»Lass mich raten, du bist die Älteste.«

»Woher weißt du das?«

Elina zuckte mit den Schultern. »Du verhältst dich einfach so.«

»Wie verhalte ich mich denn?«

»Du hast gern das Sagen, fühlst dich wohl mit der Verantwortung und weißt für alles und jeden einen guten Rat. Wenn du dir einer Sache sicher bist, kannst du auch richtig harsch werden. Typisch Älteste eben.«

Nell runzelte die Stirn. »Ist das jetzt eine Beleidigung oder ein Kompliment?«

Elina lächelte. »Weder noch. Es sind Eigenschaften, die du aufgrund deiner Rolle als Älteste hast. In manchen Momenten sind sie toll und hilfreich, in anderen nicht.«

»Und die Jüngsten?«, wollte AJ neugierig wissen.

Elina schmunzelte. »Die erhalten sich oft eine Leichtigkeit, die den Älteren verloren gegangen ist.« Elina zwinkerte ihr zu und Noah begriff, dass sie auf AJ direkt anspielte.

»Als Mittlere kannst du dann alles, oder wie?« Nell wirkte nicht überzeugt.

Elina schüttelte den Kopf. »Nein, überhaupt nicht. Es ist eher ein weder noch. Die Großen dürfen alles zuerst, bekommen aber auch die größte Verantwortung und müssen die Schlachten für alle ihre Geschwister schlagen. Ab wann wie viel Taschengeld, ab wann das erste Handy und so weiter. Die kleinen werden verwöhnt und dürfen viel mehr und viel früher als ihre älteren Geschwister. Als Mittlere bekommt man weder besonders viel noch muss man für die Dinge kämpfen, die man bekommt. Es ist, als würden die Mittleren nebenherlaufen. Dadurch werden sie schnell selbstständig, und vor allem bekommen sie es von allen Seiten ab. Ich glaube, als Mittlere musst du deshalb alles sein können, harsch und verständnisvoll, zumindest, wenn du nicht untergehen willst.«

»Das klingt total brutal«, meinte AJ betroffen.

»Ach Quatsch. Es ist genauso eine Rolle wie die großer und kleiner Geschwister, und wie jede Rolle prägt auch diese Eigenschaften.« Elina zuckte unbeteiligt mit den Schultern. Noah dachte darüber nach, wie es bei ihnen war. Seine Schwester war drei Jahre älter als er. War er der verwöhnte kleine Bruder? Das könnte er nicht gerade behaupten.

»Das heißt natürlich nicht, dass es so sein muss. Es gibt immer Ausnahmen«, räumte Elina ein.

»Du hast durchaus einen Punkt getroffen«, meinte Sonny nachdenklich.

»Finde ich nicht«, meinte Nell. »Ich bin doch nicht harsch, wenn ich was will.« Sie sah nach Bestätigung suchend in die Runde.

»O doch!«, rief AJ lachend aus, und die anderen nickten.

Nell zog ihre Augenbrauen zusammen. »Nur wenn es sein muss.«

»Wie die Große eben. Einfach eine Beschützerin.« AJs Aussage besänftigte Nell eindeutig. Seine Cousine lächelte über das Kompliment, und Noah musste zugeben, dass Elinas Beschreibung in ihrer Familie tatsächlich gut passte.

Der Abend wurde entspannter. Ohne die laute Musik und mit einem Gesprächsherd weniger war es auch viel ruhiger im Zimmer. Bald schon saßen sie alle im Kreis und Sonny, er und Lysander feuerten jeweils andere Mitspieler am Tisch an. Letztlich wurde es ein Kopf-an-Kopf-Rennen zwischen Nell und Elina. Beiden fehlten nur noch etwas mehr als dreihundert Punkte zum Sieg. Wer auch immer von ihnen dieses Spiel beendete, würde gewinnen.

Noah sah im Augenwinkel, wie Sonny Elina etwas mitteilen wollte. Verdammt, er verriet ihr, was Nell sammelte. Noah konnte das nicht verhindern, obwohl er in AJs Team war.

»Sag mal, versuchst du zu schummeln?«, fragte Elina.

Sonny verlor sein Grinsen. »Na, wenn du es verrätst, funktioniert es wohl kaum«, beschwerte er sich. Noah musste sich ein Lachen verkneifen.

Elina sah überhaupt nicht amüsiert aus. »Ich *hasse* Schummeln!«

Sonny prustete los. »Süße, jeder an diesem Tisch schummelt!«

»Gar nicht wahr!«, beschwerte Kai sich.

»Entschuldige, jeder außer unserer zarten Seele.«

»Du meinst jeder außer den Mittleren«, betonte Elina.

Sonny sah sich kurz um und grinste dann breit. »Touché.«

Kai richtete sich sichtlich stolz auf, bis er wirklich begriff, was Sonny gesagt hatte. »Du auch?«, fragte er AJ entrüstet.

AJ schenkte ihm ein spitzbübisches Grinsen und griff für alle sichtbar die Karte, die Noah ihr unterm Tisch zugesteckt hatte. Kai riss in einer demonstrativ empörten Geste den Mund auf.

»Entschuldige?«

Kai wandte mit erhobenem Kinn den Kopf ab. »Pff!«

»Ach, komm schon, Schatz.« Besänftigend strich AJ über seinen Unterarm.

»Schummeln ist total scheiße!«

»Nicht, wenn jeder es macht.«

»Es hat nicht jeder geschummelt. Genau genommen nur du und Nell.«

Zum ersten Mal sah seine Freundin zerknirscht aus. »Es war ja nicht böse gemeint.«

Der süße Schmollmund erweichte selbst Noahs Herz. »Schon okay«, erlöste Kai sie schnell, was ihm ein strahlendes Lächeln einbrachte.

AJ rückte sich auf ihrem Stuhl zurecht und sah voller Tatendrang in die Runde. »Elina ist dran.«

»Ehrlich gesagt finde ich, wir sollten aufhören. Das Spiel ist ja sowieso komplett verfälscht«, bemerkte Kai leicht pikiert. Das fand Noah allerdings ein wenig übertrieben.

»Das sagst du nur, weil du Letzter bist«, schnaubte Nell.

»Vielleicht spielt dieser Umstand eine kleine, wenn auch unbedeutende Rolle«, räumte er ein und brachte sie damit alle zum Lachen.

»Ist sowieso egal, ich hab nämlich gewonnen«, verkündete Elina und Nell stöhnte auf.

»Echt jetzt?«

Mit einem breiten Lächeln legte Elina frei von der Hand einen Kanaster, vier Asse und einen Joker ab. Dann hob sie ihren Blick und kniff verspielt in Nells Richtung die Augen zusammen. »Ganz ohne zu schummeln.«

Die Jungs lachten los. Sonny knuffte einer sauertöpfisch dreinblickenden Nell gegen die Schulter und Noah musste zugeben, dass er sich ziemlich über ihren Sieg freute, obwohl er AJ beim Schummeln unterstützt hatte.

»Mit dir zu spielen ist ätzend!«, beschwerte Nell sich.

»Es wird eh Zeit, ins Bett zu gehen«, meinte Elina und begann, die Karten zusammenzusammeln.

»Was? Wir haben gerade mal ein Uhr. Wieso sollten wir jetzt schon schlafen gehen?«, fragte AJ empört.

Elinas Blick huschte, wie heute schon so oft, zu ihm. Tatsächlich war er ziemlich erschöpft, und wenn er sich nicht sehr täuschte, hatte sie das bemerkt und beendete deshalb gerade den Abend.

»Ist mir egal, was ihr macht, ich gehe jetzt schlafen«, meinte sie. »Wenn du allerdings mitkommst, könnte ich dir noch mal deine Schulter massieren, das hat gestern doch so gut geholfen, oder?«, lockte Elina AJ.

Diese verzog ihren Mund zu einer mürrischen Linie und kniff ihre Augen zu schmalen Schlitzen zusammen. »Du spielst unfair.«

»Ich weiß eben, wie ich gewinne.«

AJ fletschte bereits einknickend ihre Zähne. »Grr.«

Sonnys Hand schnellte in die Höhe. »Ich könnte auch eine Massage gebrauchen. Mein Nacken ist ganz steif.«

»Wer zuerst auf der Matte in unserem Zimmer liegt, wird auch zuerst massiert«, verkündete Elina.

AJ und Sonny tauschten einen kurzen abwägenden Blick, dann preschten sie beide los.

»Wartet!«, rief Nell. »Das ist meine Matte. Ich bin zuerst dran!« Schon eilte sie ebenfalls aus dem Zimmer.

»Gut gespielt«, bemerkte Lysander, der sich offenbar nicht hatte täuschen lassen, während Kai ihnen auch schon hinterhereilte.

»Ich weiß nicht, was du meinst.«

Lysander grinste nur, erhob sich dann ebenfalls und ging ins Bad. Elina packte die Karten in die Schachtel, ehe sie zu Noah ans Bett trat. Ohne ein Wort half sie ihm aus der sitzenden in eine liegende Position.

Ihre Finger waren plötzlich so nah an seinen, dass er einen Moment nicht nachdachte und seiner Sehnsucht nachgab. Elina verschlang bereitwillig ihre Finger mit seinen, doch ein Blick in ihr lächelndes Gesicht verriet ihm, dass es für sie eine freundschaftliche Geste war. Noah bezwang die heftige Sehnsucht, die unter seinem Brustbein pulsierte, und dachte fieberhaft darüber nach, wie er die Situation entspannt lösen konnte. Elina wollte sich entfernen, doch er hielt ihre Finger einfach fest.

»Was jetzt? Bin ich für immer deine Gefangene?«, fragte sie spielerisch. Noah nickte breit grinsend. Doch schon im nächsten Moment fuhr ein fieser Schmerz in seine Stirn. Er zuckte zusammen und griff sich an den Kopf.

»Trottel«, schimpfte sie, setzte sich aber auf die Bettkante, strich ihm sanft über die Stirn und massierte seine Schläfen. Noah entspannte sich wohlig brummend.

»Genug, ich gehe jetzt hoch. Die anderen warten schon.«

»Das geht nicht, du bist meine Gefangene, schon vergessen?«

»Wenn du mich so gefangen hältst, werde ich gar nicht schlafen können, dann hast du morgen eine müde Pflegerin.«

»Du musst einfach hier schlafen.«

»Noah …« In diesem einen Wort lag eine Mischung aus Sehnsucht und Bedauern. »Ich sollte bei mir schlafen.«

»Nein«, entschlüpfte es ihm genauso leise. Was trieb er hier? So viel dazu, nur ein Freund für sie zu sein. Nur war sie ihm heute so nah gekommen, dass er gar nicht anders konnte als zu hoffen, und sie blieb. Sie war die Erste, die ihn nicht restlos im Stich ließ. Diese wundervolle Frau änderte alles.

Elina haderte. »Ich werde jetzt gehen«, sagte sie und entwand Noah ihre Finger. »Damit ich morgen wiederkommen kann.«

Noah lockerte seinen Griff und ließ sie gehen. Sie sah ihn, wirklich ihn. Seine Ängste, seinen Schmerz, und nahm all das an. Er musste sie gehen lassen.

Sie erhob sich, blieb jedoch stehen und sah auf ihn herab. Dann schüttelte sie den Kopf, beugte sich über ihn und legte sanft ihre Lippen auf seine. Noah kam ihr entgegen und fuhr mit seiner Hand seitlich in ihr Haar. Das Glück in seiner Brust explodierte. Doch ehe er den Kuss vertiefen konnte, machte Elina sich wieder von ihm los und fluchte leise.

»Was hast du?« fragte er rau. Seine Welt stand kopf.

»Ich glaube, ich mag dich zu sehr«, flüsterte sie.

»Das geht gar nicht«, murmelte er mit einem matten Lächeln auf den Lippen. Könnte sein Glück vollkommener sein? Er sah ihr an der Nasenspitze an, dass sie ebenso Gefühle für ihn hegte wie er für sie.

Elina seufzte. »Schon vergessen? Ich habe nicht vor, mich in *irgendjemanden* zu verknallen. Auch nicht in dich, Casanova.« Damit wandte sie sich um und ging.

Noah seufzte schwer und sank zurück in die Kissen. Wie bitter konnte das Leben sein? Da begann sie Gefühle für ihn zu entwickeln, aber zu früh. Sie war noch nicht bereit dafür. Würde es vielleicht sogar nie sein. Jetzt würde sie noch mehr auf Abstand gehen.

Kapitel 29

– 30.12. –

»Das Rennen ist übermorgen. Bist du Weichei bis dahin wieder so weit, dass du stehen kannst?« fragte ich giftig, während ich durch den Raum wütete und aufräumte. Ich brauchte irgendwas zu tun. Dabei hatte ich den Tisch inzwischen schon dreimal verrückt. Ich musste hier raus!

Noah knurrte. »Was weiß ich? Du hast mir ja immer noch nicht gesagt, was ich alles habe!«

»Spiel dich nicht so auf«, bügelte ich ihn ab, obwohl ich einsah, dass es gemein war, ihn weiterhin im Unklaren zu lassen. »Im Grunde ist es auch egal. Ich seh mir das Rennen an, ob du mitkommst oder nicht. Ich will auch gar nicht bei dir stehen und zusehen, wie eine Frau nach der anderen sabbernd angekrochen kommt und von dem Sex mit dir schwärmt. Widerlich, so was.« Ich schnappte die Kartenpackung vom Tisch, um sie auf ein Regal über Sonnys Bett zu legen.

»Gut, dann stehst du mir eben nicht im Weg«, patzte er zurück, und mir wurde klar, dass ich ihn inzwischen vollkommen aufgerieben hatte. So eine fiese Bemerkung war ihm den ganzen Tag noch nicht herausgerutscht. Es tat mir direkt ein bisschen leid, auf der anderen Seite hatte ich heute noch nicht einmal den Wunsch verspürt, ihn zu küssen.

Ich lachte hohl auf, was mir ziemlich missglückte. Schnell ging ich einfach darüber hinweg. »Das tue ich sowieso nicht. Von denen interessiert es doch keine, ob du vergeben bist.« Das war nicht einmal übertrieben, wenn ich an dieses Plastikduo aus dem *Santinos* dachte.

»Bin ich ja auch nicht!«

»Hat auch niemand behauptet. Als ob du dich je an nur eine Frau binden würdest, dazu bist du doch gar nicht fähig«, bemerkte ich bissig und spürte sofort den Stich der Schuld in meiner Brust. Das war unter die Gürtellinie gewesen. Verdammter Dreck, wann kamen endlich die anderen? Ich redete mich hier gerade um Kopf und Kragen.

»Für die Richtige könnte ich das!«

»Bitte. Dazu bist du doch überhaupt nicht Manns genug.«

»So unmännlich kann ich gar nicht sein, wenn du es mit mir getrieben hast.«

Ich fuhr entgeistert herum. Dann gewann die Wut, die ich heute schon den ganzen Tag bewusst nährte. »Jeder hat so seine schwachen Momente. Fehler macht man halt.« Ungerührt zuckte ich mit den Schultern.

»Argh!«, schrie Noah auf. »Wenn, dann waren es doch an die fünf Fehler«, konterte er.

»Es gilt höchstens als zwei Fehler, da es zwei Nächte waren. Und zählen kannst du auch nicht. Es waren sieben Orgasmen!«, korrigierte ich ihn und übersah, dass Sonny und Lysander gerade hereinkamen.

»Sieben?«, japste Sonny.

»Ah, meine Ablösung, endlich. Dann kann ich dich ja ihren kundigen Händen überlassen. Sonny weiß bestimmt auch ein paar nette Weiber, die sogar zu dir kommen würden, um mit dem großen Fickkönig Noah zu vögeln«, ätzte ich und rauschte davon. Meine Wangen glühten vor Scham und mein Inneres war so aufgepeitscht, dass ich, kaum aus der Tür, mich erst einmal an die Wand lehnen und durchatmen musste.

»Was zur Hölle war denn das?«, erklang Sonnys fassungslose Stimme aus dem Zimmer. Ich hielt meinen keuchenden Atem an. Sollte ich wirklich lauschen?

»Das war Elina, wie sie schon den ganzen Tag drauf ist.«

»Aber warum?«, fragte Sonny ungläubig. »Hast du irgendwas getan?«

»Wenn ich das nur wüsste.«

»Du hast dich ja sauber von ihr provozieren lassen«, bemerkte Lysander und mein Herz setzte einen Schlag aus. Natürlich hatte der eher schweigsame Hüne mich sofort durchschaut. Es waren immer die Stillen, die eine Situation besser überblickten als alle anderen im Raum.

»Wie bitte?«

»Na, sie macht es jetzt mit dir genau so wie du am Anfang mit ihr. Sie bringt dich dazu, vor ihr wegzulaufen. Nur kannst du nicht weglaufen, also bringt sie dich eben dazu, sie fortzuwünschen.«

Niedergeschlagen stieß ich den Atem aus. Von jetzt an würde Noah mir nicht mehr so leicht auf den Leim gehen. Ich drückte mich von der Wand ab und machte mich auf den Weg in mein Zimmer. Ich brauchte heute Abend Ablenkung.

»Gerissenes Kätzchen«, hallte Sonnys lachende Stimme mir nach.

***

Das Klirren der sauberen Gläser, die Santi gerade in den Schrank räumte, schallte durch den kaum gefüllten Raum. Ein leichtes Frösteln kribbelte über meine Arme. Schnell schlüpfte ich wieder in die Fleecejacke, die ich in Gewohnheit abgestreift hatte. Es war noch viel zu früh, um hier zu sein. Nur wenige Stühle waren besetzt, und es war auch noch hell, was eine gewisse Schäbigkeit des Raums offenbarte. Die übliche urige Gemütlichkeit der Bar hing offenbar maßgeblich von der Anzahl der Gäste und der Art der Beleuchtung ab.

Wegen des Schneeeinbruchs hatte Santi die Bar schon um vier aufgemacht, und seitdem saß ich hier und starrte in mein Glas. Nach und nach kamen mehr Leute. Bald würde die Sonne untergehen, und dann würde sich auch wieder die Skiromantik einstellen, hoffentlich.

»Himmel, du bist entsetzlich still heute«, meinte Florian, der zusammen mit Santi hinter der Theke stand.

»Das hat dich am Anfang doch auch nicht gestört. Hat euch doch sogar beeindruckt, wenn ich mich richtig erinnere«, grummelte ich und schwenkte den letzten Schluck Bier im Glas, ehe ich ihn hinunterstürzte.

Florian sah mich verdattert an. »Alles gut bei dir, Teufelin?«

»Als ob dich das wirklich interessieren würde«, schnaubte ich auf den leeren Boden meines Glases starrend. Dann sah ich zu Santi und hob fordernd mein Glas in die Höhe. »Noch eins!«

Doch Santino nahm mir das Glas aus der Hand und meinte nur: »Raus! Und komm erst zurück, wenn du dich wieder eingekriegt hast.«

Ich starrte ihn entgeistert an. Doch dann ließ ich die Schultern sinken. »Entschuldigt«, murmelte ich niedergeschlagen.

Santi brummte nur, hob dann aber das Glas unter den Zapfhahn. »Was ist denn los?«, fragte er ruhig, während er mir Bier nachfüllte. »Ist es noch wegen Daniel?«

Ich runzelte die Stirn. »Daniel?« Mit etwas Verzögerung dämmerte mir, was er meinte. »Ach Quatsch. Noah hat mich vorgestern beruhigt, und ihr habt euch um ihn gekümmert. Das ist erledigt für mich. Alles gut.« Zumindest war das die einfache Zusammenfassung. Wie sehr mich die Frage, ob ich ihn anzeigen sollte, aufwühlte und wie sehr Noahs Worte noch in mir arbeiteten, konnte ich niemandem erzählen, und schon gar nicht Santi.

Florian legte seinen Kopf schräg, verzog seine Lippen und musterte mich eingehend. Wahrscheinlich glaubte er mir kein Wort. Hätte ich an seiner Stelle auch nicht. Es war tatsächlich seltsam, dass mich dieser Vorfall immer noch nicht so richtig traf. Vermutlich war ich irgendwie kaputt. Damals von Mias Mann angefasst worden zu sein, machte Daniels aufgezwungenen Kuss irgendwie klein.

»Etwas hast du aber«, brummte Santi, warf sich das Spülhandtuch über seine Schulter und stützte sich auf dem Tresen ab, um mich zu fixieren.

Ich seufzte resigniert auf. Ja, etwas hatte ich. Und wenn ich ehrlich war, wusste ich auch ganz genau, was ich hatte. Nur wollte ich es sicher nicht aussprechen. »Ich habe halt einfach schlechte Laune. Jeder ist mal mies drauf. Darf ich nicht einfach einen blöden Tag haben?«

Florians Miene wurde weicher, Santi witterte allerdings den Braten. »Keiner hat *einfach so* schlechte Laune. Das hat immer 'nen Grund. Ob es dir bewusst ist oder nicht.«

Santi musterte mich einen Moment lang, dann griff er das Handtuch, warf es Flo zu und brummte: »Übernimm mal.«

Kurz entschlossen kam er um den Tresen herum, nahm ohne ein Wort meine Hand und zog mich mit sich. Ich hätte protestieren sollen, oder wenigstens nachfragen, was er vorhatte, doch seine stoische Entschlossenheit wischte einen Teil meiner Frustration einfach beiseite. Schmunzelnd eilte ich dem Barmann hinterher, der schnellen Schrittes durch den Schankraum marschierte, mich durch eine andere Tür als letztes Mal, allerdings wieder mit der Aufschrift *Privat*, in ein kleines Treppenhaus führte und dann, zwei Stufen auf einmal nehmend, hoch in das Dachgeschoss des Hauses flitzte.

Mir entschlüpfte ein ungläubiges Lachen, als er mich so eilig mit sich zog. Es war, als würde die Last meiner Gedanken unten im Erdgeschoss zurückbleiben, als könnte sie beim Tempo des Aufstiegs nicht mithalten. Santi drehte sich, oben angekommen, zu mir um. »Besser«, raunte er und drückte sanft meine Hand. Mein Atem ging stoßweise, aber der schnelle Rhythmus war nichts gegen das rasante Flattern meines Herzens, als er mit seinem rauen Daumen zärtlich über meinen Handrücken strich. Wärme sickerte gemächlich in meinen Körper und entspannte meine verkrampften Glieder.

Santi strich mir eine Strähne aus der Stirn. Seine Finger ruhten verdächtig lang auf meiner Haut. Sein getrimmter Bart verzog sich, als er mir ein echtes Lächeln schenkte. »Komm mit, ich möchte dir was zeigen.« Er drehte sich um, öffnete die Tür, vor der wir standen, und zog mich mit sich in ein geräumiges Dachbodenzimmer mit hoher Decke. Hier stand eine bequem aussehende beige Couch, auf den hellen Holzdielen lag ein weißes Lammfell und drauf stand ein kleiner Couchtisch aus Treibholz. Die Dachschrägen wurden von massiven Balken durchzogen, die dunkel und knorrig einen wunderschönen Kontrast zu den schmalen hellen Latten boten, die quer dazwischen genagelt waren.

»Wo sind wir?«, fragte ich staunend.

Santi schmunzelte amüsiert über seine Schulter. »In meinem Wohnzimmer.«

»Hier wohnst du?«

Er zwinkerte mir neckisch zu. Dann zog er mich einfach weiter. Im Gehen streifte ich schnell meine Schuhe ab. Auf den dicken Wollsocken stolperte ich Santi hinterher, der mich zu einer gigantischen Glasfront führte, die beinahe eine komplette Querseite des Hauses einnahm. Santi öffnete die Tür, griff im Hinausgehen eine rote Decke von einem Stapel neben der Balkontür und führte mich dann hinaus. Draußen drehte er sich zu mir, warf die Decke um meine Schulter und drehte mich dann der Welt entgegen. Er stand nah hinter mir, die Hände auf meinen Schultern. Selbst durch die Decke und den Pulli spürte ich sie. Sein Atem kitzelte an meinem Ohr und seine Wärme hüllte mich ein.

»Ist es nicht atemberaubend?«, fragte er ehrfürchtig.

Erst jetzt sah ich bewusst in das schwindende Licht des Tages. Es war später, als ich gedacht hätte, die Sonne ging bereits unter. Ich blickte auf die Seite des Tals, wo sich die letzten Ausläufer des Dorfes an gigantische Berge schmiegten. Mein Blick wanderte an den steilen Wänden höher und höher. Ich musste meinen Kopf in den Nacken legen, um die dicken weißen Hauben auf den Gipfeln des Felsmassivs sehen zu können. Teilweise waren die Berge so steil, dass grauer Stein zwischen den weißen Adern des Winters hervorblitzte. So viel Stärke, eingehüllt in dämpfende zarte Kälte, es *war* atemberaubend. Sprachlos machten mich allerdings die Pastellfarben, in denen der glitzernde Schnee angestrahlt wurde. »Es ist wunderschön«, hauchte ich.

»Das ist es.« Santi strich mit den Händen von meinen Schultern meine Arme hinunter.

Eine Weile lang standen wir nur auf dem Balkon und betrachteten das Felsmassiv, bis die Rottöne verblassten und dem kühlen Blau der nahenden Nacht Platz machten. Nach und nach gingen die Lichter auf den Abendpisten und auch hier im Dorf an. Meine Füße waren inzwischen eiskalt. Ich stellte einen Fuß über den anderen, um meine Zehen wieder etwas aufzutauen, vergeblich. Mist. Ich wollte noch nicht wieder rein.

Auf der Straße unter uns erschollen grölende Stimmen. Mehrere Gruppen strömten durch die nun dunkleren Straßen. Sicher waren auch einige von ihnen auf dem Weg in die Bar. »Du musst wieder runter«, begriff ich und drehte mich zu ihm um.

Santi musterte mich mit funkelndem Blick und einer Hitze, die mich meine Eiszehen vergessen ließ. »Das hier ist wichtiger.«

Mir stockte der Atem. Mich berührte, was alles in diesen Worten steckte und es erschreckte mich. »In zehn Tagen fahre ich zurück nach Hause.«

Santis Blick verdunkelte sich. »Ich weiß.«

»Warum sagst du das dann?«, fragte ich ein bisschen aufgebracht. Es war nicht fair, was er hier gerade tat.

»Ich bin nicht so gut mit Worten, ich könnt's dir aber zeigen«, raunte er. Santi sah glühend hinab in mein Gesicht. Ich hatte so eine Ahnung, was genau er mir zeigen wollte, daher wandte ich meinen Blick ab und ballte meine erwartungsvoll zitternden Finger zur Faust. Ich war nicht bereit dafür. Seine Hände brannten regelrecht durch den dicken Stoff der Decke. Der Mann musste einen eingebauten Ofen besitzen, immerhin hatte er nur ein schwarzes T-Shirt an, unter dem wie immer das Tattoo an seinem Oberarm hervorblitzte.

»Elina?«

»Hm?«

Er neigte sich zu mir hinab, kam ganz nah. Gespannt hielt ich die Luft an.

»Ich zeige es dir, sobald du bereit dafür bist«, flüsterte er, und mein Blick hing an seinen Lippen. Automatisch schnellte meine Zungenspitze in einer verräterischen Geste hervor, um meine Lippen zu befeuchten. Ein genießendes Lächeln, das mir den Atem raubte, war seine Antwort.

Bevor ich wusste, was ich tat, stieß ich ihn von mir. Ich taumelte einen Schritt zurück und patschte mit meinen Füßen in den Schnee, der im vorderen Teil des Balkons die Bretter bedeckte. Sofort drang die feuchte Kälte durch meine flauschigen Socken. »Dreck«, fluchte ich und sprang aus dem Schnee zurück auf den trockenen Holzboden unter dem Vordach.

Santi sah mich aus großen Augen an. »Was hab ich getan?«, fragte er verdattert.

Wütend stemmte ich meine Hände in die Hüften. »Was du getan hast? Nichts. Aber du *wolltest.*«

»Und deshalb weichst du kopflos zurück in den Schnee?«, wollte er entgeistert wissen.

»Klar, denn ich wollte nicht!«

»Ich hätt doch nie was getan, was du nicht willst!«

»Das weiß ich.«

»Dann versteh ich's nicht.« Santi drückte die Tür hinter sich auf, griff nach meiner Hand und zog mich ins Warme. Drinnen ließ er mich los und marschierte quer durch den Raum. »Wieso musst du ausweichen, wenn du weißt, dass ich niemals was tun würde, was du nicht willst?«, zeterte er aufgebracht. Ich hatte ihn härter getroffen als beabsichtigt. Kurz verschwand er in einen angrenzenden Raum, dessen gekachelte Wände nach Bad aussahen, und kam dann mit einem Handtuch zurück. Seine Miene wirkte aufgewühlt, sein Blick beinahe gehetzt. Ich bekam ein schlechtes Gewissen.

»Möglicherweise wollte ich es und wollte es eben auch nicht.«

Santi war gerade vor mir in die Knie gegangen, das Handtuch kurz vor meinen Füßen, jetzt ruckte er mit dem Kopf hoch und starrte mich an. Er ließ das Handtuch los, stand auf und kam mir wieder sehr nah.

»Ich bin verwirrt«, raunte er, hob allerdings seine Finger an mein Gesicht und strich zärtlich fragend über meine Wange. »Willst du nun, dass ich es dir zeige, oder nicht?«

Ich hob meinen Blick und begegnete seinem. »Ein Teil von mir will es, ein anderer nicht.«

»Und der Nichtteil gewinnt, weil …?«

»Weil er der vernünftige Teil ist.«

Santi schnaubte. »Was ist daran vernünftig, sich etwas zu verwehren, was man will?«

»Wegen allem, was danach kommt.«

Santis Blick verbrannte mich beinahe. »Was kommt denn danach?«

Ich schluckte. »Meine Abreise«, erinnerte ich uns beide.

Entgegen meiner Erwartung wurden seine Züge weicher. »Erst in zehn Tagen. Bis dahin kann ich dir sehr oft zeigen, was ich denk und fühl.«

Noahs Stimme flüsterte mir leise zu, dass ein Urlaubsflirt das Passende für mich sein könnte. »Das will ich nicht!«, antwortete ich beiden und brachte mich aus Santis Nähe. Wie sollte ich so denn vernünftig sein? Ich spürte seine Wärme, roch ihn sogar, und bei Gott, ich wollte ihn unbedingt auch schmecken.

»Gerade hast du noch …«

»Nein! Ich meine, ich will das *danach* nicht.« Ich begann, auf und ab zu tigern. »Ich will keine Beziehung. Mit niemandem! Nicht mit dir und auch nicht …« Gerade so brach ich den Satz noch ab. Doch ein schneller Blick zu ihm zurück zeigte mir, dass das Kind bereits in den Brunnen gefallen war.

»Es gibt also einen anderen«, begriff er, und nun verschloss er sich hinter der kühlen Maske, die er in der Bar so gern zur Schau trug.

»Nein! O nein.« Ich wurde wütend und stapfte wieder auf ihn zu. »Es gibt keinen *anderen.* Es gibt weder den einen noch einen anderen. Es gibt nur *mich,* die keine Beziehung will.«

Verwirrt runzelte Santino die Stirn. Ein paar atemlose Herzschläge lang glitt sein aufgewühlter Blick über mein Gesicht. Ich spürte die Wärme von eben wieder in meinen Körper sickern. Mit jeder Sekunde kribbelte sehnsuchtsvolles Begehren immer stärker in meiner Brust und verlangte danach, ihn zu berühren und ihm zu erlauben, mich zu küssen.

»Was wir wollen und was uns guttut, sind nicht immer dieselben Dinge«, sagte er leise.

Ich starrte ihn entgeistert an. Nun, *das* hatte ich nicht erwartet. Das Prickeln verpuffte und machte Empörung Platz. »Du kennst mich nicht, woher willst du wissen, was ich brauche?«

Santi überbrückte den letzten Abstand zwischen uns. Er war so nah, berührte mich jedoch nicht. Seine Finger zuckten in meine Richtung, als sehnte er sich nach mir, bekämpfte aber mit aller Macht diesen Drang. »Ich weiß nur, dass es dir gerade mies geht. Jeder kann sehen, dass dir etwas überhaupt nicht guttut.«

Wie gern ich ihm widersprechen würde, nur konnte ich es nicht. »Egal ob es mir nun guttut oder nicht, ich *kann* gerade einfach keine Beziehung führen. Bitte respektier das.«

»Okay.«

Überrascht hob ich meinen Blick. »Okay? Einfach so?«

»Einfach so«, bestätigte er. Dann hob er seine Finger wieder an meine Wange und strich zärtlich mit den Fingerspitzen über meine kühle Haut. »Ich versprech, deinen Wunsch zu respektieren. Was ich nicht versprechen könnte, ist, mich von dir fernzuhalten oder dich nicht mehr küssen zu wollen. Ich werde warten, bis du bereit bist.«

In meiner Brust kribbelte es ganz stark. Er würde nicht aufgeben, nicht einmal, wenn es der letzte Tag vor meiner Abreise wäre. Irgendwie war ich mir dessen sicher. Santi hatte etwas an sich, was mir Bodenständigkeit, Sicherheit und Treue versprach. Er war nicht der draufgängerische Typ, der eine Frau mit einem wilden Kuss oder schönen Worten eroberte. Er war der, den man leicht übersah, weil er sich nicht in den Vordergrund drängte, der mir die Welt zu Füßen legen würde, wenn er könnte. Er war das komplette Gegenteil von Sam. Wenn ich darüber nachdächte … wenn ich bereit wäre, mein Singleleben aufzugeben, dann wäre er vermutlich der Richtige für eine Rückkehr zu meinem alten Ich.

Nur war ich noch nicht bereit dazu. »Du musst zurück in die Bar.« Total fies auf so eine romantische Rede, andererseits musste ich Abstand gewinnen, wenn ich mich nicht von der Vorstellung hinreißen lassen wollte, mit ihm auf dieser gemütlich aussehenden Couch zu kuscheln und mich einfach von seinen starken Armen festhalten zu lassen.

»Ich hab dir schon mal gesagt, dass das hier wichtiger ist.«

Das hier … *ich*! Mein Herz vollführte einen ungebetenen Hüpfer. »Ehrlich, Santi, ich muss das erst mal verdauen«, entschlüpfte es mir. Das alles wurde mir langsam echt zu viel.

Er nickte sofort. »Das verstehe ich.«

»Wirklich?«

Santi hob seine Hände wieder an meine Arme und rieb darüber. »Natürlich.« Dabei beließ er es.

»Ich glaub, ich gehe zurück zum Haus.«

Santi nickte. »Ich begleite dich.«

Kurz war ich versucht, es abzulehnen und ihn noch einmal daran zu erinnern, dass er gerade eigentlich Dienst in seiner eigenen Bar hatte, die dem Geräuschpegel nach zu urteilen inzwischen proppenvoll sein dürfte. Doch seine Botschaft war angekommen. Ich versuchte es nicht erneut. Stattdessen streifte ich wortlos meine nassen

Socken ab, trocknete meine tauben Eisklötze ab und schlüpfte barfuß in meine Schuhe. Santi führte mich wieder durch das Treppenhaus hinunter und dann zur Hintertür aus dem Haus. Gemeinsam schlenderten wir die Straße entlang. Wenigstens hatte er sich diesmal eine Jacke übergeworfen.

Nach etwa der Hälfte des kurzen Weges fragte er: »Kommst du morgen Abend in die Bar?«

Ich brauchte einen Moment, bis ich schaltete, wovon er sprach. Unglaublich, dass morgen schon Silvester war. »Wir feiern den Jahreswechsel im Haus.« Dann erst begriff ich, dass das eine versteckte Einladung war und wahrscheinlich sogar ein Wunsch. Deshalb fügte ich hinzu: »Ich könnte danach vorbeikommen. Sicher hast du eh lange Dienst.«

»Stimmt. Ich würde mich freuen.« Er lächelte mich verhalten an. Das sah richtig süß aus. Verdammt.

»Wie machst du es eigentlich, nachts bis in die Puppen zu arbeiten und dann am nächsten Tag das Rennen zu gewinnen?«

Santi lachte. »Das fragt Flo mich auch jedes Jahr.«

»Und?«

»Die Wahrheit ist relativ langweilig.«

»Dann erzähl mal.«

Santi zuckte mit den Schultern, steckte die Hände in die Hosentaschen und kickte einen Kiesel in den gehäuften Schnee am Bordsteinrand. »Ich verschiebe meinen Schlafrhythmus Stück für Stück. Für mich ist es dann, als würde ich mittags arbeiten und abends Ski fahren.«

»Sehr schlau.« Das war tatsächlich nicht besonders spektakulär, unterstrich allerdings noch mal meinen Eindruck von ihm. Es war im Grunde die logische Konsequenz, wenn er das Rennen gewinnen und dabei sein Leben und das Hobby miteinander vereinen wollte.

»Du musst nicht so überrascht klingen«, brummte er, was mich zum Lachen brachte. Ich knuffte ihn gegen die Schulter, eine verdammt muskulöse Schulter. Ein ungebetenes Feuer loderte durch meinen Körper. Schnell verdrängte ich es. »Ich bin nicht überrascht, dass du schlau bist. Ich war überrascht, wie einfach die Lösung ist.«

Santi murrte leise.

Ich schubste ihn im Gehen mit meiner Schulter an. »Ach komm schon, Brummbär.«

Santi stolperte einen Schritt zur Seite. Sein verdatterter Gesichtsausdruck wich Erheiterung. Das Schmunzeln, das er mir daraufhin schenkte, holte das Feuer aus der Ecke hervor, in die ich es gerade erst geschoben hatte. Rasend schnell eroberte es meinen Körper und sandte Hitzewellen durch mich hindurch.

Mit Mühe bezwang ich die aufkeimende Sehnsucht, ihn zu berühren. Seine heiße Haut zu streicheln und seine weichen Lippen auf meinen zu spüren. Schnell lief ich weiter. Das Haus kam in Sicht, gerade als Santi fragte: »Kommst du zuschauen?«

»Klar, ich feuere dich lauthals an. Ich bin die Peinliche am Rand, die alle übertönt.«

Santi lachte. »Eine schöne Vorstellung. Ich werde Ausschau nach dir halten, Teufelin.« Die Erleichterung, die der Anblick des Hauses bedeutet hatte, wurde von der erneut hochkochenden Sehnsucht verschlungen, als er diesen Spitznamen voller Wärme aussprach.

»Danke fürs Heimbringen.«

»Immer.« Die Inbrunst in diesem einen Wort zehrte an meinem Widerstandsvermögen. Dann trat er einen kleinen Schritt näher. »Darf ich?«, fragte er leise, während er seine Hand meiner entgegenhob. Mein Herz pochte so laut, ich könnte schwören, dass er es hören musste. Intuitiv verschlang ich meine Finger mit seinen, kaum dass seine Knöchel meine streiften, und sah dabei zu, wie sein rauer Daumen wieder über meinen Handrücken strich. Meine schlanken Finger verschwanden regelrecht in seiner schwieligen Pranke. Es fühlte sich an, als würden unsere Hände genau ineinanderpassen.

»Gute Nacht«, brachte er mit belegter Stimme hervor. Ich hob meinen Blick und sah die Sehnsucht in seinen Augen toben. Es war nicht der wilde Hunger eines Eroberers, sondern tiefes Begehren, gepaart mit dem Respekt vor mir und meinen Wünschen. Dieser Blick erweichte meinen festen Vorsatz mehr, als gut für mich war.

»Nacht.«

Santi hob meine Hand an seine Lippen und hauchte einen Kuss auf meine Finger. Aufgeregt spürte ich dem prickelnden Gefühl der federleichten Berührung nach. Dann ließ er los und ging zurück zur Bar. Mit heftig pochendem Herz sah ich ihm hinterher. Ich brauchte dringend jemanden zum Reden.

Ich sah hinter mir zum Haus hinauf. Meine schlechte Laune vorhin rührte nicht nur von den aufkeimenden Gefühlen für Noah, sondern auch von der Erkenntnis, die mir unsere Gespräche eingebracht hatte: Es gab niemanden, mit dem ich reden konnte. Nicht in meiner Familie, nicht mit all den oberflächlichen Bekanntschaften, von denen ich geglaubt hatte, es wären Freundschaften, die aber im Grunde nichts von mir wussten, und schon gar nicht in der Gruppe, die dort oben im Haus wohnte. Dabei bräuchte ich gerade *wirklich* jemanden, dem ich mein Herz ausschütten könnte.

Ich stopfte meine Hände in meine Hosentaschen, zog meine Schultern schützend gegen die kalte Abendluft hoch und stapfte die Treppen zum Haus hinauf. Der Einzige, dem ich nach Sam ehrlich etwas von mir preisgegeben hatte, lag mit Riss im Schädel da oben im Bett und wollte sicher nicht hören, was mir gerade auf dem Herzen lag.

Kapitel 30

– 31.12. –

Die dröhnenden Bässe von *Sail* wummerten aus der großen Anlage. Vor dem Kamin saßen Sonny, Lysander und Noah. An Kais Seite betrat ich das große gemeinschaftliche Wohnzimmer. »Haben sie inzwischen geschafft, das Feuer anzubekommen?«

»Ja, schon vor einer Viertelstunde«, meinte Kai, nahm mir die Sektflaschen ab und stellte sie auf den Tisch. Sein mitleidiger Blick ließ mich zusammenzucken. Er hatte mich gerade beim Weinen auf dem Flur erwischt. Eine Sektflasche entkorkte er direkt und goss zwei Gläser ein. »Du auch eins?«

»Nein danke«, wehrte ich ab. Meine Stimmung war mies genug, und ehrlich gesagt hatte es für mich etwas von Kontrollverlust, wenn ich *wegen* schlechter Stimmung trank. Das sah ganz anders aus, wenn ich *trotz* mieser Laune Alkohol konsumierte, heute wäre es die fragliche Variante.

»Sicher? Wir stoßen doch gleich an.«

Ein Blick zu der massiven Standuhr ließ mich innerlich zusammenzucken. Ich hatte fast eine Stunde draußen im Treppenhaus gesessen. Mitternacht war nur noch zwanzig Minuten entfernt und ein neues Jahr würde beginnen. »Sicher«, murmelte ich und bekämpfte dieselben trüben Gedanken, die mich vorhin schon so aufgewühlt hatten.

»Mit was stößt du dann auf das neue Jahr an?«

Am besten mit gar nichts. Ich griff das erstbeste Glas auf dem Tisch, prüfte, ob es noch unbenutzt war, und schenkte dann Sprudelwasser ein. »Mit diesem kristallklaren Perlwein.«

Kai lachte. »Kommst du mit zu AJ? Wir sind auf dem Balkon.«

Mein Blick schweifte zu den drei Jungs am Kamin. »Gleich.«

Kai sah, was, oder besser, wer mich aufhielt und lächelte milde, als wüsste er genau, was in mir vorging. Dann nahm er die zwei Sektgläser und verschwand nach draußen.

Mit dem albernen Wasserglas in der Hand stand ich unentschlossen am Tisch. Als wüsste er, dass ich ihn ansah, hob Noah seinen Kopf und sah mir entgegen. Siedend heiß fiel mir ein, dass ich über eine halbe Stunde geweint hatte. Das musste verräterische Spuren hinterlassen haben, ich spürte ja, wie verstopft meine Nase war, und ich Trottel war nicht ins Bad gegangen.

Na ja, jetzt hatte er es eh schon bemerkt. Ich schlenderte hinüber zum Kamin und setzte mich im Schneidersitz auf den flauschigen Teppich vor den Kamin. In die Nähe der Jungs und doch nicht richtig dazu. Erschöpft sah ich in die lodernden Flammen. Das Holz knackte und zischte leise.

Noah stand wortlos auf und setzte sich an meine andere Seite. Sonny warf ihm zwar einen kurzen Blick zu, doch dann diskutierte er weiter mit Lysander über Fußball. »Ich komm auch nicht wirklich bei ihren Gesprächen mit«, meinte Noah leise, als er sich neben mir niederließ und sein Glas vor sich auf dem Boden abstellte. Ich musterte das gelbliche Getränk argwöhnisch. »Apfelsaftschorle, hoffe ich.«

Noah grinste. »Was sonst?«

Ich war nicht überzeugt, was er mir wohl ansah, denn er hob es mir unter die Nase. Ich roch tatsächlich daran und nickte dann zufrieden. Noah grinste, dabei hatte ich Protest erwartet. Immerhin spielte ich mich schon etwas auf. Es war seine Sache, ob er trotz Schmerzmittel Alkohol trank. Und dennoch … »Was macht die Übelkeit?«

»Immer noch nicht vorhanden«, antwortete er pflichtbewusst und streckte stolz die Brust raus. Das rang mir schließlich doch ein Lächeln ab.

»Das ist gut.«

»Vorhin war es etwas laut«, räumte er ein. »Seltsamerweise hat eine kleine Bemerkung mit deinem Namen gereicht, damit Belle die Musik leiser gemacht hat.« Noah grinste zufrieden bei dieser Anspielung, und auch ich musste schmunzeln. Es war ihm also sehr wohl klar gewesen, wieso ich vorgestern so rigoros gewesen war.

»Du auch ohne Alkohol unterwegs heute?«, fragte er und nickte zu meinem Glas.

Ich zuckte mit den Schultern. »Bin nicht in Stimmung.«

»Wieso? Passen gute Vorsätze nicht zu einem Neustart?«

Ich sah ihn zum ersten Mal wirklich an. Sein Gesicht strahlte Wärme aus. Er wirkte so ruhig, obwohl ich erst gestern in unserer Zeit zu zweit alles dafür getan hatte, dass er mich hassen lernte. Aber das tat er nicht, kein bisschen. Er ließ jeden Kommentar über sich ergehen, selbst vorhin … »Es tut mir leid, was ich gesagt habe«, murmelte ich und senkte betreten den Blick.

»Das vorhin mit den Frauen, die vielleicht ihren Grund hatten, mich so zu behandeln?«, meinte er, als hätte es ihn nicht getroffen.

Tränen stiegen mir wieder in die Augen. Ich biss mir auf die Lippe und nickte. Das war so gemein gewesen!

»Schwamm drüber.«

Ich schüttelte den Kopf. Die Zeit im Treppenhaus hatte ich gebraucht, um wieder klar zu sehen. Das war ein Tiefpunkt gewesen, ein Verhalten, das nicht zu mir passte und das ich zutiefst verurteilte. »Nein, das war nicht in Ordnung. Wenn ich könnte, würde ich es zurücknehmen.«

»Denkst du nicht, ich kann verstehen, warum du es gesagt hast?«

Er vermutlich noch mit am besten. »Trotzdem«, beharrte ich. »So will ich nicht sein.«

»Okay«, sagte er vollkommen in sich ruhend. »Das kann ich gut nachvollziehen.«

Die Kohlensäure in meinem Wasser perlte in kleinen Blasen aus.

»Hey«, meinte er aufmunternd, als ich meinen Blick nicht heben konnte. »Es ist wirklich in Ordnung. Ich bin dir nicht böse. Natürlich haben deine Worte gesessen, trotzdem kann ich dich verstehen. Außerdem hast du, glaube ich, selbst gesagt, es gibt Fehler, die man machen muss, um zu erkennen, dass es ein Fehler ist. Zumindest, wenn meine Cousine mich nicht angelogen hat.«

Erstaunt hob ich meinen Blick und konnte nicht wieder wegsehen. Wie ein Rettungsanker sog ich sein Lächeln, das Strahlen seiner Augen und die Wärme seiner verständnisvollen Worte in mich auf. »Danke.«

Seine Mundwinkel hoben sich. »Dafür nicht, Wildkatze.«

»Ich bin eigentlich gar nicht so. In den letzten Tagen … ich erkenne mich gar nicht wieder.« Damit gab ich einen ersten Brocken des Chaos preis, das in mir wütete. »So giftig und zickig. Das kann ich überhaupt nicht leiden.«

»Dann lass es wieder«, meinte er und zuckte mit den Schultern. »Das wäre doch was für einen guten Vorsatz fürs neue Jahr.«

»Echt jetzt, du machst das noch mit den guten Vorsätzen?«, neckte ich ihn. »Das ist so was von 2019.«

Noah grinste. »Seit Langem zum ersten Mal wieder«, räumte er ein.

Das ließ mich stutzen. »Wirklich?«

Er nickte. Diesmal senkte er den Blick auf sein Getränk. Zeit schindend fuhr er mit dem Finger den Rand des Glases entlang. Dann offenbarte er: »Ich mag auch nicht mehr, wie ich mich verhalte. Daran bist, ehrlich gesagt, du schuld. Deshalb nehme ich mir vor, herauszufinden, wer ich sein will, und mir zu überlegen, wie ich da hinkomme.«

Wärme breitete sich von meinem Herzen durch meinen ganzen Körper aus. »Na, daran bin ich gern schuld.«

Er lächelte matt. »Ich weiß schon mal, dass ich die Menschen um mich herum mehr sehen möchte, für sie da sein möchte.«

»Das finde ich ein gutes Ziel.«

Noah hob seinen Blick und sah mich fest an. Seine Augen funkelten im flackernden Licht des Feuers. »Wenn ich dich richtig ansehe, bekomme ich den Eindruck, dass du sehr einsam bist«, flüsterte er.

Sofort schossen neue Tränen in meine Augen. Ich kämpfte gegen die drohende Flut an, aber wie sollte ich das, wenn er so ins Schwarze traf?

»Und ich mache mir Sorgen, dass das auch nicht vorbei ist, wenn du wieder zu Hause bist.«

Unaufhaltsam traten die salzigen Seen über ihre Ufer. Verräterische Spuren zogen sich über meine Wangen. Noah hob seine Hand und wischte mir mit dem Daumen meine Tränen weg. »Wenn ich irgendetwas tun kann, und sei es auch nur zuhören, dann sag es mir. Ich würde dir gern zurückgeben, was du für mich getan hast.«

»Was habe ich denn getan?«, schnaubte ich ungläubig.

Noahs Lächeln war so warm, dass mir jeder Widerspruch auf den Lippen erstarb. »Nicht mehr und auch nicht weniger, als jeden Tag wiederzukommen. Obwohl du es eindeutig nicht wolltest, obwohl es dich sichtlich viel gekostet hat und obwohl du mir überhaupt gar nichts schuldest.«

Ich schluckte schwer. Noah wischte auch die Tränenspur von meiner anderen Wange. Hilflos zuckte ich mit den Schultern. So genau wusste ich auch nicht, warum ich das getan hatte. Ich hatte das Gefühl gehabt, es sei das Richtige. Er hatte nur halb recht. »So viel hat es mich nicht gekostet. Bei dir zu sein kostet mich weniger, als du glaubst. Es konfrontiert mich nur mit einfach allem, wovor ich fliehe.«

Noahs Augen weiteten sich. »Wie das?«

Jetzt war es an mir, zu lächeln. Die Zeit im dunklen Treppenhaus war hart, aber auch ertragreich gewesen. Mir war so einiges klar geworden. »Sam, Rivera, mein Zuhause, das keines mehr für mich ist. All das habe ich nur dir erzählt, und du hast Dinge gesagt, die ich nicht hören wollte, und die jetzt in mir arbeiten. Dann meine Entscheidung, dem Schmerz damit zu begegnen, einfach mit jedem zu schlafen, auf den ich gerade Bock habe, statt mich mit dem auseinanderzusetzen, was Sam angerichtet hat. Und schließlich die Angst vor einer Wiederholung dessen, was passiert ist. All das hat mich geformt und zu einer Person gemacht, die ich nicht mehr mag, und bei dir zu sein hat mir das jedes Mal aufs Neue unter die Nase gerieben.«

Einen Moment lang musterte Noah mich nur intensiv. »Dann sieht dein guter Vorsatz vermutlich ganz ähnlich aus wie meiner.«

»Ich weiß nicht, ob ich schon bereit für gute Vorsätze bin.«

Noah ergriff meine Hand und drückte sie. »Du bist so verdammt stark, Wildkatze, dass ich fest daran glaube, dass du es schaffst. Trotzdem würde ich dir jederzeit den Rücken freihalten, wenn du noch ein bisschen Zeit brauchst und dem bösen Ich noch eine Weile freie Hand lässt.«

»Wieso?«

»Weil du mehr als jeder, den ich kenne, verdient hast, mal vollkommen egoistisch zu sein. Du hast so lange überhaupt nicht an dich gedacht, dass eine gewisse Überkompensation in meinen Augen noch vollkommen im Rahmen ist.«

Ich lachte über die geschwollene Ausdrucksweise, drückte dann aber seine Hand zurück. »Danke. Nur will ich gar nicht egoistisch sein.« Etwas zerknirscht brummte ich: »Auch wenn ich es die letzten Tage und Wochen immer wieder war.«

»Kommt ihr? Es ist gleich so weit!«, rief Nell hinter uns zur Balkontür herein.

Noah sah mich fragend an.

»Geh du nur, ich glaube, ich bleibe lieber drinnen.«

»Dann bleibe ich auch.«

»Dann verpasst du das Feuerwerk.«

»Na und? Um Mitternacht werde ich den alten Noah verabschieden und eine neue Ära einleiten. Um nichts in der Welt bekommst du mich dazu, das ohne dich zu tun.«

Erst jetzt wurde mir so richtig bewusst, wie groß das war, was Noah entschieden hatte. Er hatte dieses Leben jahrelang geführt. Unzählige Ereignisse hatten ihn nach und nach immer stärker vernarbt und eine verhärmte, zynische Version seiner selbst geschaffen, der er heute Lebewohl sagen wollte.

Tief einatmend stemmte ich mich hoch und hielt ihm meine Hand entgegen. Noah ergriff sie mit einem warmen Blick, dann half ich ihm auf die Beine, und gemeinsam gingen wir zu den anderen hinaus.

Allesamt standen wir auf dem Balkon, manche hielten sich an den Händen, andere waren in Decken gekuschelt. AJ stand an Kai geschmiegt da und hielt ihr Handy in der Hand. Das Licht ihres Displays war ein Störenfried in der romantisch winterlichen Dorfatmosphäre. Dann sah ich den Countdown herunterzählen und begriff, warum sie es hervorgeholt hatte. Als der Zeiger auf die fünfzig sprang, rief AJ »Zehn.«

Allesamt stiegen wir ein und zählten runter.

»Neun.«

Noah ergriff meine Hand.

»Acht.«

Wir tauschten ein aufgeregtes Lächeln.

»Sieben.«

Mir wurde klar, dass mein Herz als Antwort auf die Berührung schneller schlug.

»Sechs.«

Mein Lächeln erstarb, als ich mir eingestand, dass es zwei tolle Männer in meinem Leben gab.

»Fünf.«

Ich wusste nicht, was ich tun sollte.

»Vier.«

Oder tun wollte.

»Drei.«

Verdammt, gleich ist Neujahr und alle werden sich in die Arme fallen.

»Zwei.«

Und Noah hält meine Hand.

»Eins.«

Mein Atem stockte.

»Frohes Neues Jahr!« Sie brachen in Jubel aus, der mir nicht so recht über die Lippen wollte.

»Frohes neues Jahr, Wildkatze«, flüsterte Noah mir ins Ohr. Er drückte ganz keusch meine Hand und hob mir prostend das Glas entgegen. Er musste sehen, wie aufgewühlt ich war, doch er sagte kein Wort dazu.

»Frohes neues Jahr.«

Die Anspannung verließ meinen Körper und ich versank in seinen Augen. Er sagte nichts, was ich gerade nicht verkraften könnte, und das tat unglaublich gut. Einen kleinen Schritt kam ich näher, kurz davor, ihn zu umarmen. Bevor ich dazu kam, wurde ich auch schon herumgedreht und von Sonny in eine feste Umarmung geschlossen. »Frohes neues Jahr!«, rief er, und dann folgte eine ganze Parade an Umarmungen, Glückwünschen, lachenden Gesichtern, guten Vorsätzen und jubelnden Schreien. Schon krachten die ersten Feuerwerkskörper in der Nacht und erleuchteten den Himmel in schillernden Lichtern.

Irgendwie landete ich zwischen Kai und Sonny. Lysander und Nell standen bei Noah und rechts von uns kuschelten Felix und Belle miteinander, während sie alle ehrfürchtig in den bunten Himmel starrten. Der Rauch der Raketen waberte durch die kalte Luft und brach das Licht der Laternen. Bald schon war es so hell wie mitten am Tag.

Mein Blick huschte ans Ende des Balkons und begegnete Noahs. Der Wunsch, ihn in den Arm zu nehmen und mich einfach von ihm festhalten zu lassen, wurde brüllend laut. So oft hatte er bereits an meinem Bewusstsein gekratzt und danach verlangt, hinausgelassen zu werden. Jetzt, da ich eingesehen hatte, dass Angst ein schlechter Ratgeber war und ich in der Dunkelheit des Hausflurs vorhin beschlossen hatte, dass ich Beziehungen keinesfalls verteufeln sollte, nur weil eine einzige so richtig schiefgelaufen war, da waren die Gitter, hinter denen ich diesen Wunsch eingesperrt hatte, einfach zu Staub zerfallen.

Ich flüchtete durch die Balkontür ins Wohnzimmer. Ich war *nicht* bereit dafür! Schnellen Schrittes durchquerte ich das Wohnzimmer, stellte im Vorbeilaufen mein Glas auf dem Tisch ab, eilte durch den Flur die Treppe hinunter und griff meine Jacke vom Garderobenhaken. Schon im Rausgehen schlüpfte ich in die Ärmel, zog den Kragen hoch und stapfte durch den Schnee zur Bar. Die Blicke, die sich vom Balkon aus in meinen Rücken brannten, ignorierte ich so gut ich konnte.

Kapitel 31

Die gesamte Straße vor der Bar war gefüllt mit Menschen. Überall standen Gruppen oder Pärchen. Manche böllerten, andere betrachteten versunken den hell erleuchteten Nachthimmel. Lachende und plaudernde Stimmen erfüllten die Luft.

Santi war sicher in der Bar. Er konnte schließlich nicht alles unbeaufsichtigt lassen. Ich sah zurück in die Richtung, in der unser Chalet lag, verdeckt hinter einigen Häusern des Ortskerns. Was machte ich hier? Ich war auf dem Weg zu Santi. Wenn ich gleich bei ihm war, was genau hatte ich dann bitte vor? Gerade noch hatte ich erklärt, dass ich nicht egoistisch sein wollte. Also was trieb ich hier? Santis Gefühle wirkten aufrichtig, und ich würde ja wirklich in wenigen Tagen zurück nach Deutschland fahren. Mich jetzt auf ihn einzulassen wäre so unfair.

Unentschlossen blieb ich an Ort und Stelle stehen, nicht fähig, zurückzukehren, und nicht willens, vorwärtszugehen.

»Teufelin!«, rief eine bekannte Stimme.

Suchend sah ich mich auf dem Platz um. Der Ruf ertönte erneut, und dann winkte mir ein Mann aus einer Gruppe zu. Ich brauchte einen Moment, um Vice unter der dicken Wollmütze zu erkennen. Lächelnd trat ich zu ihm. In der Gruppe entdeckte ich auch Liam und noch drei mir unbekannte Männer, die Vice mir vorstellte, deren Namen ich aber kaum mitbekam, weil ich an Vice vorbei zur Bar sehen konnte, aus der gerade ein lachender Santino trat. Flo neben ihm klopfte auf seine Schulter und Santi schlang seinen Arm um seinen Freund. Gemeinsam kamen sie in unsere Richtung.

Santi hob seinen Blick, entdeckte mich und das freudige Lächeln wurde zu einem einnehmenden Strahlen. Egal was sein würde oder wofür ich mich entschied, es tat einfach unglaublich gut zu sehen, wie sehr er sich über meine Anwesenheit freute.

Kaum waren die beiden bei uns, wurde sich in den Arm genommen und ein frohes Neues gewünscht. Santi trat zu mir und blickte zärtlich auf mich herab. »Schön, dass du da bist.«

»Ich hab doch gesagt, ich komme noch.«

»Das hast du.« Er griff nach meiner Hand. Auch wenn es sich seltsam anfühlte, es auf einem öffentlichen Platz zu tun, erwiderte ich die Geste. Seine rauen Finger fühlten sich warm und vertraut an.

»Ich wusste es!«, rief Florian aus, packte Santis Schultern und schüttelte ihn triumphierend, wobei er ihn mit seiner wilden Freude von mir losriss. »Ihr passt einfach perfekt zusammen.«

Ich spürte die Hitze in meine Wangen steigen. Santi warf mir einen entschuldigenden Blick zu, allerdings konnte er jetzt auch nicht mehr verhindern, dass die anderen grölend in den Freudentaumel einstiegen. Offenbar war unsere mögliche Beziehung schon Thema bei ihnen gewesen. Das hätte ich ahnen können, immerhin war sein Beiname *El Diabolo,* und mich haben sie beinahe von Anfang an *Teufelin genannt.*

Hier und jetzt machte es mir gar nicht mehr so viel aus, dass sie davon ausgingen. Es war nur noch ein kleiner Schritt bis zu der Möglichkeit, mich auf ihn einzulassen. Diesen Schritt zu gehen, das wollte ich uns beiden eigentlich ersparen. Allerdings fand ich die Vorstellung, ihn zu küssen oder in diesem gemütlichen Wohnzimmer mit ihm auf der Couch zu kuscheln, wirklich reizvoll.

Endlich ließen sie von ihm ab und widmeten sich wieder dem Feuerwerk. Santi trat zu mir. Zerknirscht stopfte er seine Hände in die Hosentaschen. »Tut mir leid.«

Ich zuckte mit den Schultern, während ich Liam dabei zusah, wie er hintereinander so schnell er konnte drei Raketen anzündete, sodass sie zeitversetzt in die Luft abhoben. »Du kannst wenig dafür.«

»Stimmt. Trotzdem. Ich hab ein bisschen Angst, dass dich so etwas verschreckt.«

»Ach. Meinst du?«

Santi scharrte mit der Fußspitze im Schnee. »Ich hab ihnen gesagt, dass wir nicht zusammen sind, aber sie glauben mir nicht.«

»Natürlich nicht«, schnaubte ich. »Auch wenn ich nicht verstehe, wie sie davon ausgehen können.«

Santino musterte mich aufmerksam. »Vermutlich, weil ich deine Hand gehalten habe.«

»Na und? Ich bin Urlauberin und bald wieder weg. Du dagegen lebst hier. Wie sollte das denn bitte funktionieren?«

Santi schwieg. Ich spürte seinen Blick unverwandt auf mir. Das Gefühl wurde so intensiv, dass ich mich schließlich zu ihm umdrehte, um seinem ernsten Blick zu begegnen. »Sie kennen mich eben.«

Verwirrt krauste ich meine Nase. »Was willst du damit sagen?«

Santi trat näher, sein Gesicht nur noch wenige Zentimeter von meinem entfernt, und doch berührte er mich nicht. »Das heißt, sie wissen, dass ich, wenn ich mich je verlieben sollte, alles für diese Frau tun würde.«

Das hatte ich schon geahnt. Seine raue Stimme strich über meine Haut und löste einen erregten Schauer aus. Wieso nur hatte ich das Gefühl, dass ihm gerade eine konkrete Frau vorschwebte, von der er da sprach?

»Meine Bar ist ein Saisongeschäft. Ich arbeite nur in den Wintermonaten«, eröffnete er mir. »Von April bis Oktober reise ich mit meinem ausgebauten Van durch die Welt. Vermutlich ist ihnen klar, dass ich dieser einen sogar bis nach Australien folgen würde. Immerhin kann niemand mich davon abhalten, ein halbes Jahr am selben Ort zu parken.«

Meine Augen wurden groß. Bot er mir hier gerade das an, wonach es sich anhörte? Auf einen Schlag war die Option plötzlich doch auf dem Tisch. Bis April war es nicht mehr so lang. Nicht jeder meiner Kurse hatte Anwesenheitspflicht, und Ende Februar war mein Semester schon vorbei. Ich könnte wieder herkommen, bis auch er freihatte. Es *war* möglich.

Jetzt musste ich mich auf einmal doch damit auseinandersetzen, ob ich Santi wollte. Ich wusste, ich begehrte ihn, und im Grunde war mir auch klar, dass er genau der Mann war, der zu meinem alten Ich und meinem alten Leben passte. »Das würdest du tun?«

Santi beugte sich noch etwas zu mir herab. Seine Lippen schwebten nur ein paar Fingerbreit über meinen. »Für die Richtige.« Ich spürte seinen warmen Atem über meine kalten Wangen streifen.

»Das ist waghalsig.«

»Wieso, wenn man sich sicher ist, dass sie es wert ist?«

»Das kannst du nicht ernst meinen«, hauchte ich. Er sprach hier doch gerade von mir, von uns!

Santi lachte rau. »Ich dachte, du kennst mich inzwischen besser.«

Das tat ich, und deshalb war mir auch klar, dass er das *vollkommen* ernst meinte.

Santi überbrückte den letzten Abstand zwischen uns, nahm mich ihn den Arm und brachte seine Lippen nah an mein Ohr. »Du musst das nicht jetzt entscheiden. Lieber warte ich eine Woche lang auf die richtige Entscheidung, als sofort die falsche zu bekommen.«

Santi hauchte einen zarten Kuss auf meine Ohrmuschel. Ein Schauer rann durch meinen Körper, der ihm unmöglich entgehen konnte. Die warme Luft seines Atems strich über mein Ohr. Wilde Gänsehaut breitete sich über meinen gesamten Körper aus. Wie sehr ich mich danach sehnte, mehr von ihm zu bekommen. Es war nicht die mir inzwischen so vertraute Lust, die nah unter der Oberfläche hungrig nach dem nächsten Intermezzo verlangte, sondern ein Wunsch, geboren aus meinem Inneren, der mich trieb, meine Arme um ihn zu legen und für einen Moment nicht mehr einsam zu sein.

Santi presste sein Gesicht in meine Halsbeuge und atmete tief ein. »Ich weiß, dass ist kein Ja. Aber Teufelin, das ist verdammt noch mal auch kein Nein.«

Lachend entwand ich mich seiner Umarmung, hielt jedoch meine Hände an seinen Seiten. »Nein, das ist kein Nein«, gestand ich mehr mir als ihm ein.

Santi strahlte mich glücklich an. In dem Moment tauchte Flo neben uns auf und packte ihn am Arm. »Wir werden drinnen gebraucht. Du kannst ihn morgen nach dem Rennen haben!« Damit zerrte er einen protestierenden Santino mit sich zur Bar, in die viele der Gäste bereits zurückströmten.

»Wir sehen uns morgen?«, rief Santi schon im Wegstolpern.

»Versprochen.«

Das wilde Strahlen auf seinem Gesicht ließ mich schmunzeln. Flo schüttelte amüsiert den Kopf, und dann verschwanden die beiden in die Bar. Um mich herum krachten immer noch Böller und Raketen. Das Jahr war erst wenige Minuten alt, und schon fühlte ich mich wieder wie früher. Ich wusste wirklich nicht, wann es passiert war, doch hier auf dieser Skifreizeit hatte ich Sam und die Elina, die tief verletzt worden war, losgelassen. Der Weg war frei für die Rückkehr zu meinem alten Ich, zu der Elina, die sich nach der großen Liebe sehnte, die sanft war und einstecken konnte für all jene, die sie liebte.

Ausnahmsweise war es Hoffnung, die mir Bilder malte, und nicht mein Worst-Case-Gehirn. Ich sah mich in diesem Wohnzimmer unterm Dachboden in das prasselnde Feuer im Kamin blicken, eng an Santino gekuschelt. Und später im Jahr war er bei mir in Deutschland, hielt mir den Rücken frei, wenn ich Stress mit den Prüfungen hatte, und fuhr mit mir an den Wochenenden irgendwo an einen See, wo wir in seinem Van liegend den Sternenhimmel betrachteten. Es könnte so schön werden … endlich wieder. Bei Santi war ich mir absolut sicher, dass er mich niemals so hintergehen würde, wie Sam das getan hatte. In seinen Armen hätte ich die Chance, wieder ganz zu mir selbst zurückzufinden. Und das war es schließlich, was ich wollte. Santino war der richtige Mann für mich.

Kapitel 32

– 01.01. –

»Hier, Vorsicht, heiß!« AJ balancierte die vollen Plastikbecher, aus denen es dampfte. Meine Finger waren inzwischen taub vor Kälte, trotz der Wollhandschuhe, in denen sie steckten.

»Oh, du bist ein Schatz!« Schnell nahm ich meinen Becher, schlang beide Hände darum und seufzte wohlig, als die Wärme durch den Stoff bis zu meinen Eisgriffeln sickerte. Ich schnupperte und freute mich über den herbsüßen Duft meines Wunschgetränks. »Du hast heiße Schokolade bekommen.«

»Hab ich. War nicht leicht. Überall gibt's vor allem Glühwein. Der Stand ganz hinten hatte dann endlich auch was anderes.«

Ich schielte hinüber in ihren Becher. Das Dunkelrot ihres Gebräus ließ mich vermuten, dass sie sich genau dafür entschieden hatte. »Dann bist du extra meinetwegen so lange unterwegs gewesen.« Dankbar strahlte ich sie an.

AJ winkte ab. »Mach ich doch gern.« Sie stellte sich eng neben mich und widmete sich wieder der großen Fläche für den Zieleinlauf. Gerade kam einer der Fahrer angeschossen und die Menge jubelte. Ich hätte ja geklatscht, doch ich hatte einen Becher in der Hand. AJ schlug pflichtbewusst mit einer Hand auf ihren Oberschenkel, um in den allgemeinen Applaus mit einzustimmen, obwohl keine von uns den Typen in hautenger pinker Montur kannte.

»Huch! Sind das nicht Lysander und Noah?« AJ sah an mir vorbei. »Wieso stehen die denn da drüben?« Sie streckte ihren Arm in die Luft, winkte und rief: »Leute, hier sind wir!«

Nun entdeckte ich sie auch. Lysanders blonder Schopf ragte über alle hinweg. Der Hüne sah zu uns rüber, tauschte ein paar Worte mit

Noah, und dann traf mich wieder einmal Casanovas Blick. Automatisch hatte ich den alten Hass und die wohlbekannte Abweisung erwartet, doch Noahs Blick ging mir durch Mark und Bein. Ich konnte nicht so recht benennen, was da alles in seinen Zügen lauerte. Verzweiflung? Sehnsucht? Schmerz? Egal was, es weckte den tiefen Wunsch in mir, ihn fest in die Arme zu nehmen. Verhalten lächelte ich ihn an.

Als hätte er nur darauf gewartet, nickte er einmal und schob Lysander vorwärts. Die beiden bahnten sich ihren Weg durch die Massen. »Wo habt ihr den Rest gelassen?«, begrüßte AJ die beiden.

»Welchen Rest?«

»Sonny, zum Beispiel.«

»Der ist heute mit Alice auf Tour«, informierte ich sie.

AJ lachte auf. »Jetzt im Ernst?«

Noah stellte sich neben mich. Sein Blick hob sich fragend, als erwartete er eine Ablehnung. An meinem Entschluss hatte sich nichts geändert, ich wollte nicht mehr so biestig sein, nur um ihn auf Abstand zu halten. Wenn ich Gefühle für ihn entwickelte, war das mein Problem. Das an ihm auszulassen war schlicht nicht fair, und ich hasste kaum etwas mehr als Ungerechtigkeit. Vermutlich auch ein Problem der Mittleren. Ich versuchte, das angespannte Gefühl in meinem Körper bewusst wegzuatmen. Er stand nur neben mir, mehr war ja nicht. Und doch war die Wärme seiner bloßen Nähe schon genug, um mich an so vieles zu erinnern, an das, was ich ihm von mir erzählte hatte, und das Gefühl von Geborgenheit, das er mir danach geschenkt hatte, zum Beispiel. Oder an die Szene in der Küche.

»Santino ist gleich dran.« rief AJ und stieß mich aufgeregt an. Ich zuckte leicht zusammen. Sie sah über ihre Schulter. »Wo bleibt er nur? Er wird noch verpassen, wofür wir hergekommen sind«, schnaubte sie, während sie sich nach Kai umsah. Sie reckte ihren Kopf und tapste von einem Fuß auf den anderen, um zwischen den eng beieinanderstehenden Menschen hindurchsehen zu können.

»Und Felix und die Mädels?«, fragte ich Lysander.

»Als ob die sich in die Kälte stellen würden, um Sportler anzufeuern. Die kommen erst zur Party später, wenn das Rennen gelaufen ist.«

»So wie Nell.«

»Ich glaube, Nell geht eher das hysterische Gekreische auf den Keks.«

Der nächste Fahrer wurde angesagt, und wie auf Kommando erklangen die schrillen Anfeuerungsrufe einer Gruppe junger Frauen. Ratschen wurden geschleudert, Vuvuzelas getrötet, der Lärm war ohrenbetäubend. Der piepende Countdown erklang, und dann preschte der nächste Fahrer über die Piste. Ich verfolgte die Sekunden auf der großen Anzeigetafel, und schon nach dem ersten Drittel widmete ich mich entspannt meinem Kakao. Der Fahrer hatte nicht die geringste Chance gegen Santi.

»Alles okay?«, fragte Noah leise.

Ich hob meinen Blick von meinem schaumigen Getränk und sah ihn verdutzt an. »Ja, wieso?«

»Du warst heute Nacht plötzlich weg.«

Oh, ja. Das …

»Es war mir zu viel.«

Noah nickte. »Das habe ich mir eigentlich gedacht, nur hast du heute noch kein Wort mit mir geredet, da dachte ich …«

»Das war keine Absicht.«

Noah musterte mich. Er schien etwas in meinen Zügen zu suchen. »Sicher?«

»Ganz sicher. Wir sind Freunde, schon vergessen?« Sanft schubste ich mit meiner Schulter gegen seine. »Wie geht's dir eigentlich?«

»Bisher ganz gut. Die frische Luft ist toll.«

»Das glaube ich sofort.« Er war tagelang in seinem Zimmer eingesperrt gewesen. Selbst wenn er kein Freigeist gewesen wäre, hätte ihn das bestimmt angefressen. Aus einem Impuls heraus offenbarte ich: »Ich habe nach Wohnungen gesucht.«

Noah hob überrascht die Augenbrauen, dann strahlte er. »Das ist toll. Magst du in die Nähe der Uni oder deiner Arbeit ziehen?«

»Uni, ich studiere. Ja, ich glaube schon. Wenn ich wieder den Nebenjob beim *Extrablatt* annehme, kann ich mir was Campusnahes leisten.« Es war machbar. Den ganzen Morgen hatte ich damit verbracht, alles durchzurechnen und infrage kommende Wohnungen herauszusuchen.

»Schaffst du das zeitlich?«

»Ich denke.«

Noah lehnte sich auf die Absperrung und sah die Piste hinauf. »Also steht dein Entschluss fest?«

Ich nickte. »Eigentlich schon.«

Er sah zu mir auf. »Eigentlich?«

»Ich habe noch keine Wohnung angefragt«, gestand ich.

»Wieso?«

Ich lehnte mich nun ebenfalls auf den Metallzaun, starrte in meinen kaum noch dampfenden Kakao und dachte an daheim. »Ich habe bisher immer nur zu Hause gewohnt.«

»Jeder muss irgendwann ausziehen.«

»Ich weiß«, seufzte ich und nahm einen Schluck der süßen, warmen Flüssigkeit. »Nur hatte ich mich nicht darauf eingestellt, dass ich jetzt schon mein Zuhause verlassen würde. Raphael ist erst vor einem Jahr ausgezogen, und Rivera wohnt auch noch daheim. Ich dachte, vor Ende meines Studiums brauche ich keinen Gedanken daran zu verschwenden.«

»Du musst nicht ausziehen, wenn du nicht willst.«

»Das weiß ich«, murmelte ich leise. »Aber irgendwie muss ich doch.« Die Tränen von gestern Nacht kratzten wieder gefährlich an den Rändern meiner Augen. Ich hatte Angst davor, allein zu leben. Ich war den Trubel und die Anwesenheit von anderen so gewohnt, dass ich es mir gar nicht anders vorstellen konnte.

»Wenn es das Richtige für dich ist, solltest du dich nicht von Angst und Sorge bremsen lassen. Sie sind schlechte Ratgeber.« Noah stützte sich nur noch auf einem Arm ab und wandte sich mir ganz zu. »Außerdem schenke ich dir zum Einzug einfach eine Tonne Honig und einen ganzen Schrank voll Milch. Dann wirst du dich ganz schnell wohlfühlen.«

Ich lachte erstickt auf, wischte die ungeweinten Tränen aus meinen Augenwinkeln und funkelte ihn amüsiert an. »Und eine Mikrowelle bitte.«

Noah grinste mich an. »Papperlapapp. Du bist dann eine arme Studentin, die muss ihre Milch im Topf auf dem Herd erhitzen.«

»Welcher Herd, ich habe nur eine Platte, die über die Steckdose in meiner kleinen Küchennische betrieben wird. Mikrowellen dagegen sind essenziell für arme Studierende. Wie sollte ich sonst das Pappessen aus der Mensa wieder warm machen?«

»Stimmt.«

Ich fühlte mich gleich viel leichter. Natürlich hatte er recht, ich würde auch lernen, mich in meiner neuen Wohnung zu Hause zu fühlen, vielleicht sogar mehr als in dem Haus, in dem ich aufgewachsen war.

Kai quetschte sich gerade an meiner anderen Seite an das Metallgitter und reichte AJ eine Waffel. »Hab ich was verpasst?«

»Nein, er ist gleich dran.«

»Konkurrenz bisher?«

»Keine neue. Immer noch nur die beiden von vorhin«, berichtete ich bereitwillig, da AJ schon von der Waffel abgebissen hatte.

»Das wird ja fast ein Kinderspiel«, meinte Kai.

»Warte mal ab, die beiden anderen Favoriten sind erst nach Santino dran«, mischte Lysander sich ein, und dann wurde Santi auch schon angesagt. Ich stürzte schnell meinen Kakao runter, stellte den Becher im Schnee ab und starrte gespannt auf die große Tafel, die gerade anzeigte, wie er an den Start glitt. Santi trug ein schwarz-rotes Outfit. Auf der Brust prangte der Schriftzug *El Diabolo* mit Flammen und Hörnern über den beiden L. Die Kamera zoomte raus, die Pieptöne des Countdowns erklangen und das wilde Gekreische um mich herum schwoll wieder an. Der letzte Ton, die Schranke klappte weg und Santi preschte los. Wie immer nahm er die erste Gerade etwas langsamer als seine Konkurrenz. Die erste angezeigte Zahl auf der großen Tafel war rot, weil er hintendran war. Dann kamen die Fähnchen und er glitt in rasender Geschwindigkeit mit einer unnachahmlichen Leichtigkeit eng an die Stangen geschmiegt durch den Parkour. Am nächsten Messpunkt war die Zahl schon grün, er hatte eine Sekunde Vorsprung. Der dritte Messpunkt zeigte schon fast zwei Sekunden Vorsprung, am vierten baute er seinen Abstand noch etwas aus, und dann schoss er pfeilgerade das letzte Stück hinunter. Mit vier Komma acht Sekunden Abstand zum Zweiten kam er ins Ziel. Der ausbrechende Jubel war ohrenbetäubend laut.

»Ja!«, rief ich erleichtert und stimmte in den allgemeinen Applaus mit ein. Santi glitt in einer Kurve über den freien Platz, hielt an und sah zur Anzeige. Neben seiner Zeit wurde sein freudig strahlendes Gesicht projiziert. Er schnallte sich die Skier von den Füßen, da kam auch schon der Moderator zu ihm und hielt ihm das Mikrofon unter die Nase. Santi allerdings sah sich um. Kaum dass er mich entdeckte, zwinkerte er mir zu.

Wärme prickelte durch meinen Körper. Er hatte nach mir Ausschau gehalten. Sein erster Gedanke hatte mir gegolten. Mein Herz flatterte aufgeregt bei dieser Erkenntnis.

»Der Vorsprung ist beachtlich. Wird das dein dritter Sieg in Folge?«

Santi lachte rau ins Mikrofon. »Das hoffe ich, es kommen natürlich noch einige gute Fahrer.«

»Dann wollen wir dir mal die Daumen drücken. Jetzt darfst du erst mal auf der Siegercouch Platz nehmen.«

»Danke.« Santi schulterte seine Skier und machte sich auf den Weg. Dabei lief er unnötig nah an der Abzäunung entlang. Auf meiner Höhe blieb er kurz stehen und lächelte mich an. »Schön, dass du da bist.«

Ich spürte all ihre Blicke auf mir. Röte kroch mir in die Wangen. »Habe ich doch versprochen.«

»Hab dich gar nicht peinlich anfeuern gehört«, neckte er.

»Stimmt, ich war zu gespannt, ob du heil unten ankommst oder dich so hinlegst wie der eine vorhin.«

Santi breitete die Arme aus und sah demonstrativ an sich herunter: »Alles heil geblieben.«

Ich schmunzelte. Seiner Geste folgend, glitt mein Blick einmal über seinen Körper. Der eng sitzende Einteiler ließ wenig Raum für Fantasie. Mein Hals wurde plötzlich sehr trocken, als mein Blick über seine muskulösen Schenkel und die Erhebung dazwischen strich. Ein warm pulsierendes Kribbeln entstand zwischen meinen Beinen. Wie froh ich gerade war, kein Mann zu sein, dem man eine derartige Erregung deutlich ansehen konnte.

Der Countdown für den nächsten Fahrer erklang und erlöste mich. Santi sah über seine Schulter, und dann beeilte er sich weiterzukommen. »Bis später.«

»Ich drücke dir die Daumen.«

»Danke.« Flink eilte er davon, hinüber in den abgetrennten Bereich für die derzeit führenden Fahrer.

»Seid ihr zusammen?«, platzte Kai heraus, kaum dass Santi außer Hörweite war.

»Nein.«

Noch nicht.

Natürlich erntete ich einen ungläubigen Blick von Kai.

»Ich hoffe so, du überlegst es dir noch«, seufzte AJ. »Selbst in diesen unvorteilhaften Stramplern für Erwachsene sieht der Typ heiß aus.«

Kai räusperte sich vernehmlich.

Besänftigend tätschelte AJ seine Schulter. »Keine Sorge, Schatz, selbst wenn ich mal den Appetit auswärts anrege, gegessen wird immer daheim.«

Kai verzog mürrisch seinen Mund, während wir anderen losprusteten.

Nach Santi waren noch zehn Fahrer dran. Bisher war nur einer davon halbwegs nah an Santis Zeit herangekommen. Den zweiten Platz hatte Santi inzwischen sicher. Als der letzte Fahrer startete, packte mich die Euphorie. Schon auf der ersten Geraden war er minimal langsamer als Santi. Mit jeder weiteren roten Messzeit steigerte sich die Freude, die sich in mir auftürmte und verlangte, hinausgelassen zu werden. Als der Fahrer schließlich über die Zielgerade preschte, jubelte ich mit der gesamten Menge laut auf. Ich stimmte mit allen anderen in die Rufe »Diabolo, Diabolo!« mit ein und klatschte und hüpfte vor Freude. Die finale Tabelle wurde angezeigt und Santi stieß triumphierend die Faust in die Luft.

Die Veranstalter bauten die Treppchen auf. Gleichzeitig wurde der Tisch mit den Pokalen herangeschleppt und die Absperrung entfernt. Wir strömten mit der Menge näher heran. Schon stand der Moderator vor uns und verkündete: »Kommen wir nun zur Siegerehrung.«

»Das war irgendwie enttäuschend«, murrte Lysander und lenkte mich von der Verkündung des Drittplatzierten ab.

»Wie meinst du das?«

»In dem ganzen Rennen war null Spannung drin.«

Ich schnaubte. »Und das von einem Bayernfan.«

Der Hüne grinste mich an. »Der Punkt geht an dich. Trotzdem wäre es cooler gewesen, es hätte ein Kopf-an-Kopf-Rennen gegeben.«

»Wie sollte das denn funktionieren? Jeder fährt nacheinander seine Zeit. Entweder man ist besser oder schlechter als der Führende. Das ist der falsche Sport für mehr Spannung.«

Lysander verzog nachdenklich seine Lippen. »Da könntest du recht haben.«

AJ drehte sich zu uns um. »Klappe, ihr verpasst es sonst noch.«

»Zum dritten Mal in Folge erringt Ferdinand Santino den Pokal im Abfahrtsrennen der Amateure!«

»Ferdinand?«, prustete AJ los und sah mich amüsiert an.

Ich grinste. »Damit werde ich ihn so was von aufziehen!«

»War doch klar, dass Santino kaum sein Vorname ist«, schnaubte Lysander.

»Findest du?«

»Wer heißt denn schon Santino? Und 'ne Bar benennt man auch eher selten nach dem Vornamen, oder?«

Santi hatte inzwischen das Treppchen erklommen. Der Pokal wurde überreicht, und dann hielten die drei Sieger ihre Gewinne zu den Fanfarenklängen in die Höhe.

Kaum endete die Musik, sprang Santi von dem Podest und rannte auf mich zu. Überrascht sah ich dem glücklichen Gewinner entgegen. Als er ankam, riss er mich einfach in seine Arme, hob mich hoch und drehte mich jubelnd im Kreis. Perplex schrie ich auf, hielt mich an seinen Schultern fest und musste einfach in sein Lachen einstimmen. Noch nie hatte ich ihn so ausgelassen erlebt.

Santi setzte mich ab, hielt mich aber ganz nah bei sich. »Das ist mein schönster Sieg.« Sein Gesicht strahlte. Seine Haare standen wild in alle Richtungen ab, die Wangen waren rot und seine Augen funkelten glücklich.

»Du meinst, weil du den Hattrick vollgemacht hast?«

Er lachte. »Nein, weil du dabei bist.«

Wilde Freude explodierte in mir und bahnte sich kribbelnd ihren Weg bis in meine Fingerspitzen. Ich konnte nicht anders, als mich auf die Zehenspitzen zu strecken und ihn zu küssen.

Santi schlang sofort seine Arme sanft um mich und zog mich an sich, wobei ich spürte, wie sich der Pokal in meinem Rücken drückte. Unsere Lippen bewegten sich im Einklang. Für einen Moment fühlte ich mich leicht, und die Welt um mich herum war vergessen.

Er löste seine Lippen von meinen, legte die Stirn an meine und schien einfach zu genießen, was gerade passiert war. »Bei mir in der Bar findet jetzt die Siegesfeier statt. Da muss ich mich kurz sehen lassen. Ich denke, wir können uns sehr bald davonstehlen.«

Ich lachte leise. Er verwebte seine Finger mit meinen und hob sie zwischen uns an seine Brust. »Mein Tag war schon echt gut, du hast ihn jedoch grad zum schönsten Tag meines Lebens gemacht.«

Seine Worte hüllte mich wie eine sanfte Umarmung ein und schenkten mir eine glückliche Zufriedenheit, wie Sam es mit seinen Worten nie vermocht hatte. Natürlich war ich glücklich bei und mit ihm gewesen, nur nie so tief in mir drin wie jetzt gerade. »Warte ab, der Tag wird noch besser«, versprach ich. Dann hauchte ich einen Kuss auf seine Lippen und deutete hinter ihn, wo Florian stand und breit grinsend auf seinen Freund wartete. »Dein Typ wird verlangt.«

Santi sah hinter sich und verzog unwillig sein Gesicht. »Der kann warten.«

»Geh ruhig. Wir kommen auch gleich hin, und du wirst dich sicher umziehen und duschen wollen«, bemerkte ich mit einem Blick auf seine schweißnassen Haare, die in der Kälte dampften.

»Meinetwegen. Aber heute Abend gehörst du mir allein«, raunte er mir ins Ohr und hauchte einen Kuss auf meinen Hals. Ein vorfreudiger Schauer rann durch meinen Körper. Santi schenkte mir noch ein strahlendes Lächeln, dann eilte er auch schon davon. Sein Hintern sah wirklich verboten gut aus. Überhaupt vereinte er für meinen Geschmack genau das richtige Maß an dunklem verschlossenem Kerl und heißem Feger.

Ich war mir nicht sicher, ob es gut oder schlecht war, dass ich mich genau wie damals am Anfang mit Sam fühlte. Immerhin war ich lange sehr glücklich gewesen, obwohl er eigentlich ein Arschloch gewesen war. Ach, was für ein Unsinn, Santi war das glatte Gegenteil. Ich drängte die Zweifel beiseite und genoss das prickelnde Gefühl. Wir hatten uns geküsst, vor allen hier.

Mein Kopf ruckte herum zu den anderen, die ich vollkommen vergessen hatte. Kai stand mit sprichwörtlich heruntergeklappter Kinnlade da, AJ grinste breit, Lysander betrachtete mich mit gefurchter Stirn und Noah lächelte mich an. Von all ihren Reaktion hatte ich seine am wenigsten erwartet.

»Also seid ihr doch zusammen«, entfuhr es Kai beinahe vorwurfsvoll.

Ich zuckte mit den Schultern. »Ich habe keine Ahnung. Es könnte allerdings sein, dass ich die Frage bald mit *Ja* beantworten werde.«

Kais Schultern sanken enttäuscht herab. Was zur Hölle hatte er? AJ dagegen kam zu mir herüber, hakte sich unter und zog mich weg von den Jungs und mit den strömenden Massen in Richtung Gondelstation.

»Warte, mein Becher.«

»Hab ich schon«, meinte Noah und hielt ihn in die Höhe. Erstaunt sah ich ihm einen Moment lang in sein Gesicht. Immer noch keine Spur von Enttäuschung oder Eifersucht. AJ musste sich einfach irren. Er konnte doch unmöglich verliebt in mich sein und dann so auf die Nachricht reagieren, dass ich jetzt mit Santino ging. Und wenn doch …

»Danke«, meinte ich verunsichert, nahm den Becher entgegen und sah wieder nach vorn.

AJ musterte mich wachsam von der Seite. Dann warf sie einen Blick zurück und sah wieder mich eindringlich an. »Sag mal, kann es sein, dass du auch was für Noah empfindest?«

Vor zwei Tagen noch wäre mir die Notlüge leichtgefallen, doch mein Entschluss, gewisse Wesenszüge, die Einzug genommen hatten, wieder zu unterbinden, schloss Lügen mit ein, und wenn es auch nur kleine Notlügen waren.

AJ deutete mein Schweigen ganz richtig. »Aha. Stelle ich mir hart vor.«

Hart … das traf es nicht ganz. Bis gerade eben zu meinem impulsiven Kuss im Freudentaumel hatte ich nicht einen einzigen Gedanken an ein *Entweder-oder* verschwendet. Wieso auch? Ich hatte Beziehungen abgeschworen. Jetzt allerdings wurde mir mit der Wucht eines heftigen Schlags in die Magengrube klar, dass es tatsächlich zwei Männer gab, die eine Beziehung mit mir führen würden, und beide ließen mein Herz höherschlagen.

»Darf ich fragen, wieso du dich für Santino entschieden hast?«, fragte AJ in meine Gedanken hinein.

»Weil er besser zu mir passt.« Es stimmte, er passte von seinem Wesen her genau zu meinem alten Ich. Bodenständigkeit, Zuverlässigkeit und dass ich ihn körperlich anziehend fand, waren die drei Eigenschaften, die mir so verdammt wichtig gewesen waren. Da war Santi die offensichtliche Wahl.

»Dann ist er wirklich der Richtige«, entschied AJ, als hätte das vorher zur Debatte gestanden.

»Außerdem glaube ich nicht, dass Noah wirklich verliebt in mich ist.«

»Wieso?«

»Er verhält sich überhaupt nicht so.« Ich verkniff es mir, noch einmal über meine Schulter zu den Jungs zu sehen. Seltsam bewusst spürte ich ihn hinter mir gehen, lächelnd und gut gelaunt.

AJ lachte auf. »Bist du blind? Er verhält sich total so. Du würdest mir doch zustimmen, dass der Noah vom Anfang unserer Freizeit und der Noah jetzt zwei vollkommen verschiedene Menschen sind, oder?«

Verhalten nickte ich. Nicht *vollkommen*, dennoch deutlich, und das war es schließlich, was sie meinte.

»Und dass er komplett durchgedreht ist, nachdem ihr zwei Nächte miteinander verbracht hattet, kannst du auch nicht von der Hand weisen.«

Konnte ich nicht, da hatte sie recht.

AJ schmunzelte. »Das allein würde schon ausreichen. Aber soweit man hört, habt ihr relativ viel Zeit miteinander verbracht und euch Dinge anvertraut, die sonst kaum einer kennt.«

»Woher weißt du das?«

»Kleine Andeutungen, die mal Lysander, mal Nell oder Kai aufgeschnappt haben, wie ihr ausseht, wenn wir heimkommen, und wie ihr euch zusammen verhaltet. Es war mehr eine Vermutung, doch ich war schon ziemlich sicher.«

Ich dachte über all das nach und musste ihr bis zu einem gewissen Punkt zustimmen. Das zwischen uns hatte sich vertieft, bis ich ihn geküsst und beschlossen hatte, auf Abstand zu gehen. Ich war widerlich gewesen. Gestern Abend jedoch, da hatte es sich wie eine echte Freundschaft angefühlt. »Wir sind nur Freunde.«

»Wer's glaubt.«

»Wirklich, AJ. Außerdem hätte er doch gerade wohl anders reagieren müssen, wenn er Zeuge wird, wie ich mit Santi zusammenkomme.« Ich hatte ein schlechtes Gewissen, dass er das hatte sehen müssen. Wenn er wirklich Gefühle für mich hatte, war es komplett herzlos von mir gewesen, Santi zum ersten Mal ausgerechnet vor Noahs Augen zu küssen. Nur war das alles ja nicht geplant gewesen.

»Könnte sein. Oder er liebt dich *wirklich*.«

Ich stockte. »Was soll das denn bitte heißen?«

»Wäre es nicht der allergrößte Liebesbeweis, selbst zurückzutreten, wenn es das ist, was die geliebte Person glücklich macht?«

Mein Herz zog sich zusammen. Das wäre allerdings ein unglaublicher Liebesbeweis. Selbstlos und … ich konnte diese Welle aus bittersüßem Schmerz und Sehnsucht gar nicht in Worte fassen, die mich bei dem Gedanken mitriss. Könnte das wirklich sein?

Nun sah ich doch über meine Schulter und in Noahs lächelndes Gesicht. Jetzt meinte ich einen winzigen Hauch Schmerz in seinen Augen lauern zu sehen. Das konnte ich mir allerdings auch einbilden.

Ich schluckte gegen den Kloß in meinem Hals an. Grenzenlose Liebe neidete nicht, bedingungslose Liebe stellte den anderen über das eigene Glück. So eine Liebe hatte ich noch nie gesehen …

Kapitel 33

Dröhnend laut schallte das jubelnde Gegröle durch den Schankraum. Santi wurde gefeiert wie ein Held. Jeder klopfte ihm auf die Schulter, stieß mit ihm an oder verwickelte ihn in ein kurzes Gespräch.

»Der ist ja heiß begehrt«, brummte Kai.

Nell schnaubte. »Klar, er ist eine Lokallegende und hat schon wieder gewonnen.«

»Ich finde, er hat die Aufmerksamkeit verdient«, verteidigte AJ ihn mit hochgezogener Augenbraue. Sie sah auf die beiden Brummbären herab und trank einen Schluck ihres Hugo.

»Ihr seid viel zu mies gelaunt.« Belle nahm Felix' Hand und zog ihn mit sich. »Komm, wir gehen tanzen.«

»Gute Idee«, pflichtete AJ bei und sah auffordernd zu Kai. »Bläst du weiter Trübsal oder können wir auch endlich Spaß haben?«

Seufzend stemmte er sich hoch und hielt ihr seine Hand hin. Ich hatte immer noch nicht ganz begriffen, warum er und Nell so mies gelaunt waren. Wenn ich raten sollte, dann hatten sie immer noch gehofft, Noah und ich würden zusammenfinden. Nur sollten sie sich am Riemen reißen, Noah war nicht annähernd so enttäuscht und griesgrämig wie die beiden.

»Bestreitest du auch manchmal Amateurwettkämpfe?«, fragte ich Noah aus heiterem Himmel. Die Stimmung am Tisch nervte mich.

Noah lehnte sich zurück. »Den ein oder anderen Boulder-Wettkampf habe ich mitgemacht. Aber mit meiner Ausbildung, der Abendschule und dem Job war es nicht drin, in den Landeskader zu gehen, obwohl ich gefragt wurde.«

»Wow, das klingt nach einem ganz schön vollen Leben.«

»Es geht.«

Über solche Basics hatten wir uns nie unterhalten. Tausend weitere Fragen kamen mir in den Sinn. »Zu was machst du eine Ausbildung?«

»Chemielaborant. Ich habe sie im Sommer abgeschlossen. Nur als ich angefragt wurde, habe ich noch mittendrin gesteckt.«

»Wie cool. Ich studiere BMC. Ich ruf dich auf jeden Fall das nächste Mal an, wenn mir wieder in einem meiner Chemiepraktika alles im Labor um die Ohren fliegt.«

Noah lachte. »Mach das. Ich kenne bestimmt einen Trick, der dir hilft.«

»Und was hast du an der Abendschule gemacht?«

»Ich mache mein Abi nach.«

»Wow, das finde ich beeindruckend.«

»Na ja.« Noah verzog sein Gesicht. »Wenn ich nicht von der Schule geflogen wäre, wäre das nicht nötig.«

Plötzlich tauchte Santi neben mir auf. »Hi«, grüßte er in die Runde. »Darf ich euch Elina entführen?«

Nell murmelte etwas mürrisch vor sich hin, Lysander betrachtete sein Glas und Sonny pulte eine Erdnuss aus seiner Schale. Wow, unhöflicher ging es ja nicht. Einen nach dem anderen blickte ich sie strafend an.

»Klar, wenn sie nichts dagegen hat«, meinte Noah nonchalant. Ich war mir nicht sicher, ob da ein zynischer Unterton zu hören war oder nicht.

Santi zögerte kurz, dann reichte er mir seine Hand. »Kommst du?«

Freudig legte ich meine Hand in seine und stand auf. Im Aufstehen sagte ich noch zu Noah: »Die Geschichte will ich unbedingt noch hören.«

»Klar, Wildkatze. Später.«

Ich nickte und folgte dann Santi, der Noah einen prüfenden Blick zuwarf.

»Viel Spaß«, verabschiedete Noah uns, während die anderen eher verkniffen auf ihre Gläser blickten. Ich würde Noah zu gern fragen, ob er es ernst meinte. Nur wie sollte das bitte aussehen? *Hey, sag mal, AJ behauptet, du seist verliebt in mich, aber liebst du mich wirklich so sehr, dass dir mein Glück wichtiger ist als deines, oder bist du gar nicht verknallt?*

Was für ein abwegiger Gedanke. Ich schüttelte den Kopf und lief mit Santi in Richtung der Tür, die uns ins Treppenhaus brachte.

»Alles okay?«, erkundigte Santi sich.

»Was? Oh, ja klar. Alles gut.«

Er wirkte nicht wirklich überzeugt, doch ich konnte ihm nicht sagen, dass ich über Noahs Gefühle nachdachte und darüber, was sie in mir anrichteten. Sie weckten eine Sehnsucht, die ich an Santis Seite, auf dem Weg hinauf in seine Wohnung für Zeit zu zweit, wohl kaum fühlen sollte.

Oben vor seiner Tür drehte er sich zu mir um und ergriff auch meine andere Hand. Er sah hinab auf unsere verschlungenen Finger, und das glücklichste Lächeln, das ich je auf seinen Zügen gesehen hatte, umschmeichelte seine Lippen. »Ich kann gar nicht glauben, dass das hier wirklich passiert.«

Ich musste einfach lächeln. Seine Freude steckte mich an und vertrieb endlich alles andere aus meinem Kopf. Diesmal hob ich seine Finger an meine Lippen und küsste sie zärtlich. Als ich meinen Blick hob, war aus Freude glühende Zuneigung geworden. Er trat noch einen winzigen Schritt näher, fuhr mit seiner rauen Hand in mein Haar und legte seine Lippen auf meine. Sein Bart kratzte über meine Haut. Das ungewohnte Gefühl lenkte mich kurz ab, doch dann stieß seine Zunge fragend gegen meine Lippen und ich verlor mich in dem leidenschaftlichen Kuss.

Santi löste schwer atmend seine Lippen von meinen, schloss mich in die Arme und zog mich an seine Brust. Für einen Moment hielt er mich einfach nur fest. Es war schön, seine starken Muskeln zu ertasten und zu spüren, wie seine männliche Hitze mich einhüllte. Mit ihm war es ganz anders als mit den anderen Männern. Seit Sam war Lust mein Antrieb und meine dominanteste Empfindung gewesen, jetzt sickerte neben der Hitze des Verlangens auch sanfte Zufriedenheit in mich. Das war schön.

Schließlich ließ er mich aus seinen Armen, öffnete die Tür in seinem Rücken und führte mich wieder in diesen urgemütlichen

Raum. Sofort streifte ich meine Schuhe ab und sog die Atmosphäre in mich auf.

»Magst du was trinken?«

»Gern.«

Während Santi nach links in die offene Küche lief, ging ich zum Sofa hinüber und sah mich in aller Ruhe um. Ich plumpste auf die beige Sitzfläche und genoss das Gefühl tiefer Entspannung, als ich mich anlehnte und regelrecht in die Polster sank. Das Stehen am Rand der Piste hatte mich komplett verspannt, und auf dem harten Holzstuhl unten in der Bar zu sitzen hatte es nicht unbedingt besser gemacht.

»Was möchtest du trinken?«, rief Santi aus der Küche.

Ich drehte mich über die Lehne und sah ihm entgegen. »Was hast du denn da?«

Santi machte den Kühlschrank auf und sah hinein. Er sah schon wirklich verboten heiß aus. Ich konnte es kaum erwarten, diese Brust mit meinen Händen zu erkunden, mich in diese Schultern zu krallen und hmmm … ihn einfach zu genießen.

»Säfte, Sprudelwasser, Almdudler …« Es klirrte und Folie knisterte. »Bier und Wein.« Damit lehnte er sich zurück und sah an der Kühlschranktür vorbei zu mir.

»Eine Apfelsaftschorle?« Das hier wollte ich nicht mit Alkohol benebeln.

»Bekommst du.«

Ich spürte mein Handy vibrieren und fummelte es aus meiner Hosentasche. Die ersten Worte der Nachricht wurden angezeigt und ich fluchte innerlich. Ich hätte doch Wein bestellen sollen! Die Wohnung, die ich unbedingt hatte haben wollen, war weg. Das war die vierte Absage innerhalb einer halben Stunde, obwohl ich gerade erst meine Anfragen rausgeschickt hatte. Wieso arbeiteten die überhaupt alle an Neujahr? Das war doch verdammt noch mal ein Feiertag!

»Alles in Ordnung?«, fragte Santi, als er mit zwei Gläsern in der Hand plötzlich vor mir stand.

»Ja, ist schon gut. Nichts Wichtiges«, wehrte ich ab und nahm meine Apfelsaftschorle entgegen. Ich trank einen Schluck und stellte das Glas dann auf dem kleinen Tisch ab.

Santi setze sich neben mich, nahm meine Hand in seine und strich besänftigend über meinen Handrücken. »Erzähl mir etwas von dir«, bat er und lehnte sich neben mir an. Er zog die Beine auf die Sitzfläche und beobachtete mich aufmerksam.

Ich stutzte. »Was denn?«

Er zuckte mit den Schultern. »Irgendwas. Ich möchte einfach alles über dich wissen.«

Mit einem Schlag wurde mir klar, dass er im Grunde nichts über mich wusste. Umgekehrt war es kaum anders. Es wurde Zeit, dass wir das änderten. »Also, ich studiere in Stuttgart Biomedizinische Chemie, obwohl ich ursprünglich Philosophie studieren wollte. Manchmal überlege ich, Kurse als Gasthörerin zu besuchen.«

»Wieso? Ich meine, was ist falsch an Philosophie?«

»Die Chancen auf dem Arbeitsmarkt sind eher mies«, erklärte ich.

Santi wartete aufmerksam, als würde noch mehr kommen. »Ist das alles?«

»Ich finde, das ist ein ganz schön großer Grund«, verteidigte ich mich.

»Es ist ein Grund«, stimmte er zu. »Aber keiner, der dich davon abhalten sollte, das zu tun, was du liebst.«

Erst wollte ich ihm zustimmen. Doch so romantisch war das Leben nicht, nicht soweit ich wusste. Klar wäre es toll, wenn ich für den Rest meines Lebens immer nur das tun könnte, worauf ich Lust hatte und was mich interessierte. Nur funktionierte das Leben so nicht. »Was ist mit dir? Wolltest du schon immer Barmann werden?«

Santi lächelte. »Ich war Skilehrer, als mein Vater beschlossen hat, dass er für sein Leben genug gearbeitet hatte und er und meine Mutter nach Neuseeland auswanderten. Das war vor zwei Jahren. Ich hab die Bar übernommen und kann so alles tun, was ich liebe, im Sommer reisen und im Winter Skifahren. Mein Leben ist ein einziger Traum, weil ich tue, was ich liebe.«

»Das klingt wirklich wie ein wahr gewordener Traum«, bestärkte ich ihn und ignorierte den indirekten Seitenhieb. Ich hörte in seiner Stimme richtig den Nachsatz: *wie du es auch tun solltest.* »Hast du Geschwister?«

»Zwei, einen Bruder und eine Schwester. Anna macht gerade ihre Matura und Moritz ist mit nach Neuseeland.«

»Dann bist du der Älteste?«

»Nein, Moritz, aber er ist mehr der kreative Typ wie meine Mutter. Die Bar zu übernehmen war nichts für ihn. Die beiden haben zusammen auf der and'ren Seite der Welt ein Künstlerseminar gegründet. Künstlerinnen und Künstler haben übrigens auch schlechte Jobchancen, dennoch sind die beiden sehr glücklich«, meinte er lächelnd und zwinkerte mir zu.

Mein Lächeln missglückte mir. Ich brauchte einen Themenwechsel. »Wie alt bist du eigentlich?« Immerhin führte er eine Bar.

»Vierundzwanzig.«

»Wow, da bist du ja früh Unternehmer geworden.«

Santi legte seinen Kopf leicht zur Seite. »So hab ich das nie gesehen. Ich habe schon in der Bar geholfen, seit ich sechzehn war. Für mich war das nicht früh.«

»Klingt logisch.«

»Sogar davor war die Bar ja schon Teil meines Lebens. Ich bin in diesem Haus hier groß geworden.«

»Also habt ihr hier früher alle zusammengewohnt?« Ich sah mich um und fragte mich, wo sie fünf Personen untergebracht hatten. So groß wirkte die Wohnung nicht. Von diesem Raum aus gab es überhaupt nur zwei Türen, eine, die ins Bad führte, und ich vermutete hinter der anderen ein Schlafzimmer.

Santi lachte. »Ach nein. Den Dachboden haben mein Vater und ich ausgebaut, als ich sechzehn war. Moritz war zum Studieren nach Wien gezogen und Anna und meine Eltern haben in der Wohnung hier drunter gewohnt. Jetzt wohnt Anna da in 'ner WG.«

»Das hast du alles selbst gebaut?«, fragte ich staunend und ließ meinen Blick über die massiven Holzbalken mit den Latten dazwischen gleiten.

Santi zuckte nur mit den Schultern. »Das ist doch nichts.«

»Ich finde es ganz schön beeindruckend. Und den Kamin?«,

»Selbst gemauert«, bestätigte er meine Vermutung. Ich hatte so meine Schwierigkeiten, gerade alles unter einen Hut zu bringen. Auf der einen Seite musste er organisiert und diszipliniert sein, wenn er eine Bar führte, und auch so ein Ausbau kostete Durchhaltevermögen. Auf der anderen Seite weckten seine Erzählungen ein Bild eines sehr entspannten Typs, der in den Tag lebte, wie es ihm gerade passte. Ich fragte mich, welche der beiden Seiten sein Wesen mehr prägte.

»Genug zu mir, ich wollte doch mehr über dich erfahren«, unterband er eine weitere Frage, die mir schon auf der Zunge lag. Santi strich eine Strähne hinter mein Ohr und flüsterte: »Du bist so schön.«

Geschmeichelt senkte ich meinen Blick. »Danke.«

Santi lehnte sich vor und hauchte einen Kuss auf meine Lippen. Sofort entzündete sich wieder das Feuer in meinen Adern. Die Lust kehrte mit voller Wucht zurück und ich vertiefte den Kuss. Santi entschlüpfte ein raues Stöhnen. Er umfasste meine Taille und half mir, auf seinen Schoß zu klettern. Seine warmen Hände drückten heiß durch den Stoff an meinen Hüften. Ich fuhr mit meinen Fingern in sein schwarzes Haar, genoss das weiche Kitzeln seines Undercuts auf meinen Fingerkuppen und krallte mich in das längere Haar darüber. Hungrig eroberte ich seinen Mund, und als ich meine Hüfte vorschob, stieß er ein überraschtes Lachen aus. Schon drückte er seine Hände sanft gegen meinen Körper und schob mich zurück auf die Mitte seiner Oberschenkel.

Irritiert musterte ich ihn. »Was ist?«

»Das geht mir zu schnell«, erklärte er vorsichtig. Wieder strich er sanft eine Strähne hinter mein Haar und lächelte mich an. Diesmal jedoch hatte ich das Gefühl, wie ein Kind gerügt worden zu sein.

»Oh. Entschuldige.«

Er schmunzelte mit einem gönnerhaften Zug um die Lippen. »Schon gut. Ich kenne die Gerüchte über mich ja. Doch ich halte nicht so viel von zu schnellen und unüberlegten Entscheidungen.«

Er machte das sicher nicht absichtlich, aber ich fühlte mich wie ein kleines Dummchen. »Schnell war sie vielleicht, allerdings nicht unüberlegt«, verteidigte ich mich automatisch und bereute es im nächsten Moment schon.

»Sag mal, machst du das immer so? So schnell?«

Verdammter Dreck.

»Nein«, beschönigte ich die Wahrheit und verfluchte mich im nächsten Moment direkt wieder. So viel zu meinem Vorsatz, nicht zu lügen. Korrekt wäre *nicht mehr* gewesen.

Erleichtert stieß Santi die Luft aus und alle Sorge war aus seinen Zügen vertrieben. »Oh, gut. Ich hatte schon Angst, du wärst eine dieser Touristinnen, die sich jedem Vollidioten an den Hals werfen. Entschuldige, dass ich das kurz dachte, ich weiß ja, dass du nicht so bist.«

Ähm … ja klar. Bin ich überhaupt nicht. »Wäre das denn ein Problem für dich?« Das Gespräch mit Nell und AJ fiel mir wieder ein. Nell hatte offensichtlich recht.

»Ja klar. Ich möchte nicht einer von vielen sein. Als Barmann bekommt man so einiges mit.«

»Aber wenn sie es lieben, wieso sollten sie es nicht genießen?«, fragte ich aufmüpfig, seine eigene Argumentation benutzend.

Santi lachte. »Natürlich soll jeder tun, was er will und liebt. Nur käme ich einfach nicht so gut damit klar, wenn meine Frau schon zahllose Männer im Bett gehabt hätte.«

»Logisch«, stimmte ich ihm zu und fühlte mich dabei wieder komplett wie bei Sam. *Herzlichen Glückwunsch, Elina, du hast zu einhundert Prozent zu deinem alten Ich zurückgefunden. Schluckst deine eigenen Ansichten hinunter, stimmst Ansichten zu, die du überhaupt nicht teilst, und lügst, um die Frau zu sein, die er gern hätte.* Klar war das gerade sehr zynisch gedacht, doch es stimmte auch. Mein altes Ich war gutgläubig, selbstlos und zurückhaltend gewesen. Nur konnten diese Eigenschaften zu Verhalten führen, wie ich es gerade an den Tag legte. Die Frage war jetzt, wollte ich das?

»Ich habe dich verärgert«, murmelte er und strich über meinen Arm. War es mir so deutlich anzusehen?

»Was? Ach nein, gar nicht.«

Santis Schultern sanken herab. »Weißt du, wenn du mir nie sagst, was los ist, kann ich nicht drauf reagieren. Ich kann nichts relativieren und auch nicht verstehen, wenn ich etwas falsch gemacht hab«, meinte er zerknirscht.

Verdammt, er hatte recht. Nur traute ich mich einfach nicht, meine Meinung zu äußern. Es war klar, dass ihm nicht gefallen würde, was ich dachte, und dann hielt ich lieber die Klappe. So war ich schon immer gewesen.

»Ich verspreche auch, ich bin nicht böse«, ermunterte er mich weiter.

Es war nicht fair, ihm die Chance vorzuenthalten, einen Kompromiss zu finden oder überhaupt auf mich einzugehen. Also wollte ich sie ihm geben, nur nicht gleich bei so Konfrontationsthemen, wie er sie gerade unbewusst angesprochen hatte. »Ich habe schon einmal geliebt. Er hieß Sam.« Und dann erzählte ich ihm die Geschichte, genauso ausführlich wie Noah vor einigen Tagen. Genau wie Noah schwieg er lange, sah mir nur fest ins Gesicht und wartete, bis ich geendet hatte.

»Das tut mir leid für dich«, meinte Santi als Erstes. »Es war der falsche Weg, den die beiden gegangen sind, das steht außer Frage. Sie hätten dich nicht so verletzen dürfen. Aber ich kann's auch verstehen. Wenn sie einander so sehr lieben, mussten sie gegen alle Widrigkeiten kämpfen, um ihr Glück zu finden.«

Ich nickte. Dann biss ich mir auf die Lippe und erstarrte mitten im Nicken. Hatte er mich gerade als Widrigkeit bezeichnet? Die Frau, die dem großen Happy End im Weg gestanden hatte? Wut kochte in mir hoch. Im nächsten Moment verpuffte sie und ich musste ungläubig auflachen.

»Was ist?«, fragte er irritiert.

»Mir ist nur gerade klar geworden, dass du genau das gesagt hast, was ich damals gedacht habe. Du bist wirklich der perfekte Mann, um zu meinem alten Ich zurückzufinden.«

Santi lächelte warm. »Das höre ich gern.«

Kopfschüttelnd drückte ich mich an seiner Brust ab und stand auf. »Nein, tust du nicht, du weißt es nur noch nicht.«

Perplex starrte er zu mir auf.

»Santi, du bist romantisch, lebst deinen Traum und hast Verständnis für die andere Seite. In einigen Dingen bist du naiv, auf eine süße, charmante Art. Für mich wäre das vor einem halben Jahr perfekt gewesen, du wärst mein Traummann gewesen. Aber ich bin einfach nicht mehr die Elina von damals.«

Santi runzelte die Stirn. Langsam dämmerte ihm, dass etwas falschlief. »Was meinst du damit?«

»Ich meine, ich habe mich verändert, und zurückzuwollen war falsch.«

»Wieso sollte es falsch sein, seinen Traum zu leben und Verständnis für die andere Seite zu haben?«

»Nicht für dich, aber für mich.«

»Für niemanden. Empathie und Leidenschaft sind so wichtig«, beharrte er.

»Sind sie. Absolut. Nur haben sie bei mir dazu geführt, dass ich tief verletzt worden bin. Es hat Teile von mir unwiederbringlich zerstört. Verstehst du nicht, ich habe ihn mit all meinem Sein geliebt, grenzenlos, bedingungslos. Für ihn hätte ich alles getan. Diese Fähigkeit hat er mir genommen. Ich würde nie wieder für einen Mann *alles* tun. Dennoch war ich gerade dabei, wieder genau das zu machen. Ich habe geschwiegen, wenn ich anderer Meinung war, habe dir zugestimmt, obwohl ich es nicht wollte, und habe deine Spitzen in meine Richtung ignoriert.«

»Was denn für Spitzen?«

»Dass ich tun soll, was ich liebe, statt vernünftig zu sein. Ich kann keine Bar meiner Eltern übernehmen, habe kein gemachtes Nest, in das ich einziehen kann, und muss den sicheren Schoß meiner Familie verlassen, weil ich nur noch leide. Ich bin darauf angewiesen, auf eigenen Beinen zu stehen. Und du würdigst meine Entscheidungen herab, nur weil du findest, dass ich sie aus den falschen Gründen treffe.«

Santi starrte mich nur mit großen Augen an. »Das war nicht meine Absicht. Ich wollte nicht, dass du dich so fühlst.«

Seufzend setzte ich mich neben ihn und ergriff seine Hand. »Das weiß ich. Ich bin sicher, du bist einer von den Guten, und mit der richtigen Frau an deiner Seite wirst du glücklich werden. Doch das bin nicht ich.«

»Natürlich bist du das. Wie für dich hab ich bisher noch für keine Frau gefühlt.«

»Aber du kennst mich nicht.«

»Ich kenn dich gut genug. Du bist ’ne tolle Skifahrerin, eine Frohnatur und dir nicht zu schade für die Bar. Du bist bodenständig und bereit, jemanden zu pflegen, der dir nichts bedeutet. Dir macht es nichts aus, wenn die Männer um dich herum mal derbe und ausfallend werden, da stehst du drüber, und du magst mich auch.«

Ich lächelte traurig. So deutlich war es mir bisher nicht klar gewesen, doch jetzt bestand kein Zweifel mehr. »Stimmt alles, bis auf eine Sache.«

»Und die wäre?«

»Ich empfinde sehr wohl etwas für ihn.«

Santi starrte mich fassungslos an. Er brachte kein Wort mehr heraus. Ich drückte noch einmal seine Hand und erhob mich dann. Als ich noch mal zu ihm hinuntersah, wandte er seinen Blick ab. Ich hatte ihn verletzt, das war nicht meine Absicht gewesen und auch absolut nicht der entscheidende Punkt. Seine Worte hatten mich nur daran erinnert, wie Noah reagiert hatte, wie viel ich inzwischen von ihm wusste und er von mir, dass wir tatsächlich Freunde geworden waren. Santi war eine romantische Vorstellung von mir gewesen. Tatsächlich der Richtige für mein altes Ich. Nur war ich einfach nicht mehr die Elina von früher, und das fand ich auch gut so.

Mit einem leisen Knarzen schloss ich die Tür hinter mir und schlich die Treppe hinunter. Zurück in den Schankraum wollte ich jetzt nicht. Also entschlüpfte ich durch die Hintertür in die kalte Nacht. Eines hatte mir dieses Desaster gerade sehr deutlich gezeigt: Ich musste dringend auf die Kette bekommen, wer ich eigentlich sein wollte.

Kapitel 34

NOAH

– 02.01. –

Willst du sie wirklich einfach kampflos aufgeben?«, platzte es aus Kai heraus.

»Hör endlich auf«, knurrte Noah zurück und trug sich in die Liste ein, die gerade rumging.

»Das kann ich nicht. Ich habe gestern Abend aufgehört, heute Morgen und vorhin. Jetzt *muss* ich einfach nachhaken.«

Noah drückte ihm wortlos das Klemmbrett mit der Songliste in die Hand und hielt ihm auffordernd den Kuli hin. Kai starrte ihn noch einen Moment an, dann nahm er seufzend den Stift. »Glaub nicht, ich würde aufgeben.« Kai widmete sich der Liste und ging die Lieder durch. Kurz schwebte der Kuli über dem Feld für *Perfect* von Ed Sheeran, dann wählte er doch *We will rock you.* Noah suchte im gesamten Wohnzimmer nach einer Möglichkeit, um diesem sturen Kerl zu entkommen. Er wollte *nicht* darüber reden.

Kai stand auf und gab das Klemmbrett an Sonny weiter, der an der langen Tafel bei den Mädels saß. Noch ehe Noah sich überlegt hatte, ob er zu Nell oder ans andere Ende der Couch zu Lysander fliehen sollte, eilte Kai auch schon zurück zu ihm und blieb wie angekündigt hartnäckig. »Okay, hör zu: Ich will es ja nur verstehen. Dann lasse ich dich auch in Ruhe.«

Noah zog skeptisch die Augenbrauen hoch.

»Versprochen. Für mich sieht es nur gerade so aus, als würdet ihr beide den schlimmsten Fehler eures Lebens machen.«

»Und wenn es so wäre, ginge dich das nichts an.«

Zerknirscht zog Kai seinen Kopf ein. »Wahrscheinlich.«

Noah musterte ihn eindringlich. »Du wirst nicht lockerlassen.«

»Ich kann nicht.«

Seufzend rieb Noah sich über die Stirn, lehnte sich zurück und bedeutete Kai mit wedelnder Hand, fortzufahren.

Kai stellte noch einmal seine Frage: »Wieso kämpfst du nicht um sie?«

»Weil ich sie nicht verdient habe.«

Kai hatte schon den Mund für die nächste Frage geöffnet, schloss ihn jedoch prompt wieder. »Wieso das denn?«

»Ich hatte die Chance, und ich habe sie weggeworfen. Ich habe sie fürchterlich behandelt und sie verletzt. Damit habe ich das Recht verspielt.«

Kai starrte Noah einen Moment fassungslos an. »Hühnerscheiße! Meinetwegen hast du dir damit das Recht auf ein Happy End verspielt oder das Recht … keine Ahnung wofür. Aber das Recht zu kämpfen? Mal im Ernst, jeder hat immer das Recht zu kämpfen!«

Noah schüttelte den Kopf. »Nicht, wenn sie mit dem anderen glücklich ist.« Und sie wirkte glücklich. Gerade saß sie bei den Mädels am Tisch und debattierte über die Songliste für den Karaokeabend. Elina sah so entspannt aus. Er liebte sie, ja. Mit jeder Faser seiner Seele. Und genau deshalb durfte er nicht egoistisch sein. Im Gegensatz zu ihr war er jahrelang egoistisch gewesen. Jetzt, für sie, da konnte er selbstlos sein.

»Fein. Dann mal von einer ganz anderen Seite betrachtet. Du stimmst mir zu, dass du ein ganz anderer Mensch geworden bist?«

Noah zögerte. »Ja.«

Kai nickte entschlossen. »Und wir sind uns einig, dass sie diesen Wandel ausgelöst hat?«

Mit der Hand, mit der Noah sein Glas umschloss, packte er so fest zu, dass ihm seine Finger schmerzten.

»Ich würde behaupten, du bist in sie verliebt, vermute ich da richtig?«

Noah sagte nichts. Musste er auch nicht. Sein Blick huschte quer durch den Raum an den Tisch, wo Elina mit AJ gerade über der Songliste brütete. Kai war nicht blind, er würde den richtigen Schluss ziehen.

»Ich werde jetzt nicht sagen: Kämpf um sie, weil du sie liebst oder weil sie dich zu einem besseren Mann macht. Das könnte man egoistisch nennen. Soweit ich es mitbekommen habe, seid ihr beide

Freunde geworden. Sie vertraut dir. Das ist doch das, was zählt. Das ist die beste Grundlage für eine Beziehung. Nicht irgendein aufregender, gut aussehender Barmann, der bloß Nervenkitzel bedeutet«, beschwor Kai ihn.

»Jetzt hörst du mal mir zu«, fuhr Noah ihn möglichst leise an. Elina sollte davon nichts mitbekommen. Kai wandte seinen Blick von den Frauen am Tisch ab und sah ihn mit erstaunt geweiteten Augen an. »All das, was du sagst, mag stimmen, doch es zählt nicht. Sollte ich sie lieben, *wirklich lieben*, dann geht ihr Glück über alles. Mein einziger Wunsch ist dann, dass sie glücklich ist. Und wenn sie das in den Armen von Santino ist, dann freue ich mich für sie. Verstehst du mich?«

Kai konnte ihn nur anstarren. Kein Wort kam über seine Lippen. Noah konnte kaum glauben, dass sich tatsächlich Tränen in seinen Augen sammelten. Er hatte es also verstanden.

»Ich wünschte, die Dinge lägen anders«, brachte Kai rau heraus.

Noah lachte auf. »Und ich erst.«

AJ plumpste neben Kai aufs Sofa. »Hey ihr, was sollen die langen Gesichter?« Elina setzte sich gerade neben Noah aufs Sofa und stupste ihn mit der Schulter an. »Soso, du singst also gleich *Meine Sache* von den *Broilers*?«

»Du kennst das Lied?«, fragte er überrascht und versteckte all die tiefen Gefühle hinter einem amüsierten Lächeln.

»Klar, ich habe es hoch und runter gehört diesen Sommer.«

Wenn überhaupt möglich, verstärkten sich seine Gefühle für sie noch. Egal was er Neues an ihr entdeckte, es faszinierte ihn und machte sie noch toller. Die Vorstellung, sie würde für den Rest seines Lebens seine beste Freundin sein, fühlte sich richtig wahrscheinlich an. Er musste nur lernen, diese Liebe für sie von der romantischen Schiene auf eine freundschaftliche umzulenken. »Laut oder über Kopfhörer?«

»Was denkst du wohl?«

Noah schüttelte den Kopf. »Natürlich über Kopfhörer.«

»Klar. Alles andere wäre ja passiv-aggressiv. Könnte sein, dass ich es jetzt laut hören werde, wenn ich heimkomme.«

»Das klingt, als würdest du planen, passiv-aggressiv zu werden«, wunderte AJ sich.

Elina schürzte die Lippen. »Das nicht, aber vielleicht habe ich in der Vergangenheit zu viel Rücksicht auf andere genommen. Ich meinte es mehr so, dass, wenn ich Lust habe, wild durchs Zimmer zu tanzen, dann werde ich es laut hören.«

»Gut«, bekräftigte er und lächelte sie stolz an. Elina quittierte es mit gesenktem Blick und leichter Röte in den Wangen. Das war das Schwerste an allem. Sie hatte auch Gefühle für ihn. Bloß änderte das rein gar nichts. Die unweigerlich folgende Hoffnung machte seine Entscheidung nur unendlich viel schwerer.

»So, ihr Lieben, es geht los!«, verkündete Alice durch das Mikrofon, das Herr Minnard für den heutigen Abend hatte aufbauen lassen. Daniel war heute nicht hier, genau wie die letzten Tage auch. Gut so, der Mistkerl nahm also ernst, was Sonny und Lysander ihm angedroht hatten.

»Für was hast du dich entschieden?«, fragte Noah und versuchte, einen Blick auf das Klemmbrett zu erhaschen. Elina presste es schnell an ihre Brust. »Verrat ich nicht.«

»Ach, komm schon, das ist nicht fair.«

Ein diebisches Funkeln trat in ihre Augen. »Wann war ich dir gegenüber schon mal fair?«, neckte sie ihn.

»Immer!«, schwor er sofort inbrünstig.

Elinas Augen weiteten sich. Sie schluckte schwer und hielt seinen Blick.

»Wo ist die Liste?«, fragte Alice durchs Mikrofon.

Elina reagierte nicht. Sie sah ihn nur weiterhin unverwandt an, das Klemmbrett an ihre Brust gepresst, als würde sie sich daran festhalten. Kai stand hinter ihm auf, nahm Elina die Liste ab und brachte sie Alice. Dieser Einbruch ließ Elina ihren Blick lösen. Sie sah nach vorn, und auch Noah bemühte sich, wieder zur Normalität zurückzukehren. Manchmal war es schwerer, *nur* ein Freund zu sein.

Alice nahm die Liste dankend an, loste die Reihenfolge aus und bat dann Dina auf die Bühne. »Was, meinst du, singt sie?«

»*Don't cha* von den Pussycat Dolls?«, schlug Elina vor und brachte ihn zum Schmunzeln.

»Stand das auf der Liste?«

»Nein, aber ihr traue ich es zu, dass sie es trotzdem hinbekommt.«

Noah freute sich, dass sie wieder ganz entspannt neben ihm saß. Er sah zur kleinen provisorischen Bühne, wo Dina die erste Zeile von *No* von Meghan Trainor sang.

»Scheiße, die Frau kann singen!«, entfuhr es AJ.

Elina tauschte einen erstaunten Blick mit ihr. »O ja.«

Dina schmetterte den Song voller Leidenschaft. Staunend verfolgten sie diese überraschende Leistung. Am Ende drückte Dina das Mikrofon wieder Alice in die Hand. »Ich war atemberaubend, ich weiß.«

»Du bist dran.« Elina klopfte Noah auf den Oberschenkel. Seufzend stemmte er sich hoch und rollte mit den Schultern. »Na, dann wollen wir mal.«

Sie lachte. »Ich will vollen Einsatz!«

»Bekommst du, Wildkatze.«

Am Mikrofon stellte Noah es auf die richtige Höhe, räusperte sich und lehnte sich dann leicht darüber. »Das ist für alle verwandten Seelen«, raunte er ganz in Leadsängermanier und suchte Elinas Blick. Das quittierte AJ direkt mit einem lauten Grölen. Noah schenkte ihr ein Zwinkern und warf ihr eine Kusshand zu. AJ simulierte einen Ohnmachtsanfall, woraufhin sie und Elina loskicherten. So machte das richtig Spaß.

Die ersten Töne des Lieds erklangen und Nell kreischte: »Noah, ich will ein Kind von dir!«

Dann ging der Text los. Dieses Lied war das einzige Liebeslied, das er selbst zu hundert Prozent fühlte. Er kannte jedes Wort und sang aus tiefstem Herzen, immerhin passte es so gut auf seine Situation mit Elina.

Kurz vor dem ersten Refrain kam ein *mhhhh*, und er zeigte mit ausgestrecktem Arm auf Elina, die lächelnd nickte. Als der Refrain losging, packte Noah das Mikrofon und brüllte mit voller Leidenschaft den Text hinein. Zeitgleich sprang Elina auf, tanzte headbangend vor dem Sofa und brüllte mit. Es dauerte keine fünf Worte, da stiegen AJ und Nell ebenfalls mit ein. Als der Refrain von vorn begann, standen auch die anderen, hüpften, tanzten, wirbelten ihre Haare durch die Luft und grölte den Refrain der Broilers.

Die zweite Strophe begann, und sie alle jubelten und grölten, als Noah voller Inbrunst beinahe ins Mikrofon hineinkroch, während er die Zeilen sang. Bittersüßer Schmerz trug ihn durch die Strophe. Noah packte das Mikrofon mit beiden Händen und ging leicht in die Knie, wobei seine Lippen das Metall kaum verließen. Ihm schnürte sich die Brust zu, doch er bemühte sich weiter, alles zu geben. Zum Glück setzte der Refrain wieder ein, und alle zusammen schmetterten ihn in den Raum.

In der dritten Strophe flatterte Noah das Herz wie verrückt. Der Text des letzten Refrains wurde angezeigt. Noah fand Elinas Blick und brüllte die eingeblendeten Worte – eine indirekte Liebesbekundung – ins Mikrofon.

Kapitel 35

– 03.01. –

Ah, das hat gutgetan«, seufzte ich und zog mir die Mütze vom Kopf. Ich wuschelte einmal durch meine leicht feuchten Haare und hängte Mütze, Brille und Handschuh an die Heizstangen im Skikeller.

»Das glaube ich dir«, stimmte AJ zu, plumpste auf die Bank und klopfte den Schnee von ihren Bindungen.

»Dann war es ja gut, dass Noah stur geblieben ist«, bemerkte Kai. Ich schenkte ihm einen missmutigen Blick. Er rieb mir schon den ganzen Tag unter die Nase, dass ich eigentlich entschieden hatte, wieder zu Hause zu bleiben.

»Was ist mit mir?«, fragte Noah, der gerade zur Tür reinkam und sich die Hände rieb. Er musste komplett durchgefroren sein. Ohne Sport war es oben auf dem Berg bitterkalt. Selbst hier auf halber Höhe zeigte das Thermometer heute minus 8 Grad.

»Ich habe Elina gerade daran erinnert, dass sie den heutigen Tag dank dir genießen konnte.«

»Schon gut«, bremste ich ihn, bevor er etwas zu Kai sagen konnte. »Im Grunde hat er ja recht. Wenn du nicht mit hochgefahren wärst und den Tag auf der Sonnenterrasse verbracht hättest, wäre ich nicht fahren gegangen.«

»Seltsame Ansichten, die ihr beide da habt«, meinte Noah mit der Andeutung eines Kopfschüttelns. »Das klingt ja so, als wäre es was Großes gewesen, dass ich endlich mal aus dieser Hütte rauskommen und mir einen ganzen Tag die Sonne auf den Bauch scheinen lassen wollte«, schnaubte er.

Kai wirkte nun doch verunsichert. Ich dagegen konnte mir ein Schmunzeln nicht verkneifen und tauschte einen wissenden Blick mit

Noah, der mir die Andeutung eines Nickens schenkte. Es war lieb von ihm, es herunterzuspielen. Ich war ihm sehr dankbar dafür, diesen Tag bekommen zu haben, ohne ein schlechtes Gewissen zu haben. Klar kam er inzwischen allein zurecht, und ich hatte keine Verantwortung für ihn, aber ich hatte ihm versprochen zurückzukommen, und es war mir verdammt wichtig, ihm das auch zu beweisen. Immer und immer wieder. Nicht alle Frauen waren wie die Monster seiner Vergangenheit. Es gab andere, viele sogar. Irgendwie war ich zu der einen Frau geworden, die in die Position gerutscht war, ihm das zu zeigen. Deshalb hatte ich nicht mein Vergnügen über diesen so wichtigen Beweis stellen wollen.

»Erde an Elina?«, brach AJ in meine Gedanken ein und wedelte vor meinem Gesicht.

»Hm?«

»Ich habe gesagt, dein Handy hat geklingelt.«

Ich runzelte die Stirn. Offenbar war ich doch etwas abgelenkt gewesen. »Was? Ehrlich?« Schnell zog ich den Reißverschluss meiner Brusttasche auf und fummelte das Handy raus. Ein schneller Blick zeigte eine Nachricht von Rivera, eine Sprachnachricht. Schnell schlüpfte ich aus meinen Schuhen und schlurfte von der Gruppe weg. Ich öffnete den Chat, drückte auf Play und hielt mir mein Smartphone ans Ohr.

»Hi Süße, frohes Neues noch. Ich habe ja ewig nichts mehr von dir gehört, nicht einmal an Weihnachten. Ehrlich, da hättest du dich mal melden können. Du hast keinen angerufen, weder Raphael noch Sophia oder mich. Na ja, kann man vielleicht auch nicht erwarten, kleine Urlauberin.« Sie lachte und mir rann eine Gänsehaut den Rücken hinunter. *»Jedenfalls scheinst du Spaß zu haben, warum sonst solltest du uns so vernachlässigen. Ich wollte mal hören, wie es dir so geht. Und dir erzählen, wie toll die anderen Sam aufgenommen haben. Alle lieben ihn. Es ist so schön. Du ahnst nicht, wie viel Spaß wir an Weihnachten hatten. Wir haben wirklich so viel gelacht. Also auf jeden Fall wird es langsam Zeit, dass wir uns um die Vorbereitungen zur Hochzeit kümmern. Sam und ich haben ein*

paar Locations rausgesucht. Den Pavillon im Park, das Schloss, dieses süße Café im Palmengarten und noch so einige andere. Ich werde die mir nacheinander immer freitags ansehen. Du als Trauzeugin musst mich natürlich begleiten. Marion meinte, du hättest freitags zwar ein Seminar, aber für mich lässt du das sicher ausfallen, nicht wahr? Es geht einfach nicht anders. Mein einziger freier Tag ist nun mal Freitag, und Sam muss ja arbeiten, der kann mich nicht begleiten. Außerdem weißt du, was ihm gefällt, ich brauche dich einfach, bitte! Komm bald zurück, ja? Ich kann es kaum erwarten, dass wir zusammen meine Hochzeit planen. Das wird supi.«

Zitternd starrte ich ins Leere. Mir war speiübel. Mein Arm sank herunter und ich konnte nur entgeistert den schwarzen Screen meines Handys anstarren. Kurz entfuhr mir ein ungläubiges Lachen. Dann sammelten sich auch schon Tränen in meinen Augen. Tränen der Wut und Empörung.

Finger schlossen sich um meinen Oberarm und jemand führte mich hinaus auf den Flur und dann hinein in den Wellnessbereich. Die ganze Zeit über hatte ich nur auf den gesperrten Bildschirm starren können. Erst als die Tür hinter uns klickte und die schwüle Hitze mich empfing, sah ich auf.

Noahs Blick war wachsam. »Was ist passiert?«

Keine typische Floskel wie *Alles gut? oder Geht's dir gut?* Er wusste genau, dass nicht alles gut war, und es war absolut offensichtlich, dass es mir *nicht* gut ging. Ich hielt ihm das Handy entgegen. »Rivera. Sie hat mir eine Sprachnachricht geschickt.« Wieder entwich mir ein fassungsloses Lachen.

Noah hielt die Luft an und wappnete sich sichtlich. »Was wollte sie?«

Mein Lächeln verrutschte, während ich ungläubig den Kopf schüttelte. Schon rannen mir die Tränen über die Wangen. Verzweifelte, wütende Tränen, die ich nicht zurückhalten konnte, obwohl ich wirklich nicht wegen dieser blöden Kuh weinen wollte. »Das ist so unfair!«, schniefte ich und umklammerte mein Handy fester. Am liebsten hätte ich es gegen die Wand geschleudert.

»Was hat sie gesagt?«

»Was sie gesagt hat? Oh, sie hat mir einen bunten Strauß Beleidigungen an den Kopf geworfen und mich auf eine derart egoistische Art verletzt, dass ich nicht glauben kann, sie je in Schutz genommen zu haben«, regte ich mich auf und warf die Arme in die Luft. »Wie kann sie nur?«

Noah antwortete nicht. Er sah mich nur unverwandt an.

»Was denn? Findest du, ich reagiere über?«, blaffte ich ihn an.

»Das kann ich nicht beurteilen, solange ich nicht weiß, was sie gesagt hat.«

Damit hatte ich nicht gerechnet. Ich starrte ihn verletzt an. »Ich dachte, du wärst auf meiner Seite.«

»Das bin ich. Wir sind Freunde, ich stehe immer auf seiner Seite, aber ich finde, auch Freunde sollten sich die Wahrheit sagen können. Wenn du also wissen willst, ob du überreagierst und wir unter uns sind, antworte ich ehrlich.«

Ich schluckte schwer. »Danke. Es tut mir leid, dass ich dich angefahren habe.«

»Das muss es nicht. Du bist eindeutig aufgewühlt. Da habe ich volles Verständnis für. Jetzt lass uns einen ruhigen Platz finden, an dem es nicht so verdammt heiß ist, und diese Sprachnachricht zusammen durchgehen«, schlug er vor und zog am Kragen seines Rollis. Auch mir stand inzwischen der Schweiß auf der Stirn, immerhin trug ich noch meine fette Skihose.

»Wohin?«

»Nebenan gibt es einen Partykeller.«

»Kannst du nachsehen, ob die Luft rein ist? Ich will gerade niemandem irgendwas erklären müssen.« Schnell wischte ich mir die Tränen der Wut aus den Augen.

»Klar.« Noah ging zurück zur Tür, linste durch das matte Glas hinaus und zog sie dann einen Spaltbreit auf. »Die Luft ist rein.«

Gemeinsam huschten wir auf den Flur. Die Luft war hier beißend kalt im Vergleich zum Wellnessbereich. Tatsächlich war ich froh über den Luftzug, der meine erhitzte Haut kühlte. Wir schlüpften durch die Tür links von uns und traten in den Raum.

»Ehrlich, letztes Jahr war hier noch ein Partykeller«, meinte Noah und sah mich um Entschuldigung bittend an.

Ich zuckte mit den Schultern und lief zwischen den gestapelten Kartons hindurch. »Der Raum hat alles, was wir brauchen.« Von einem Haufen Sitzsäcke zog ich einen giftgrünen und einen braunen etwas nach vorn, schob zwei Kisten aus dem Weg und bereitete einladend meine Arme aus. »Willkommen in der Lounge.«

Noah grinste. Er folgte mir zwischen den Türmen aus Pappkartons hindurch und ließ sich gemütlich in den braunen Sitzsack sinken. Ich nahm neben ihm Platz und reichte ihm dann mein Handy. Schnell legte ich noch meinen rechten Daumen auf den Scanner und entsperrte so den Bildschirm. Noah sah mich kurz fragend an, doch ich nickte ihm nur mit zusammengepressten Lippen zu.

Er drückte auf das kleine Dreieck und stellte dann die Lautstärke höher. Noch einmal hörte ich Riveras trällernde Stimme, wie sie mir Dinge vorwarf, die nicht stimmten, und derart auf sich fokussiert war, dass sie nicht einmal begriff, wie egoistisch sie sich verhielt.

Am Anfang sah Noah mich fragend an. Doch mit jedem weiteren Wort furchte sich seine Stirn ein wenig mehr, bis er wirklich wütend aussah. Die Nachricht endete und das Display wurde wieder dunkel.

»Wow.«

Einen Moment herrschte Stille zwischen uns. Dann gab Noah mir mein Handy wieder und lehnte sich zurück. »Hast du dich wirklich nicht bei deiner Familie gemeldet?«

»Natürlich habe ich«, schnaubte ich.

Noch ehe ich ihm diese Frage vorwerfen konnte, meinte er schon: »Das habe ich mir schon gedacht. Wie kommt sie dann darauf?«

»Na ja …« Ich schindete Zeit. »Vielleicht, also *möglicherweise* habe ich nur meine Eltern angerufen. Ihr wollte ich dieses Jahr nicht zuerst fröhliche Weihnachten wünschen. Ich wollte einfach wissen, wie wichtig ich ihr bin. Raphael ignoriert meine Weihnachtswünsche, seit er ausgezogen ist, jedes Jahr, außer er ist vor Ort. Ihn kümmert es sicher nicht, dass ich dieses Jahr mal nicht geschrieben habe.«

Noah grinste. »Vielleicht finde ich das ja richtig gut, Wildkatze.«

Erleichtert lächelte ich.

»Und Sophia? Deine kleine Schwester, richtig?«

Ich nickte. »Sophia habe ich angerufen, nur ist sie nicht rangegangen. Dass sie nicht zurückgerufen, mir nicht mal geschrieben hat, hat mich, ehrlich gesagt, ziemlich verletzt. Bei den anderen beiden hatte ich es nicht anders erwartet, aber bei ihr? Das hat echt wehgetan.«

Noah ergriff meine Hand und drückte sie. »Was ist mit deinem Vater und deiner Stiefmutter?«

»Mutter«, korrigierte ich ihn sofort. Auf seinen fragenden Blick hin erklärte ich es. »Ich habe zwei Mütter, eine bis ich elf war, und die andere eben, seit ich fünfzehn bin. Ich liebe sie beide sehr und Marion liebt mich, wie eine Mutter es tun sollte.«

»Also dann, was ist mit deinen Eltern?«

»Mit ihnen habe ich sowohl an Weihnachten als auch an Neujahr telefoniert. Trotzdem fühlt es sich durch Sophias Missachtung und die anderen beiden nicht mehr an, als wäre das Haus meiner Familie noch mein Zuhause.«

»Das verstehe ich gut.«

»Wirklich? Reagiere ich nicht über?«

»Wie kommst du darauf?«

»Na ja, Sophia ist neun. Sie misst dem vermutlich nicht allzu viel Bedeutung bei, Raphael ist ausgezogen. Es geht eigentlich nur um Rivera«, gestand ich. Das war der Kern der Geschichte. »Und wenn sie und Sam heiraten, gehe ich eigentlich auch davon aus, dass sie zusammenziehen.«

»Sie wohnen noch nicht zusammen? Das finde ich dumm.«

Ich stutzte. »Wieso?«

»Man weiß doch erst, ob der gemeinsame Alltag funktioniert, wenn man zusammenwohnt, vorher zu heiraten halte ich für naiv.«

Ich knetete die Styroporkugeln in meinem Sitzsack. Dann zuckte ich hilflos mit den Schultern. »Normalerweise würde ich sagen, dass es ihre Sache ist und jeder selbst wissen muss, wie er oder sie sein beziehungsweise ihr Leben führen will. Von außen über eine Beziehung zu urteilen halte ich grundsätzlich für falsch. Die beiden müssen wissen, was sie für richtig halten.«

»Normalerweise?«, hakte er nach.

Wütend presste ich meine Lippen aufeinander. Ich wollte meine Gedanken nicht aussprechen. Sie waren dunkel und falsch und so untypisch für mich. Nur mussten sie gerade einfach raus: »Normalerweise, wenn es nicht gerade um die Liebe meines Lebens geht, die mich mit meiner Schwester betrogen hat und sie jetzt heiratet. Ich denke immer wieder, sie hätten es verdient, dass es nicht hält. Sie waren so … so unfair. Sie *sind* unfair!«, stieß ich hervor und boxte in meinen Sitzsack. Ich konnte ihn nicht ansehen, ich schämte mich, und doch genoss ich es, das endlich mal auszusprechen. »Sie haben kein Glück verdient!«

»Weil sie deins zerstört haben?«

»Ja!«, schnaufte ich. »Und weil Rivera mich immer noch weiter quält. Wie soll ich denn so emotional abschließen?«

»Gar nicht«, murmelte er.

»Eben!«

Noah holte tief Luft. Etwas an der Bewegung in meinem Augenwinkel ließ mich zu ihm sehen. Seine Züge wirkten, als würde er sich gerade sehr zusammennehmen. Was kam denn jetzt? Er holte tief Luft und sagte dann: »Ich will dir natürlich nicht vorschreiben, was du tun sollst, doch vielleicht kannst du dich ihr mit Santinos Unterstützung in einem Telefonat stellen und ihr sagen, was du fühlst? Nicht weil ich glaube, dass es bei ihr irgendwas ändern würde. Ich halte sie für zu egozentrisch. Aber dich verändert es. Es frisst dich richtig auf. So könntest du vielleicht endlich emotional abschließen«, schlug er vor.

Getrieben von seinen Worten huschte mein Blick zwischen seinen Augen hin und her. Ich wusste gar nicht, was ich dazu sagen sollte. Da steckte so viel in seinen Worten.

»Noch nicht«, flüsterte ich. »Erst muss ich noch etwas Dampf ablassen, dann finde ich vielleicht genug Kraft, mich ihr zu stellen.«

Noah lachte leise. »In Ordnung. Dann hau mal raus.«

Ich würde mich Rivera stellen, nur nicht mit Santi. Ganz gewiss nicht. Als mir klar wurde, wen ich dabeihaben wollte, wen ich mir als Unterstützung wünschte, musste ich fast auflachen. Ich Idiotin hatte mich eben doch in Casanova verliebt. Wie hätte ich das auch verhindern sollen? Er kannte meine tiefsten Ängste und Sorgen und ich seine. So nah wie ihm hatte ich mich noch nie irgendeiner Person gefühlt.

»Es fühlt sich so unfassbar ungerecht an. Der Vorwurf mit Sophia stimmt nicht, dann diese subtile Anschuldigung, ich würde lieber Urlaub machen, als mit der Familie Weihnachten zu feiern. *Kleine Urlauberin* hat sie mich genannt.« Ich schnaubte wütend auf. »Wer hat denn den scheiß Grund zu *mir* nach Hause eingeladen und mich vertrieben?«

»Du bist hergekommen, weil sie Sam zu Weihnachten eingeladen hat?«

»Ja!«

»Und sie hat dich vorher nicht gefragt?« Er konnte meine Antwort an meinem Gesicht ablesen. Abwertend zog er die Augenbrauen hoch und lehnte sich zurück. »Diese egoistische, selbstverliebte Schnepfe!«

Die Beleidigung ließ mich schmunzeln und vertrieb einen Teil meiner Wut. »Schnepfe?«

»Nicht böse genug?«, feixte er und ich begriff, dass er mich vor allem aufheitern wollte.

»Doch, superböse.«

Er bleckte die Zähne in einem wölfischen Grinsen.

»Du machst meinen Rage-Modus kaputt«, beschwerte ich mich.

Mit Unschuldsmiene bedeutete er mir fortzufahren. »Entschuldigung.« Er lehnte sich wieder vor und sah mich ganz erwartungsvoll an, als hätte ich etwas Superspannendes zu erzählen.

Ich rollte mit den Augen. Dann fuhr ich trotzdem fort, nur nicht mehr halb so wütend wie eben. »Danach ist es einfach nur noch gemein und ein Messerstich nach dem nächsten in mein Herz.«

Noah wurde ernster. »Inwiefern?«

»Na ja, diese scheinheilige Frage, wie es mir gehen würde. Als ob sie das interessiert. Es geht nur um sie und dass ich sie nicht angerufen habe. Und dann setzt sie einfach voraus, ich würde ihre Trauzeugin werden. Richtig brutal sind die Locations und das Schuldgefühl, das sie mir einimpft, damit ich gar nicht Nein sagen kann.«

»Beim Schuldgefühl stimme ich dir zu. Was hat es mit den Orten auf sich?«

Nun konnte ich die Tränen nicht mehr zurückhalten. Ich war ein bisschen stolz, dass die Ursache dafür weniger der Schmerz der verlorenen Liebe, sondern vielmehr die Wut auf so eine herzlose, ungerechte Schwester war.

»Sie bedeuten dir etwas«, begriff Noah, und ich nickte. Ich wollte es unbedingt erklären. Sonst dachte er noch, ich hätte immer noch Gefühle für dieses Aas.

»Sie haben etwas bedeutet. Es waren meine Orte. Das Schloss war der Ort, an dem ich einmal heiraten wollte, was ich ihr ungefähr hundertmal erzählt habe, während ich noch dachte, dieser Wichser wäre der Eine. Das ist einfach nur unfair, dass sie mir den wegnehmen will. Erst recht, da sie Sam heiratet. *Meinen* Ex!« Ich erschrak ein wenig vor mir selbst. »Mann, ich klinge schon wie sie. Er ist ja nicht mein Eigentum oder so, und ich habe ja auch keine Gefühle mehr für ihn. Ich sollte endlich drüber wegkommen und ihnen Glück wünschen.«

»Nein«, platzte es aus Noah heraus. Er bremste sich, als ich leicht zurückzuckte. Noah holte tief Luft, griff meine Hände und sah hinab auf unsere verschlungenen Finger. »Nein, das solltest du nicht. Also wenn es darum geht, dass du nicht so sein, nicht so reden und nicht so denken möchtest, okay. Dann schüttele all das ab, sobald du dir alles von der Seele geredet und diesen Raum verlassen hast. Aber verbiete dir auf keinen Fall, wütend zu sein, nicht ihretwegen. Du hast ein Recht auf deine Wut.«

»Ich bin wütend«, räumte ich ein. »Scheißwütend sogar. In dem Café haben Sam und ich uns kennengelernt und unsere ersten Dates gehabt. Wie können die beiden nur darüber nachdenken, dort zu heiraten? Und der Pavillon? Sie weiß, dass ich ihm dort zum ersten Mal gesagt habe, dass ich ihn liebe, und dass ich dort eine superromantische Aktion zu unserem Jahrestag veranstaltet habe, mit scheiß Geigenspieler und Candle-Light-Dinner. Ich kann nicht fassen, dass sie mir das kaputtmachen will.«

»Das klingt beinahe so, als hätte sie diese Orte nur aufgezählt, um dich zu verletzen.«

Ich schnaubte wütend auf. »Bitte. Diese egozentrische blöde Kuh interessiert doch nichts außer sich selbst. Wahrscheinlich hat sie schon vergessen, was ich alles für ihn getan habe oder es sogar nie wahrgenommen.«

»Das rechtfertigt es vielleicht, entschuldigt ihr Verhalten jedoch nicht.«

»Wie meinst du das?«

Noah sah mir fest in die Augen. Kurz senkte er seinen Blick, doch dann hob er ihn wieder und fasste sichtlich Mut. »Ich weiß nicht, wie ich das sagen soll, ohne dass du es verurteilend aufnimmst.«

»Versuch es.«

Noah leckte sich über die Lippen und strich sich fahrig durch sein Haar. »Jemand kann einen nachvollziehbaren Grund für ein Verhalten haben, und doch bleibt die Handlung falsch.«

Ich nickte. Da stimmte ich ihm grundsätzlich zu, nur was hatte das mit Rivera und mir zu tun?

»Jemand wie du, der nach Ursachen für ein Verhalten sucht, der Größe zeigen kann, Verständnis aufbringt, bis es an Selbstgeißelung grenzt, und ein so großes Herz hat, dass er beinahe alles verzeihen kann, so jemand neigt dazu, Verhalten zu entschuldigen, das eigentlich nicht zu entschuldigen ist.«

Ich dachte über jedes Wort genau nach. »Irgendwie hast du es gerade geschafft, aus lauter Komplimenten eine Verurteilung zu stricken.«

Noah stöhnte auf. »Siehst du. Das meinte ich. Es soll nicht verurteilen. Ich will sagen, es liegt in deiner Natur, zu verzeihen. Du *kannst* verzeihen, und deshalb hast du das Gefühl, du *musst* es auch, weil es das Richtige ist und man ja irgendwie irgendwo Verständnis für ihre Handlungen aufbringen kann.«

Hatte er recht? Alles in mir wollte *Ja* schreien. Aber … »Wenn es das Richtige ist und man Verständnis aufbringen kann, wie soll ich dann nicht verzeihen?«

»Du *sollst* weder verzeihen noch das Gegenteil tun. Ich möchte, dass du in dich hörst und herausfindest, was du *willst*, was du brauchst. Ich möchte nur, dass du ihr nicht einfach verzeihst und ihr Verhalten entschuldigst, weil es deinem Wesen entspricht. Ich habe einfach Angst, dass du die Einzige bist, die dann Dinge hinunterschluckt, Sachen aufgibt und leidet. Dabei hätte sie all das verdient, nicht du.«

Darüber musste ich nachdenken. So langsam begriff ich, was er meinte, und das war wirklich vertrackt. Es ging um das Warum. Warum wollte ich entschuldigen, wie sie sich verhielt? Ging es darum, dass ich es wollte, oder dass ich das Gefühl hatte, es wollen zu müssen? Ehrlich gesagt konnte ich das gar nicht so einfach beantworten.

»Bist du böse?«

»Nein. Ich denke nach.«

»Wirklich?«, stieß er freudig überrascht aus. Schnell zog er den Kopf ein. »Das klang jetzt falsch. Ich will damit nicht sagen, dass ich dir das nicht zugetraut hätte, nur …«

»Schon gut. Atme mal durch. Ich habe es schon richtig verstanden.« Er war ja ein komplettes Nervenbündel. Dann kam mir ein Gedanke. »Was würdest du tun?«

»Ich?«

»Ja, du, oder siehst du hier noch jemanden?« Demonstrativ sah ich einmal durch den Raum. Der Heizungskessel hinter uns brummte stetig vor sich hin und füllte für einen Moment die Stille zwischen uns.

»Ich würde sie anrufen und ihr mal alles an den Kopf knallen. Du hast lange genug alles geschluckt. An deiner Stelle würde ich ihr auch definitiv den Zahn ziehen, dass ich Trauzeugin werde.«

Ich schmunzelte. »Wieso? Du in rosa Tüll, das sähe bestimmt herrlich aus.«

Noah strich seitlich an seinem Körper herab und präsentierte sich mir leicht zur Seite gedreht. »Ja, Tüll stünde mir fabelhaft.«

Das brachte mich zum Lachen. Dann zog ich mein Handy wieder aus meiner Tasche und starrte einen Moment darauf. Ich holte tief Luft und nickte einmal entschieden. »In Ordnung.«

»Was, in Ordnung?«

»In Ordnung, ich rufe sie an.«

»Jetzt?« Entgeistert starrte Noah mich an.

»Klar jetzt, ich bin gerade in der richtigen Stimmung. Wann anders werde ich es nicht machen.«

Noah sah beinahe Hilfe suchend zur Tür.

»Du musst nicht dabei sein, wenn du nicht willst.«

»Nein, nein. Ich will, auf jeden Fall. Ich dachte nur, du hättest lieber Santino dabei.« Mit jedem Wort wurde er immer leiser. Ich fand, langsam war es an der Zeit, ihm nichts mehr vorzumachen. Immerhin war er gerade für mich da und überhaupt der einzige Mensch, den ich noch hatte, so wirklich echt. Eigentlich irre, wenn man bedachte, dass wir uns gerade erst knapp zwei Wochen kannten.

»Glaub mir, Santino will mich gerade nicht sehen.«

Noahs Augen weiteten sich.

»Ja, ist dann doch nichts geworden mit der Beziehung.« Bei diesem Geständnis konnte ich ihn nicht ansehen. Schnell entsperrte ich mein Handy. »Mist, kein Empfang.« Kurz entschlossen hievte ich mich aus dem Sitzsack hoch und marschierte in Richtung Tür. Auf halben Weg blieb ich stehen und sah zu ihm zurück, der vollkommen benommen in dem braunen Ungetüm saß. »Kommst du jetzt mit?«

Noah blickte zu mir auf, als würden meine Worte erst nach und nach zu ihm durchdringen. Ich sah genau, wann sie wirklich ankamen. Überraschung trat in seine Züge und er sprang auf. »Ja klar.«

Kapitel 36

Ich saß auf meinem Bett und starrte auf mein Handy. »Das ist schwerer, als ich dachte.« In meinem Bauch ballte sich ein eisiger Klumpen Angst. Die Panik vor dem Gespräch schnürte sich eng um meine Brust und gab mir das Gefühl, nicht atmen zu können.

»Ich bin hier«, versprach Noah. Er hatte seine Jacke ausgezogen und saß im Schneidersitz mir gegenüber ans Kopfende gelehnt. »Du hast was Bequemes an, die anderen sind unten bei Lysander und werden nicht hereinplatzen, und danach gehen wir in die Küche und trinken eine heiße Milch mit Honig«, lockte er mich.

Lächelnd richtete ich mich auf, atmete tief durch und nickte. Dann öffnete ich mein Telefonbuch, scrollte bis zu Riveras Nummer und tippte auf den grünen Hörer.

Drei Punkte flackerten auf und das Wörtchen *wählt*. Es tutete. Der Eisklumpen in meinem Bauch wurde schwerer, die Kette um meine Brust noch etwas enger. Meine Muskeln taten von all der Anspannung schon weh.

Beinahe hoffte ich, dass sie nicht rangehen würde. Aber dann konnte ich es nicht hinter mich bringen.

Das dritte Tuten.

»Hallo?« Rivera.

Ich hielt den Atem an.

»Hallo?« Mehr Nachdruck in ihrer Stimme und ein Hauch von Vorwurf.

»Hi, Rivera. Ich bin es, Elina«, stieß ich endlich hervor.

»Ah, super. Du hast meine Sprachnachricht bekommen?«

»Ja, habe ich. Ich wollte …«

»Du hättest mir auch einfach schreiben können, dass es geht«, unterbrach sie mich, als wäre sie zu beschäftigt, mit mir zu sprechen.

»Ehrlich gesagt geht es nicht«, platzte ich hervor, ehe sie mich abwürgen konnte, wie sie es schon so oft geschickt getan hatte.

Stille.

»Was soll das heißen?« Völliges Unverständnis.

»Ich meine, ich kann freitags mein Seminar nicht einfach ausfallen lassen.«

»Wieso nicht?«

Wütend biss ich meine Zähne zusammen. Noah nickte mir mutmachend zu. Ich holte tief Luft und sprach es endlich aus. »Weil sich die Welt nicht um dich dreht, Rivera. Mein Seminar ist wichtig, und du kannst nicht einfach verlangen, dass ich es für dich ausfallen lasse. Ich müsste es komplett abbrechen und nächstes Semester nachholen.«

»Ach Quatsch. Keiner geht zu allen Veranstaltungen. Das machen nur Streber.«

»Es ist Anwesenheitspflicht«, log ich sofort, wie ich es schon oft getan hatte, um ihr zu entkommen. Ich hasste es, zu lügen. Wieso ließ ich mich jetzt schon wieder dazu verleiten? Ich suchte Noahs Blick und kniff wütend die Augen zusammen.

»Weißt du, was, Rivera? Ich habe gelogen. Es gibt keine Anwesenheitspflicht. Du schaffst es immer wieder, mir das Gefühl zu geben, meine Wünsche würden nicht zählen. Ich *will* zu diesem Seminar, und ich *will* es dieses Semester abschließen. Das zählt auch. Ich brauche keine Ausrede. Akzeptier es oder nicht, meine Entscheidung steht.«

»Aber du bist die Trauzeugin, du *musst* mir helfen«, beschwerte sie sich, beinahe erschrocken über meine Hartnäckigkeit.

»Ja, noch so was, zu dem ich Nein sage.«

»Was?«, kreischte sie am anderen Ende der Leitung. »Das kannst du mir nicht antun!«

Oh, jetzt reichte es mir endgültig. »Ich dir antun? Du bist echt das Allerletzte. Dass du mich überhaupt fragst. Ich weiß es, Rivera. Ich weiß, dass ihr miteinander geschlafen habt, als er noch mit mir zusammen war. Du hast mir meinen Freund ausgespannt und verlangst dann von mir, deine scheiß Trauzeugin zu werden? Das ist so … ich finde dafür überhaupt keine Worte.«

Schweigen antwortete mir.

So lange, dass ich nachhakte. »Rivera? Hast du mich gehört?«

Ich hörte sie schluchzen. Dann erklang das Leerzeichen. Entgeistert nahm ich das Telefon vom Ohr und starrte Noah an. »Sie hat einfach aufgelegt. Das fasse ich ja jetzt nicht.«

»Ehrlich gesagt wundert es mich nicht. Ich glaube, sie wurde noch nie mit ihrem Verhalten konfrontiert. Sie wusste wahrscheinlich nicht, was sie tun soll.«

»Na und? Aufzulegen ist erbärmlich.«

»Gut so«, feuerte er mich an. »Ich war schon dabei, wieder eine Entschuldigung für ihr Verhalten zu finden.«

Damit hatte er recht. Als hätten wir die Rollen getauscht. »Schon gut. Ich habe das gemacht, damit ich abschließen und die Wut loswerden kann. Ich will ja eigentlich verständnisvoll sein, und du hast recht.«

»Also ist es zu Ende mit der wütenden Elina, die für ihre Rechte eintritt?«, fragte er.

»Ja und nein. Es ist zu Ende mit der wütenden Elina. Ich glaube, von jetzt an kann ich gar nicht mehr zu dem duckmäuserischen Ich zurück, das nicht für seine Rechte eintritt.«

Noah lächelte mich warm an. »Das hört sich an wie von beidem das Beste.«

»Das fände ich schön.« Ich verlor mich in seinem liebevollen Blick. Wie sehr ich mich danach sehnte, ihn noch ein bisschen näher an mich heranzulassen. Die letzten Tage hatten mir so einiges klargemacht. »Zumal ich heute noch ein schweres Gespräch vor mir habe. Anders als das mit Rivera, ganz anders. Aber ich bin mindestens genauso aufgeregt.«

Noah runzelte die Stirn. »Egal mit wem, ich bin da, wenn du mich brauchst.«

Wärme flutete mich. Wenn er wüsste … »Ehrlich gesagt musst du sogar dabei sein.«

»Klar, wenn du das möchtest.«

Er brachte mich zum Schmunzeln. »Du musst sogar, immerhin möchte ich mit dir reden.«

»Mit mir?«, japste er und starrte mich überrascht an.

Ich sah Hoffnung und Angst in seinen Zügen miteinander ringen. Er brachte kein Wort heraus. Ich rutschte näher zu ihm, bis unsere Knie sich berührten. Dann senkte ich meinen Blick. So mutig, ihm dabei in die Augen zu sehen, war ich nicht.

»Du musst mir bitte sofort sagen, wenn ich Mist erzähle, ja? Auch wenn es unangenehm ist, mir ist Ehrlichkeit zwischen uns superwichtig.« Fragend hob ich meinen Blick. Noah schluckte schwer, nickte und hielt mir dann seine Hand hin. Ich ergriff sie, und er strich mit dem Daumen sanft über meinen Handrücken. Das entlockte mir ein kleines Lächeln und nahm einen Teil der Sorge von meinen Schultern, ich würde mich hier gerade komplett blamieren.

»Ich möchte bei Neujahr beginnen, als du dich für mich und Santi gefreut hast.« Die Erinnerung an Noahs ehrliche Freude, an seine Ermunterung und an AJs Behauptung überkam mich. »AJ hat gesagt, du seist verliebt in mich. Trotzdem hast du dich gefreut. Inzwischen glaube ich, AJ hat recht.« Ich sah zu ihm auf. Unverwandt begegnete er meinem Blick. Keine Silbe des Einspruchs. Ich nickte einmal und sah dann wieder auf unsere verschlungenen Hände. »Ich habe immer wieder drüber nachgedacht und bin tief berührt und beeindruckt. Denn wenn du in mich verliebt bist, ist Freude sicher die letzte Empfindung, die jeder andere an deiner Stelle gehabt hätte, wenn er mich einen anderen küssen sieht. Aber deine Freude wirkte so echt. Und ich glaube auch, sie war echt. Das wiederum bedeutet, dass dir viel wichtiger ist, dass ich glücklich bin, als dass ich es *mit dir* bin.« Wieder hob ich meinen Blick und bekam eine stoische Maske als Reaktion.

»Sag doch was«, bat ich leise.

»Du wolltest, dass ich widerspreche, wenn du falschliegst.« Rau hervorgebrachte Worte, die mich zittern ließen. Glück kratzte an meinem Brustbein, verlangte freigelassen zu werden und leckte an meinem Herzen.

»Du hast nicht versucht, mich für dich zu gewinnen. Erst dachte ich, du würdest nicht genug empfinden, um für mich zu kämpfen.

Inzwischen glaube ich, du wolltest mich nicht in die Lage bringen, wählen zu müssen.« Diesmal sah ich ihm unverwandt in die Augen. Keine Antwort. Kein Widerspruch, nur das Zittern seiner Finger an meinen. Er drückte meine Hand und wilde Hoffnung funkelte in seinem Blick.

Ich nickte. »Vorhin, als ich dir gesagt habe, dass Santi und ich nicht zusammen sind, da habe ich kurz gedacht, du könntest mir eine megaromantische Liebeserklärung machen, sobald das mit Rivera geklärt ist. So richtig schön schnulzig.« Ich lächelte verlegen bei der Erinnerung. »Aber dann ist mir klar geworden, dass das nicht richtig wäre.«

»Nicht?«, entschlüpfte es ihm.

Ich schüttelte den Kopf. Seine Hand fest in meiner, verlagerte ich mein Gewicht und löste den Schneidersitz auf, um auf meine Knie zu kommen. Ich näherte mich ihm noch ein wenig, dann löste ich unsere Finger und nahm sein Gesicht ganz vorsichtig in die Hände. »Nein, Noah. Ich bin jetzt dran«, flüsterte ich. »Du hast mir auf die unglaublichste Art bewiesen, dass du mich liebst. Du warst für mich da, ein wahrer Freund, und hast mich über dein eigenes Glück gestellt. Du hast genug getan.« Ich sah ihm tief in die Augen. Dann strich ich mit meiner rechten Hand in sein Haar hinein, bis meine Fingerkuppen die Narbe fanden. »Ich bin jetzt dran«, raunte ich und hielt seinen Blick fest. »Du bist der einzige Mensch, der alles von mir weiß, der mein neues Ich kennt und annimmt. Ich fühle mich frei und sicher zugleich, wild und ruhig. Bei dir fühle ich mich angenommen und geborgen. Du hast es nicht zu einer Einbahnstraße werden lassen, hast mir deine Vergangenheit und deinen Schmerz anvertraut, und jetzt muss ich dir sagen, dass ich dich liebe. Alles von dir. Deine raue Schale, deine vernarbte Seele, dein weiches Herz. Sogar deinen heißen Körper, aber der ist nur das Sahnehäubchen«, bemerkte ich und brachte ihn damit zum Lachen. Noah packte meine Handgelenke und hielt sich daran fest. Seine Augen schimmerten feucht. Sein Blick strich über meine Lippen, und auch in mir wütete die Sehnsucht nach einem Kuss.

»Noah?«

»Ja, Wildkatze?«

»Ich bleibe«, flüsterte ich und senkte meine Lippen auf seine.

Er umschlang mich und hielt mich fest in seinen Armen, während wir uns erst federleicht und dann immer leidenschaftlicher küssten. Hungrig fuhr ich in sein Haar und stieß mit meiner Zunge zwischen seine Lippen. Noah stöhnte auf und erwiderte meine wilde Liebkosung mit demselben Hunger.

Er griff nach meinen Hüften und half mir, auf seinen Schoß zu klettern. Er vergrub sein Gesicht an meinem Hals, küsste und knabberte an der weichen Haut und leckte dann über die empfindliche Stelle unter meinem Ohr.

»Ich liebe dich«, hauchte er. Sein heißer Atem strich über meine Haut und jagte wilde Erregung durch meine Adern.

Unendliche Erleichterung sprengte die letzten Fesseln der Vergangenheit. Frei und bedingungslos glücklich sank ich mit ihm in die Laken und gab mich den tiefen, welterschütternden und zugleich beängstigend allumfassenden Gefühlen hin, die ich für diesen Mann empfand.

Epilog

NOAH

– 10.01. –

Diese weiche warme Hand, er könnte sie für immer in seiner halten. »Jetzt heißt es Abschied nehmen.« Elina traten Tränen in die Augen. Sie löste ihre Hände voneinander und schlang ihre Arme um seinen Hals.

Noah hielt sie für einen Moment einfach nur fest. Ihr Körper an seinem war mit das schönste Gefühl, das er kannte. Pures Glück durchströmte ihn jedes Mal, wenn sie sich berührten. »Es ist ja nicht für lang.«

Elina drückte sich noch ein weniger fester in seine Halsbeuge.

»Ich werde dich vermissen«, versprach er und küsste sie zärtlich auf die Stirn. Dann schob er sie leicht von sich. »Wir telefonieren jeden Tag, und wir sehen uns an den Wochenenden.«

Immer noch kullerten Tränen aus ihren Augen, als sie tapfer nickte. »Ich weiß.« All das hatten sie schon besprochen. »Trotzdem wünschte ich, es wäre schon Februar.«

Noah schmunzelte. Er wünschte sich das auch. Liebevoll neigte er den Kopf und begegnete ihren Lippen. Der Kuss war grenzenlose Liebe und zugleich bittersüßer Schmerz. Er wollte sie nicht loslassen, sie nicht heimkehren lassen zu dieser Ziege von Schwester. Doch sie beide steckten mitten in ihrem Leben und hatten entschieden, das nicht einfach abzubrechen.

»Wir haben die Wochenenden, und sobald deine Prüfungen rum sind, kommst du nach Frankfurt. Bis dein nächstes Semester anfängt, sind meine Prüfungen auch rum, und dann sehen wir weiter.« Das war der Deal, auch wenn er schon genau wusste, wie er sich dieses *weiter* vorstellte. Bis dahin wären sie drei Monate zusammen, das war nicht zu früh, um sich eine gemeinsame Wohnung zu nehmen. Sobald er sein Fachabi in der Tasche hatte, konnte er endlich studieren, und aktuell schien Stuttgart der perfekte Ort dafür zu sein. Noah war sich all dessen schon sehr sicher. Aber er konnte sie damit nicht einfach überrennen. Er brauchte Geduld, und die hatte er. Für Elina konnte er endlos viel Geduld aufbringen, solange sie nur in seinen Armen lag und ihn so liebevoll küsste wie gerade eben.

»Kommst du endlich? Unser Zug fährt gleich.« Belle stand mit tippendem Fuß und verschränkten Armen vor ihnen.

Elina wischte sich schnell die Tränen aus den Augen, reckte sich ihm für einen weiteren zarten Kuss entgegen und holte dann tief Luft, ehe sie sich zu Belle umdrehte. »Sag mal, was habe ich dir eigentlich getan?«

Die blonde Frau hob erstaunt ihre Augenbrauen. »Wie bitte?«

»Von der ersten Sekunde an hast du mich beleidigt und geschnitten. Ich frage mich einfach, ob ich irgendetwas getan habe, was mir vielleicht nicht bewusst ist.«

Noah staunte nicht schlecht. Er fand es super, dass Elina das ansprach. Er konnte Belle nicht wirklich leiden, ihm war egal, ob die beiden einander mochten oder nicht. Aber Elina stand gerade für sich ein, und das machte ihn unfassbar stolz.

»Willst du mich verarschen? Du hast Melissa den Freund ausgespannt.«

Na, das war ja interessant. Elinas Blick verriet ihm allerdings, dass da ein Missverständnis vorlag.

»So was würde ich nie tun!«

»Natürlich. An der Weihnachtsparty der Sportler hast du mit ihm geschlafen!«

Elinas schuldbewusster Blick huschte zu ihm. Sie sah besorgt aus. Doch er wusste bereits, dass sie in der Zeit nach Sam nicht gerade ein enthaltsames Leben geführt hatte. Er würde sie dafür sicher nicht verurteilen. Nach einem Blick in sein Gesicht entspannte Elina sich, drückte ihr Kreuz durch und richtete sich wieder an Belle. »Hab ich. Aber da war er mit niemandem zusammen.«

»Melissa und er hatten nur eine Pause. Sie waren für den Abend auf der Party verabredet. Wärst du nicht mit deiner billigen Anmache dazwischengegrätscht, wären die beiden wieder ein glückliches Paar«, warf Belle ihr vor, und Noah hatte da so einige Erwiderungen auf der Zunge liegen, Elina brauchte seine Unterstützung allerdings nicht. Sie konnte sich selbst verteidigen.

»Sie waren also nicht zusammen. Und wenn er so bereitwillig mit einer anderen schläft, hatte er sicher nicht vor, an dem Abend wieder mit Melissa zusammenzukommen. Dein Vorwurf ist ziemlich unfair. Ich konnte ja nicht wissen, dass sie verabredet waren.« Elina reckte ihr Kinn. »Es tut mir leid für Melissa, dass es so gelaufen ist. Es war nicht meine Absicht, zwischen den beiden zu stehen.«

Gerade liebte Noah sie noch ein bisschen mehr. Das war so unglaublich für ihn. Jeden Tag entdeckte er noch etwas an ihr, und jeden Tag vertiefte sich das grenzenlose Gefühl für sie noch ein bisschen mehr. Immerzu dachte er, er sei langsam am Höhepunkt angekommen, doch bisher war das nicht der Fall.

»Ich glaub dir kein Wort.«

»Das finde ich schade. Mehr als dir die Wahrheit zu sagen kann ich nicht tun.«

Belle schnaubte. »Jetzt beeil dich. Ich will unseren Zug nicht verpassen!« Und schon stapfte sie rüber zu ihrem Gepäck.

»Wieso fährt sie nicht einfach? Kann ihr doch egal sein, ob du mitkommst«, bemerkte er.

»Unsere Mütter haben so ein Paarticket gekauft, damit es günstiger ist. Das ist so eine Weihnachtsaktion gewesen. Dazu müssen wir eben beieinander sein, wenn unsere Tickets kontrolliert werden.«

Noah schmunzelte. »Das wird ja eine herrliche Heimfahrt.«

Elina zuckte mit den Schultern. »Sie wird leise.« Dann sah sie zu ihm auf und ergriff seine Hand. »Und einsam«, flüsterte sie niedergeschlagen.

Noah gab sich größte Mühe, nicht zu grinsen. Wenn sie wüsste …

Gemeinsam schlenderten sie rüber zum Gepäck. »Denkst du, ich habe das Richtige getan? Wegen Daniel, meine ich.«

Noah bemühte sich, nicht direkt wieder zornig zu werden. Dieser Mistkerl hatte weit mehr verdient als das, was sie getan hatte. »Ich finde schon.«

»Ich denke die ganze Zeit, es war vielleicht ein bisschen hart, ihn beim Minnard zu verpfeifen. Er ist ja nicht noch mal aufgetaucht, weder im Haus noch auf der Piste … dank euch.«

»Du hast ihn nicht verpfiffen, du hast ihn gemeldet und damit andere Frauen vielleicht vor ihm beschützt. Er wird jedenfalls keine Schutzbefohlenen mehr bekommen, dafür wird Herr Minnard sorgen.« Sie hatten gestern lange darüber diskutiert, was Elina tun wollte und neben dem Schritt, dass sie Herrn Minnard am Abend noch gemeldet hatte, was Daniel getan hatte, hatte sie sich dazu durchgerungen, zusätzlich online eine Anzeige einzureichen. Noah war unfassbar stolz auf sie.

Elina nickte nachdenklich. Es wurde Zeit. Noah begleitete sie und Belle bis zum Gleis. Der Zug fuhr ein und Elina stahl sich noch einen letzten Kuss voller inbrünstiger Liebe. Die beiden nahmen ihre Koffer, stiegen ein und er winkte ihr. Dann lief er an den langen Waggons entlang und stieg eine Tür weiter vorn ein. Er hatte noch vier Tage Urlaub, und diese Überraschung hatte er sich einfach nicht nehmen lassen wollen.

Der Zug setzte sich in Bewegung und Noah schlängelte sich durch den Waggon in den nächsten. Kaum eingetreten, hob Elina ihren Blick und starrte ihn ungläubig an.

Noah grinste übers ganze Gesicht. Sie sprang auf und kam ihm entgegen. »Was machst du denn hier?«

Noah nahm sie in seine Arme und küsste sie. »Du glaubst doch nicht wirklich, dass ich dich allein lasse, wenn du dich deiner Familie und dieser blöden Kuh von Schwester stellst.«

Elina sah zu ihm auf. Ihre Augen funkelten vor Glück.

»Ich liebe dich«, flüsterte sie, und Noah zog sie wieder an sich. Diese drei Worte konnte er nicht oft genug von ihren süßen Lippen hören.

»Ich dich auch, Wildkatze.«

Ende

Nachwort

Hallo, liebe Winterkinder, schön, dass ihr hier seid. Ich muss ja gestehen, dass ich ein echter Frierfrosch bin und Kälte so gar nicht meins ist. Genau genommen bin ich eigentlich ein Kind der Sonne. Nur Schnee, den liebe ich.

›Love me snowly‹ ist ein ganz besonderes Buch. Es ist nicht nur mein Debüt im New-Adult-Genre, sondern auch meine älteste veröffentlichte Geschichte, denn das Rohmanuskript stand schon vor zehn Jahren. So lange liegt dieses Buchbaby schon in der Schublade und wartete auf sein Ende, wobei es damals, ganz einfallsreich, den Arbeitstitel *Skihütte* trug. Natürlich ist die Geschichte, die ihr heute lest, so oft überarbeitet, dass sie bis auf wenige Dialoge im Grunde neu geschrieben ist. Zum Beispiel gab es Noahs Perspektive nur ganz selten, dafür waren im Ursprungsskript auch Kapitel aus Sonnys und Kais Perspektive geschrieben. Und doch ist das Grundgerüst dasselbe geblieben.

Dadurch, dass ich die Geschichte geschrieben habe, als ich selbst in Elinas Alter war, ist sie wohl von all meinen Protagonistinnen diejenige, die am meisten von mir selbst hat. Allein deshalb ist diese Geschichte etwas ganz Besonderes für mich. Das Montafon als Skigebiet stammt auch aus meiner Realität. Auf dem Kreuzjoch im Montafon habe ich selbst Skifahren gelernt. Auf den Pisten dort fühle ich mich fast wie daheim. Ich liebe das Gebiet, auch wenn die Hütte und das Dorf auf halber Höhe doch eher meiner Fantasie entsprungen sind.

Weil in diesem Buch so viel von mir selbst steckt, war es ein unvergleichliches Gefühl, als die Drachenmama Astrid *Ja* zu diesem Manuskript gesagt und mich als Herzdrache ans Lagerfeuer geholt hat. Danke für dein Vertrauen und dass du es möglich gemacht hast, dass ›*Love me snowly*‹ im Winter erscheint. Das ganze Team vom Drachenmond Verlag hat mich warm empfangen und toll unterstützt. Ich bin richtig froh und wirklich dankbar, Teil dieser Familie zu sein.

Dass dieser Winterdrache auch im Winter erscheint, dafür habe ich vielen Menschen zu danken, zum Beispiel Mira Manger, die als Lektorin Unglaubliches geleistet hat. Danke für deine unermüdliche Arbeit, dass ich dich auch am Wochenende nerven durfte und für deinen Blick auf meine drei Chaoten, und ja, Noah kann echt kindisch sein.

Ohne meine Mama, die meinen eigenen kleinen Drachen gehütet hat, hätte ich das Lektorat niemals so durchbekommen. Danke dir für all die Stunden, die du mir geschenkt hast. Und auch meine kleine Schwester Josi, die im New-Adult-Bereich von uns beiden der alte Hase ist, hat maßgeblich dazu beigetragen, dass dieses Buch so erscheint, wie es ist. Danke für dein Ohr und deine klugen Fragen. Hier möchte ich kurz erwähnen, dass Elinas Geschwister eines der Dinge sind, die sie nicht von mir hat. Schließlich kann ja nicht jeder so einen genialen Schwesternbund haben wie ich #wismarschwestern. Das wäre für die Geschichte dann auch relativ langweilig, nicht wahr? Liebe geht raus an meine Schwester, meinen bücherliebenden Bruder und meine Schwester im Herzen #TeamMittlere.

Eine weitere Person, der ich von Herzen danken möchte, ist Michaela, die als Korrektorin mit Adleraugen auch die letzten Fehler und problematischen Stellen identifiziert hat. Dank dir habe ich zum ersten Mal bei einer Skriptabgabe keine nagenden Zweifel, ob ich nicht doch noch was übersehen habe.

Ohne meinen Mann wäre ich damals nie auf die Bretter gestiegen und hätte auch nie Skifahren gelernt. Dieses Buch wäre vermutlich nie entstanden, deshalb danke ich ihm und seiner Familie für die Erfahrung, und Kurt danke ich dafür, dass er mir ein genialer, wenn auch erbarmungsloser Skilehrer war. *Büsle ins Tal!* Der Satz klingelt mir immer noch in den Ohren.

Das ist zwar mein erster New-Adult-Roman, aber nicht mein erstes Buch, und mit der Zeit habe ich mir gewisse Dinge angewöhnt, die ich in meinen Büchern nicht mehr missen möchte, wie Illustrationen zum Beispiel. Für die wundervollen Werke in diesem Buch danke ich Ann-Marie Rechter. Besonders die Küchenszene ist ihr gut gelungen. Normalerweise fällt es mir total schwer, mich für eine Szene zu entscheiden, die illustriert wird, doch diesmal wusste ich es sofort. Ihr versteht jetzt sicher, wieso es diese Szene sein musste.

Zuletzt möchte ich noch ein paar Worte an dich als Leser*in direkt richten. Danke, dass du *›Love me snowly‹* gelesen hast, dass du Elina, Noah und Santino durch diese stürmische Zeit begleitet hast. Ich hoffe, ich konnte dir ein paar schöne Lesestunden bereiten, und ich hoffe, es ist mir gelungen, dir die Wahl zu lassen, ob du über die Botschaften zwischen den Zeilen grübeln oder lieber einfach die Unterhaltung genießen willst.

So, genug für heute. Ich gehe jetzt auf den Weihnachtsmarkt und kaufe mir eine Tüte heiße Maronen und strecke meine Nase in den kalten Wind, während ich meine Eisgriffel an einem Becher Kakao wärme.

Bis bald, ihr wundervollen Menschen da draußen mit euren Ecken und Kanten. Fühlt euch gedrückt.

Katharina Wolf

Was wir von Quallen lernen können

ISBN: 978-3-95991-550-2, Klappenbroschur, EUR 14,90

»Ich will eigentlich nur sagen, dass es sich lohnt, gegen den Strom zu schwimmen. Für sein Glück zu kämpfen. Und ich bin mir sicher, dass es sich lohnt, wenn wir um uns kämpfen.«

Henry, der schüchterne Nerd, der nicht nur mit seinen umfassenden Kenntnissen über Quallen, sondern auch bei den wöchentlichen Quiz-Abenden in seinem Lieblingspub mit seinem Allgemeinwissen glänzt, schwärmt schon lange für den attraktiven Barkeeper Max. Eines Tages setzt Henry alles auf eine Karte und schiebt ihm seine Nummer zu. Obwohl er nicht mit einer Antwort rechnet, geschieht das Undenkbare und Max will sich mit Henry treffen. Henry könnte nicht glücklicher sein, denn er schwebt nach jedem Date auf Wolke sieben. Doch nach und nach schleichen sich bei Henry Zweifel ein. Warum meldet sich Max manchmal tagelang nicht und stößt ihn immer wieder von sich? Hat ihre Beziehung überhaupt eine Chance, oder zerbricht sie an den Geheimnissen, die zwischen ihnen stehen?

Nicole Knoblauch
Noble Match
ISBN: 978-3-95991-929-6, Klappenbroschur, EUR 14,90

Die junge April Woods ist als Teamassistentin mittendrin in der neuesten amerikanischen Bachelor-Show Noble Match. Sie muss sich nicht nur mit großspurigen Produzenten, intriganten Teamchefs und kapriziösen Kandidatinnen herumschlagen, sondern auch mit Kayden Devlin, dem Star der Show.

Der schottische Duke hat ganz eigene Vorstellungen davon, wie alles ablaufen sollte, und mit seiner durch und durch britischen Lebensart erobert Kayden die Herzen der Damen und des Publikums im Sturm. Nur April setzt alles daran, sich seinem Charme zu entziehen – für sie steht weit mehr auf dem Spiel als nur ihr Herz.

Ina Taus

Bullshit Bingo – Das Spiel beginnt

ISBN: 978-3-95991-868-8, Klappenbroschur, EUR 14,90

Endlich ist Haley Studentin an der Penn University und lebt ihren Traum. Doch dann verliert ihr Vater seinen Job und sie weiß nicht, wie sie in Zukunft die Studiengebühren und ihr Zimmer im Wohnheim bezahlen soll. Als sie erfährt, dass die Mitglieder der »Crossbones« – eine Studentenverbindung – seit Jahren in einem geheimen Spiel gegeneinander antreten, scheint »Bullshit Bingo« die Rettung für Haley zu sein.

Nachdem sie der Verbindung beigetreten ist, wartet allerdings bereits die nächste Schwierigkeit: Adam Carter, ihr ehemaliger Nachbar und der Mensch, dem sie gern weiterhin aus dem Weg gehen möchte. Doch leider ist das nicht so einfach, denn Adam ist ebenfalls Verbindungsmitglied und wirklich hilfreich beim Lösen der gestellten Aufgaben. Je länger die beiden zusammenarbeiten, desto klarer wird, dass sie zwar ein Spiel gewinnen, aber möglicherweise auch ihr Herz verlieren könnte ...

Mariella Heyd

No Pain, No Gain – No Love

ISBN: 978-3-95991-379-9, Klappenbroschur, EUR 14,90

Endlich raus aus ihrem alten Leben!

Die heiß ersehnte Studienzusage der University of Michigan erlaubt es der 19-jährigen Harper, von ihrer kaputten Familie fortzukommen.
Jetzt soll alles anders werden. Sie konzentriert sich aufs Lernen und gönnt sich keinerlei Ablenkungen. Zumindest ist das der Plan. Dummerweise läuft ihr jedoch immer wieder ihr ebenso chaotischer wie attraktiver Mitstudent Maxwell über den Weg.
Und dann ist da auch noch ein störrischer Teenager, der ihre Hilfe braucht.
Kurz: Ihr Studium verläuft schon bald ganz anders als geplant ...